KB117995

신과 인간의 전쟁,
일리아스

이 도서의 국립중앙도서관 출판예정도서목록(CIP)은 서지정보유통지원시스템 홈페이지(http://seoji.nl.go.kr)와
국가자료종합목록 구축시스템(http://kolis-net.nl.go.kr)에서 이용하실 수 있습니다.
(CIP제어번호: CIP2020012197)

신과 인간의 전쟁,
일리아스

서양 인문학의 뿌리를 다시 읽다

존 돌런 지음 | 정미현 옮김

JOHN DOLAN

THE WAR NERD ILIAD

HOMEROS

문학동네

일러두기

1. 이 책은 호메로스Homeros의 『일리아스 *Ilias*』를 지은이가 산문으로 평역한 것을 우리말로 옮긴 것이다.
2. 인명, 지명 등 외래어는 국립국어원 외래어표기법을 따랐으나 일반적으로 통용되는 표기가 있을 경우 이를 참조했다.
3. 각주는 모두 옮긴이주다.

이 책이 세상에 나온 건 전부 세 사람 덕분이다.

아이디어를 낸 잰 프렐,
맨 처음 이 책을 읽어준 캐서린 돌런,
어린이 버전 『일리아스』로
내게 읽는 법과 제대로 처신하는 법을 가르쳐준 우리 어머니.

차례

3부 마지막 전투

나는 그저 이야기 배달꾼

이건 내가 만든 이야기가 아니다. 나는 그저 배달꾼일 뿐이고, 이 이야기는 가끔씩 새로 포장해서 배달해야 하는 물건인 셈이다. 이야기의 출처는 먼 옛날의 여러 신들인데 곧 그들을 이 책에서 만나게 될 것이다. 다만 이 신들은 기대하는 바와 다를지도 모른다. 차라리 미국 드라마 〈소프라노스〉의 인물들에 가깝달까.

다들 이 이야기를 『일리아스』인가 뭔가 하는 제목으로 들어봤지 싶다. 대학 강의 요강 같은 데 나오니까. 그런데 사실 이건 교과서에 실으라고 지어낸 이야기가 아니다. 모닥불 피워놓고 둘러앉아 밤새 늘어놓는 이야기, 허풍 떠는 데 최적인 이야기지. 이야기의 분위기는 휙휙 잘도 바뀐다. 노골적인 슬랩스틱코미디인가 싶더니, 어느새 초강력 폭력물로 바뀌어 〈시계태엽 오렌지〉쯤이야 사립학교 모범생들의 연극 수준으로 만들어버리고, 다음에는 꾸역꾸역 페이소스를 자

아내 어쩔 수 없이 눈물 콧물 짜게 만드는 신파로 넘어가는 식이다.

나는 이 이야기를 '분노의 서'라고 부른다. 그 옛날, 사람들이 불가에서 이야기를 들을 적에는 그런 제목이었으니까. 배달꾼으로서 내가 할 일은 이 놀라운 이야기를 재미있고 절절하고 으스스한, 날것 그대로의 원전에 최대한 가깝게 전달하는 것이다.

그러기 위해서 시적 운율은 팽개쳐버렸다. 나는 이 이야기를 산문으로 배달할 것이다. 왜냐, 지금 시대에 읽히는 건 산문이니까. (날 믿어라. 나도 시인으로 시작했다가 고생 끝에 깨달은 교훈이다.) 마지막으로 읽은 책 한 권 분량의 시가 뭐였는지 기억하긴 하는가? 뭐 이따금 출간은 될지 모르겠다만 아무도 그런 건 읽지 않는다.

우리가 쓰는 대부분의 언어에서 시적 효과는 짧은 글일 때나 잘 산다. 게다가 『일리아스』는 언제나 시라기보다 이야기였다. 망할 베르길리우스는 애초에 시가를 썼다. 호메로스는 이야기를 썼고.

배달이 괜찮게 된 것 같다. 쭉 읽어보시고 판단은 각자 하시길.

1부

아킬레우스의 전투 거부와
제우스의 계략

THE WAR NERD ILIAD

1
아무도 건드리지 못하는 사내

포로로 잡힌 젊은 여자가 소식을 기다린다. 집에 돌아갈 수 있을까? 여자는 연로한 신관神官인 아버지가 절뚝거리며 해변으로 내려와 딸의 주인이 있는 막사로 다가가는 모습을 지켜본다.

여자의 아버지는 자루 하나와 화환 하나를 들고 간다. 화환은 그의 신이 내린 휴전의 증표다. 여자는 딴생각은 하지 않으려 애쓴다. 예전의 삶은 잊어야 한다. 한때 여자는 잘나가던 집안 사람이었다. 집안 경내 밖으로 나갈 땐 늘 노예의 호위를 받았다. 그리스인들이 바다에서 쳐들어온 그날까지는.

여자가 살던 해안 도시는 트로이와 동맹 관계였다. 하지만 그리스인들이 기다란 함선에서 내려 떼로 몰려오던 날에는 주변에 트로이인이라고는 없었다. 어부와 상인뿐, 자칭 전사라 할 만한 이는 한 명도 보이지 않았다. 그리스군은 물을 철벅거리며 다짜고짜 뭍으로 달려왔고, 말 한마디 없이 모든 사내를 죽였다. 어린 소년들까지도. 훗날 복수의 싹을 없애려는 것이었다. 나중을 생각하면 그게 쉬운 방법이니까. 그리스인들이 여자가 애지중지하는 남동생을 붙잡았다. 아직 말문도 다 트이지 않은 아이였다. 동생이 창에 꿰여 공중에서 꿈틀거리던 모습을 잊을 수가 없다. 첫번째 그리스 함선이 해변에 도착했을 때 여자에게는 오라비가 셋 있었다. 한 시간 뒤에는 하나도 남지 않았다.

여자는 그날 남편도 잃었다. 남편이야 언제고 또 얻을 수 있다. 그런데 오라비는 어디서 더 얻겠는가? 그리스군이 여자의 아비는 죽이지 않았다. 아버지는 사제였다. 여느 범상한 신의 사제가 아니라 무려 아폴론의 신관이었다. 그리스인은 아폴론을 두려워한다. 에게해 동쪽 연안에 있는 여자의 나라는 아폴론이 애정을 쏟는 곳이다. 하지만 신이라고 덮어놓고 믿을 만한 존재는 아니다. 여자의 아버지가 섬기는 신이자 주인인 아폴론은 그날 그리스인을 저지하려고 애쓰지 않았다. 분명 지켜만 보고 있었을 뿐 손가락 하나 까딱하지 않았다. 뭔가에 개입하는 것은 아폴론의 취미가 아니다.

이제 아폴론은 자신의 신관이 트로이 해변의 그리스 진영을 향해 절뚝거리며 걸어가는 모습을 지켜보고 있다. 아폴론은 젊은이의 용모를 지녔으나 나이가 많은 신이다. 동쪽에 기거하는 그는 그리스인을 좋아하지 않는다. 시끄럽고 드센 풋내기 족속이라 여긴다. 게다가 그들은 아폴론의 여동생이자 풋내기 신인 아테나가 싸고도는 민족이기도 하다.

아폴론은 고전적인 방식을 선호한다. 돌아가서 동녘이 밝아오는 새벽까지 기다린다. 그는 기분이 좋으면 눈부신 태양빛을 받으며 말

없이 음악으로 이야기하고, 심사가 사나워지면 활로 이야기한다. 활을 들어 따끔하게 가르쳐주는 것이 그의 방식이다. 이제 그리스인들에게 큰 가르침을 줄 작정이다.

아폴론은 신관의 방문이 어찌 끝날지 안다. 그리스 사령관 아가멤논이 이 노친네를 모욕하고 끝내 울리고 말겠지. 그렇다면 아폴론에게 그리스인들을 응징할 확실한 명분이 생기는 것이다. 아폴론은 볼모 신세인 여자와 그 아비에게 어렴풋한 연민을 느낀다. 그만하면 꽤 충직하고 선량한 동방 사람들이다. 하지만 사람의 쓰임새라는 게 있으니 어쩌겠나.

일단 아가멤논이 누가 그리스인 아니랄까봐 배려도 예의도 없이 그들에게 큰소리로 지껄였으니 이제 아폴론이 재량권을 행사하는 건 시간문제다. 그 어떤 신에게도 살생은 불허지만, 허구한 날 온 집안이 옥신각신하는 게 일인 올림포스 신들의 재가를 받으면 얘기가 다르다.

아폴론은 곧 권한을 가질 것이다. 그는 그리스인들이 해변을 급습해 자신의 신관을 욕보인 그날을 기억한다. 그들이 한창 재미 보던 그때 아폴론은 낮은 궤도로 돌며 전부 주시하고 있었다. 그들은 아군을 단 한 명도 잃지 않았다. 죽이지 않은 것은 남김없이 불태웠고, 불태우지 않은 것은 모조리 약탈했다.

아폴론은 태양빛을 타고 돌아다니며 그들이 여자의 아비이자 자신의 신관을 죽이기를, 그래서 복수의 활시위를 날릴 순간이 오기를 기다렸다. 그러나 그리스인들은 아폴론의 신관을 죽일 정도로 어리석지 않았다. 그의 아들들을 죽이고 늙은 그를 함부로 굴리며 그의 아내와 딸들에게 어떤 짓을 할지 조목조목 들려주는 것에 만족했다. 그러고는 울부짖는 그를 흙먼지 속에 내버려두고 떠났다.

아폴론은 그날을 소상히 기억한다. 마음속에 흥겨운 가락이 울리는 것 같다. 이제 복수의 날이 밝아올 것이기에. 결국 이 모든 것이 잘된 일이다. 신들 입장에서는 그렇다. 아폴론은 몸으로 바람을 맞으며 매처럼 핏빛 환희에 차 울부짖던 그날, 그리스인들이 마을 골목골목을 헤집고 다니는 모습을 지켜보던 그날을 떠올린다. 결국 이 모든 것이 자신에게 호재임을 그는 알고 있었다.

신관의 딸은 당연히 그런 사정을 알 리가 없다. 언제나 희생자는 나오는 법. 아폴론이 잠시 고개를 돌려 매의 눈으로 여자를 쳐다볼 때 여자의 눈은 아가멤논의 막사로 다가가는 아버지의 모습을 좇는다. 여자의 슬픔이 음악가인 아폴론의 관심을 끈다. 여자에게 벌어진 일이 전술가인 그의 호기심을 자극한다. 그게 아니라면 그저 눈물바람인 한 여인에 불과하련만.

아폴론의 생각이 여자에게 가닿는다. 그럴 뜻이 없음에도 신의 생각은 쉽게 옮겨가곤 한다. 여자의 머릿속에도 아버지가 피투성이 얼굴로 흙먼지 속에 엎드려 있던 그날이 불현듯 떠오른다. 그리스 병사들은 용모가 괜찮은 처녀와 부인 들을 그녀와 한 두름으로 엮어 해안에 전시하듯 늘어놓으며 낄낄댔다. 그리스군 우두머리들이 슬슬 거닐며 함부로 여자들의 얼굴을 돌려보며 치열이 고른지 보고, 궁둥이를 더듬다가 마음에 드는 여자를 데려갔다. 맨 먼저, 사령관 아가멤논이 여자를 데려갔다. 지금까지도 그 이름만 들으면 구역질이 난다. 하지만 여자는 또다시 모든 것을 머리에서 지운다.

여자를 원할 때, 아가멤논은 그녀의 팔을 붙들어 쓰러뜨린다. 마치 여자를 싫어하는 것 같다. 아니, 그는 누구를 막론하고 다 싫어한다.

자기 민족까지도.

여자는 아버지가 부끄럽다. 여길 오다니 어리석지 않은가. 그는 그리스인이 어떤 자들인지 모른다. 와서 뭘 어쩌겠다고? 온 집안을 전멸시킬 수 있으면서도 그렇게 하지 않을 정도로 잔악한 이들인데.

아비는 딸을 데려가게 해달라고 아가멤논에게 애걸할 것이다. 그러나 아가멤논은 여자를 절대 놓아주지 않으리라. 여자의 아비는 순해빠진 노인이다. 아가멤논은 그를 읍소하게 만들어 그의 울음소리를 들으며 즐거워할 인간이고. 아가멤논이야 늘 무자비했지만 전쟁이 답보 상태에 빠지자 더욱 잔인해졌다.

그리스군이 이 구질구질한 해변에 진영을 꾸린 지 아홉 해째인데 트로이의 성벽은 꿈쩍도 않는다. 성벽 안쪽에서 트로이인들은 야유를 보내며 손에 잡히는 건 뭐든 그리스인들에게 던진다. 돼지 똥이든 창이든. 그리스 진영은 늘 물자 부족에 시달린다. 물도 장작도 밀도 귀하다. 막사는 온통 모래와 벼룩투성이다. 최고의 용사들 절반이 죽어나갔는데 그 목숨값으로 내놓을 만한 성과가 없다. 하다못해 팔아먹을 트로이 귀걸이 한 짝도, 트로이 여자 한 명도 없다.

이 모든 게 아가멤논 때문이다. 이건 그의 전쟁이다. 그와 그의 집안 때문에 일어난 전쟁. 그 집안이 저주받았다는 건 하늘도 땅도 안다. 아가멤논 자신도 잘 알면서 모든 사람에게 애먼 분풀이를 한다.

하인 하나가 아가멤논의 막사로 달려들어가 웬 낯선 자가 오고 있다고 알린다.

막사 안에서 군장을 채우는 소리가 들린다. 군장을 채우고 벗는 모든 소리를 여자는 알고 있다. 여자는 아버지의 모습이 보이지 않게끔 막사 뒤로 돌아가 몸을 숨긴다. 그래야 아버지에게도 자기 모습이 보이지 않으리라. 늙은 사내의 고르지 않은 숨소리가 여자의 귀에도 들린다. 절뚝거리며 모래언덕을 가로질러온 그는 무릎이 시원찮다. 이제 그가 심호흡을 한 뒤 공식 연설을 할 때 쓰는 과장된 음성으로 말하기 시작한다. 그의 음성에 여자의 눈이 촉촉해지고 그의 외침에 여자의 목이 멘다.

"오, 고귀한 그리스인이여! 고귀한 아카이아인이여! 아트레우스의 가장 고귀하신 아들이요, 왕 중의 왕, 아가멤논이시여!"

묵묵부답. 여자는 아가멤논의 얼굴에 서린 경멸의 표정이 보이는 듯하다.

노인의 목소리가 이어진다. "폐하의 뜻하신 바가 이루어지기를 바랍니다! 트로이를 차지하십시오! 그들의 재물이 폐하의 소유가 되며 그 민족이 폐하의 노예가 되고 그들의 가축이 폐하의 희생 제물이 될 겁니다!"

또다시 정적. 여자는 자기 아버지를 잘 안다. 딱한 양반. 이 와중에 저토록 공손한 언사라니! 노인은 번지수를 잘못 찾아와서 엉뚱한 인간을 치켜세우고 있다. 아가멤논은 노인을 조롱하면서 이 순간을 즐기고, 이어질 그의 말을 기다린다.

여자의 딱한 아비가 말을 이어간다. "폐하께서 프리아모스의 도성을 차지하시길 아폴론께 기원하겠습니다. 제발 부탁이니 이 몸값을 받아주십시오."

금속이 쨍하고 울리는 소리가 들린다. 그건 분명 여자의 가족이 비밀 장소에 묻어두었던 금이리라. 여자는 얼굴을 찡그린다. 고작 그것 갖고는 아가멤논의 화만 더 돋울 뿐이다. 노인은 아는지 모르는지 계속 말을 잇는다.

"이 속량금을 받으시고 제 여식을 돌려주십시오! 신 중의 신 제우스의 아들이시며 제가 섬기는 아폴론의 이름으로 간청합니다!"

병사들로부터 동조하는 듯한 웅성거림이 들려온다. 그리스인은 아폴론을 두려워한다. 그를 섬기는 사제의 심기를 건드린다니 생각하기도 싫다. 불운을 불러올지도 모를 일이다.

하지만 아가멤논은 웃음을 터뜨린다. "어기적어기적 그냥 돌아가시지. 자다가 오줌 지릴 나이 아니신가! 화환도 냉큼 갖고 가!"

여자가 헉하고 숨을 들이쉰다. 이건 여자의 아버지에 대한 모욕이지만 그의 주인 아폴론에 대한 모욕이기도 하다. 죽음을 재촉하는 짓이다. 불만 섞인 웅성거림이 들려온다. 그리스인들은 아가멤논의 처신이 영 달갑지 않다.

무리 가운데 누군가가 외친다. "금을 받으시오!"

또다른 음성이 들린다. "대체 어쩌자는 거요? 괜히 신의 성질은 왜 건드려?"

다른 누군가가 소리친다. "여자를 보내줘라!"

무리에 섞여 있던 재담꾼의 날카로운 목소리가 날아든다. "아가멤논, 이미 백번은 재미 봤잖아. 천막이 당신 생각만큼 두껍지가 않다고!"

무리가 한꺼번에 웃음을 터뜨린다. 이런 게 그리스식 재치다. 우두머리에게 적당한 존중을 표하는 동시에 그가 처신해야 할 바를 알려주는 방식.

이 방식은 아마도 누구에게든 먹히리라. 아가멤논만 빼면. 그는 늙은이를 울리기 전까지는 자제할 수 없고 자제하지도 않을 인간이다.

아가멤논은 퉤, 소리 내 침을 뱉고는 조롱한다. "내게 가져온 이 쓸모없는 나부랭이를 봐라!" 금속이 쨍하고 다시 울린다. "아무짝에도 못 쓰는 쓰레기지. 딱 저 같구먼, 노친네하고는!"

지금 여자의 귀에는 간간이 숨이 새는 아버지의 목멘 울음소리가 들린다. 여자는 염소 털로 된 천막에 얼굴을 묻으려 한다. 그러게 뭐 하러 여길 와서 이 꼴을 당하는가. 여자도 노인도 그날 죽었어야 했다. 그리스인들이 그들 둘을, 아비와 딸을 함께 죽여줬다면 얼마나 좋았을까.

하지만 그리할 만큼 마음씨 좋은 아가멤논이 아니다. 그는 어떻게든 이 상황을 오래 즐기고 싶다. 그가 노인의 울음소리를 흉내낸다. 아무도 웃지 않는다. 이런 걸 좋아하는 사람은 없다. 액운이 들 일이다. 그러나 아가멤논은 개의치 않는다. 그는 한껏 달아올랐을 때처럼 숨을 가쁘게 몰아쉰다.

"이 늙다리 맹추야, 네 딸이 어떻게 될지 알고 싶으냐? 말해주지. 네 딸은 내 노예로 살다 죽을 거다. 하루종일 바닥을 박박 닦다가 밤이 되면 침상으로 데려가 눕히겠다. 내 마음대로 할 거야! 아직 말짱할 때 얘기지만. 몇 년쯤 그러고 나면 너무 늙고 추해질 테고, 그러면 네 딸은 매일 아침 똥 단지를 비우고 돼지들 틈에서 잠을 청하는 신세가 되겠지. 어느 날 늙어 죽으면 가축들 묻는 곳으로 질질 끌려가게 될 팔자라고."

이제 노인의 통곡이 점점 커진다. 험한 꼴을 보리라 예상은 했지만, 여자가 상상했던 것보다 더 끔찍한 상황이다.

그러거나 말거나 아가멤논은 기분이 좋다. 마음이 풀려서 느긋할 뿐이다. 여자와 일을 치르고 난 기분과 흡사하다.

아가멤논이 늙은이를 비웃는다. "더 울고 싶나? 아직 모자라? 이 쩔

찔이, 개 같은 상판때기야. 당장 내 눈앞에서 사라지지 않으면 곡하는 게 뭔지 제대로 가르쳐주겠다! 그러니 썩 꺼져!"

발을 질질 끄는 소리, 노인이 비틀대며 걷는 소리가 여자의 귀에 들린다. 소리가 점점 멀어진다.

아가멤논이 노인의 뒤에 대고 소리친다. "옳지, 어기적어기적 잘 간다!"

군사들이 한숨 쉬며 일어나 자리를 뜬다. 아가멤논이 이 모양일 때는 말을 섞어봐야 입만 아프다.

쇠약한 늙은 사제가 절뚝거리며 모래언덕 너머로 나아간다. 모욕당했지만 그에게는 비장의 무기가 있다. 자신의 주인 아폴론에게 간청하는 일이다. 노인은 그에게 신망을 얻은 자다. 아폴론의 제단에 고기와 기름을 태워서 신들이 좋아하는 살코기 냄새를 올려보낸 세월이 수십 년이다. 이제 무기를 꺼내들 순간이 왔다.

그가 모래언덕의 움푹 들어간 곳으로 절뚝거리며 내려가 털썩 무릎을 꿇는다. 더욱 천천히 깊게 호흡한다. 훌쩍이는 소리가 멎는다. 그가 하늘에 대고 젊은이 같은 음성으로 외친다. "아폴론이시여! 당신도 제가 들은 바를 전부 들으셨습니다. 그리스 왕이 당신의 사제에게 한 짓을 보셨습니다. 저는 아무것도 아닌 존재이나 당신의 존엄을 위해 저들을 벌해주십시오! 빛나는 활을 지니신 궁술의 신 아폴론이시여! 저들이 제발 저의 여식을 데려가달라고 빌게 만들어주십시오!"

아폴론에게 이 소리는 바다에서 산들바람을 타고 천천히 날아드는 음악과도 같다. 더군다나 그는 이 노인을 좋아한다. 아폴론이 흠향할 질 좋은 비계 조각을 골이 두툼한 대퇴부 위에 수없이 늘어놓던 신관

아닌가. 설쳐대는 저 그리스인들과는 달리 겸손한 인간이기도 하다. 게다가 지금 이자가 청하는 바는 아폴론이 어떻게든 저지르고 싶어서 몸이 근질근질한 일. 늘 그렇듯 이런 일은 마다할 이유가 없다.

아폴론은 그리스인이 치 떨리게 싫다. 이때껏 활시위를 당긴 채 누군가 도발하기만을 기다리던 참이다. 이제 아가멤논이 완벽한 명분을 그에게 선사했다. 해안에 피운 그리스인의 모닥불에다 독화살을 날리리라.

아폴론이 물결에 비친 태양처럼 환히 웃는다. 고맙다, 아가멤논. 네놈이야말로 내 맘에 쏙 드는 그리스인이구나!

고통을 필요 이상으로 길게 끄는 솜씨라면 아폴론도 아가멤논 못지않다. 그는 그리스인들을 단숨에 죽이지 않는다. 그런 손쉬운 즉살은 풋내기나 하는 짓이다. 아폴론은 아가멤논과 재미를 좀 보고 싶다. 아가멤논이 종들과 재미 보길 좋아하는 딱 그런 식으로. 아폴론은 그 재미를 되도록 길게 끌고 갈 심산이다.

그래서 그리스 진영에 있는 모든 것을 하나씩 죽이기 시작한다. 단, 공포를 키우고 고통을 질질 끌기 위해 낮은 단계, 즉 짐승들부터 시작한다.

해변에 끌어올려둔 배에 묶인 노새가 첫번째 목표물이다.

아폴론의 활을 떠난 병독성 화살이 쉭 하고 불같이 날아가 아마포를 통과하는 바늘처럼 노새들의 두툼한 가죽을 슥 뚫는다. 노새들은 눈동자가 몰리고 주둥이에 거품을 문다. 발길질하다가 꽥 소리를 지르고는 앞으로 꼬꾸라진다. 새벽녘 노예들이 깰 때쯤, 그리스인의 노새들은 쓰러진 나무처럼 뻣뻣하게 뻗어 있고 다리는 기기묘묘한 각도로 벌어져 있다.

다음 순서는 개들이다. 왕 나부랭이들이 노새보다 아끼는 동물이 있다면 그건 바로 개다. 개는 사냥터에 같이 가는 동료다. 황송하게도 왕들이 백성을 먹여 살리는 데 기여하는 한 가지 활동이 있다면 바로 사냥이며 이때 개를 대동한다. 개는 축하연에도 빠지지 않는 식구다. 왕은 식탁에서 취해 뻗어버리기 전에 개들에게 뼈와 연골을 크게 한 덩어리씩 던져준다. 개는 전장의 전우이기도 하다. 주인이 방금 만들어낸 송장을 물어뜯고 적군이 콸콸 쏟아낸 피를 다 마심으로써 익살스럽게 분위기를 풀어주는 역할을 한다. 이런 개들을 어찌 사랑하지 않겠는가.

그래서 아폴론은 아주 작고 해로운 생명체가 잔뜩 들러붙은 화살을 번개같이 개들에게 날려보낸다. 사냥개들이 해변에서 길게 울부짖으며 경련하다 죽어버린다. 그들의 주인보다 더 오래되고 순수한 혈통의 대가 이렇게 끊긴다.

이쯤 되면 머리가 좀 돌아가는 그리스인은 흐름을 읽어낸다. 처음엔 노새, 다음은 개…… 다음이 무엇일지는 빤하다.

당연히 인간들 차례다. 아폴론은 다시 아래서부터 시작한다. 우선 평민들을 죽인다. 그는 이 놀이를 즐긴다. 심지어 점찍은 목표물 바로 위에 찰나의 순간 친히 자기 모습을 드러내기까지 한다. 몇몇 사람은 독화살이 자신의 살에 녹아드는 동안 고개를 들어 아폴론을 본다. 그들의 표정은 우습기 짝이 없다.

아직 매장되지 않은 시체들이 금세 썩어 부풀어오르고 온 진영 가득 지독한 냄새를 풍긴다. 그리스인들은 막사 안에 앉아서 혹시 자신이 다음 차례는 아닌지 싶어 종기나 혹을 찾아 더듬거릴 뿐이다.

전리품은 어디 있나? 아가멤논과 그의 멍청한 동생이자 바람난 아내를 둔 남편 메넬라오스가 약속한 여자들과의 연회는 어디 있나? 그리스인들은 꼼짝없이 여기서 죽게 생겼다. 혹여 운이 좋으면 여기 올 때보다 더 초라한 모습으로나마 집에 가기는 하겠지.

아폴론은 아흐레 내리 무작위로 희생양을 겨눠 화살을 날린다. 그들 머리꼭지에 과녁의 흑점이라도 있는 모양이다.

날이 흐르자 그는 지휘 계통의 윗선으로 옮겨가 중간계층을, 그다음엔 귀족을 죽인다. 아폴론이 배꼽 잡는 것이 있으니, 그리스인 부유층은 자기네 막사 안에 있으면 화살을 피할 수 있을 거라고 생각한다는 점이다. 그의 신성한 화살은 염소 털로 짠 천막을 소리 없이 통과한다. 어망을 매끈하게 통과하는 새우처럼 가뿐하다. 양가죽을 뒤집어쓰고 웅크린 그리스인은 벼룩에 물린 듯 따끔함을 느끼고…… 그렇게 하루가 지나면 그의 사체가 노예들을 맞이한다. 엊저녁에 구워먹고 남은 고깃조각처럼 차갑게 식은 채 토사물과 똥오줌을 뒤집어쓴 모습으로.

아흐레 내내 하늘에서 화살이 쏟아져내린다. 그리스인들이 하도 정신없이 죽어나가는 통에 총동원된 노예들은 해변을 따라 화장용 장작으로 쓸 유목을 모으느라 바쁘다. 다음 순서가 누구일지 아무도 모른다. 아폴론이 킬킬 웃는 소리만 들리는 것 같다.

이게 다 누구 때문인지 모두가 안다. 늘 그렇듯 허세 가득한 아가멤논 탓이다. 형편없는 왕임을 모두가 안다. 하지만 아무도 그 사실을 소리 내 말하고 싶지 않다. 아가멤논은 단순히 성질만 더러운 인간이 아니다. 기억력이 비상한데다 뒤끝도 길다.

그리스인에게는 그들 모두가 아는 사실을 말해줄 공인된 전문가가 필요하다. 주술사 칼카스 같은 사람처럼. 그는 죽어가는 염소의 내장을 땅에다 쭉 풀어놓고 보면서 신들이 내장으로 흘려 쓴 내용이 무엇인지 알아내는 일종의 과학자다.

사람들이 비상소집 회의에 칼카스를 끌어다놓는다. 그는 잔뜩 겁먹는다. 아가멤논의 고약한 평판은 익히 알고 있다. 지금 아가멤논의 못돼먹은 작은 눈을 응시하고 있자니, 이 현학자의 목을 가르는 것쯤이야 식은 죽 먹기라는 그의 머릿속 생각이 읽힐 정도다.

하지만 사람들은 모두가 아는 사실을 속시원히 말하기 전에는 칼카스를 보내주지 않을 작정이다. 말하면 아가멤논 손에 죽을 테고, 말하지 않으면 다른 사람들 손에 죽을 판이다. 이래저래 죽은목숨이다.

그래서 칼카스는 모두가 두려워하는 한 사람, 아킬레우스에게 도움을 청한다. 그가 아킬레우스를 바라보며 더듬더듬 말한다. "저기, 제가 한마디하기 전에 아킬레우스님이 여기 모든 사람 앞에서 약속해주셨으면 합니다. 저를 지켜주겠다고 맹세해주십시오."

아킬레우스는 반신半神이다. 바다의 여신 테티스가 그의 어머니다. 심해에 머물며 절대 죽지 않고 산꼭대기에서 천상의 신들과 어울려 여흥을 즐기는 진짜 여신 말이다.

족보에 신이 포함된 집안의 인물은 눈에 띄기 마련이다. 인물이 훤하고 어쩐지 더 멀끔하다. 아킬레우스도 여신인 어머니가 물려주었을 유전적 천운을 타고났다. 보통 사람보다 두 배는 큰 몸집이, 쭉 늘어선 잡목림 사이의 삼나무처럼 우뚝하다. 그는 어디에서든 손에 잡히는 무엇으로나 거침없이 적을 해치운다. 검으로든 창으로든 맨손으로든.

하지만 그는 행복한 적이 없다. 오죽하면 이름마저 슬픔이라는 뜻일까.* 어머니에게 물려받지 못한 한 가지, 말하자면 중대한 누락 사항 때문이다. 그는 불멸을 얻지 못했다. 아킬레우스가 단명할 운명임을 모르는 사람은 없다. 본인도 알고 있다. 허구한 날 모든 사람이 그 점을 계속 상기시켜주는 터라 모르려야 모를 수가 없다. 그러니 언제나 어딘가 까칠하고 걸핏하면 불뚝거리고 침울해하는 모습을 보일 수밖에. 살생은 그의 전매특허다. 하지만 그게 무슨 소용인가? 마음만 먹으면 전 군대를 도륙할 수 있다만, 그런다 한들 그의 생명은 단 하루도 늘어나지 않는데.

이 슬픈 사연이 늘 아킬레우스를 따라다닌다. 그가 시야에서 사라지기 무섭게 누군가는 십중팔구 이렇게 소곤댄다. "뒤꿈치 봤지? 바로 거기가 아작 날 곳이야. 그자가 갓난쟁이였을 때 어미가 스틱스강에다 담갔는데 뒤꿈치를 잡고 있어서 거기만 물속에 잠기지 않았잖아. 그자를 해칠 수 있는 건 아무것도 없지만…… 뒤꿈치라면 얘기가 다르지. 거기가 바로 그자의 명줄이 달린 데야."

당연히 아킬레우스의 면전에서 그런 말을 하는 사람은 없다. 굽실거리며 몸을 굽히고 있다가 그가 지나가면 뒷모습을 응시하면서 조용히 뒤꿈치 훔쳐보기를 즐긴다. 그런 식으로 비겁하게 그에 대한 두려움을 푼다.

이런 마당에 성질이 비뚤어지지 않을 사람이 어디 있을까. 사정이 이러하니 아킬레우스를 무작정 성질 더러운 인간이라고 할 순 없다. 여간해선 그도 순전히 재미삼아 사람을 죽이진 않는다. 급습해서 사로잡은 트로이인 대부분을 몸값을 받고 집으로 돌려보내거나 최악의

---

* 아킬레우스라는 이름은 아코스ἄχος(슬픔)와 라오스λαός(군중)가 합쳐진 것이다.

경우라 해도 노예로 팔아버리고 끝낸다. 그가 감정 기복이 심하고 까칠하고 새파랗게 젊은 건 사실이지만…… 그래도 아가멤논처럼 뼛속 깊이 못된 놈은 아니다.

이제 아킬레우스가 이 늙고 딱한 칼카스를 빤히 쳐다본다. 왜소한 샌님의 두려움이 느껴져 그가 가엾어진다. 게다가 아킬레우스는 아가멤논을 싫어하고―이건 쌍방의 감정이다―이 주술사가 아가멤논을 비난할 참이라는 걸 안다. 그 장면을 놓치고 싶지 않다. 그래서 아킬레우스는 기꺼이 칼카스를 보호해주겠노라 한다. 노블레스 오블리주라고나 할까.

아킬레우스가 삽만한 손을 치켜들고 근엄하게 말한다. "모든 사람 앞에서 당신, 칼카스에게 맹세하니, 이 역병의 원인을 제공한 자를 당신이 누구라고 밝히든 내가 당신을 보호해주겠소. 설령 그게 바로 여기 아가멤논으로 밝혀진다 하더라도 말이지."

당연히 그리 밝혀지겠지. 그거야 이미 다들 아는 사실이다. 다만 공식적으로 그 말을 들어야만 했다.

안심한 칼카스가 긴장감에 침을 꿀꺽 삼키고는 불쑥 말을 내뱉는다. "아폴론이 우리를 쏴 죽이는 진짜 이유는 아가멤논왕이 아폴론의 신관을 모욕했기 때문입니다. 그 노인은 자기 딸 크리세이스를 돌려달라고 청하러 왔습니다. 신관으로서 그럴 만한 자격이 있기에 신의 이름으로 점잖고 정중하게 청했잖습니까! 합당한 몸값과 화환을 가져왔고요."

모두가 툴툴대며 고개를 주억거린다. 내 말이!

찬동하는 분위기를 느끼자 칼카스는 비난의 강도를 높여 좀더 큰 목소리로 말을 이어간다. "한데 아가멤논왕은 일부러 그를 욕보였습니다. 그자를 겁박했고요! 그 불쌍한 노인을 비웃었잖습니까! 그가 아무리 정중하게 청한다 한들 딸을 돌려줄 생각이 없었겠죠.”

다들 고개를 끄덕이며 한두 마디씩 거든다. “내가 뭐랬어, 저 망할 놈의 아가멤논 때문이라고. 저 인간 때문에 우리가 몽땅 뒈지게 생겼다니까!”

칼카스가 말을 맺는다. “그러니 여자를 돌려보내야 합니다. 자기 아비, 신관에게요. 안 그러면 아폴론이 우릴 전부 죽일 거라고요! 그리고 여자의 몸값이든 뭐든 요구하면 안 됩니다!”

더 많은 사람들이 고개를 끄덕이고 웅성대는 소리도 커진다. 다들 일이 이렇게 될 것을 알았다.

칼카스가 이제는 운을 너무 믿고 덤빈다. 마치 군중의 부추김에 멋모르고 만용을 부리는 샌님처럼. “여자를 보낼 때 제물도 함께 보내야 합니다! 금은보화와 송아지와 양을 보냅시다. 얼룩이나 상처가 없는 놈들로요. 아폴론이 좋아하는 종류로 골라 흠 없는 녀석들로 말입니다!”

웅성웅성, 끄덕끄덕. 칼카스는 지금 자신의 용기에 흡족해하며 이 공개적인 찬동의 분위기에 도취된다. 그러다 고개를 돌려 아가멤논을 보더니 황급히 자리에 앉는다.

아가멤논이 일어선다. 그가 쏟아내는 증오의 기운이 마치 화로 속 돌덩이에서 발산되는 열기 같다. 군중이 일순 잠잠해진다. 그들이 아가멤논을 이렇게 두려워하다니 희한할 뿐이다. 그는 전장에서 그다지 거칠지 않다. 덩치는 아킬레우스 근처에도 못 미친다. 그렇다고 아이아스처럼 강인하길 하나, 오디세우스처럼 영리하길 하나. 대개는 일선에서 싸우지도 않는다. 하지만 성질 더럽기로 치자면 군 전체에서, 어쩌면 전 세계에서 거뜬히 첫손에 꼽힐 위인이다. 자기 자신이든 소중한 피붙이든 눈곱만한 모욕이라도 당하면 절대 용서하지도, 끝 끝내 잊지도 않는다.

그와 그의 피붙이라! 이 군대 전체가 지금 하고 있는 꼴을 보라. 아 가멤논의 쓰잘머리 없는 동생 메넬라오스의 복수를 한답시고 이러 고 있다. 메넬라오스는 자신에게 너무 과분한 미녀—사실 절반은 여 신—와 결혼했다가 더 젊고 매력적인 사내 때문에 차였다. 어쩌다보 니 그 사내가 트로이의 왕자였던 것이고.

그래서 지루해 죽을 것처럼 더디 흐른 아홉 해 내내 이 많은 사람들 이 여기 진을 치고 앉아 있는 것이다. 아가멤논의 빌어먹을 동생, 멍 청이 메넬라오스, 바람난 아내를 둔 딱한 사내의 있지도 않은 명예를 수호한답시고.

그리고 이제 모두가 생각하고 있는 한 가지를 칼카스가 불쑥 내뱉 은 참이다. 우리가 여기 있는 건 아가멤논 때문이다! 마력의 역병 화 살에 맞아 우리가 죽어나가는 건 그의 탓이다! 우리가 이 짓거리를 하고 얻은 전리품이 개뿔 뭐가 있냐!

아가멤논은 가만히 서서 코웃음치며 군중이 한동안 분통을 터뜨리 게끔 내버려두는데, 이상하다 싶을 만큼 오랫동안 입을 닫고 있어서 이윽고 사람들이 그의 증오를 감지할 지경에 이른다. 바로 아가멤논 이 진정으로 빛나는 순간이다. 증오를 최고로 쳐주는 세상에서 단연 으뜸가는 증오의 명수.

그가 빤히 쏘아보며 사람들을 주춤 물러서게 만들고는 가엾은 늙 은이 칼카스에게 고개를 돌린다. "어이, 과학쟁이 양반! 나쁜 소식 전 하는 걸 아주 좋아한다지? 요 귀여운 겁보 똘똘이. 네가 내장을 보고 뭘 읽어낸다는데 그것들이 한 번이라도, 단 한 번이라도 나에 대해 좋은 걸 말해준 적 있나? 죽은 염소 창자가 이 몸, 네놈의 왕이 좋은 결정을 내렸다고 한 번이라도 말한 적 있어? 없지! 없고말고. 왜냐, 넌 내가 잘못한 것만 말하고 싶으니까! 넌 비겁하게 징징대기만 하는 놈이니까!"

칼카스가 신음소리를 내며 군중 속에 몸을 숨긴다.

그러자 아가멤논은 나머지 사람들을 향해 몸을 돌린다. 그는 폭군이고 악인이다. 아무도 두려워하지 않는다. 주변에 암살자 무리가 도사리고 있다 한들 위축되는 법이 없다. 연기에 그을린 더러운 얼굴들을 향해 오래도록 냉엄한 표정을 쏘아주고는 천천히, 차분하게 말을 건넨다. "알겠다. 좋을 대로 해라. 여자를 돌려주겠다. 배 한 척을 골라 일등 선원들을 태우고 염소와 송아지도 한가득 실어라. 그런 다음 여자를 제 아비한테 보내라. 내가 정당하게 데려온 것이긴 해도 말이지."

사람들의 긴장이 풀린다. 그래, 아가멤논도 한 번쯤은 이성적으로 굴 때가 됐지.

그때 아가멤논이 말을 이어간다. "다만 한 가지 일러둘 게 있다. 너희가 날 등쳐먹도록 내버려두진 않겠다. 그 여자가 얼마나 쓸모가 많은 줄 아냐고! 미인이지, 똑똑한데다 노랫가락도 잘 뽑지, 자수도 얼마나 잘 놓는데. 내 마누라 못지않게 솜씨가 좋다고!"

그가 잠깐 말을 멈춘다. 여기 모인 인간들을 말 한마디로 다 죽여버렸으면 좋겠다고 생각하면서. 하지만 그럴 순 없다. 그는 이 배은망덕한 놈들, 자신의 군대와 협상하는 수밖에 없다. 그래서 불평의 소리가 잦아들 때까지 잠깐 기다린 뒤 다시 입을 연다.

"그러니 그 여자를 데려가겠다면 그만큼 좋은 여자를 내게 데려다 놔야겠지."

다시 불평이 일어난다. "그런 여자를 어디서 데려와? 트로이를 칠 때까지는 약탈할 것도 없구먼!"

아가멤논의 화를 돋울 틈을 노리던 아킬레우스가 감상적이고 짐짓 합리적인 어조로 입을 연다.

"오, 고귀하고 당당하신 아가멤논 님이여. 고귀하긴 한데, 솔직히 까놓고 말해서 욕심도 있는…… 그러니까 고귀하고 탐욕스러운 아가 멤논 님이여, 제발 잠깐이라도 명분이란 걸 생각해보지 않으시겠소? 우리가 전부 이렇게들 모여 있는데. 오, 고귀하신 왕님! 모두를 위한 하나라 하지 않았소? 하나를 위한 모두라고? 걱정 붙들어두시오. 우리가 트로이를 접수하기만 하면 당신이 원하는 여자란 여잔 몽땅 대령할 테니까! 그러니 좀 참으시오, 친애하는 욕심쟁이 노친네 아가멤 논 님이여!"

아가멤논을 노발대발하게 만들기는 어렵지 않다. 이 방면에서는 아킬레우스가 그 누구보다도 뛰어나다. 그는 마치 분노의 하프를 켜 듯 아가멤논을 연주하는 중이다.

아킬레우스는 부아가 치민 아가멤논의 불그레하고 넙데데한 면상 이 자줏빛으로 달아오르는 광경을 잠시 감상한다. 그런데 아가멤논 이 돌연 미소를 짓는다. 완벽한 반격이 떠오른 것이다.

그가 차분하고 평온하게 답한다. "좋아, 그러면……"

저런! 아가멤논이 차분하게 말할 때는 아주 흉한 소리가 나오니 각 오해야 한다. 뭔가 못돼먹은 짓을 생각해냈다는 뜻일 터. 비열한 왕 은 여태껏 창조된 모든 악의 화신을 능가하는 악독한 짓을 하기 마련이다.

"좋아, 아킬레우스. 여자를 돌려보내겠다. 그런데 한 덩치 하는 양반, 넌 스스로 생각하는 것만큼 똑똑하진 않은 작자로군. 내가 상응하는 보상을 생각해봤단 말이지. 트로이를 접수할 때까지 기다릴 필요도 없다. 나는 내 몫을 지금 당장 원해. 너한테서 말이지, 얘야. 그래, 바로 그거라고! 크리세이스를 주는 대신 네가 예뻐하는 브리세이스를 데려가겠다."

아킬레우스의 정신이 멍해진다. 어린 사내일 뿐인 그로서는 정말이지 이런 건 생각지도 못했다. 더구나 그는 포로로 잡은 그 소녀를 정말로 좋아한다. 그가 그런 쪽으로 무르고 사람 일에 대해서는 감상적인 면이 있다는 걸 모르는 이가 없다.

아가멤논이 말을 잇는다. "그래, 좋아. 오, 힘센 전사님, 이곳의 대장은 바로 이 몸이라는 걸 알게 될 거다. 네 막사로 사람을 보내 네 계집의 팔을 붙들어다 내 침대로 끌고 오게 하지. 네놈은 날 지켜보는 일 말고 아무것도 할 수 없어." 이어 그는 비웃듯이 말을 맺는다. "자, 어서, 아킬레우스. 공익을 도모할 생각을 해야지! 나한테 뭐라고 했더라? 명분이란 걸 생각해보라고?"

아킬레우스가 포효한다. "더러운 도둑놈!"

온 힘이 실린 아킬레우스의 고함에 땅이 흔들린다. 사람들의 몸이 움츠러든다. "내가 여기서 무슨 짓을 하는 것 같아? 쓸모없는 당신 동생 메넬라오스를 위해 싸우고 있잖아!" 그가 여느 인간의 목소리보다 커다란 음성을 쏟아내자 귀를 틀어막는 이들도 있다.

처음에 솟구친 분노는 가라앉았지만 아킬레우스의 음성은 여전히 격노한 상태다. "어째서 내가 당신네 아트레우스 집안을 위해 죽어야 하지? 온 집안이 통으로 저주받은 걸 세상이 다 아는 마당에. 내가 왜 트로이 사람들을 죽이고 있지? 그들이 내게도, 우리 민족에게도 해코 지한 적이 없는데. 마누라 뺏긴 당신 동생한테 다시 마누라 찾아다주 겠다고 그 사람들을 도살하고 있잖아!"

아가멤논은 비웃기만 한다. 이골이 난 레퍼토리다. 사람들이 자신 에 대해 어떻게 생각하는지는 그도 안다. 중요한 건 자신이 아킬레우 스의 여자를 취할 힘을 가졌다는 사실이다. 그리고 무엇보다도 그게 아킬레우스에게 얼마나 큰 상처가 되는지 똑똑히 보인다.

아킬레우스는 흐느낌을 억누르고는 거대한 주먹을 불끈 쥔 채 신 음하듯 말한다. "그렇다면 나는 그만두겠다. 아무짝에도 쓸모없는 당 신네 집안을 위해서 내가 싸우는 꼴은 두 번 다시 보지 못할 거야! 나 는 내 구역에서 꼼짝 않고 있을 테니 어디 나 없이 트로이인하고 싸워 보시지!"

아킬레우스를 잃는다는 생각만으로도 전사들은 간담이 서늘해진 다. 이쪽 편에 두기만 해도 적군으로 하여금 방패를 내리고 도랑에 숨 어야겠다고 생각하게 만드는 자다.

하지만 지금 이 순간 아가멤논은 전쟁이고 뭐고 안중에 없다. 증오 에 사로잡힌 그에게 당장 중요한 일은 아킬레우스가 괴로워하는 꼴 을 보는 것이다.

아가멤논이 어깨를 으쓱인다. "그러시든가. 관뒀! 창이나 잘 챙겨 가서 골내고 있으라고. 싸울 전사는 널렸으니까. 넌 똑똑히 좀 알 필 요가 있어. 아킬레우스, 이 애송이야. 신이 널 완벽한 전사로 만들긴 했지만, 그건 태어날 때 거저 얻은 재주에 불과해. 스스로 노력해서 얻은 게 아니었다고. 겸손함을 좀 배워야지. 그래서 내가 네 계집을 차지하겠다는 거야. 내가 이 구역 대장이거든. 넌 쥐뿔 아무것도 아니고."

이건 너무 심하다. 아킬레우스는 아가멤논보다 더 힘세고 용감하고 재빠른 자들을 숱하게 해치운 자다. 지금 아가멤논을 죽이기란 작대기로 엉겅퀴꽃 한 송이 후려쳐서 떨어뜨리는 일만큼 쉬울 것이다.

이제 무슨 일이 벌어질지 모두가 안다. 아무도 그 일을 막을 수 없다. 아킬레우스가 우뚝 일어나 칼자루를 움켜쥔다. 그 공간에 있는 모든 이들이 아가멤논은 이미 황천길에 올랐다고 생각한다.

그러고는 모든 것이 정지한다. 아킬레우스만이 단단한 금속성을 띤 독특한 빛 속에 들어가 있다. 그의 앞에 인간의 몸집보다 두 배는 큰 형상이 하나 서 있다. 여자인가? 그런 것 같다. 창을 들고 있는 여자다. 어찌된 영문인지 그 여자가 모든 것을 정지시켰고, 그녀와 아킬레우스만 여전히 말짱하게 살아 움직인다.

아킬레우스는 여신을 만나면 바로 알아본다. 이 여자는 최고의 여신 중 하나다. 그의 어머니 같은 하급 신이 아니다. 이분은 바로 제우스의 딸, 아테나이시다. 태어날 때 제우스의 두개골을 깨부수고 나왔을 정도로 힘이 장사라는 분. 어떤 주술사보다 현명하고 어떤 전사보다 강인하며 자기 아버지를 제외한 어떤 신보다 강력한 분. 아버지 제우스마저 웬만하면 심기를 거스르지 않으려는 그분이다.

아테나가 아킬레우스의 검을 다시 칼집에 밀어넣으며 말한다. "아직은 아니다." 대개 여성의 음성처럼 들리는 천 개의 목소리가 내는 합창 같은 소리. 따를 수밖에 없는 목소리. 그 소리를 거역한다는 건 상상조차 할 수 없다.

아킬레우스는 고개를 떨군 채 여전히 씩씩댄다. "놈이 한 말을 들었습니까?"

그녀가 말한다. "아직은 아니다, 아킬레우스. 기다려라. 나의 어머니와 나는 너를 무척 아낀단다. 우리가 맹세하니, 훗날 다 보상받을 것이다. 하지만 아가멤논을 죽일 수는 없다. 그자가 군대를 이끌도록 해야 한다."

아킬레우스는 울고 싶다. 아직 새파랗게 어린데 살날은 그리 오래 남지 않은 처지다. 가진 거라곤 자기를 거역하는 자는 누구든지 죽일 수 있는 이 능력뿐인데 그걸 도로 거두라고?

여신이 천 개의 목소리로 이루어진 크나큰 합창으로 그를 위로한다. "그를 실컷 저주해도 되지만 죽여선 안 된다. 그가 그리스인들을 단결시키고 있다."

아킬레우스는 더이상 아테나를 쳐다보지 못한다. 마치 태양을 마주하는 것 같다. 이 여신과 비교하면 그의 어머니는 한낮에 피운 모닥불이나 다름없다. 거대한 빛 속에 스러지는 조그마한 불꽃이랄까.

그가 한숨을 내쉬고 흐느낌을 삼킨다. "그 뜻을 따라야겠죠. 여신님과 여신님 어머니의 뜻을요. 하지만……" 그가 기운을 조금 낸다. "제가 원하는 대로 놈을 저주해도 된다고 하셨죠?"

아테나가 고개를 끄덕인다. 온 세상이 기울어지는 듯한 거대한 끄덕거림이다. 어쩐지 그 고갯짓이 그녀를 빨아들이는 듯하다. 온통 검은색과 황금빛으로 가득한, 어두우면서도 눈부신 신들의 세상 속으로 그녀가 사라진다.

아킬레우스는 사람들로 붐비는 방으로 돌아와 아가멤논을 노려본다. 여전히 그는 차마 봐줄 수 없는 능글맞은 웃음을 짓고 있다. 아킬레우스가 아가멤논의 얼굴을 가지고 저주를 쏟아내기 시작한다. "어이, 아트레우스의 아드님. 당신 면상이 사냥개 같은 건 알고 있었소?" 아킬레우스가 자기 턱밑 살을 아래로 잡아당겨 축 처진 늙은 개처럼 보이게 한다. 킬킬대는 웃음소리가 커진다. "거기다 뻑하면 놀라는 사슴 심장까지 겸비한 건?" 그가 놀라서 껑충 뛰는 사슴의 걸음걸이를 손가락으로 흉내내자 킬킬대던 소리가 이제는 대놓고 웃는 소리로 커진다.

귀족들은 누군가가 이 말을 아가멤논에게 해주길 오랫동안 기다려왔다. 무리의 호응을 기대하며 아킬레우스가 묻는다. "명색뿐인 이 쓸모없는 왕이 최전방에서 야전野戰을 벌인 적이 언제였더라? 이분이 야간 급습에 나선 거 본 사람, 손? 그럴 줄 알았지! 한 번도 없다고! 이자가 겁쟁이인 건 나도 알고 당신들도 다 알잖아! 자기 막사에 들어앉아 포도주나 홀짝이다가 그 추잡한 입으로 오줌이나 싸는 주제에! 포도주가 시큼해져서 쏟아진다니까!"

낄낄대던 웃음이 서서히 잦아든다. 이건 너무 심하다. 이제 둘 중 한 명은 세상 하직해야 한다.

귀족들이 멀뚱히 지켜보며 어느 편을 들어야 하나 고민한다. 줄을 잘 서는 것이야말로 이들이 '왕'이라 일컫는 존재가 되기 위한 핵심 기술이다. 자기를 뒤쫓는 수십 개의 창을 감수하면서 오랜 혈통을 이어가는 지역 우두머리로 사는 비결이 바로 이런 것이다. 언제 배에 냉큼 올라타고 편을 바꿔야 할지 알아야 한다. 이제 누군가는 죽을 것이다. 귀족들은 그게 누가 될지 열심히 머리를 굴린다.

그때, 모인 자들 가운데 가장 연로한 귀족 네스토르가 자리에서 일어선다. 그가 무슨 말을 할지 모두가 알고 있다. 그는 따분하고 케케묵은 이치를 대변하는 자다. 인간 소화기가 따로 없다. 지루함, 그거야말로 그가 지닌 비장의 무기다. 하나같이 몸집 우람하고 정신 나간 상태로 무장한 자들만 있는 세상에서, 그 패거리가 자기들끼리 살육하는 불상사를 막으려면 지루하고 쇠약하고 말이 장황한 노인네를 곁에 두는 게 도움이 된다.

네스토르가 '남 좋은 일 하고 앉았냐' 전법으로 운을 뗀다. "아이고, 아킬레우스 님, 아가멤논 님, 둘이 싸우는 걸 보면 트로이인들이 아주 얼씨구나 하겠습니다!" 그런 다음 평화의 복음을 전한다. 그게 그의 일이다. 모든 사람이 지루함에 지쳐 진정할 때까지 장황하게 늘어놓기. "내가 두 사람 아버지도 잘 알지. 팔팔한 아킬레우스에게 내 한마디 함세. 우리가 적법하게 세운 왕 아가멤논에게 그리 대들면 못써요! 이제 존중 좀 해주셔야지!"

아킬레우스가 우는소리로 답한다. "저자가 나한테 뭐라고 했는지 들었어요, 네스토르 경?"

네스토르가 고개를 끄덕이고 이번에는 아가멤논 쪽을 본다. "그래 그래, 우리 젊은 양반 말에 일리가 있지! 아가멤논, 당신이 여기 아킬레우스보다 나이도 위인데 좀 참으셔야지. 쓸데없이 젊은이 기분 상하게 하지 말고. 이 양반이 우리 중에 제일가는 전사잖소."

아킬레우스도 아가멤논도 언성이 높아진다. 늘 하던 얘기가 줄줄이 나온다. 그래도 최소한 검을 뽑아들 일은 없을 것이다.

마침내 아킬레우스가 이 무의미한 고성에 넌더리를 내며 일어나 자리를 뜬다. 나가는 길에 아가멤논과 군대를 향해 마지막으로 악담을 퍼붓는다. "당신이 내 여자를 데려갈 수는 있겠지만, 내 맹세하는데 전장에서 두 번 다시 날 못 볼 거요. 막사에서 포도주를 음미하면서 당신네 전부 다 뒈지는 꼴을 지켜보겠어. 두고보라고. 제발 돌아와

달라고 애걸할 날이 올 테니!"

아킬레우스가 자리를 박차고 나가는 동안 모두가 멀찍이 그를 피한다. 그가 막사로 돌아가려는 참에, 때마침 아가멤논이 보낸 겁먹은 하인 둘이서 브리세이스를 끌고 가는 모습이 눈에 들어온다. 여자는 울부짖으며 그에게 도와달라는 눈길을 보낸다. 그는 그럴 수가 없다.

그래도 아킬레우스가 쓸 수 있는 카드가 하나 있다. 테티스 같은 고만고만한 여신이라 해도 여신을 어머니로 두는 건 가끔 도움이 된다. 아킬레우스는 해변으로 가서 어머니를 부른다. 테티스는 대부분의 시간을 지중해 오십 길 물속에서 보내지만, 외아들이 찾으면 단숨에 그 자리에 나타난다. 이 모자간에는 통하는 게 있다. 아들이 외치면 어미는 아무리 깊은 바닷속에 있어도 그 소리를 듣는다. 아킬레우스가 크게 울부짖는다. 역사상 가장 위대한 자가 끝장났다! 망했다! 결딴났다!

바닷가에서 잔잔한 파도 소리를 들으며 그가 두 손으로 머리를 감싼 채 잠시 눈물을 흘리는데…… 문득 파도 소리가 멈춘다. 모든 소리가 멎는다. 그녀가 온 것이다. 테티스는 하급 신에 불과해서 아테나처럼 시공간을 쥐락펴락할 순 없지만 죽을 운명인 아들과 자기 자신만은 따뜻한 거품 속에 들일 수 있다. 아킬레우스가 덩치 큰 아기처럼 울고 있다. 이전에도 수차례 본 모습이다.

그가 수도 없이 그랬듯이 흐느껴 운다. "왜 나를 낳았어, 엄마?"

묵묵부답. 그저 일이 그리된 것을. 둘 다 아는 바다.

테티스는 아들이 한참을 울면서 투덜대도록 내버려둔다.

아킬레우스가 구시렁거린다. "나는 죽고 말 거야. 다들 내가 곧 죽네 마네 노상 떠든다고. 어쨌든 살아 있는 동안에는 역사상 가장 위대한 자니까 그래도 괜찮다는 식이야. 근데 어쩌라고? 내가 한 손으로도 찢어 죽일 수 있는 아가멤논이 내가 제일 좋아하는 여자애를 빼앗아가는데도 잠자코 있으라는데."

테티스가 마치 일렁이는 물결처럼 한 손으로 아들을 다독인다.

아킬레우스가 솥뚜껑만한 손을 내밀며 다시 말한다. "진짜라니까, 내가 손만 까딱해도 죽일 수 있다고. 왼손으로도 식은 죽 먹기야."

테티스가 아킬레우스의 머리를 쓰다듬자 그의 마음이 가라앉는다. 비로소 자신이 무슨 상처를 받았는지 어머니에게 털어놓는다. "놈들이 내 막사로 와서 걔를 그냥 끌고 갔다니까! 두 놈이었어. 무서워 죽을 것 같다는 표정이 다 보이더라고. 그래도 난 놈들을 해치지 않았어. 엄마, 알지? 내가 약한 사람 못살게 구는 불량배 아닌 거? 난 노예는 안 죽이잖아. 내가 놈들을 안 해쳤다고. 여자애를 데려가게 그냥 놔뒀어…… 걔가 막 울었어. 안 가고 싶어했는데…… 걔가 날 정말 좋아했다고…… 놈들이 마구잡이로 그애를 끌고 가버렸어……"

이제는 모자가 함께 거품 속에서 슬피 운다. 가문 전체에 깊은 비탄과 수치를 안기는 사연이다. 아킬레우스는 어머니를 둘러싼 거품 안에서 뭔가 다른 소리를 듣는다. 분노에 차 식식대는 소리다. 어머니가 그를 대신해서 노여워하는 것이다.

테티스는 별다른 말을 하지 않는다. 할 필요가 없다. 어머니는 대부 제우스에게 가서 약조를 얻어낼 것이다. 복수의 약속. 이들 세계에서 줄 수 있는 유일한 보상이다. 원수가 끔찍하게 죽는 장면을 지켜보는 것. 테티스가 이 일을 처리할 것이다. 모자간에는 통하는 게 있다. 아킬레우스는 상황을 이해하고 울음을 멈춘다. 이런 모습은 보이고 싶지 않았으리라.

거품이 사라진다. 어머니가 떠났다. 아킬레우스는 아까의 트로이 해변으로 돌아온다. 아가멤논이 설치고 있는 곳으로. 바로 아래쪽 해변에 검은색 염소 털로 된 큼지막한 천막이 보인다. 아가멤논이 앉아서 술을 마시는 곳, 아킬레우스가 좋아하는 여종이 그가 세상에서 제일 증오하는 놈에게 끌려가게 될 곳이다.

테티스는 불운한 자기 아들을 위해 손을 쓰고자 이미 천계로 가는 중이다. 곧장 제우스의 왕좌로 날아가 그가 물리치기도 전에 두 손으로 대부의 무릎을 부여잡는다.

이것은 탄원하는 자가 의례적으로 취하는 자세다. 아주 심각한 사안을 뜻한다. 아무리 신들의 아버지라 해도 자기 무릎을 두 손으로 잡는 여인을 물리칠 수는 없다.

제우스가 툴툴거리고—천둥이 친다—몸을 뒤틀다가—번개가 친다—결국에는 소리친다. "알았다! 그렇게 할게!"

그러자 테티스가 잠잠해지고, 신계의 가장家長인 제우스의 무릎에서 거품이 빠져나가 다시 바다로 흘러간다.

이제 그녀의 아들은 원수를 갚게 되리라. 아들의 원수들은 눈앞에서 앙갚음을 당하며 우수수 죽어나가리라.

2
트로이전쟁의 서막

　이제 제우스는 그리스인을 엄청나게 죽여야 할 판이다. 퍼뜩 드는 생각에 얼굴이 절로 찡그려지고 괴롭기만 하다. '헤라가 안 좋아하겠지.' 그의 아내이자 누이인 헤라는 제우스의 일거수일투족을 늘 꿰고 있는데다 그리스인을 싸고도는 여신 아닌가.

　좌우간 헤라는 영원토록 그에게 화나 있다. 자기 아랫도리도 제대로 관리 못하는 주제에 만사를 주무르는 척하는 발정난 늙은 개라나 뭐라나.

　이쪽 세계 인물들은 욕정에 큰 반감을 품고 있었다. 그들은 이 부분에서 인간과 달랐다. 인간은 욕정 자체를 사랑하지만, 그들은 아니었다. 욕정은 위험하기 짝이 없고, 여자들에게 지나치게 큰 힘을 부여한다. 적어도 그들의 이야기에서 욕정은 그릇된 것이다. 그들에게 진정한 사내란 무릇 자기 아랫도리에 휘둘리는 법이 없어야 한다. 혹시 휘둘리는 자라면 사내가 아니다. 호색한이랄까? 호색한은 무엇보다 도시 전체를 쑥대밭으로 만들 수도 있는 위험한 종자다.

이 전쟁의 불씨가 된 것도 바로 호색한 같은 사내, 파리스라는 이름의 트로이 왕자였다. 페로몬을 줄줄 흘리고 다니는 성적 자아를 장착한 인간. 그가 포르셰를 몰지 않고 레이밴 선글라스를 끼지 않은 이유는 단 하나, 아직 기반시설이 갖춰지지 않은 시대이기 때문이다. 만약 공항이 존재했다면 단박에 말리부로 날랐을 작자다. 이 어린 군주 파리스에게 여신 세 명을 두고 최고의 미인을 심사할 기회가 주어졌다. 바로 트로이 포위의 발단이 된 사건이다.

그게 다 증오의 여신이 꾸민 음모였다. 그녀는 지중해 국가를 두루 관장하는 고대의 강력한 여신이다. 예나 지금이나 쭉 그랬다. 못 믿겠으면 뉴스 좀 보시라.

이 여신이 왜 꼭지가 돌았느냐, 그건 중요한 결혼식 하객 명단에서 자기 이름이 제외되었기 때문이다. 아킬레우스의 부모, 그러니까 테티스와 인간계의 왕 펠레우스의 혼인식이 사달이었다.

증오와 결혼식이 얼마나 잘 어울리는지 알 만한 사람은 다 알 것이다. 증오의 여신은 당연히 기분이 상했다. 오래오래 곰곰이 생각에 잠겼다. 증오는 항상 최고의 계획을 내놓기 마련이다. 그녀가 악취 풍기는 지하실로 내려갔다. 신음소리가 그치는 법이 없고 언제나 쇠사슬이 철커덕거리는 곳. 자욱한 연기 때문에 독수리도 기절했을 공간이다.

여신이 뭔가를 녹이고 망치로 두드리고 매끈하게 다듬어서 드디어 완벽한 선물을 완성했다. 순금으로 된 사과였다. "가장 아름다운 이에게"라는 글이 고운 필기체로 새겨져 있었다. 지옥에서 온 무기가 따로 없구나. 증오의 여신이 테티스의 결혼 피로연에서 춤추는 무희들 사이에 사과를 떨어뜨린다. 무희들은 너무 취해서 웬 황금 사과가 무도장에 또르르 굴러왔는지 의아해하지도 않는다. 여신은 낄낄대며 마치 타란툴라 거미의 그림자처럼 스르르 자기 실험실로 사라진다.

사과가 바닥을 가로질러 굴러가며 번쩍이는 것을 보자마자 연회장의 모든 여신들이 그 사과를 갖고 싶어한다. 다들 잘생긴 트로이 왕자 파리스를 계속 힐끔대던 참이다. 그중 하나가 술김에 경박한 계획을 생각해낸다. 최고 여신 셋을 두고 미인대회를 벌이자는 것이다. 아내이자 어머니요 집요한 정조의 화신인 헤라, 그녀의 훌륭한 딸이자 불 같은 성격에 교활하고 전략에 능한 전쟁의 명수 아테나, 다정한 여인이요 사랑의 신인 아프로디테가 후보다. 그 자리에 있던 여신들이 결정하기를, 이 경합은—키득키득—아, 그러니까, 잘생긴 트로이 왕자 파리스가 심사하기로 합시다. 땅땅땅.

미치지 않고서야 어느 사내가 그런 일을 수락하겠느냐마는 파리스는 해버렸다. 만약 머리가 돌아가는 사내가 부득불 셋 중에 하나를 고를 수밖에 없는 상황에 처했다면 제우스의 사나운 마나님이자 대모인 헤라를 택했을 것이다. 헤라가 아니라면, 양성적인 매력을 가졌고 머리는 비상하나 현실감은 다소 떨어지는 전사이자, 적으로 두면 공포의 대상이되 아군일 경우 최고의 동맹인 아테나가 2순위이다.

그렇다면 멍청한 사내다움을 장착한 우리 파리스의 선택은? 그는 곧이곧대로 외모를 기준으로 아프로디테에게 덜컥 상을 수여한다. 가문 간의 중매결혼과 끝없는 전쟁이 판치는 세상에 하등 쓸모없는 사랑이니 콩깍지니 떠드는 멍청이 여신한테 말이다. 그래서 트로이는 곧 멸망할 테고 그곳의 모든 사람은 머지않아 죽거나 노예 신세가 될 것이다. 하여간, 사랑이 말썽이다.

당연히 세 여신은 그를 매수하려고 애를 썼다. 어쨌든 그런 게 그리스식이니까. 거물급 후보 1번과 2번은 지금 우리가 들어도 군침을 질질 흘릴 뇌물을 제안했다. 헤라는 파리스에게 그 망할 놈의 사과를 주기만 한다면 온 세상의 왕으로 만들어주겠다고 말했다. 그녀가 제법 취하긴 했지만 그런 일쯤이야 성사시켰을 것이다. 파리스는 그 제안이 그리 당기지 않았다. 그래서 거절했다, 이 멍청한 놈이! 그다음으로 아테나가 그를 한쪽으로 데려가 진짜 왕자라면 거절했을 리 없는 제안을 했다. 전시든 평시든 자신의 능력과 조언과 우정을 평생 나눠주겠다는 제안이었다. 수백 년 뒤에 알렉산더라는 사내는 그 거래를 받아들였고, 그걸로 잘 먹고 잘 살았다. 어딜 가나 그의 이름을 딴 도시가 있지 않나.

그런데 이 덜떨어진 똥멍청이 호색한 파리스는 어깨를 으쓱하더니 제일 약체인 마지막 후보에게 간다. 순백의 뇌를 달고 킥킥대는 아프로디테에게로. 그녀가 머리카락을 뒤로 휙 넘기더니 손가락으로 파리스의 팔을 스윽 쓸어내리며 자기를 뽑아주면 지상 최고의 미녀를 차지하게 해주겠다고 속삭인다.

어리석기 짝이 없다. 여기가 무슨 캘리포니아도 아니고. 이곳은 끝없는 욕망과 전쟁이 난무하는 세상이다. 자신이 차지하는 어떤 도시에서건 여자란 여자는 전부 취할 수 있는 곳이다. 헤라의 도움을 받는다면 파리스는 세상의 모든 성읍을 차지할 수도 있었다. 그러니 당연하게도 모든 여인네가 그의 차지가 될 터였다. 만약 아테나의 무시무시한 기술을 전수받는다면 어떤 성읍이든 빼앗을 수 있었을 테고, 거기 품을 만한 여인 하나쯤 없었겠나. 창끝으로 세상을 차지한 자에게 사랑이 무슨 대수랴.

그는 헛바람이 들어서 사리분별이 안 된다. 세상 최고의 미녀가 자기와 사랑에 빠지길 바란다. 미련하기 짝이 없는 이야기다. 바보의 사연이지.

파리스가 아프로디테를 뽑는다. 거물급 여신 둘은 어둠으로 몸을 감싸고 파리스와 그의 민족을 영원히 증오하리라 맹세한다. 아프로디테는 자기 몫의 사과를 받아들고 깔깔대며 파리스에게 감사의 입맞춤을 한다.

아, 그녀는 지상 최고의 미녀를 주겠노라 한 약속을 지켰다. 그것이야말로 그녀가 파리스의 딱한 트로이 문중에 저지를 수 있었던 최악의 짓이었다.

아프로디테가 스파르타로 두둥실 날아가 살아 있는 가장 매력적인 여인이자 스파르타의 여왕인 헬레네의 콧속에다 가루 환각제를 불어 넣었다. 다음날 아침 헬레네는 파리스와 눈이 맞아버렸다.

대참사다. 헬레네는 결혼한 몸이었는데…… 더구나 남편이 여느 멍청이도 아니었다. 아니고말고, 메넬라오스라는 이름의 멍청이였으니. 어쩌다보니 아가멤논의 동생이기도 했고. 여긴 쌍방 무과실 이혼의 세계가 아니다. 쌍방 무과실 살인이라면 몰라도, 서로의 책임을 묻지 않는 이혼? 꿈도 꿀 수 없다.

그다음은 다들 알다시피 파리스와 헬레네가 아프로디테의 도움으로 허둥지둥 달아날 차례다. 최면을 일으키는 몽롱한 향기가 그들을 허술한 거품으로 감싸서 트로이 성벽 안으로 실어 가고 거기서 거품이 터진다.

그들은 이제 운이 다한 트로이에서 사랑의 보금자리를 꾸려 아홉 해를 숨어 지낸다. 느긋하게 후회할 시간이 차고 넘친다. 이게 바로 사랑이 하는 짓이다. 그 잘난 사랑이 한 가문을 죽음으로 몰아넣는다.

아트레우스 가문의 아가멤논 일가…… 그들이 바로 증오 부문의 세계 챔피언이다. 파리스와 헬레네가 에게해를 사뿐히 건너 트로이의 내실에 당도하기도 전에 아가멤논은 전쟁 준비에 들어가 모든 부족, 창을 들 수 있는 그리스 남자는 죄다 끌어모았다. 그는 그들에게 전리품을 차지하게 해주겠다 약속하는 한편, 다섯 세대에 걸쳐 입은 은덕을 이제는 갚으라고 했다. 혹시 망설이는 자가 있다면 그자의 마을을 전혀 우호적이지 않은 방식으로 방문하겠다는 겁박도 했다.

아가멤논은 남사스럽게도 거세된 꼴이 된 동생과 함께 금세 그리스 역사상 최대 규모의 군대를 결성했다. 아홉 해가 흐르는 동안 트로이 근방 해변을 따라 도열한 함선은 서서히 삭고 있다. 전리품이나 여자를 차지하러 온 전사들이 이미 숱하게 죽었지만 남은 자들이라고 쉽게 떠나지도 못한다. 아가멤논의 순도 높은 증오가 여전히 펄떡대는 동안에는 언감생심이다.

지난 아홉 해 동안 그리스인들은 트로이 주변 국가를 다시는 사람이 발붙일 수 없는 곳으로 만들려고 갖은 애를 썼다. 도시에 있는 쓸 만한 사내와 소년을 전부 죽였고, 반경 팔십 리 안에 있는 올리브나무는 모조리 베어버렸으며, 시골의 모든 신단에다 기어이 똥오줌을 싸질렀고, 우물은 죽은 당나귀와 개로 오염시켰고, 트로이와 동맹을 맺은 모든 마을의 남자들은 죽이고 여자들은 범했으며, 해안을 따라 종횡무진 누비며 가축이란 가축은 죄다 잡아먹어 씨를 말렸다.

머잖아 운이 따라서 성벽을 돌파하게 될 것이다. 딱 한 번만 그리스인들에게 운이 따라주면 된다. 수만 봐도 그들이 트로이인보다 세 배는 많다. 그러니 성벽을 돌파하기만 하면 게임 끝이다. 기다릴 수 있다. 조만간 트로이인은 실수를 범할 테고 전부 저승길에 오를 것이다. 그 아들들도 같은 운명이다. 파리스보다 월등히 나은 형이자 트로이의 용사이며 아킬레우스와 세 판은 싸울 수 있는—뭐, 두 판 정도일수도 있고—지상의 최강자 헥토르까지도.

트로이인들은 운이 다했다. 그들도 안다. 그들은 성벽 바깥의 먼지 투성이 벌판에 매장되지도 못한 채 널브러져 개들에게 뜯어먹힐 것이다. 그들의 아내와 딸은 목숨이야 부지하겠지만 차라리 죽기를 바랄 것이다. 경매장에 끌려가 동전 몇 푼에, 아니면 가축 몇 마리 값에 피 묻은 이 손에서 저 손으로 넘겨질 테니까.

자, 소위 진정한 남자라는 이들이 왜 사랑을 하지 않는지 이제 알겠는가. 너무 위험하다. 계속 죽이고 전쟁을 벌이는 게 진짜 남자인지도 모른다. 적어도 그 편이 더 안전하니까.

3
제우스의 계략

아가멤논이 자고 있다. 포도주에 절어 살다보니 숙취를 털어내느라 노상 잠만 잔다. 오늘밤도 다를 바 없다. 다만 그의 옆에 누운 여자가 바뀌었다. 아킬레우스한테서 붙잡아온 여자 브리세이스다. 그녀는 아가멤논이 코를 고는 동안 왕 중의 왕이라는 작자와의 첫날밤을 숨죽여 흐느끼며 보낸다. 그는 이전 주인 아킬레우스와 아주 딴판이다. 아킬레우스의 소유가 되었을 때도 충격을 받긴 했지만 그러한 감정은 이내 뭔가 다른 것으로 변했고, 마침내는 그녀로선 입 밖으로 내어 표현할 수 없는, 결코 기쁨이라고는 할 수 없는 무언가가 되었다. 정작 아킬레우스 자신은 결코 보지 못할 어떤 모습이 그녀에게는 너무나 분명히 보였다. 그는 좋은 남자였다. 죽음 한복판에서 사는 젊은 사내. 자신에게서 품위가 배어나는 순간을 본인은 알아챈 적이 없었다. 그랬다면 도리어 창피해했으리라. 하지만 브리세이스는 그런 순간들을 알아차렸다.

반면에 아가멤논은…… 웩. 다른 여자들 말로는 아가멤논이 자기 딸을 죽였단다. 브리세이스는 오늘밤까지는 그 말을 절대 믿지 않았다. 이제는 그게 사실임을 확신한다. 아킬레우스가 자신을 이 남자한테 보내느니 차라리 죽이지 않은 게 한스럽다. 그녀를 정말 좋아했다면 죽였을 테지. 이제는 그가 밉다. 물론 숨쉴 때마다 털북숭이 가슴팍이 오르락내리락하는 이 인간만큼은 아니지만. 그녀가 이 세상 그 누구보다도 아가멤논을 증오한다는 사실은 말할 필요도 없다.

제우스도 딱히 아가멤논을 좋아하진 않는다. 그가 아가멤논과 아킬레우스를 지켜보고 있다. 거대한 반석 위의 왕좌에 앉아 두 눈을 감은 채 지켜본다. 지켜야 할 약속이 있다. 하급 신이지만 정이 가는, 아주 사랑스러운 바다의 여신 테티스와 맺은 약속이다. 그리스인들을 죽여서 그녀를 흡족하게 해주겠노라 약속했다. 그녀 아들의 복수를 해주겠다고. 대부가 되는 게 이런 것이다. 부탁이 꼬리에 꼬리를 문다. 호의에 보답하거나 호의를 베풀거나. 훗날 써먹을 용으로 사망자 수를 대략 집계해둬야 할 판이다.

그 거래…… 그는 지질구조판이 움직이듯 천천히 숨을 쉬며 기억을 떠올린다. 테티스를 기쁘게 해주기 위해, 그녀의 소중한 아들이 그들에게 필요한 존재임을 보여주기 위해 수많은 그리스인을 죽일 것이다.

그래, 까짓것. 아킬레우스는 착한 녀석이다. 반신이고. 그애 어머니의 결혼식에 다들 가지 않았던가. 게다가 그 불쌍한 녀석이 이승에서 오래 살지 못한다는 걸 모두가 안다. 유감스럽다. 흔치 않은 인간과 신의 합작품이고, 모계인 신의 가문을 따라 충실하게 자란 아이다.

제우스는 이른바 '전쟁의 신'인 아레스 같은 순수 혈통의 신들을 떠올려본다. 그래봤자 신의 자질로만 보자면 아킬레우스의 절반에도 못미치는 것들이다. 하지만 얄궂게도 아레스는 순혈이고 아킬레우스는 혼혈이다. 그러니 아레스는 비겁한 살인자로 천년만년 살고 아킬레우스는 머잖아 죽는 것이다. 제우스는 테티스의 청을 들어줄 모든 준비를 끝냈다. 시간, 장소, 무기. 그렇다고 저절로 이뤄지진 않는다. 규칙이란 게 있다.

그러는 동안 재미도 좀 있겠지, 테티스의 용맹한 아들 심기를 거스른 그리스인들을 더러 죽이다보면 말이야. 그런 건 호의로 치기도 힘들고, 오히려 재미있는 놀이에 더 가깝다. 그저 아가멤논이 몸부림치는 꼴을 구경하면 되는 것 아닌가. 브리세이스가 아가멤논을 싫어하는 것 이상으로 신들은 그를 질색한다. 아무도 그를 좋아하지 않는다. 그리스 진영의 개들마저 그를 싫어해서 그가 보이면 꽁무니를 뺀다.

그리하여 제우스는 지진계 눈금이 움직일 정도로 진하게 껄껄 웃고는 아가멤논을 손보기로 결정한다. 그래, 그 멍청이의 대갈통 안에서부터 시작해보자. 그 조그맣고 축축한 세계를 감염시킨 다음 그리스인 절반이 죽을 때까지 쭉 퍼뜨려보자.

제우스가 큰 소리로 부른다. 아무 말 없이 그것이 온다. 악몽이다. 공중에 둥둥 떠서 빙그르르 돌며 대부 앞에 대령한다. 녹색 구체에 달린 뾰족한 끄트머리 하나하나가 누구하고든 연결되길 바라는 덩굴손 같은 것을 달고 고동친다. 일단 잠자는 뇌에 분사되면 절대 못 본 것이 될 수 없는 플라톤의 지하세계 지옥도 같은 광경으로, 상상조차 해본 적 없는 공포와 거짓말로 감염시키고자 안달난 촉수가 펄떡거린다. 이건 신들이 좋아하는 무기 중 하나다. 신들 소유의 다차원 창고에는 이런 것들이 가득 모여 끝없이 늘어서서, 속닥거리고 파르르 떨며 임무를 받아 전송되길 기다린다.

애정을 가득 실은 꿈의 촉수가 제우스를 향해 뻗어가지만 그는 아무런 영향을 받지 않는다. 이것들을 만든 자가 바로 그다. 제우스는 여전히 눈을 감은 채 꿈에게 지시를 내린다. 꿈은 단숨에 명령을 접수하고 사랑스럽게 콧노래를 부르며 출동 준비를 마친다. 제우스가 눈을 뜨고 말한다. "가거라."

브리세이스가 이제 아가멤논을 등지고 돌아눕는다. 한 침대이긴 하나 최대한 멀리 떨어져 있다. 눈꺼풀 너머 초록색 불꽃이 보이지만 그녀는 무시한다. 악몽이야 하루이틀 만난 사이도 아니다.

꿈이 높은 음조의 애가를 흥얼거리며 아가멤논을 찬찬히 살핀다. 이토록 자기애와 악의가 충만한데다 권력과 우둔함까지 갖추다니 완벽한 실험 대상이로구나! 꿈은 이 임무를 하달한 제우스에게 감사하는 마음을 곡소리에 실어 보내며 그에게 거짓말을 주입한다.

아가멤논의 꿈속에서 네스토르가 그를 흔들어 깨우며 소리친다. "자, 아가멤논왕이시여! 오 고귀하신 분이여, 드디어 당신의 때가 왔소! 내가 제우스의 옥좌에서 직접 들고 온 전언이오!"

이 시점에서 악몽이 혼자 낄낄댄다. 어쨌든 어느 정도는 사실이지 않은가. 모두의 아버지인 제우스가 악몽을 통해 이 전언을 아가멤논에게 보냈으니 말이다. 자주 그러듯 악몽은 쏠쏠한 재미가 마르지 않는 이런 일의 진면목이 드러날세라 부러 한숨을 쉰다. 에휴!

악몽이 잠깐 동안 꿈속 네스토르의 머리를 자기 모습으로 바꾼다. 고동치는 녹색 구체가 해파리 같은 촉수들을 날름거리며, 감지되는 모든 정신활동을 향해 뻗어 간다. 아가멤논이 깜짝 놀라 잠에서 깨어나려 한다. 악몽은 수치스러워하며—아마추어 같으니!—자기가 제일 좋아하는 양식인 허영심과 위로의 파동을 아가멤논에게 보낸다.

잠꾸러기가 안정 모드로 돌아가자 악몽은 다시 저 뻣뻣하고 둔한 늙은 귀족 네스토르의 모습을 하고선 진지하게 읊조린다. "들으시오, 아트레우스의 아들 아가멤논. 신들이 우리 뒤에서 연합했소. 헤라가 제우스를 설득해 우리 편으로 만들었고 모든 문중이 우리와 함께 있소. 그러니 우리가 진격하는 즉시 트로이는 무너질 거요. 성읍으로 행군하시오! 당장!"

아가멤논이 잠결에 중얼거리며 한숨을 쉬고 미소를 짓는다. 악몽은 그의 얽은 얼굴을 한번 더 귀엽다는 듯 어루만진다. 이번에는 순전히 재미삼아 그러고는 스르르 사라진다.

아가멤논은 묘한 기분을 느끼며 잠에서 깬다. '기쁨'인지 '행복'인지 하는, 사람들이 쓰는 그런 단어 같은 기분이다. 희한하지만 신경쓰지 않는다. 그에게는 할일이 있다. 새 여종, 이름이 뭐더라? 브 어쩌고하는 뭐였는데…… 이미 나간 모양이다. 희한하게도 얘네들은 이런 식으로 항상 일찍 일어나 자리를 뜨는 것 같다. 일을 하는지 치장을 하는지 모를 일이다. 어쨌든 일단 군대부터 모아야 한다.

그때 순수하게 아가멤논다운 순간이 찾아온다. 그는 더 기발한 생각을 떠올린다. 아가멤논은 항상 더 나은 뭔가를 궁리하고, 일이 벌어질 때 부디 신들이 자기편의 누군가를 도와주기를 기원하는 사람이다.

그가 생각한다. '왜 트로이를 공격하라는 거지? 그건 너무 단순하잖아. 너무 뻔해!' 모든 어리석기 짝이 없는 인간들처럼 아가멤논은 뻔한 것을 싫어한다.

'안 되겠어.' 그가 생각한다. '군대 전체를 시험해봐야겠군. 나한테 진짜로 충성하는 놈이 누군지 알아보겠어. 난 꿈을 통해 이미 제우스의 전언을 받았잖아. 우리가 진격하는 즉시 트로이를 차지하게 될 거라고 했지. 불충한 놈들까지 전리품을 나눠 갖게 해줄 이유가 없잖아? 회의를 소집해야겠다. 아주 침울한 척하면서 가망이 없다고 말해야지. 우리가 장장 아홉 해를 노력했지만 일이 안 풀린다, 어쩌고저쩌고…… 완벽해! 신이시여, 내가 너무 똑똑해서 가끔은 나 자신이 무섭지 뭡니까. 항상 나를 증오하던 겁쟁이들, 농땡이 부리는 놈들, 뒤통수치는 놈들 전부 달아나겠지. 그러면 충성스러운 놈들만 나와 함께 트로이로 진군할 것이다! 다른 놈들하고는 전리품도 계집종들도 굳이 나눌 필요가 없다마다.'

그가 자신의 탁월한 계획에 감탄해 무릎을 친다. 그러다 아직 덤이 하나 남아 있다는 것을 깨닫는다. 제일 군침 도는 뜻밖의 선물이다. '우리가 감사의 찬가를 부르기조차 벅찰 정도로 전리품을 잔뜩 챙겨서 줄줄이 함선으로 복귀하는 광경을 아킬레우스 놈이 보게 되겠지. 그 모습을 보면 죽고 싶을 거다. 끝내주는군!'

제우스는 아가멤논이 얼마나 어리석은지 짐작도 못 한 채 어서 꿈의 효과가 나타나길 기다리고 있다. 꿈이 명한 대로 얼른 그리스 군대가 해변에서 트로이 성벽을 향해 행군하길 기다린다. 그런데 그리스 진영을 가만히 살펴보자니 아가멤논이, 어라, 회의를 소집하네? 웬회의? 욕지기가 올라온다. 그가 '술 따르는 시동' 가니메데스에게 말한다. "이런 멍청이를 봤나! 저놈은 감이 안 잡힐 정도로 멍청해서 실수를 하게끔 유도해도 먹히질 않는구나! 인간들 중에는 진짜 속 터지게 어리석어서 공들여 만든 가짜 꿈으로도 뇌를 뒤틀 수 없는 놈이 있다니까! 내가 놈한테 꿈을 보내 트로이로 진군해야 한다고 전했는데 저 천치가 회의를 소집하다니! 저놈이 대체 뭔 생각을—"

이 순간 제우스는 무슨 일이 벌어지는지 알아보기로 한다. 눈을 깜빡이다 감은 뒤 아가멤논의 마음속을 들여다보고 다시 눈을 뜬다. "오오오오오, 이건 뭔가…… 내 평생 본 것 중 제일 멍청한 계획이군……" 그가 가니메데스 쪽을 본다. 소년은 전에도 종종 그랬듯이 제우스의 옥좌 앞에 무릎을 꿇고 앉는다.* 제우스가 소년의 머리를 밀어내고 말한다. "아니, 지금은 아니야. 내가 할 일이…… 넌 믿을 수 있겠냐? 이 멍청한 아가멤논이 내가 하달한 치밀한 계획을 능가해보겠다고 머릴 쓰고 있단 말이지. 어떤 인간들에게는 방해 공작도 안 먹힌다니까. 그냥 너무 멍청하거든. 아폴론 말이 맞았어. 멍청이들은 그냥 죽어야 돼. 그런데 내가 그리하면 헤라가…… 너도 알잖냐……" 소년이 감정을 실어 고개를 끄덕인다. 그도 헤라를 잘 안다.

아가멤논은 컨디션 최고다. 귀족을 전부 소집해 자기 천막에 줄줄이 들인다. 주인공이 된데다 교묘한 계획까지 준비해두었다. 천상에 있는 기분이다.

그는 잔뜩 들떠서 단상을 오르락내리락하다가 단상에서 속삭이듯 말한다.

"고귀한 나의 친구들이여, 내가 오늘 회의를 두 번 열 텐데 이번이 그중 첫번째가 될 것이다. 보다시피 지금은 우리뿐이다. 귀족 혈통과 왕들만 모였지. 이 회의가 끝난 뒤 내가 부하들을 위해 야외에서

* 제우스가 납치한 트로이의 미소년 가니메데스와 제우스 사이를 동성애적인 시각으로 보는 견해도 있다.

큰 연회를 벌이겠다. 뭔가 엄청난 일이 벌어졌거든. 간밤에 꿈을 꿨는데, 올림포스에서 직통으로 말이지, 제우스가 직접 보낸 전갈이 왔다니까! 그가 네스토르의 형상으로 내게 찾아와서는……" 자랑스레 얼굴을 붉힌 늙은 바보를 가리키며 그가 말을 잇는다. "……왜 그랬는지 우리가 다 알잖아. 우리 모두가 네스토르를 믿으니까. 모두가 네스토르를 아끼니까! 믿음, 신뢰, 기타 등등 뭐 그런 것의 상징이니까. 그러니 그 꿈은 분명히 근거가 있는 예언이라고. 그리고 이 꿈에서 네스토르가, 그러니까 네스토르의 형상을 한 제우스가 나한테 한 얘기란 게 말이지……" 극적인 효과를 위해 잠깐 쉬고, "친구들, 우리가 트로이를 단번에 섬멸할 거다! 거칠 것이 없어. 모든 신들이 우리 편이야. 염소떼를 가르며 굴러가는 돌덩이처럼 트로이로 시원하게 진격해 들어갈 거란 말씀이지".

아가멤논의 말이 슬슬 먹히는지 귀족들의 환호가 터진다. 아가멤논은 한 손을 들어 좌중을 진정시키고 말을 이어간다. "잠깐, 그게 다가 아니다! 내가 잠에서 깨서 가만 생각해봤지. 자네들도 잘 알겠지만 반역자와 거짓말쟁이와 겁쟁이가 사방에 널렸는데…… 어째서 전리품과 승리의 영광을 나누는 데 놈들을 끼워줘야 하나 싶더라고. 그래서 내가 이런 계획을 세웠다. 이 모임이 파하면 야외에서 평민들을 소집해 두번째 회합을 열고 그들을 떠볼 작정이다. '아, 슬프구나, 병사들아! 이제 다 소용없다! 트로이인들이 아시아 본토의 군대를 전부 소집했다. 이방의 별난 종자들을 떼거리로 모았다! 우린 놈들을 절대 이기지 못할 것이다. 제군들, 이제 집으로 돌아가자. 처자식이 있는 고향으로 가자!' 이렇게."

그는 모두가 이 절묘한 계획을 충분히 이해할 수 있도록 잠시 시간을 둔다. 귀족들 사이에 깊은 정적이 흐른다. 다들 제대로 들은 건가? 아가멤논이 군사들에게 이제 다 망했다고 하겠다는 건가? 곤혹스러워하며 언짢은 표정을 짓는 귀족들을 보며 아가멤논은 벌써 천 번도 더 한 생각을 또 한다. 자신의 비범한 재능을 이 돌대가리들한테 낭비한다는 생각이다. 이자들에게는 자신의 교묘한 계획을 일일이 설명해줄 수밖에 없다. 그가 입을 연다. "알겠어? 약골들, 반역자들, 겁쟁이들 말야. 얘네들은 전부 배로 달려가 바다로 내뺄 거라고. 그러면 우리만 남으니까 우리끼리 트로이로 슬슬 걸어가면 된다고! 하! 아킬레우스는 바닥 청소부로 쓸 늙은 과부 하나 챙길 기회가 없을 거라니까! 아주 완벽해!"

누구 하나 맨 먼저 나서서 펄쩍펄쩍 뛰며 계획의 탁월함에 환호를 보내고 싶은 눈치가 아니다. 그런데 아가멤논의 꿈에 혜성처럼 등장했다는 이유로 아이처럼 기쁘기만 한 네스토르가 자리에서 일어나 귀족들에게 말한다. "경들, 우리 사령관의 계획을 다들 들었잖소. 만약 다른 누군가가 그런 소릴 했다면 그냥 웬 미치광이가 떠드는구나 싶었겠지만…… 음, 아가멤논은 우리 중에 선봉에 있는 사람이잖소. 우리 군대의 간 같은 존재지. 그러니까, 음, 그가 우리에게 내놓는 건 존중해야 하오."

무리 가운데 음침한 목소리가 들려온다. "간 같은 소리 하고 있네! 아가멤논이 간은 간인데 아주 몹쓸 간이지. 그자가 우리한테 내놓는 건 썩은 담즙밖에 없어!" 귀족들이 이 소리에 웃음을 터뜨린다. 아가멤논은 감히 그런 소릴 지껄인 게 누군지 보려고 자리에서 일어선다.

아, 오디세우스다. 눈치챘어야 했다. 한결같이 오만방자한 놈.

오디세우스가 눈 하나 꿈쩍 않고 같이 노려본다. 아가멤논이 군대의 간 같은 존재고 아킬레우스가 창을 잡은 팔이면, 오디세우스는 뇌나 마찬가지다. 그의 머리털은 밝은 붉은빛을 띠고 얼굴은 마치 주둥이에 피가 묻은 여우상이다. 키는 아가멤논보다 머리 하나 정도 작고 아킬레우스보다는 머리 두 개쯤 작다. 그가 영원히 기분이 상할 수밖에 없는 문제다. 이 방에서 제일 똑똑한 자라는 것도 영 언짢은데 제일 작기까지 하다니, 오디세우스는 여차하면 신이든 인간이든 재치로나 주먹으로나 창으로나 맞짱 뜰 준비가 되고도 남았다. 키는 작을지언정 그의 어깨는 거인의 어깨만큼 넓고 손은 뱀의 공격만큼 날래다.

그래서 아가멤논은 모욕적인 언사를 그냥 넘겨버리고 모임을 파한다는 손짓을 한다.

이제 전령들이 졸병들, 창수들에게 갈 차례다. 그들은 이름이 없다. 혈통도 없다. 그저 '이 지역 출신의 남자'이거나 '저 마을에서 온 사내'일 뿐이다. 그들은 무리 지어 살다 떼로 죽는다. 명성 있는 군주, 다섯 세대쯤 거슬러올라가도 조상이 누군지 아는 군주의 다스림을 받는 자들이다.

아가멤논이 자기들을 회의에 불렀다는 말을 듣고 처음에 그들은 어리둥절해한다. 보통 그들은 무슨 생각을 하는지 질문을 받는 경우가 없다. 특히 아가멤논한테는. 그는 졸병들의 친구가 아니다. 그들이 아홉 해 동안 추위와 굶주림에 시달리고 죽임을 당하고 화살 세례를 받고 돌에 처맞고 검에 베이고 창에 찔리고 병에 걸려 쓰러지는데도 아가멤논은 눈곱만큼도 신경쓰지 않았다. 그런데 이제 와서 수많은 무명씨들과 상의를 하고 싶다고? 별일이 다 있군. 그의 입에서 뭔소리가 나올지는 모르지만 그들로서야 솔깃할 게 있겠나 싶다. "제군들, 이제 집으로 가자!" 정도면 모를까. 당연히 그가 그런 말을 할 리는 없다.

아가멤논이 일어서서 말한다. "제군들, 이제 집으로 가자!"

난리가 난다. 병사들이 기뻐서 환호성을 지른다. 더러는 울기도 하고 나머지는 벼룩이 들끓는 작은 임시 막사에서 손에 잡히는 대로 짐을 챙겨 맨 먼저 배에 오르려고 전속력으로 달린다. 함선은 떠날 준비가 되어 있다. 단 이 분 만에 아가멤논 주위에는 둘 빼고 아무도 남지 않는다. 순해빠진 늙은 양처럼 멀뚱히 선 늙은 네스토르, 평소보다 아가멤논을 훨씬 더 역겨워하는 듯한 오디세우스, 이렇게 둘뿐이다.

아가멤논이 둘을 돌아보며 말한다. "잠깐만, 원래 이러려던 게 아닌데."

네스토르가 허연 턱수염을 쓰다듬으며 말한다. "으흠, 그게…… 사실, 아트레우스의 아드님, 나도 이럴 줄은 몰랐네."

"내 말이 끝나지도 않았단 말이야!"

오디세우스가 둘을 빤히 쳐다보며 중얼거린다. "바보 같은 염소 새끼들! 수염 난 멍청한 염소 새끼들!" 그러고는 어찌나 구역질이 나는지 더이상 말도 안 나와 자리를 박차고 떠난다.

오디세우스는 이런 바보들을 더는 못 참아주겠다. 그는 인간들 대부분이 자기만큼 똑똑하지 않다는 사실을 알고 있으며 참아주려고 애도 쓴다. 가끔은 이 두 발 달린 지체 높은 짐승들과 상대하기를 즐기기도 한다. 하지만 이것들이 모조리 개들한테 먹히는 꼴을 보고 싶을 때가 한두 번이 아니다.

대참사를 막기 위해 그가 할 수 있는 건 없다. 이대로 두면 저들은 해변에 끌어올린 지 아홉 해가 되어 전부 썩어버린 배로 우르르 몰려가, 바다로 노를 저어 가다 결국 침몰해 줄줄이 수장될 판이다. 트로이인들은 그리스 진영을 약탈하고, 꾸물대며 남아 있던 자들을 도륙하고, 마음껏 비웃을 것이다. 쇠붙이를 찾으려고 시체를 휙휙 뒤집으면서.

그때 뭔가가 오디세우스 위로 다가온다. 거대한 것이다. 신의 그림자가 그를 덮친다. 아테나가 그의 곁에 있다. 그는 예전에 신들을 만난 적이 있기에 위대한 신이 옆에 설 때면 마치 행성이 어깨에 기대오는 듯 현기증이 찾아온다는 걸 알고 있다.

아테나가 입을 연다. 마음을 읽을 줄 알기 때문에 본론부터 시작한다. "그래, 어리석은 자들이지. 물에 빠져 죽어도 싸. 하지만 오디세우스, 네가 저들을 막아야 한다."

인간들 가운데 오디세우스만이 곁의 거대한 존재가 내뿜는 인력을 버틸 만한 강인한 정신력을 지녔다. 그가 힘에 저항하며 말한다. "어째서요? 제가 왜 저들을 도와야 합니까?"

아테나의 답은 간단하다. "나의 그리스인들이 이겨야 하니까."

오디세우스는 고집 센 사내다. 그가 이를 악물고 간신히 묻는다. "어째서요? 왜 저들이 이겨야 합니까?"

아테나는 그의 강인하고 단호한 의지가 마음에 든다. 그에게 더 흥미가 생긴다. 그가 모기보다 목숨이 더 길다면 좋으련만…… 하지만 이 상황을 저지하는 것이 아테나의 할일이다. 그래서 그에게 조금 더 압박을 가하며 다시 말한다. "이번엔 말이지, 이 귀여운 고집쟁이 붉은 수염아, 그리스인이 이겨야 하거든."

아테나가 오디세우스의 손보다 세 배는 큰 손으로 그의 턱수염을 흐트러뜨리며 속삭인다. "저들을 위해서가 아니야. 저들의 자식을 위해서도, 손주를 위해서도 아니고……"

"이해가 안 갑니다."

아테나가 걸친 숄이 오디세우스의 얼굴을 스친다. 차갑고 어두운 별들과 지층의 음침한 단면이 햇빛을 덮어버린다. "보이느냐? 너는 찰나만 살 뿐이다. 볼 수 있는 건 조금밖에 없어."

오디세우스가 차디찬 영겁의 시간을 느끼며 얼어붙는다. 아테나가 말한다. "하지만 붉은 수염아, 우린 한 가지 공통점이 있다. 우리 둘 다 멍청이들을 상대해야 한다는 거지. 너는 어리석은 인간들을, 나는 어리석은 신들을. 이제 가서 멍청이들이 나의 계획을 망치지 않게 막거라."

아테나가 떠나갔다. 지상의 중력이 요동치며 돌아온다.

오디세우스는 잠시 어리벙벙한 채 서 있다. 그러다 상황을 바로잡기 위해 급히 돌아간다. 아가멤논은 아직도 네스토르를 붙들고 자신의 교묘한 계획이 원래 어떻게 풀렸어야 했는지 설명하고 있다.

오디세우스는 예의를 갖출 시간이 없다. 그가 아가멤논의 손에서 군주의 상징인 왕홀을 낚아채 함선을 향해 달려간다. 왕홀은 제법 무게가 나가는 물건이다. 그것은 권력의 증표이기에 앞서 전곤戰棍*이자 쓸 만한 무기였다. 오디세우스는 이 묵직한 느낌이 좋다. 이 물건도 오디세우스만큼이나 이 순간을 간절히 바란 것만 같다.

하지만 일반 병사들을 설득하려면 조금 더 묵직한 뭔가가 필요하다. 그 멍청이들 중에는 거구도 있다. 괜찮아 보이는 유목 가지를 발견한 그는 걸음을 늦추지도 않고 곧장 잡아챈다.

---

* 끝에 못 따위가 박힌 곤봉 모양의 옛날 무기.

대장 하나가 갈팡질팡하다 함선을 향해 가는 모습이 보이자 오디세우스가 홀을 그의 면전에 대고 흔들며 말한다. "부하들을 정렬시키라. 왕의 명령이다!" 그들은 이 신성한 봉을 든 자의 말에 복종하도록 훈련받았다.

전리품을 함선으로 끌고 가는 병사들에게 달려간 오디세우스는 더욱 과감해진다. 제일 덩치 큰 병사의 뒤통수를 나뭇가지로 후려쳐 자빠뜨리고 나머지 병사들을 향해 고함친다. "너희 대장에게 돌아가, 이 무식한 것들아. 안 그러면 죽을 줄 알아라!" 귀족과 평민 모두 군말 없이 지시를 따른다. 성난 오디세우스는 눈 뜨고 보기에 썩 유쾌한 모습이 아니다. 아테나 여신에게서나 보일 법한 뭔가가 그를 따라다닌다. 냉정하고 무시무시한 권위 말이다.

이내 무리가 뿔뿔이 회합 장소로 돌아간다. 아가멤논과 네스토르는 머리를 가격당한 오리들처럼 아직도 그 자리에 우두커니 서 있다.

오디세우스가 마지막 낙오자들을 모아들인다. 그는 죄수들 변호에 능한 과격파 테르시테스가 아가멤논에게 연설조로 떠드는 모습을 본다. 아가멤논은 어찌나 얼이 빠졌는지 달리 반응도 못한다. 테르시테스는 군대 내에서 제일가는 추남이다. 척추에 무슨 문제도 있다. 그 역시 일개 병사인데 어디서 이념이니 뭐니 하는 걸 조금 주워들었다. 그가 불평 섞인 목소리로 카랑카랑하게 떠든다. 늘 말하던 주제, '불공평한 처사'를 들먹인다. "저기요, 당신 같은 높으신 양반들은 본인을 이렇게 부르는 걸 좋아하니까, 아가멤논 '전하', 어째서 당신이 예쁜 계집종들을 전부 데려가고 우리는 구경도 못하는 거요? 왜 당신네들은 전부 허구한 날 연한 고기를 포식하는데 졸병들은 기름 쪼금하고 빵밖에 못 먹는 거지? 그리고 대체 왜……"

오디세우스는 정의를 논하며 시간을 낭비할 여력이 없다. 그는 보다 유서 깊고 강력한 설득술을 구사한다. 나뭇가지로 테르시테스의 얼굴을 후려친다. 그의 이빨이 튀어나가고 몸이 공중을 날아 등으로 떨어진다. 의식을 잃는다. 오디세우스가 군중을 향해 몸을 돌려 고함친다. "민주주의 운운할 놈 더 나와봐! 좋아, 그럼……" 그가 아가멤논 쪽으로 돌아서서 그의 손에 왕홀을 다시 밀어넣으며 거친 목소리로 귓속말한다. "당신, 이 위대한 전하야, 위대한 천치야. 똑똑한 척 그만해. 당신은 절대 그렇게 안 될 테니까. 당신 일은 군대를 이끄는 거야. 그러니 당신 일이나 제대로 해. 평생 한 번만이라도!"

아직도 뭐가 뭔지 감을 못 잡은 아가멤논은 아무런 반응을 못한다. 오디세우스가 다시 군중을 바라보며 전투 함성으로 분위기를 띄우고는 재차 아가멤논의 귀에 대고 낮은 소리로 말한다. "희생 제물을 바치자고 해. 트로이로 진격할 준비를 하자고 말해."

아가멤논이 지시대로 소리친다. "모두 무구를 정비하고 칼날을 갈고 아침을 든든히 먹도록 하라! 제일 좋은 곡물을 말들에게 먹이라! 오늘 우리가 트로이를 차지할 것이다!"

무릇 사내란 밀랍처럼 금세 꼴을 바꾸기 쉬운 변덕스러운 종자다. 한 시간 전만 해도 배 타고 집으로 가고 싶어하더니, 오디세우스가 몇 놈을 후려친 지금은 다들 트로이를 깡그리 불태우고 싶어 안달이다. 어쨌든 그 일을 끝내기만 하면 집으로 갈 수 있다. 훨씬 더 부자가 되어서.

아가멤논이 말을 마무리한다. "너희가 전투 준비를 하는 동안 나는 사제들과 희생 제의를 드리겠다. 전투에서 우리를 도와달라고 신들에게 빌겠다!"

소리를 지르고 함성을 쏟아내는 무리들의 품새가 아예 올림포스까지 쳐들어갈 기세다. 그들은 무슨 일이 벌어지는지 알지도 못하고 신경도 안 쓴다. 아는 거라곤 아홉 해 내내 옴짝달싹 못하던 이 비참한 신세가 어떻게든 끝날 기미가 보인다는 것뿐이다. 어떤 결말이 나든 또다시 일 년 동안 바람에 날린 모래알을 씹어먹고 방패로 쥐구멍의 빗물을 퍼내는 것보다야 낫다.

드디어 제대로 싸워보는구나! 왕과 귀족들이 원형으로 둘러앉아 희생 제물을 기다린다. 노예가 아직 어려 보이는 황소를 한가운데로 끌고 온다. 잘생긴 놈이다. 다섯 살 먹은 이놈은 몸에 낙인은커녕 멍이나 작은 반점 하나 없다. 이제 곧 무슨 일이 벌어질지 전혀 모른 채 평온히 눈만 끔뻑일 뿐이다. 거세하지 않아 아직 불알도 달려 있다.

아가멤논이 다들 녀석을 감상하도록 잠시 기다리다가 청동 도끼를 쥔 덩치에게 손짓한다. 황소가 그를 보며 눈을 끔뻑인다. 여물을 더 주려나? 평생 애지중지 보살핌을 받던 녀석이다. 지금까지는. 녀석의 목뒤로 도끼질이 한차례 날아든다. 비틀거린다. 이번에는 척추를 관통하는 더욱 옴팡진 도끼질이 한번 더 이어진다. 쓰러진다.

노예들이 천으로 피를 흠뻑 빨아들이고 즉석 소시지를 만들기 위해 보리와 섞는다. 더 많은 노예들이 도살된 몸통으로 몰려들자 순식간에 손질이 끝나 뼈와 고기가 두 무더기로 쌓인다.

사제들은 골이 흘러나오는 대퇴골 두 덩이를 유목 더미에 올리고, 이어 좋아 빼는 두툼한 살코기 두 덩이를 대퇴골 위에 얹는다. 이것이 바로 신들이 냄새를 맡으며 좋아하는 조합이다. 유목에 불을 붙이자 살코기에서 나는 거룩한 향이 천계로 올라간다.

모두들 제물을 흠향한 제우스의 신호를 기다린다. 근래에 제우스가 그들을 원체 못마땅해했던 것을 다들 안다. 하지만 이번에 그들이 바치는 건 골이 듬뿍 든 최상급 소고기다. 사람들 대부분이 일 년에 한 번도 맛보기 힘든 고기다. 기름진 연기가 텅 빈 창공으로 구불구불 올라간다.

잠잠하다. 제우스가 쑥스러움을 타는 신도 아닌데. 만약 흡족했다면 티를 낼 것이다. 아무 일도 없다. 새 한 마리, 바람 한 점 없다. 이건 분명 천지의 아버지가 보내는 거부 의사다.

사제들이 초조하게 서로 귓속말을 나눈다. 대제사장이 종종걸음으로 아가멤논에게 다가가 어깨를 으쓱인다. 이게 무슨 뜻인지 알려줄 전문가가 더 필요하지도 않은 상황이다.

트로이인과 싸우겠다고 돌격하면 패배한다는 뜻이다. 전부 황천행이라는 뜻.

전조가 아무리 으스스하다 해도 이제 와서 그만둘 수는 없다. 아가멤논은 이미 사람들을 너무 많이 굴려먹었다. 공격 명령을 관철할 수밖에.

그가 전령들을 부른다. "군사들을 함대에 집결시켜라. 당장 진군하겠다."

이제는 희생 제의가 망했다는 소문이 돌기 전에 서둘러 전열을 갖춰 진군하는 것만이 살길이다. 졸병들은 아무것도 모른다. 함께 창과 검을 휘두르고 함성을 지르며 싸우고 싶어 다들 한껏 달아오른 상태다. 뒤처져 있던 자들이 빠른 걸음으로 돌아오고 숲에 나가 있던 파견대도 시시각각 모여든다. 그리스 젊은이들은 늘 발동이 좀 늦게 걸리지만 일단 전투가 시작되면 꽤 쓸 만하다.

하지만 모든 대장들이 제우스가 제물을 거부한 장면을 목격했고 병사들은 모르는 뭔가를 알고 있다. 그리스인에게 흉한 날이 될 것이다. 까마귀떼는 횡재수를 만나는 날이고.

전차들이 이제 준비 태세를 갖춘 채 해변에 도열해 있다. 어린 말들이 신경질적으로 발을 구른다. 전차에서는 창을 던질 수 있다. 좋은 생각이다. 아니면 활을 쏴도 되고. 이륜마차가 산골짜기에 처박히지 않게끔 모는 일은 대개 노예의 몫이니 병사는 표적을 찾는 데 집중한다. 때때로 이게 효과가 있다. 보통은 전차가 뒤집히거나 차축이 부러지지만. 지면이 고르지 않으면 전차는 무용지물이다. 어차피 이 비싼 물건은 지위를 나타내는 상징일 뿐, 똑 부러지게 작동할 필요는 없다.

아가멤논의 파견대는 규모가 가장 크고 물자도 풍족한데다 무장 상태도 제일 좋다. 에게해를 가로질러 그들을 실어 오는 데만 함선 백 척이 동원되었다. 다른 지휘관들은 서른 척이나 스무 척, 열 척을 몰고 왔다. 어떤 이들은 달랑 사촌 몇 명만 주변에 대동하고 서 있다. 누가 얼마나 데려왔든, 실룩실룩 움직이며 소리지르는 그들 모두 얼른 전투를 시작하고 싶어 몸이 달았다.

제우스는 이 그리스인들에게 할애할 시간이 없다. 오늘은 아니다. 그는 트로이인들과 이야기하고 싶다. 경고의 뜻으로 그들에게 아침의 여신을 보낸다. 아침은 트로이의 왕 프리아모스를 찾아내 그의 아들 중 하나의 모습으로 그에게 다가간다. 하지만 이 쇠약한 노인네가 이도 없는 입을 활짝 벌리며 웃자마자 아침의 여신은 그를 강렬한 눈빛으로 노려보며 신의 면모를 드러낸다.

"노인장, 지금 시간을 허비하고 있다. 그리스인이 오고 있어. 여태껏 어느 인간 군대가 맞섰던 것보다 더 큰 규모라고."

프리아모스가 신음한다. 그의 나이에 너무 벅찬 일이다.

아침의 여신은 쏘아보던 눈빛을 누그러뜨리며 한결 부드럽게 말한다. "여기 너희의 동맹군이 있다. 워낙 낯선 부족이라 너희 트로이인 중에는 그들과 대화할 수 있는 사람이 없을 것이다. 네 아들들을 족장에게 보내 그들로 하여금 각기 자기 민족의 전열을 가다듬게 해라. 모든 부족을 한데 불러모으기만 한다면, 아시아의 모든 별난 민족과 야수 같은 이들을 소집하기만 한다면 그리스 연합군에 맞설 수 있다."

프리아모스가 고개를 끄덕이고 아들들에게 전령을 보낸다. 그의 아들들은 침략군을 물리치려고 모여든 야만인들 틈으로 흩어진다. 고산족, 산악지대 부족, 사막 돌격 부대, 개를 먹는 부족, 전갈을 먹는 부족이 있다. 식인 부족이 있다는 소문도 돈다. 사자를 숭배하는 부족도 있고, 쏘는 파리나 뱀을 숭배하는 부족도 있다. 지저귀는 새들처럼 재잘대거나 길게 울부짖는 늑대처럼 울거나 칙칙거리는 도마뱀붙이처럼 우는 부족도 있다. 자기네 언어를 비밀에 부쳐 절대 말을 안 하고 트로이인들을 바라보기만 하면서 손짓으로 전사들을 정렬시키는 부족도 있다. 얼굴에 베일을 드리운 부족, 하이에나 가죽, 도마뱀 생가죽, 아마포 가운을 걸친 부족도 있다. 어떤 부족은 굽은 활 혹은 쭉 뻗은 활로 싸우고, 어떤 부족은 너무 길어서 혼자 들어올리기도 힘든 창으로 싸우고, 또 어떤 부족은 하도 짧아서 차라리 긴 손잡이가 달린 칼이라 할 만한 척살용 창으로 싸운다. 낫부터 언월도에 이르기까지 다양한 형태의 검으로 베기가 특기인 부족도 있다.

트로이인에게는 내륙의 이 모든 돌연변이종이 필요하다. 트로이 혼자 그리스와 붙으면 십중팔구 수적으로 열세다. 동맹군을 총동원하면 인원이 삼분의 일 수준은 되므로 간신히 방어는 할 수 있다. 물론 동맹 관계가 유지되는 한 말이지만. 트로이의 별난 동맹국 중에는 달이 엉뚱한 방향에서 떠올랐다거나 참새가 자기네 족장에게 무례하게 지저귀었다는 이유로 떠난다고 할 이들도 있다. 깨지기 쉬운 조마조마한 이 동맹이 와해될 경우, 트로이의 남자들은 곧 죽은목숨이고 여자들은 노예로 팔릴 운명이다. 일말의 자비도 기대하지 못할 판국이다.

트로이인 중에는 아킬레우스에게 대적할 만한 자가 없다. 그나마 최고의 전사는 프리아모스가 제일 좋아하는 아들 헥토르다. 이 늙은 왕에겐 아들이 많지만 대부분 시원찮다. 헥토르는 예외다. 오히려 너무 괜찮아서 탈이지. 괜찮은 아버지요, 괜찮은 남편이요, 괜찮은 아들이다. 괜찮은 전사이기도 하고…… 그렇지만 문제는 딱 '괜찮은' 수준일 뿐이라는 점이다. 지금 중요한 건 전쟁인데 헥토르는 아킬레우스의 적수가 못 된다. 둘이 일대일로 붙으면 어떻게 끝날지 안 봐도 뻔하다.

어쨌든 이 순간만큼은 트로이와 동맹군이 연합한 상태다. 그들은 그리스군이 진격해 오는 동안 도성 바깥 산등성이에 군대를 배치한다.

이쯤에서 의식이 끼어든다. 하루의 전투를 개시하기에 적절한 방법이다. 양쪽 군대가 다짜고짜 서로를 향해 달려드는 일은 없다. 그건 미개인이나 하는 짓이다. 먼저 일대일 결투가 진행되어야 한다. 이것은 인간이 보리 재배 방법을 터득하기 이전부터 전해온 진기한 옛 관습이다. 그 시절에는 전사가 귀한 자원이었다. 한 번에 한 명만 썼다. 한 무리가 다른 무리를 만나면 한쪽에서 제일가는 전사가 걸어나왔고 상대편에서도 최고의 전사가 나왔다. 나머지는 전부 쭉 늘어서서 누가 누구를 죽이는지 지켜보았다.

그것은 한 번의 전투에 세대 전체의 목숨을 헛되이 날려먹는 사태를 방지하는 좋은 방법이었다. 전사 하나를 키우는 데 드는 비용이 만만치 않다.

그런데 요즘에는 성읍의 규모가 커지고 전사들의 몸값도 낮아져 이런 일대일 결투는 사실상 일종의 개막 공연이나 다름없다. 누가 이기든 트로이인과 그리스인은 결국 서로를 공격할 것이고 수백 명이 죽어나갈 것이다. 그래도 의식은 따라야 하는 법. 이건 자존심의 문제다. 우리 짱이 너희 짱을 끝장낼 수 있다.

그리스 부대가 트로이인들이 기다리는 산등성이로 진군해 올라온다. 정적이 감돈다. 풋내기들이야 소리를 지르지만 무릇 진정한 전사는 완전한 침묵 속에 전진하는 법. 침묵이 그들을 한층 더 흥분시킨다.

그리스군이 트로이군 활의 사정거리 안으로 들어온다. 트로이가 전사를 내보낼 순간이다. 그래서 누군가의 발이 나서는데…… 다름아닌 파리스다. 헬레나를 꼬드겨 이 사달을 일으킨 이기적인 호색한. 그들 중에서라면 썩 괜찮은 싸움꾼이긴 하다. 물론 아킬레우스 정도는 아니지만, 지금 다른 누가 있겠나? 파리스는 맞대결에서 상대를 죽인 적이 한 번 이상 있다. 활솜씨가 좋고 창과 방패도 곧잘 다룬다. 겁쟁이가 아니다. 그가 전투를 두려워한다고 볼 순 없다. 그는 이기적인 사내이고 이 난장판이 순전히 그의 잘못이긴 하지만 겁보는 아니다. 어쨌든 왕의 아들 아닌가. 그놈의 왕자들은 살생을 좋아한다.

그가 이렇게 앞으로 나서자 트로이인들은 만족스럽다. 운이 따른다면 오늘 파리스가 죽고 그리스인들은 마음이 풀릴 것이다. 미망인이 된 헬레나는 배에 태워 집으로 데려가 넘기면 그만이다. 그녀가 울기야 하겠지만 파리스 못지않게 비난받아 마땅한 처지니 혹시라도 하루 만에 이 두 골칫거리가 제거된다면 트로이는 전멸을 면하리라.

아니, 어쩌면 오늘 파리스가 이길지도 모른다. 누가 되었든 그리스의 대표 전사로 나온 자를 죽일 수도 있다.

파리스가 저기 홀로 서서 그리스 전사가 걸어나오기를 기다린다.

드디어 그리스군의 방패벽이 열리고 누군가가 나오는데…… 메넬라오스다.

헬레네의 공식 남편 메넬라오스. 파리스가 엿 먹인 사내. 아가멤논의 동생. 스파르타의 왕.

자신이 누구와 마주하고 있는지 확인한 파리스는 맥이 풀린다. 메넬라오스와 싸울 수는 없다! 모든 신이 모욕당한 남편의 창에 힘을 실어줄 것이며, 파리스를 눈멀게 하고, 그의 공격을 무력화하고, 방패를 녹여버릴 것이다.

이 일이 정의사회 구현의 방향으로 흐를 줄은 몰랐다. 파리스는 냅다 달아난다. 피할 곳을 찾아 트로이 진영의 방패 쪽으로 달려간다.

이제 메넬라오스만 덩그러니 서 있다.

그리스군 사이에서 한바탕 웃음이 터진다. 지금껏 일대일 결투가 시작되기도 전에 줄행랑친 인간은 없었다. 창이 부러지거나 부상을 입은 직후라면 모를까. 심지어 그런 경우에도 대부분의 귀족은 만인 앞에서 망신을 당하느니 차라리 죽는 편을 택한다. 그런데 미처 시작도 안 했는데 도망친다고? 전례 없는 일이다.

아가멤논도 같이 웃으며 제사에서 확인한 전조가 잘못된 건 아닌가 의아해한다. 망할 놈의 사제들. 모든 걸 다 아는 것처럼 굴더니만 전부 허세였어! 오늘은 그리스인에게 멋진 날이 될 것이다!

오디세우스는 이 상황에서 기뻐할 만큼 어리석지 않다. 이건 그저 여흥거리에 지나지 않는다. 오늘 그리스군은 대패할 것이다. 그 일이 닥쳤을 때 군대를 단결시킬 대비를 해둬야 한다.

멀찌감치 자기 막사에 있던 아킬레우스는 환호성을 듣고 어깨를 으쓱인다. 그는 어머니가 자신을 실망시키지 않으리라는 걸 안다. 포도주를 홀짝이며 기다린다. 옛 동지들의 불운을 빌면서.

그리스군의 쩌렁쩌렁한 웃음소리에 위엄에 금이 간 파리스가 트로이 진영의 방패로 다가가며 속도를 늦춘다. 그는 이 상황이 그저 자신이 형제들과 상의하기 위해 작전타임을 요청한 것처럼 보이게 만들고 싶다. 노발대발한 헥토르가 성큼 나와 다가온다. 이미 모든 재앙을 집안으로 끌어들여놓고는 이젠 가문에 먹칠까지 해야겠다고? 헥토르는 좋은 사람이다. 도시를 이 지경으로 망쳐놓았다고 파리스를 꾸짖은 적이 없다. 어쨌거나 파리스는 왕자 아닌가. 자기가 원하는 대로 할 수 있다. 하지만 이건 해도 너무한다. 파리스를 붙잡고 씩씩대며 말하는데 아홉 해 동안 눌려 있던 분노가 헥토르의 입에서 뿜어져 나온다.

"이 한심한 변태 녀석아! 색골 자식, 넌 네 한몸 말고 다른 사람은 안중에도 없지! 허구한 날 거울 보고 치장하고, 눈에 들어오는 여자는 그게 누구 소유든 수작질하기 바빴지! 네놈이 왕가의 부인을 데려왔을 때 법의 명령에 따라 널 돌로 쳐죽이지 못한 게 천추의 한이다. 그런데 이제 와서 네놈이 제대로 엿 먹인 자와 맞붙지 못하시겠다? 당장 나가서 메넬라오스와 결판내지 못해!"

파리스가 말한다. "그래, 전부 맞는 소리인 거 인정해…… 그런데 형님이 모르는 게 있어. 형은 아프로디테를 만나본 적이 없잖아. 기분이 얼마나 근사한지 형님은 몰라. 완전히 다른 세상이라니까. 맨날 본분 얘기만 하고 언제나 옳은 일만 하는 형이 그런 걸 알 리가 있나…… 하지만 형님 말이 맞아. 다시 저기로 돌아가야지. 그런데, 이 결투를 그리스 쪽과 협상하는 데 이용하면 어때? 그쪽한테 말해. 내가 오늘 죽으면 형님이 헬레네를 돌려보낼 테니 다들 본국으로 돌아가라고 말이야. 그 정도면 아마도 내가 그 집안에 저지른 짓에 대한 보상이 될 거야."

핵토르가 기회를 놓치지 않는다. 양쪽 군대가 서로 엉겨붙기 전에 서둘러 협상을 해야 한다. 그리스군이 파리스의 비겁한 처사에 잔뜩 열받아 이미 트로이 진영으로 물맷돌을 던지고 화살을 날리는 와중에, 트로이군 역시 독이 올라 당장 비탈 아래로 그리스군을 향해 돌격할 태세다. 핵토르가 창을 홀처럼 써서 트로이군을 뒤로 물리고 말한다. "기다려, 대열을 유지하라! 파리스가 우릴 위해 싸울 것이다." 그러고는 그리스 쪽과 협상하기 위해 나선다.

핵토르는 그리스군의 방패벽까지 절반쯤 걸어가 소리친다. "파리스가 메넬라오스와 싸우기로 했다. 단, 이 결투로 전쟁을 끝내기로 합의를 봐야 한다. 파리스 대 메넬라오스. 이 모든 분쟁의 시초인 두 남자가 결판내는 걸로 하자. 양측 모두 무기를 내려놓고 자리에 앉아서 둘의 결투를 지켜보자. 승자가 여자도 갖고, 여자의 소유물도 전부 갖는다. 다른 사람들은 모두 본국으로 돌아가고 전쟁은 끝나는 거다."

메넬라오스는 지금껏 그리스 연합군 앞에 홀로 선 채 기다리고 있었다. 그가 그리스인 가운데 머리가 가장 빨리 돌아가는 사람은 아니지만, 어쨌거나 자기 아내를 빼앗아간 놈을 상대로 모두가 지켜보는 가운데 결전을 치른다니 마음에 든다. 몸치장이나 하는 곱상한 놈의 명줄을 끊어버릴 테고, 그러면 메넬라오스가 그저 기똥찬 농담 따먹기 소재만은 아님을 모두가 알게 되리라. 아내가 바람났다는 사실을 온 세상이 다 알 정도로 유명해진데다, 그렇게 된 이유가 밤일이 시원찮아서라고 모두가 쑥덕대는 경우라면 인생 살기 참 재미없는 게 당연하다. 그가 천막 사이를 지나갈 때면 숨죽여 낄낄대는 웃음소리가 들린다. 메넬라오스 시리즈라는 것도 들은 적이 있다. "헬레네가 마누라들이 으레 그러듯 앵앵대. '봐봐, 입을 게 하나도 없잖아!' 그러면 메넬라오스가 화려한 옷을 보관하는 칸막이 뒤를 거닐면서 이러지. '뭔 소리를 하는 거야, 부인? 이거 봐, 여기 예쁜 드레스 있네. 여기 다른 것도—오, 안녕, 파리스!—그리고 여기 멋진 숄도 있고, 드레스도 한 벌 더 있고……'"

아홉 해 동안 잠자리에서도 그런 농담이 머릿속에 맴돌았다. 이제 바로 여기 파리스가 있고 모두가 지켜본다. 너무 기뻐서 속이 울렁거릴 지경이다. 누군가 이 기쁨을 앗아갈까 걱정이다. 아, 빨리빨리 안 하고 뭣들 하는 거야?

하지만 이 협상은 진지하게 진행되어야 할 일이다. 다시 말해, 사제와 왕의 몫이다. 먼저 사제들이 황소와 양 여러 마리를 양쪽 군대 사이로 끌고 와야 한다. 그 공간에서 두 사람이 목숨을 걸고 싸운 뒤, 짐승들을 죽이고 신이 승인한 방식으로 짐승의 고기를 주변으로 옮길 것이다.

그리고 왕들이 양쪽 군대 앞에서 행진해야 한다. 헬레네도 거기에 있다. 연로한 프리아모스를 비롯해 나머지 트로이 왕실 가족들과 함께. 메넬라오스가 그녀를 본다. 파리스가 죽으면 헬레네는 다시 메넬라오스의 소유가 되고, 그는 그녀에게 할말이 무진장 많을 것이다. 그건 나중 일. 지금 그가 할 일은 저 곱상한 자식의 명줄을 끊는 것이다.

그런데 끝도 없는 기다림의 시간이 이어진다. 사제들은 세월아 네월아 하고, 연기는 하늘로 올라가고, 병사들은 헬레네와 프리아모스를 가리키며 메넬라오스가 아홉 해 내내 지겹게 들은 못난 남편 어쩌고 하는 농담을 해댄다. 영원히 끝이 안 날 것 같다. 차라리 파리스가 자신을 죽이고 빨리 일을 마무리하는 편이 나을지도 모른다. 그러면 모든 게 끝나겠지. 아니, 아니야. 메넬라오스가 내세에 관해서 들은 바로는 저승이 이승보다 훨씬 몹쓸 곳이다. 암흑 속에서 전진 불가능한 배에 영원히 갇혀 있는 꼴이라고 한다. 엄청 기대되는 그림은 아니다.

드디어 준비 의식이 끝난다. 프리아모스와 헬레네가 트로이 진영으로 돌아간다. 누가 먼저 창을 던질지 정하기 위해 헥토르가 동전 던지기를 담당한다. 모두가 헥토르를 믿기 때문이다.

파리스가 동전 던지기에서 이긴다. 그가 뒤로 물러났다가 달려나가 던진다. 창이 메넬라오스의 방패에 맞는데 박히진 않고 방패를 길게 쭉 갈라놓기만 한다.

이제 메넬라오스 차례. 열의가 끓어올라 끙끙 앓을 지경인 그가 제우스에게 간절히 청한다. "아버지여, 신이여, 제우스여, 제발, 제발 제 소원을 한 번만 들어주십시오. 제가 겨누는 저 인간이 제 집의 손님이었습니다. 손님요! 어디 말이 되는 일이어야지, 한 남자의 집에 그의 아내로 있는 사람을 어떻게 그럽니까. 제가 다른 사람만큼 명석하거나 잘생기진 않았을지 몰라도, 저놈은 제 손님이었다고요. 저놈의 쓸모없는 목숨을 제게 주십시오!"

파리스가 몸을 낮게 숙이고 기다린다. 메넬라오스가 창을 던진다.

잘 던졌다. 곧장 방패를 뚫고 가슴받이를 뚫는다. 하지만 이래 봬도 파리스는 왕자다. 왕자들은 요람에서부터 하루종일 전투 훈련을 한다. 파리스는 대응법을 안다. 메넬라오스의 창이 날카로운 소리를 내며 방패를 관통하는 찰나 파리스는 몸통을 휙 젖힌다. 방패가 창의 속도를 늦추면서 그가 몸을 피할 시간을 벌어준다. 비록 방패를 버리게 되었지만 다치진 않았다.

메넬라오스는 믿기지 않는다. 완벽한 투척이었는데! 아홉 해 내내 이 기회를 꿈꿔왔고 이제 실행에 옮겼건만 신들이 그를 인정하지 않았다. 그는 굴욕당하기 위해 태어난 몸인가보다.

그가 이제 검을 뽑아들고 돌진한다. 하지만 검은 좋은 무기가 아니다. 금속 제련술이 아직 완전히 발전하지 못한 시기다. 투구를 쓴 누군가를 치면 검은 대체로……

메넬라오스의 검이 파리스의 투구를 강타하고 산산조각 난다.

그렇게 끝이다. 신과 인간에 대한 메넬라오스의 마지막 믿음이 분노로 폭발하는 순간이다. "네놈들 모두 지옥에나 가라! 신들도 인간들도 전부, 특히 당신, 제우스! 당신은 나처럼 원칙을 지키고 희생하고 자기 할일을 하는 사람을 보호해야 하잖아. 무려 아홉 해를 기다렸는데 내가 던진 창을 휘게 하고 검을 막대기처럼 동강내버려?"

지금 메넬라오스가 유일하게 믿는 구석은 자신의 두 손뿐이다. 그가 팔을 뻗어 파리스를 붙잡는다. 투구를 강타당한 파리스는 비틀댄다. 메넬라오스가 파리스의 투구를 붙잡더니 그리스 진영을 향해 그를 질질 끌고 가기 시작한다.

이제 그리스인은 못난 남편 농담은 깡그리 잊은 채 하늘을 찌를 듯 환호성을 내지른다. "그래, 놈을 데려와, 메넬라오스! 놈을 송아지처럼 끌고 오라고!" 드디어 메넬라오스가 수치심이 아닌 다른 뭔가를 느낀다. 기쁨이다! 군대가 환호하는 소리를 듣자니 이번만큼은 다른 누군가가 농담의 주인공이라는 감이 온다. 천하의 호색한 파리스. 이제 녀석이 인기 만점 농담거리가 되어야 한다. 정신이 몽롱해진 놈이 투구를 잡힌 채 속수무책으로 끌려가는구나! 몇 걸음 더 가면 메넬라오스가 그를 그리스 진영 방패 장벽 안으로 확실히 들일 테고, 그러면 트로이 쪽은 자기네 난봉꾼을 무사히 돌려달라고 빌어야겠지. 아니면 메넬라오스가 놈의 비명을 감상하며 서서히 죽일 것이다. 여태껏 들은 무수한 농담의 보상 차원에서.

하지만 파리스는 여신을 우군으로 두고 있다. 앙큼한 사기꾼 아프로디테 말이다. 여신이 전장으로 사뿐히 내려와 파리스의 투구 끈을 자신의 손톱 가위로 싹둑 잘라내자 투구만 벗겨져 메넬라오스의 손에 남는다. 이어 아프로디테가 파리스를 들어올려 사라지게 만든다. 이 여신의 특기가 하나 있다면 사내들을 숨기는 것이고, 지금 제일 아끼는 호색한을 숨겨준다. 양 진영의 군대가 전부 지켜보는 바로 그 자리에서 파리스가 광대한 햇살 속으로 사라진다. 말도 안 돼! 있을 수 없는 일이다! 갑자기 메넬라오스의 손에는 빈 투구만 덩그러니 남는다. 그는 꼼짝없이 다시 농담거리가 된다. 마누라 뺏긴 팔푼이, 등신이 된다.

헬레네가 그 장면을 성곽에서 전부 지켜봤다. 종마 같은 연인 파리스가 전남편 메넬라오스에게 붙들려 먼지를 뚫고 끌려가던 장면도 모두. 시녀들이 딱 귀에 들릴 만큼의 음량으로 자기를 두고 키득거렸다. 헬레네는 파리스를 위해 모든 것을 포기했고 그는 지금 결투에서 패했다. 불멸의 요망한 아프로디테한테 구조받는 처지가 되었다.

그러니 갑자기 늙은 유모로 가장하고 나타난 아프로디테를 보았을 때, 헬레네가 계속해서 신의 장난에 놀아날 기분이었겠는가. 티 나게 쭈그렁 할멈 목소리를 흉내내며 옷자락을 잡아당기는 꼴이라니. "어서 방으로 드시죠, 마님! 파리스 님이 기다리고 계십니다. 아주 말끔하고 혈기 넘치는 모습으로요. 방금 싸우고 온 분이란 생각이 전혀 안 들 거예요. 지금껏 춤추다 온 청년 같다니까요!"

헬레네가 여신의 손을 떨쳐버린다. "오, 이런 말도 안 되는 짓 좀 그만하세요! 당신, 아프로디테인 거 티 다 난다고요. 갈수록 실력이 형편없어지는군요. 난 그 겁쟁이의 침실로 가지 않을 거예요. 아, 그냥 메넬라오스와 스파르타에 남아 있을 것을! 딱히 마음 설레게 하는 재주는 없다 해도 그 사람이 더 나은 남자인데. 당신이 나와 파리스를 사랑의 거품에 담아 이 이역만리에다 떨어뜨렸잖아. 파리스가 그렇게 좋으면 당신이나 그자랑 자버려, 당신 가지라고! 그놈 마누라가 되든가, 아니 여종이 되는 게 더 낫겠네. 난 아무데도 안 갈 거야!"

노한 아프로디테가 변장을 거둔다. 아주 위협적이고 성깔 있는 거대한 여인의 모습으로 헬레네 앞에 나타난다. "이 쥐콩만한 계집아, 내 말 거역하면 후회할 줄 알아. 분명히 말했다. 당장 파리스한테 가."

헬레네가 여전히 댓 발은 나온 입을 하고서 걸음을 옮긴다. 침실로 가 파리스와 마주보는 자리에 앉지만 그에게 눈길도 보내지 않으려 한다. 아프로디테가 방안 가득 달콤한 향을 채워두었다. 게다가 방이 어찌나 후끈한지 불현듯 옷이란 게 영 몹쓸 발명품처럼 느껴지고, 사방에서는 음악이 고동친다. 그래봐야 헬레네는 이런 기교에 아무 감흥이 없다. 오늘은 아니다.

파리스가 언제나처럼 자신만만한 태도로 침대에 나른하게 눕는다.

만인이 다 보는 앞에서 결투에 지고 아프로디테한테 구조까지 당한 주제에, 이건 뭐 남부끄러운 줄도 모르고 헬레네를 망신시킨 장본인이 아니라는 듯이 그저 거기 누워 히죽 웃으며 사랑을 나누길 기다린다. 뭐, 이번엔 그에게도 쉽지 않아 보이지만.

헬레네가 입을 연다. "난 당신 손기술이 아주 좋은 줄 알았지. 당신이 맨날 하던 소리 아닌가? 손재주가 대단하다며? 검을 갖고 논다며? 당신의 그 소중한 아프로디테가 얼른 주위 담아 구해주지 않았으면 당신은 이미 저기서 죽었어. 우리 딱한 메넬라오스가 당신보다 더 나은 사내라고!"

파리스가 얼굴을 찡그린다. "이 사람아, 시비 걸지 마. 일진이 사나운 날이었잖아. 메넬라오스한테는 아테나가 있었어. 전쟁이라면 사족을 못 쓰지. 그걸 위해 태어난 진짜 희한한 존재니까. 당신의 망할 전남편에다가 그 여신까지, 둘을 한꺼번에 상대하는데 나야 속수무책이었지. 이봐, 자기야, 오늘만 날은 아니잖아. 아직 날 좋아하는 신들이 있어." 그가 씩 웃으며 헬레네 쪽으로 몸을 기울인다. "그리고 당신도 날 좋아하잖아, 응?"

헬레네는 대답 없이 씩씩대기만 한다. 파리스로선 이 정도면 충분하다. 그가 자기 쪽으로 헬레네를 끌어당긴다. 그녀가 간다. 툴툴대긴 해도 못 이기는 척 끌려간다. 두 사람은 서로에게 맹렬히 달려든다.

4
전투 재개

전장에 있는 이들은 이제 뭘 해야 할지 갈피를 못 잡는다. 파리스가 사라져버렸고 메넬라오스는 빈 투구만 든 채 우두커니 서 있다. 아가 멤논은 두 팔을 마구 흔들면서 트로이 진영을 향해 중간까지 쿵쿵대고 걸어간다. 목청 높여 떠들어 어떻게든 이 상황을 무마해보려고 한다. "너희 모두 다 봤겠지. 내 동생 메넬라오스가 승자다! 그 여자, 헬레네를 돌려보내라. 몸값도 내놓고. 어쨌든 그 문젠 나중에 해결하자. 중요한 건 우리가 승자라는 사실이다!"

그리스 진영에 환호성이 가득하다. 트로이인들은 뭘 어찌해야 할지 모른다. 방패벽 뒤에서 서성거리는 자들이 많다. 파리스가 싸움에 졌다만 시체는 어디 있지? 시신을 보기 전까지는 패배를 인정하지 않을 것이다.

제우스가 언짢아하며 이 모든 과정을 지켜보고 있다. 그의 아내 헤라와 지나치게 조숙하신 따님 아테나! 이게 전부 그들의 소행이다. 둘은 트로이인을 이가 갈리게 싫어한다. 제우스는 트로이인이 예쁘기만 한데. 그에게 희생 제물로 늘 양질의 두툼한 고기를 바치는 신심 두터운 민족 아닌가. 하지만 이 모녀는 트로이가 전멸하기 전까지는 두 다리 뻗고 편히 못 잘 것이다. 제우스가 신주를 한 모금 꿀꺽 마시고 투덜댄다.

"어째서 그냥 메넬라오스가 자기 부인을 되찾게 놔둘 수 없는 거야? 되찾게만 해주면 트로이를 전멸시킬 필요가 없잖아. 도대체 트로이 사람들이 둘한테 뭘 짓을 했는데?"

헤라가 그를 노려본다. "당신 알아? 걸핏하면 저희들끼리 싸우려 드는 이 그리스인들을 단결시키려고 자그마치 아홉 해 동안 내가 죽어라 노력했다는 거? 그 생고생을 헛수고로 만들 순 없지."

이제 취기가 오른 제우스는 감성에 젖어서 울먹이다시피 한다. "난 트로이가 좋아! 그 사람들은 변함없이 충직하게 나를 섬겨온 좋은 민족이라니까. 만에 하나 당신이 아끼는 도시 하나를 내가 박살낼 생각을 한다면 기분이 어떻겠어?"

헤라는 곧바로 치고 들어온다. "내가 아끼는 도시는 스파르타, 아르고스, 미케네 세 군데야. 당신 내킬 때 어디 한번 싹 다 박살내봐. 난 아무 말도 안 할 테니. 대신 내 식대로 트로이를 처리하게 내버려두라고."

제우스가 한 방 먹었다. 헤라가 그의 패를 까버린 셈이다. 이제 그녀가 밀어붙일 차례다. "그러니 지금 당장 처리하는 게 어때? 아테나를 보내서 트로이측이 휴전을 깨고 먼저 화살을 날리도록 속여보라고."

제우스가 또 한 모금 꿀꺽 마시고 얼굴을 찡그린다. 아테나…… 딸인지 뭔지 잘 모르겠다만…… 가끔 제우스를 질겁하게 한다. 제 엄마보다 우뚝 큰 그애를 그냥 보기만 하는데, 그애 어깨에 앉은 망할 놈의 올빼미가 그를 빤히 쳐다본다. 걔가 태어날 때 밖으로 나오면서 물어뜯은 머리가 아직도 아프다. 쓸데없이 아테나와 척질 필요는 없다.

그래서 제우스는 고개를 끄덕인다. "그럼 내려가거라, 딸아. 트로이인 머릿속에 들어가서 살살 구슬려봐. 그게 네 특기잖냐." 그러고는 신주를 다시 한 모금 꿀꺽 마신다.

아테나가 싱긋 웃더니 어머니에게 고개를 끄덕이고는 사라진다.

이번에는 화염으로 감싸고 지상에 내려온다. 살금살금 조심해서 다닐 것도 없다. 아테나는 위대한 신이 당도했음을 만천하에 알리고 싶다. 불타오르는 혜성처럼 굉음을 내며 먼지 덮인 평원 위로 내려선다. 한줄기 불길이 땅에 닿자 사라진다.

전장에 있는 자들 모두 이제 무언가 벌어질 것을 예감한다. 그게 뭔지는 아무도 모른다.

아테나가 오지에서 온 트로이의 맹우 판다로스에게 나타난다. 그는 시골뜨기이지만 손과 눈의 협응이 뛰어난 훌륭한 저격수다. 동양의 오지에 사는 이들이 대개 그렇듯 태어나면서부터 활을 갖고 놀았다. 아테나는 아무 어려움 없이 그의 마음속으로 들어가 속삭인다. "잘 들어라, 궁수야. 저기 바깥에 서 있는 메넬라오스 보이니? 정말 군침 도는 표적이지! 만약 네가 저놈 배에 화살을 제대로 먹이면 누가 고마워할까? 모든 궁수의 보호자 아폴론이시다. 당장에 메넬라오스를 없애면 그분이 크게 보답하실 거다. 프리아모스와 트로이인들도 마찬가지일 테고. 그러니 해치워! 지금 당장!"

판다로스가 침을 한두 번 꿀떡 삼키고는—그 역시 울대뼈가 나온 얼빠진 사내아이일 뿐—고개를 끄덕인다. 촌놈 친구들을 불러 자신의 주위로 방패를 두르게 해 자기가 활시위를 당기는 모습을 아무도 보지 못하게 한다. 그의 활은 거대한 들염소 뿔 두 개를 힘줄로 이어서 얇은 가죽 조각으로 묶은 참으로 아름다운 물건이다. 그가 화살을 메긴 다음, 저러다 끊어지는 거 아닌가 싶을 만큼 활을 점점 뒤로 당겨 원 모양으로, 이어 눌린 타원형으로 만들었다가 놓아 보낸다.

메넬라오스는 격분한 상태로 두 방패벽 사이에 서 있다. 완벽한 표적이다. 하지만 아테나가 그를 보호하고 있다. 화살이 공기를 가르고 메넬라오스를 향해 날아가자 여신이 느린 동작으로 그 화살을 뒤쫓는다. 화살이 시위를 떠난 순간과 그것이 메넬라오스의 아마포 상의를 뚫고 지나가는 순간, 그사이의 시간이 아테나에게는 영겁이나 마찬가지다.

아테나가 화살의 속도를 늦추고는 애정을 담아 메넬라오스의 배 근처 상의로 고이 인도한다. 그녀가 이 부분을 좀 지나치게 즐긴다. 천천히 약을 올리며 모든 단계를 전개시키는 것 같다. 화살촉이 혁대 죔쇠를 통과하게 만든 다음 메넬라오스가 허리에 두른 두번째 가죽겹을 파고들어, 마치 장난꾸러기 고양이처럼 그의 피부를 부드럽게 스치고 지나가게 한다. 화살촉의 미늘이 아닌 끝부분이 닿아 살짝 피가 날 정도로만.

그러고 나서 아테나는 도로 천계로 올라가 추이를 지켜본다. 메넬라오스는 자기가 화살에 맞았는지도 모른다. 양쪽 군대 사이에 서서 마치 하혈하듯 두 다리 사이로 붉은 피를 주르륵 흘리고 있다.

메넬라오스가 통증을 느끼고 아래를 보자 피가 눈에 들어온다. 그가 주저앉았다가 드러눕는다. 아직도 트로이인들에게 일장연설을 하던 아가멤논은 그리스군의 외침을 듣고 주위를 둘러보다가 동생이 배에 화살이 박힌 채 쓰러진 모습을 발견한다.

아가멤논이 아이처럼 울부짖으며 메넬라오스에게 달려간다. "아이고, 동생아, 나 때문에 네가 죽게 됐구나!"

그가 악을 쓰며 말을 이어간다. "내가 다 망쳤어. 이건 내가 일으킨 전쟁이었다. 나는 완패했고 이제 네가 죽게 생겼다고! 아이고, 불쌍한 메넬라오스! 우리가 여기 허허벌판에다 널 묻으면 망할 놈의 트로이 애새끼들이 네 무덤 위에서 놀다가 이러겠지. '아가멤논의 동생이 여기에 묻혔다'……"

메넬라오스는 형의 말이 귀에 들어오지 않는다. 그는 손으로 상처를 더듬다가 화살이 피부에 살짝 스쳤을 뿐임을 곧 알아차린다. 화살 미늘이 살갗 속으로 들어가지 않았다. 그게 중요하다. 미늘이 안 들어갔으면 아무 문제 없다. 그냥 피가 나는 것뿐이다. 사람에게는 흘려도 되는 여분의 피가 있는 법.

아가멤논은 아직도 동생을 붙들고 울부짖는다. "이제 너는 어딘지도 모를 이곳 한복판에 영원히 누워 있게 됐구나. 사람들이 그러겠지. '그리스인이 트로이를 빼앗으려고 온갖 헛힘만 쓰다가 실패한 뒤 배 타고 튀어버렸을 때, 메넬라오스가 아시아에서 죽었다!' 나는 그런 식으로 기억되겠구나. 패배자로 말이지. '아가멤논, 폭삭 망한 패배자.' 후대에 날 그렇게들 부르겠지!"

메넬라오스가 한쪽 팔꿈치를 딛고 몸을 일으켜 버럭 소리를 지른다. "닥쳐, 형 때문에 병사들이 겁을 먹잖아! 상처가 깊지도 않아. 별 것도 아니라고. 그만 떠들어!"

아가멤논이 돌아보며 소리친다. "누가 군의관 좀 데려와라! 켄타우로스한테 신비의 약초를 얻은 그자 말야!" 집안 대대로 의사인 마카온이 얼른 뛰어올라와 메넬라오스 옆에 무릎을 꿇고 앉는다. "그냥 긁힌 거요." 마카온은 혼자 연극하고 앉아 있는 아가멤논에게 진저리가 나 한마디 툭 던지고 재빠른 손놀림으로 화살을 홱 잡아 뺀다. "다 됐소. 이제 괜찮을 거요. 통증이 가시도록 신비의 연고를 좀 발라줄 수도 있고……"

아가멤논은 아직도 연극조로 떠벌린다. "그래그래, 연고! 우리 불쌍한 동생!"

전투가 시작되고 아홉 해 만에 처음으로 아가멤논의 피가 제대로 끓어오른다. 그리스인 수천 명이 죽는 모습을 보고도 아무렇지 않았던 그가 자기 핏줄이 부상을 당하자 그제야 갑자기 전쟁을 실감한다. 아가멤논은 이리저리 쿵쿵대고 걸어다니면서 소리친다. "공격 준비! 신들이 우리와 함께하실 것이다! 저 트로이 놈들 같은 사기꾼은 절대 돕지 않을 것이다!"

그가 크레타의 군주인 이도메네우스에게 달려가 소리친다. "당신들 전부 이러고 어영부영하기야? 내가 연회에서 포도주 돌릴 때 당신은 항상 맨 앞에 나서잖아, 이도메네우스. 그런데 지금 이 꼴은 뭐야? 잔뜩 졸아서 공격도 못하고 있구먼!"

이도메네우스는 아가멤논의 허튼소리에 이골이 났다. 그저 어깨를 으쓱하며 아가멤논에게 말한다. "가서 딴사람이나 들쑤시지. 우리는 군대 전체가 움직이면 그때 이동할 준비가 돼 있으니까."

이미 자리를 뜬 아가멤논은 붙들고 꽥꽥거릴 대상을 물색하며 전선을 따라 달려 내려간다. 전차 부대를 한 줄로 세워둔 늙은 네스토르가 눈에 띈다. 그는 전차 운전병들에게 줄을 일렬로 유지할 것을 당부하며 언제나처럼 훈화 말씀에 여념이 없다. "……그래, 우리가 왕년에도 이런 식으로 전투에 승리했다 이 말씀이야. 제군들, 전부 일렬로 줄을 딱 맞춰!"

아가멤논이 달려와 네스토르의 마른 어깨가 으스러질 정도로 말라빠진 노구를 꽉 껴안고 소리친다. "오, 네스토르, 연륜 있는 현명한 조언자 양반! 당신 몸이 당신 머리를 따라주면 좋으련만!"

네스토르가 꿈틀거리며 억센 포옹에서 벗어나 웅얼거린다. "아이고, 내가 영 예전 같지는 않지만……"

아가멤논은 이미 오디세우스와 그의 부하들을 괴롭히러 달려간 후다. 그들은 준비가 끝난 상태다. 진군 명령을 기다리며 반시간 내내 준비 태세로 있었다. 하지만 아가멤논 눈에는 다들 멀뚱히 서 있는 듯 보이기만 해 그가 호통을 발사한다. "오디세우스! 내가 진작 알아차렸어야 했어. 늘 그랬듯이 교활하게 말야, 다른 사람들이 앞서길 기다리면서 트로이 놈들이 던지는 창에 누군가를 방패막이로 만들 참이지! 내가 연회에서 포도주 돌릴 때 네놈이 얼마나 잽쌌어? 응? 안 그래? 그런데 지금은……"

오디세우스는 하루종일 아가멤논을 지긋지긋하게 겪었던 터라 그를 밀쳐버린다. "뭔 소리야? 우린 이미 군대와 함께 진격할 준비가 돼 있다고. 가서 딴사람이나 괴롭히쇼!"

아가멤논이 오디세우스의 등짝을 찰싹 때리며 소리친다. "좋았어, 기백이 살아 있네! 그저 격려 차원에서 이러는 거라고. 으쌰으쌰 하라고 말야!" 그러고는 전선을 따라 더 아래쪽으로 달려간다. 오디세우스는 이를 간다.

아가멤논이 이번엔 전차에 올라서서 출격 명령을 기다리는 디오메데스에게 달려가 떠벌리기 시작한다. "뭘 기다리고 있나? 허, 자네는 아버지만 못하군, 디오메데스! 자네 아버지라면 벌써 트로이군을 공격하고도 남았어!"

디오메데스의 사촌이 반박하기 시작하지만, 디오메데스는 사촌을 뒤로 물리며 진정시키다가 아가멤논이 전선을 따라 달려나간 뒤 그에게 말한다. "신경쓰지 마. 저렇게 고함치고 다니게 놔둬. 적어도 한 번은 왕 노릇을 하고 있잖아. 도움이 될지도 모르지."

이제 쥐죽은 듯 조용한 가운데 그리스군이 진군한다. 갑옷이 쩽하고 부딪치는 소리 말고는 아무 소리도 안 들린다. 그들은 한 민족이고 하나의 언어를 쓰는 이들이다. 전 군대가 한 마리 거대한 야수처럼 움직인다. 아테나가 그들의 사기를 북돋운다. 그들은 아테나의 기백으로 호흡하면서 이동하고, 아테나는 체스판을 가만히 바라보는 고수처럼 말이 없다.

반면에 그들을 기다리는 트로이군의 분위기는 침묵과는 거리가 멀다. 그들의 동맹군은 동방의 인근 각처에서 온 야만인들이며 명령은 수십 가지의 희한한 언어로 이리저리 날아다닌다. 마치 전선에 큰 새장이라도 있는 듯하다. 서로 다른 온갖 파견부대가 각자의 언어로 재잘거리기 때문이다. 어떤 말은 까마귀 소리 같고, 어떤 말은 참새 소리, 또다른 말은 날카롭게 우는 매 소리 같다. 지금 그들 편에 있는 유일한 신은 살육과 부패, 불타버린 도시의 더러운 기운으로 가득한 아레스뿐이다.

아레스가 친구를 하나 데려왔다. 두려움이다. 그가 트로이군의 속을 뒤틀리게 하고 무릎을 후들거리게 하며 이마에 땀이 송글송글 맺히게 만든다. 그들은 이 싸움을 원치 않는다.

그리스 군대가 조용히 그들을 향해 달려온다.

두 진영의 방패벽이 마주치는 순간이 온다. 서로의 얼굴이 보일 만큼 가까워진다. 지금쯤 그들은 서로를 잘 알고 있다. 장장 아홉 해 동안 대결을 준비해온 사이 아닌가. 적을 응시하며 맞붙어야 할 상대가 누구인지를 본다. 그러다가 갑자기 그리스 쪽이 트로이군의 방패에 쾅하고 부딪친다.

그 순간 소음이 터져나온다. 황소 가죽 방패에 철썩 부딪치는 소리, 청동과 청동이 쨍하고 부딪치는 소리, 그리고 비명이 이어진다. 다양한 비명 소리로 부상 종류를 가늠할 수 있다.

당장은 트로이군의 큰 방패벽이 버티고 있다. 병사 몇 명이 쓰러지긴 했어도 방패벽이 버티고 있는 한 그리스인은 큰 타격을 입힐 수 없다. 그리스 쪽은 적진으로 돌격해 장벽을 무너뜨릴 누군가가 필요하다. 안틸로코스가 먼저 시도한다. 그가 트로이 방패벽으로 달려가 방패를 조금 낮게 들고 있던 에케폴로스의 이마를 정조준해서 힘껏 창을 던진다. 안틸로코스의 창끝이 투구의 얇은 합금을 뚫는다. (합금은 비싸다. 청동은 무겁고. 그래서 투구가 얇다.) 살갗을 뚫고 두개골을 뚫고 뇌를 뚫는다. 에케폴로스의 온 세상이 어두워진다.

일단 상대를 죽이면, 다음 수순은 사체를 붙잡아 쇠붙이를 벗겨내는 것이다.

안틸로코스의 전우 엘레페노르가 에케폴로스의 사체를 움켜잡으려고 한다. 하지만 몸을 굽히는 순간 창이 쑥 들어올 만큼 몸통 옆쪽이 활짝 열리고 만다. 아니나 다를까, 트로이군 아게노르가 이 기회를 놓치지 않고 엘레페노르의 옆구리를 향해 곧장 창을 찔러넣는다.

이제 지켜내야 할 시체가 둘이다. 서로를 향해 찌르고 부딪치는 창 끝과 방패가 어지럽게 교전하며 사방에 비명이 난무한다. 전장에서 가장 거구인 그리스인 아이아스가 빈자리를 포착하고 산악지대에서 온 소년 안테미온의 젖꼭지를 향해 정통으로 창을 날린다. 창끝이 안 테미온의 윗옷을 미끈하게 뚫고 그의 몸통까지 통과해 반대편으로 나온다.

오디세우스의 부하 레우코스가 단숨에 승점을 올리려는 욕심에 몸 을 굽혀 트로이인의 시체를 붙잡으려다가 불알에 정통으로 창을 맞 는다. 레우코스가 비명을 지르며 쓰러진다. 널린 시체들을 붙잡으려 는 시도가 이렇게나 위험천만하다. 매번 뻥 뚫린 공간을 허용하니 말 이다.

오디세우스는 부하가 고통 속에 쓰러지는 모습을 보며 괴로워한 다. 그에게 오늘 하루가 너무 길고 처참할 뿐이다. 처음에는 아가멤논 의 멍청한 계획을 수습하느라 힘들었고, 다음에는 제 임무를 다하지 않는 게으름뱅이라는 타박을 들어야 했고, 이제는 자기 부하 하나가 먼지투성이로 몸부림치는 모습을 보고 있다. 더는 안 되겠다.

그가 방패벽에서 나와 창을 옆으로 느슨하게 쥐고 표적을 찾는다. 트로이인들이 사방으로 흩어진다. 누구도 쉬운 표적이 되고 싶진 않 다. 오디세우스가 마침내 괜찮은 표적을 발견한다. 프리아모스의 서 자 데모코온이다. 트로이 왕자 가운데 적자를 죽이는 것만큼 효과가 좋진 않겠지만 일개 병사에게 창을 낭비하는 것보다는 낫다. 그가 창 을 던진다.

데모코온은 무엇이 자신을 타격했는지 절대 알 수가 없다. 창이 그 의 얇은 금속 투구를 지나 왼쪽 관자놀이를 정확히 뚫고 들어가 뇌를 헤치고 나간다. 머리통 반대편으로 뚫고 나올 만큼 창끝까지 힘이 넘친다. 역대 최고의 투척으로 꼽을 만하다. 그리스군이 기뻐하며 함성을 내지른다. 그들이 시체와 값비싼 갑옷을 모조리 차지하고 트로이군은 완전히 얼이 빠져 퇴각한다.

상황을 전부 지켜보던 아폴론은 기분이 좋지 않다. 그의 억센 누이 아테나는 늘 그랬듯 그리스인의 기운을 북돋느라 여념이 없다. 아폴론은 누이만큼 인간 친화적이지 않다. 그는 이 미물들을 상대하는 게 즐겁지 않지만 그렇다고 그리스인이 이토록 수월하게 승리하도록 놔둘 수는 없는 노릇이다. 그가 마지못해 빛을 내뿜는다. 뜨끈한 용맹의 기운이 비실거리는 트로이 군대를 뒤덮는다. 순식간에 그들 모두 그리스군의 투구와 방패 사이의 공간을 보게 된다. 창이 정확히 날아갈 공간이 있다. 그 틈으로 창끝을 꽂아넣으면 얼마나 짜릿할까! 갑자기 트로이 전사 모두 자기편이 이길 수 있으며 그리스군이 그리 대단하지 않다는 확신에 찬다. 아테나는 오라비가 트로이군에 기운을 불어넣고 있음을 느끼고 그리스군에 곱절의 힘을 쏟아붓는다. 양국 군대가 몇 초간 서로를 응시하더니 한꺼번에 돌격한다. 죽어나가는 속도가 너무 빨라 이제는 전사자 수를 세기도 힘들다. 황야의 산에서 온 트로이의 동맹군이자 임브라소스의 아들인 페이로오스가 돌을 집어들어 디오레스에게 던진다. 돌이 그리스인의 발목을 맞힌다. 뼈가 으깨지는 소리가 생생하다. 디오레스가 비명을 지르며 쓰러지고 페이로오스가 커다란 고양이처럼 그에게 달려들어 배에 창을 쑤셔넣고 마구 헤집자 내장이 굴러나와 흙 위를 뒹군다. 트로이군이 환호한다. 하지만 몸을 굽힌 페이로오스가 이제 완벽한 표적이 된다. 토아스가 그의 가슴을 창으로 찌르고 몸이 똑바로 서도록 창의 위치를 고정한

다음, 침착하게 칼을 꺼내 그가 서 있는 상태에서 내장이 쏟아져나오게 배를 가른다. 그 역시 굉장한 솜씨다. 그리스군이 환호한다. 하지만 토아스는 그 야만인의 갑옷을 가질 수 없다. 시체에서 갑옷을 벗겨내려 할 때 야만인들 특유의 온통 덥수룩한 머리를 한 페이로오스의 동지들이 대장을 둘러싸버렸다.

이제 너 나 할 것 없이 모두 찌르고, 비명을 지르고, 피를 흘리고, 어딘가에서 듣고 있을 신과 협상하며, 제발 자신의 목숨은 부지하면서 누군가를 죽일 수 있길 빌고들 있다.

2부
피에 미친
전쟁광들

THE WAR NERD ILIAD

5
신을 상처 입힌 인간 디오메데스

아테나에게는 그리스군을 이끌 영웅이 필요하다. 아킬레우스가 자기 막사에서 잔뜩 골을 내는 터라 아테나는 그리스 쪽에서 두번째로 훌륭한 전사 디오메데스를 고른다. 그의 몸속 모든 세포에다 자신의 맹렬한 의지를 가득 채워 그를 마치 횃불처럼 불타오르게 만든다. 그의 창은 밤바다를 가르며 나아가는 배처럼 빛의 궤적을 남기고 방패는 태양처럼 번쩍인다.

그가 고르는 족족 누구든 죽어나간다. 먼저 화려한 전차에 타고 있던 부유층 트로이인 하나가 쓰러진다. 디오메데스의 창이 그의 가슴을 정통으로 뚫었다. 전차를 몰던 트로이인의 형제는 그가 쓰러지자 전차에서 뛰어내려 달아나고, 그리스군이 그에게 야유를 보낸다.

아테나는 오늘 유일하게 트로이인을 돕고 있는 신 아레스에게 날아가 전투에서 물러나도록 설득할 작정이다. 아테나는 이 대학살과 겁탈의 신을 경멸하지만, 워낙 멍청한 놈이니 필요하면 어떻게든 요리할 수 있다. 아테나가 걱정스러운 표정으로 떠본다. "아레스, 우리가 인간들 싸움에 간섭한다고 아버지 제우스가 화났다는 말을 들었어. 아무래도 여길 뜨는 게 좋을 것 같아."

전투를 지켜보던 아레스가 고개를 돌려 거대하고 잔인한 얼굴로 한참 동안 아테나를 빤히 쳐다보며 생각이란 걸 하려고 애쓴다. 아버지의 분노가 두려운지 그는 마침내 고개를 끄덕인다. 그의 힘이 트로이군을 떠난다. 바로 그 순간 트로이군의 모든 전사들은 몸에서 피가 빠져나가는 기분이다. 이제 느껴지는 거라곤 두려움뿐이다. 전부 돌아서서 뛰어간다. 전차들의 바퀴를 돌려 흙먼지를 일으키며 도성을 향해 달려간다.

그건 위험한 수다. 만약 방패를 높이 들고 정면을 향한 채 적군을 바라보는 상태에서 아군을 옆에 두고 있다면 꽤나 안전하리라. 하지만 몸을 돌려 달리면 곧장 표적이 된다. 달아나는 자를 죽이기는 쉽다.

심지어 아가멤논마저 적을 죽이는 데 성공한다. 그의 창이 어느 전차 마부의 등에 세게 꽂힌다. 신비의 약초로 치료를 받은 그의 동생 메넬라오스는 달아나는 또다른 트로이인을 공격해 쓰러뜨린다. 아트레우스의 아들들에게 운수 좋은 날이다.

목표물 중 가장 만족도가 높은 죽음의 주인공은 페레클로스다. 바로 이 트로이 목공이 만든 배가 파리스를 스파르타로 실어 갔다가, 메넬라오스의 정실부인을 한 팔에 두른 그를 다시 고국 트로이로 실어 왔다. 온 그리스인이 페레클로스가 죽기를 바란다.

페레클로스가 도망가려다가 죽음을 맞는다. 그리스군의 창이 그의 엉덩이를 정통으로 맞히고 방광을 터뜨리자, 그가 토끼처럼 비명을 지르며 무릎으로 넘어지더니 자기 피와 오줌으로 흥건한 흙먼지 속에서 몸부림친다.

트로이 명문가의 서자 페다이오스가 달아나려다 목덜미에 창을 맞는다. 창이 그의 입천장을 뚫으며 이빨을 박살낸다. 그는 입안에서 비릿한 청동 내음을 느끼며 죽는다.

트로이를 지나 흘러가는 강을 관할하는 사제 휩세노르는 손이 잘려나가, 자신의 목숨이 손목에서 고동치며 뿜어져나오는 동안 바닥에 드러누워 잘린 손을 바라보다 죽는다.

디오메데스는 아테나의 광선을 휘감은 채 여전히 들판을 휩쓴다. 트로이군은 그의 창에 적수가 안 된다. 이 상황에서는 동방에서 가장 인기 있는 무기인 활을 써서 응수할 필요가 있다.

메넬라오스를 쏜 궁수 판타로스가 들염소 뿔로 만든 활을 꺼내 죽음의 광선 한가운데, 즉 디오메데스를 겨냥한다. 조준하고 잠시 그대로 유지하면서 목표물의 움직임을 감안하고 시위를 놓는다.

화살이 디오메데스를 향해 날아가 어깻죽지를 맞힌다. 디오메데스는 이 상황이 믿기지 않는다. 오늘은 분명 나의 날인데! 다칠 리가 없는데!

그가 사촌들을 불러 화살을 뽑으라고 한다. 화살과 함께 피가 솟구친다. 그가 불같이 화를 내며 아테나에게 소리친다. "제우스의 따님, 멀리서 내게 활을 쏜 비겁한 트로이 놈을 찾게 해주십시오! 놈에게 창을 꽂을 수 있는 힘을 제게 주십시오!"

아테나가 신계 특유의 타는 듯한 냄새를 풍기며 평원에 나타난다. 디오메데스는 순식간에 상처를 치유받고 아테나는 헤아리기 힘든 찰나에 그를 자신의 세계 안에 들여 속삭인다. "깨끗이 나았다, 디오메데스. 내가 너에게 특별한 것을 주었다. 오늘 너는 신들을 볼 수 있다. 이제 곧 내 여동생 아프로디테를 볼 것이다. 그애가 자기 아들 아이네이아스를 구하려고 전장으로 내려갈 것이다. 내 말 잘 들어라. 넌 아프로디테를 죽이지 못하지만 다치게 할 순 있다. 네가 그애한테 상처를 입혔으면 좋겠구나, 디오메데스."

아테나가 판세를 뒤집는다. 디오메데스가 먼지 덮인 평원으로 돌아온다. 상처는 다 나았고, 노기가 충천해 아테나의 기운을 발산한다. 그가 또다시 들판을 휩쓴다. 지켜보는 재미가 있다. 첫번째 휘두른 무기는 창이다. 트로이인 하나가 젖꼭지에 창을 맞고 쓰러진다. 그다음은 검이다. 아테나 여신의 빛을 머금은 팔이 아름다운 선을 그리며 트로이인의 쇄골을 스쳐지나가자 어깨 전체가 끊어져 마치 정육점에 걸린 돼지 다리처럼 덜렁거린다.

다음으로 트로이인 두 명을 뒤쫓는다. 유명한 점술가의 두 아들이다. 사람들 말로는 이 둘이 아버지의 재능을 물려받아 꿈을 해몽할 수 있다던데, 그들이 보는 최후의 장면은 디오메데스의 불타듯 번쩍이는 방패와 창끝과 흙먼지였다. 정작 그 장면은 예견하지 못했구나!

디오메데스가 이번에는 프리아모스의 두 아들이 타고 있는 전차를 향해 정면으로 달려간다. 인간 하나가 말 세 마리와 겨루겠다고? 미친 짓이다. 말발굽에 밟혀 목숨을 잃을 게 뻔하다. 그런데 어찌된 영문인지 그가 말들 사이를 뚫고 전차에 뛰어올라 트로이 왕자 둘을 죽이고는 자신의 부하들에게 둘의 시체를 던지며 포효한다. "놈들의 갑옷을 벗겨라. 나는 말들을 몰아 우리 진영으로 돌아가겠다!"

이 모든 일이 말로 설명하는 것보다 더 짧은 시간 안에 벌어진다.

활이야말로 트로이인이 디오메데스에 대적할 수 있는 유일한 무기다. 반은 트로이인이고 반은 신인 아이네이아스가 판다로스를 찾아 소리친다. "판다로스, 뭐가 문제야? 그거 하나 제대로 못 맞히나! 디오메데스를 쓰러뜨리기라도 해야 할 거 아냐!"

말 많은 소년 판다로스가 징징댄다. "아이고, 아이네이아스 님. 이건 활이잖아요. 내 전차랑 창만 있으면 얘기가 다를 텐데. 그렇지만 제 말들을 데려오고 싶지 않았어요. 이 트로이인들은 도시 샌님들이잖아요. 말을 돌보고 먹이고 하는 건 쥐뿔도 모른다고요. 제가 말들을 얼마나 아끼는데요."

아이네이아스가 소리친다. "그딴 거 신경쓰지 마. 우린 네가 디오메데스를 저지하길 바랄 뿐이다!"

하지만 판다로스는 아랑곳 않고 한바탕 정신없이 떠들어댄다. "그래서 제가 전차도 말도 다 집에 두고 활만 가져와야겠다 생각했죠. 그런데 이 멍청한 활이 뭔가 잘못된 모양이에요. 똑바로 쏠 수가 없다니까요. 분명 메넬라오스의 팔에 상처를 냈는데 벌써 다 나아버렸어요. 그것만도 낭패인데, 디오메데스 보셨어요? 내가 쐈는데 느끼지도 못한 것 같더라고요. 대체 뭐가 잘못된 건지 모르―"

"조용히 해!" 아이네이아스가 정신을 차리라고 소리를 지른다.

그러나 판다로스는 멈추지 못한다. "마음 같아선 이놈의 활을 가져다 뜨거운 불구덩이에 던지고 싶다고요! 이게 똑바로 날아갈 생각을 안 합니다! 나한테 지금 창하고 말만 있었어도―"

아이네이아스가 윽박지른다. "좋아, 창을 써! 내 전차로 가자. 모는 건 내가 한다! 디오메데스가 우리 군대를 싹쓸이하기 전에 놈을 죽여야 해! 솔직히 저게 진짜 그놈이 맞는지도 모르겠다. 오늘따라 너무 세거든. 디오메데스인 척하는 신은 아닌지 의심스러워."

저격수의 눈을 가진 판다로스가 말한다. "아뇨, 디오메데스 맞습니다. 분명해요. 그런데 신의 광휘가 그를 둘러싸고 깜빡거리네요. 예, 아이네이아스 님이 전차를 모는 게 좋겠어요. 말 주인이니까요. 말 상태도 잘 아실 테고. 녀석들은 모르는 사람이 고삐를 쥐면 싫어하죠."

아이네이아스가 그의 말을 끊는다. "알았어, 내가 몬다니까. 창을 들어. 곧장 디오메데스를 향해 몰겠다. 이번에는 세게 던져라. 치명타를 입혀!"

두 사람이 다가오는 것을 보고 디오메데스의 부하들이 말한다. "아이네이아스와 판다로스가 우리 쪽으로 오고 있습니다. 아이네이아스는 반신이고 판다로스는 명사수입니다. 저희가 막고 있는 동안 여기를 뜨십시오!"

디오메데스가 피식 웃는다. "난 누굴 피해서 도망가지 않는다. 내가 저들을 죽이고 말을 빼앗겠다. 아이네이아스가 반신인 건 사실이지만 그래봐야 어미가 아프로디테 아니냐. 그 여신을 무서워할 이유는 전혀 없지. 오늘은 아테나가 친히 나의 피를 불타오르게 했다."

아이네이아스가 전차를 몰아 사정거리 내로 들어선다. 판다로스가 전차 밖으로 몸을 내밀어 디오메데스의 방패 정중앙을 향해 힘껏 창을 던진다.

완벽한 투척인데도 창에 실린 힘은 기껏해야 방패를 뚫고 나가는 정도에 그친다. 디오메데스의 가슴받이만 살짝 긁힐 뿐이다.

하지만 판다로스는 디오메데스를 죽였다고 생각한다. 전차 밖으로 몸을 내밀고 흡족하게 바라본다. "하, 네놈이 내 화살에는 용케 살았지만 창은 못 피했구나! 네놈의 간을 적중했지!"

디오메데스가 받아친다. "방패가 막았다, 멍청아! 이제 개들이 네 놈 피를 핥게 될 것이다!"

그가 전차 밖으로 몸을 뺀 판다로스의 멍청한 얼굴을 향해 곧장 창을 날린다. 창끝이 판다로스의 광대뼈를 으깨고 이빨을 박살내자 원래는 입이었던 피칠갑 난장판을 뚫고 하얀 조각들이 흩뿌려진다.

판다로스는 죽어가면서 말들이 그의 피 냄새에 진저리치며 땅을 박차고 일어서는 모습을 본다. 그는 언제나 말들을 애지중지했는데, 이제 엉망이 된 그의 얼굴에서 숨이 빠져나가자 녀석들이 그를 버린다.

그가 전차 밖으로 굴러떨어지자 아이네이아스는 부대를 멈추어 자리를 지키게 한 뒤 판다로스의 시신을 보호하고자 전차에서 뛰어내린다. 그가 할 일은 디오메데스의 부하들을 물리쳐 그들이 시신을 강탈하지 못하도록 막는 것이다.

디오메데스의 부하들이 달려오다가 전투태세의 아이네이아스를 보고 우뚝 멈춘다. 그들은 사냥개처럼 원으로 아이네이아스를 둘러싸고는 심하게 훼손된 그의 전우의 시신을 가리키며 아이네이아스를 조롱한다.

그들 중 누구도 아이네이아스와 육박전을 치르고 싶어하진 않는다. 그는 반신인데다 지금은 마치 거대한 살쾡이처럼 판다로스의 피투성이 시신 위에 웅크리고 있어서 더욱 위험해 보인다. 일단 그들은 뒤로 물러나 대장을 기다린다.

빠른 걸음으로 올라온 디오메데스는 번잡하게 창 싸움은 하지 않기로 마음먹는다. 대신 바위를 집어든다. 어찌나 큰지 요즘 시대의 약골들은 셋이 덤벼도 못 들어올릴 정도다. 디오메데스는 그걸 한 손으로 번쩍 들어 마치 사내아이가 떠돌이 개한테 돌멩이 하나 던지듯 휙 던져버린다.

바위가 유성 같은 속도로 날아가 아이네이아스의 사타구니에 정통으로 박힌다. 그가 고통스러워하며 고꾸라져 흙먼지 속에서 몸부림친다. 용감한 전사 체면에 비명을 지를 수도 없다.

디오메데스의 부하들이 아이네이아스에게 창을 던질 태세로 함성을 지르며 돌진한다.

이때 아프로디테가 자기 아들이 곧 죽을지도 모를 상황을 보고 비통함에 울부짖으며 전장으로 날아온다. 그녀는 아들 위로 몸을 던져 그를 꼭 붙들고는 더럽고 고통스러운 지상에서 들어올려 천계로 올라가기 시작한다. 디오메데스가 크게 놀란 표정으로 지켜본다. 그가 방금 아이네이아스의 하반신을 황소 대가리만한 바위로 아작 냈는데 지금 그는 눈부신 먼지구름 같은 것에 휘감겨 있고 그 소용돌이가 통째로 하늘을 향해 올라간다.

디오메데스가 흘끗 보니 소용돌이 속에 아프로디테가 있다. 순간 아테나가 내린 지시 사항이 떠오른다. 아프로디테에게 부상을 입히라고 했다. 신에게 맞서 무기를 드는 것은 위험한 수다. 하지만 아테나의 뜻을 거역하느냐, 아니면 그녀의 여리여리하고 예쁘장한 여동생에게 해를 입히느냐 사이에서 하나를 선택해야 할 때…… 음, 선택은 쉽다. 무슨 일이 있어도 아테나가 원하는 바를 수행해야 한다. 바로 그 지점에서 파리스가 일을 그르치지 않았나. 아테나 대신 아프로디테의 기분을 맞춰준 게 낭패였다.

그래서 디오메데스는 번쩍이는 구름 속을 응시하며 아프로디테를 살짝 해코지할 기회만 기다린다. 저기다! 소용돌이 속에서 순간적으로 번쩍 빛나는 그녀의 여리고 흰 손. 디오메데스가 창을 구름 속으로 찔러넣는다.

천지를 뒤흔드는 어마어마한 비명소리가 그의 귀를 때린다. 엉뚱한 사내에게 팔려가는 것을 견뎌야만 했던 모든 소녀들, 마을이 침략당했을 때 겁탈당한 모든 딸들, 아이를 낳다 죽은 모든 여인들이 한꺼번에 내지르는 듯한 비명소리다.

구름이 사라진다. 아이네이아스가 다시 땅으로 떨어져 디오메데스에게 손쉬운 먹잇감이 된다.

이 꼴사나운 사건의 추이를 줄곧 지켜보던 아폴론은 성가셔하며 낯을 찌푸리지만 결국 행동에 나선다. 아이네이아스를 붙잡아 마치 공중에 뿌려진 오징어 먹물 구름 같은 어둠 속에 그를 숨긴다.

아프로디테는 위로 도망가버린다. 아들도 전쟁도 이제 관심 밖이다. 피를 흘리며 욱신대는 자기 팔목 말고는 아무것에도 관심이 없다. 아이고! 여신들은 고통에 대해 아는 바가 별로 없다. 일개 인간처럼 상처를 입은 여리고 고운 아프로디테에게 이런 고통은 낯선 공포다. 디오메데스의 창끝이 그녀의 손목을 스쳤고 상처에서 금빛 영액이 흘러나온다.

신들은 인간처럼 붉은 피를 흘리지 않는다. 그들의 혈관에는 그들이 마시는 신주의 황금빛 진액이 흐른다. 그래서 상처를 입으면 황금빛 액체가 흘러나온다. 늦여름의 햇살처럼 달콤하고 눈부신 영액이다. 모든 신들 가운데 아프로디테의 영액이 가장 달콤하고 어떤 포도주보다도 도수가 세다. 몇 방울 마시거나 냄새만 맡아도 인간은 현기증이 날 것이다.

아프로디테가 날아올라 서서히 사라지는 사이 디오메데스가 영액의 달큰한 흔적을 들이마신다. 그는 자만심에 취해 아프로디테를 향해 소리친다. "이제 전쟁에 끼어들면 안 된다는 걸 알겠지. 이건 남자가 할 일이야. 당신은 사랑놀이나 계속하셔!"

아프로디테가 이복남매 아레스에게 날아간다. 지금은 도움이 필요하다. 아레스 같은 더러운 짐승의 도움이라 해도. "오라버니, 전차 좀 빌려줘. 나 다쳤어! 인간한테 당했다고!"

아레스가 아프로디테를 놀린다. "아이고, 고소해라. 이 멍청한 계집애야, 쬐끄만 인간이 건드리게 가만두냐!" 그는 고소하다는 듯 한참을 쳐다보다가 자기 전차의 고삐를 아프로디테에게 던져준다. 전차는 화려하긴 한데 불쾌하기 짝이 없다. 온통 금으로 뒤덮여 있지만 묵은 피 냄새가 코를 찌른다.

아프로디테가 전차에 올라 한 손으로 고삐를 쥐더니 신음소리를 낸다. "아, 아야! 내 손목!" 그녀가 천계로 날아올라간다.

어머니 디오네에게 달려간 아프로디테는 무릎을 꿇고 울고불고한다. "이것 봐, 엄마! 인간이 나한테 한 짓을 보라고!"

디오네가 아프로디테의 손목에 흐르는 영액을 닦아내고 최대한 조심스럽게 딸을 달래주려 한다. 헤라와 아테나가 지켜보고 있다. 둘 다 디오네를 싫어한다. 디오네도 제우스의 아내지만 급이 낮다. 디오네가 영액을 흘리는 딸의 손목을 어루만진다. 엄마의 손길이 한번 닿자 아프로디테의 깨끗하고 고운 피부가 다시 새것처럼 돌아오고 고통이 사라진다. 그래도 아프로디테는 충격에서 헤어나지 못한다. 남자가 자신을 그토록 무례하게 대한 적은 한 번도 없었다. 그녀는 계속 눈물바람이고 어머니 디오네는 딸을 달래며 속삭인다. "쉬, 진정해 얘야. 우리 신들은 이보다 더한 것도 참아야 돼. 내가 수도 없이 말했잖니.

인간은 골칫거리일 뿐이라고! 자, 진정하렴. 이런 건 곧 다 잊어버릴 거야……"

아테나가 최대한 시끄럽고 무례한 목소리로 제우스에게 알린다. "오, 아버지 저기 좀 봐요! 보여? 저 헤픈 여신이 어쩌다가 딱하게도 쪼그만 손을 다쳤나봐! 그리스인 마누라들을 트로이 남정네들하고 짝지어주고 싶어서 또 어떤 여자를 끌고 트로이로 튀려다가 브로치 핀에 손목이 찔리기라도 했나보네. 하찮은 딱한 계집애가 피를 흘리고 있잖아!"

제우스가 껄껄대고 웃는다. "아프로디테, 그렇게 여린 몸으로 전쟁놀이를 할 만큼 어리석진 않겠지? 그런 건 전부 거친 애들한테 맡겨. 아레스하고 아테나 같은 애들. 넌 계속 사랑놀이나 하고."

지상의 흙먼지 속에서는 디오메데스가 여전히 아이네이아스를 죽이려고 혈안이 되어 있다. 그의 앞쪽 어딘가에 아이네이아스가 있지만 아폴론이 그를 보호하면서 디오메데스의 시야를 흐리는 참이다. 그래서 디오메데스는 눈앞의 먹구름을 향해 마구잡이로 창을 쑤신다. 그가 암흑 속으로 창을 세 번 찔러대고 네번째에 이르자 이 멍청한 장난에 지친 아폴론이 거대한 음성으로 한마디한다. "그만해." 이 명령이 디오메데스의 몸에 있는 모든 세포를 관통해 분노를 일순간에 잠재운다. 그가 뒤로 물러난다. 두려워서가 아니라 아폴론과 직접 겨룰 만큼 어리석지 않아서다.

아폴론이 아직도 고통에 몸부림치는 아이네이아스를 데리고 신들이 싸움을 지켜보고 있는 산지 페르가모스로 가 누이 아르테미스를 부른다. 그녀는 반쯤 웅크린 기묘한 자세로 슬그머니 다가와 아이네이아스의 몸 위쪽으로 두 손을 움직이며 신비로운 말을 읊조린다.

아폴론은 그리스와 트로이의 싸움을 끝내고자 아이네이아스의 모형을 만들어 들판에 던지고는 아레스 옆자리에 앉아 이 덩치 크고 멍청한 형제를 향해 잠시 사나운 눈길을 쏘아보낸다. 그 시선을 고스란히 느끼자 아레스도 감이 온다. 아테나한테 속아 트로이를 몹시 잃고 손뗀 스스로에게 화가 난 것이다. 아레스는 영리한 계집애한테 또다시 깜빡 속아넘어간 것을 깨닫고 한숨을 쉬더니 수천 길을 훌쩍 뛰어내려 트로이 전선으로 향한다.

그는 자신이 해야 할 일을 알고 있다. 트로이 최고의 전사 헥토르를 전투에 복귀시켜야 한다. 그래서 아레스는 헥토르의 뒤에 서서 분노에 찬 트로이인의 관심을 그에게 집중시킨다. 문득 트로이 진영의 모든 사람들이 일제히 궁금해한다. '헥토르는 어디 있지? 마땅히 앞장서야 하는 최고의 전사가 뒤꽁무니에서 미적거리는구먼!'

리키아의 왕 사르페돈이 격분해서 달려와 소리친다. "당장 치고 나오지 않고 뭐하나, 헥토르? 당신네 사람들을 잃고 있다고! 우리 리키아인이 당신을 위해 싸우길 바라면서 정작 당신은 당신네 도성을 지키기 위해 싸우진 않겠다 이건가? 아이네이아스가 쓰러졌어, 당신 오른팔이! 그런데도 당신은 아직도 다른 나라 용병들이 대신 싸우게 내버려두고 있잖아! 지금 당장 싸우든가, 동맹군과 당신 성읍과 모든 것을 잃든가, 양단간에 결정해!"

헥토르는 수치심을 느낀다. 창을 들고 그리스군을 향해 달려간다. 아레스가 그와 함께한다. 피비린내가 진동하고 얼룩진 그림자가 드리운다. 아레스가 지나가는 곳마다 트로이군은 누군가의 목을 따는 상상을 하며 이게 얼마나 식은 죽 먹기인지 깨닫는다. 그리스인의 간에다 창을 똑바로 박아넣고 놈의 값비싼 갑옷을 빼앗아 짭짤한 이문을 남기고 판다는 게 얼마나 근사한 일인지 생각한다. 죽이고 죽이고 죽이는 것, 이 얼마나 수월하며 얼마나 기분좋은 일인가.

트로이인들이 완전히 달라졌다. 빈틈없는 방패벽 대형을 이루고 폭풍 속 파도처럼 돌격한다. 아레스가 주위를 어둡게 해 그리스군은 그들을 조준할 수가 없다. 트로이군은 마치 바다에서 밀어닥치는 막지 못할 구름떼처럼 다가온다. 지금 헥토르는 사방을 날아다니며 마음대로 적군을 무찌른다. 한 번에 한 명을 죽이느라 시간 낭비하지 않고 쌍으로 죽이고 있다. 전차 마부와 창수를 둘 다 전차 밖으로 휙 잡아당겨 그들이 미처 땅에 닿기도 전에 죽여버린다. 군마와 전차를 하나하나 쓸어버리며 전진하는 헥토르의 기세에 밀려 그리스군이 후퇴한다.

디오메데스는 아테나가 준 특별한 능력을 아직 잃지 않았다. 오늘 그의 눈에는 신들이 보인다. 그는 아레스의 피칠갑 된 손이 헥토르의 손 아래서 움직이며 인간들이 알아채기도 전에 순식간에 그들을 베어버리는 모습을 본다.

디오메데스가 소리친다. "후퇴하라! 헥토르 뒤에 신이 있다! 방패는 그대로 유지한 채 정면을 향한 상태로 퇴각하라!"

그리스군에게 두 번씩 경고할 필요도 없다. 헥토르가 신의 도움 없이도 위험한 전사라는 건 다들 안다. 신의 지원까지 받는 지금의 그는 걸어다니는 저승사자나 다름없다. 그러나 피범벅인 시체들 위로 비틀거리며 뒷걸음질치는 그리스군은 방패 사이를 바싹 붙이는 바람에 도리어 헥토르에게 넓은 공간을 허락하고 만다.

페르가모스 성소에 누워 있던 아이네이아스는 아폴론의 사나운 누이 아르테미스가 자신의 상처를 치료하는 동안 그녀를 올려다보고 있다. 아르테미스는 인간의 친구가 아니다. 스라소니의 앙칼진 포효가 담긴 얼굴로 아이네이아스를 치료하고 있을 뿐. 하지만 그녀가 쉬쉬거리는 소리로 그를 향해 중얼거리는 동안 아이네이아스는 박살난 자신의 좌골이 스르르 접합되는 걸 느낀다. 고통은—어라, 고통이 있었던가? 그는 아무런 고통을 느끼지 않는다. 부상당한 느낌이 없다. 스라소니의 얼굴이 차갑게 그를 응시하며 이제 완치되었다고 확실히 일러두고는 자기 오빠를 향해 낮은 음성으로 무언가 얘기하더니 사라진다.

아폴론이 성큼성큼 아이네이아스에게 걸어와 손짓을 하자 아이네이아스가 일어선다. 아폴론은 손을 뻗어 한 손으로 아이네이아스의 허리를 감싸안더니 저 아래 전장으로 던져버린다. 아이네이아스는 한창 그리스군을 해치우는 트로이의 방패벽 한복판에 아무 상처 없이 가뿐하게 두 발로 착지한다. 그의 동지들은 아이네이아스가 다시 그들과 함께 있다는 게 믿기지 않는다. 다들 그가 죽었다고 생각했다. 그들은 아이네이아스와 함께한다는 사실에 더욱 큰 함성을 쏟아내면서 한창 달아나는 그리스군을 무찌른다.

아이네이아스는 아트레우스의 아들 아가멤논 집안의 가신인 그리스인 쌍둥이를 죽이는 것으로 자신의 귀환을 기념한다. 함께 태어난 쌍둥이는 이제 아이네이아스의 창끝에 함께 죽는다.

이로 인해 헤라클레스의 아들 중 하나인 틀레폴레모스가 격분한다. 그는 그리스인 가운데 가장 키가 크고 우람하며 겁이 없다. 그가 트로이군의 리키아 연대를 이끄는 사르페돈을 부른다.

이 상황을 지켜보기 위해 모두가 싸움을 멈춘다. 뭔가 멋진 장면이 나올 것이다. 두 사람 다 신의 혈통, 그중에도 제우스의 혈통을 타고

났다. 헤라클레스가 제우스의 아들이므로 틀레폴레모스는 제우스의 손자다. 사르페돈은 제우스의 아들이다. 자, 이제 제우스의 자손들이 대결을 벌인다.

혈통을 아는 사람에게는 쉬운 내기다. 신의 손자보다는 신의 아들에게 걸어라.

틀레폴레모스가 사르페돈에게 큰 소리로 떠들며 포문을 연다. 절대 좋은 작전이 아니다. "사르페돈, 너 여기서 뭐하냐? 트로이인도 아니잖아! 뭣 때문에 이놈들을 위해 싸우고 있냐? 너희 리키아인은 싸움보다는 포도주나 마시고 첩이랑 뒹구는 걸 더 잘하잖아. 내가 보기에 네놈은 절대 제우스의 아들이 아니야. 그렇게 안 보이거든, 이 노친네야! 내 아버지가 헤라클레스다. 날 봐라! 난 그대로 물려받았거든. 너하곤 다르지!"

사르페돈이 빙긋 웃으며 조용히 응수한다. "이 창 보이느냐, 틀레폴레모스? 이제 곧 이걸 아주 가까이에서 보게 될 게야. 하데스가 자기 왕국에서 널 맞아줄 때 안부나 전해라."

두 사람이 동시에 창을 던진다. 사르페돈이 완벽한 솜씨를 발휘해 울대뼈를 적중시킨다. 틀레폴레모스가 쓰러져 죽는다.

하지만 틀레폴레모스의 솜씨도 나쁘지 않았다. 다만 너무 빨리 죽는 바람에 자신의 투척 결과를 보지 못해 안타까울 뿐. 그의 창이 사르페돈의 넓적다리 살점에 적중해 대퇴부를 따라 상처를 입혔다. 사르페돈이 비명을 지른다. 청동으로 뼈가 쭉 찢기는 듯 믿기 힘든 고통이다. 그의 부하들은 얼이 빠졌다. 제우스의 아들이 다칠 수 있다는 생각을 해본 적이 없는 것이다. 정신을 차리고 얼른 사르페돈을 들어올려 후방으로 옮기기 시작하는데 너무 당황한 나머지 먼저 허벅지에서 창을 뽑아낼 생각도 못한다. 이미 충분히 고통스러운 사르페돈은 실려가는 길을 따라 널린 돌을 긁고 가는 창의 존재를 고스란히 느낀다.

오디세우스는 틀레폴레모스가 죽는 모습을 보았다. 보른 키 작은 남자들이 그렇듯 키가 아주 큰 사람에 대해 갖고 있던 경외심에 상처를 입었다. 그는 거인 틀레폴레모스의 복수를 하고 싶다. 그래서 이제 적군의 투사 사르페돈이 전장 밖으로 실려간 뒤 남아 있던 오합지졸 리키아인 전사들을 향해 돌격한다. 부하들이 그의 뒤를 따른다. 오디세우스가 리키아인 넷, 여섯, 여덟을 죽인다. 사르페돈이 떠나자 그들은 새끼 양처럼 싱겁게 죽어나간다.

사르페돈이 부상당했다는 소식을 듣고 헥토르가 그에게 달려간다. 부하들이 그를 땅에 눕혔는데 창은 아직도 그의 넓적다리에 박혀 있다. 사르페돈이 팔꿈치를 짚고 몸을 일으켜 신음하며 말한다. "헥토르, 제발 내가 그리스 놈들 손에 죽게 내버려두지 말게. 집을 떠나기 전에 점쟁이들한테 들은 말이 있어서 내가 이 전쟁에서 살아남지 못한다는 건 알고 있네만, 적어도 성벽 안에서 죽게 해줘. 여기 흙먼지 속이 아니라."

헥토르가 고개를 끄덕이고 그리스인들에게 달려가 닥치는 대로 죽여버린다.

누구의 기억 속에도 가장 길고 가장 피비린내 나는 날일 것이다. 지금쯤 양쪽 진영은 진이 다 빠져서 이제 살육이라면 넌더리가 난 상태다. 양쪽 방패벽 위에서 서로 마주보고 모두가 숨을 헐떡거리며 확신 없이 서 있을 뿐이다. 뭔가 구실이라도 생기면 다들 집에 갈 분위기다.

헤라가 지켜보고 있다. 그녀는 갑자기 바뀐 이 평화 무드가 역겹기만 하다. 화가 치민다. "저놈들 좀 봐. 멀뚱히 서 있는 게 아주 습지에 널린 갈대 꼴이야. 아무짝에 쓸모없는 남자 새끼들, 쓸모없는 인간 놈들! 아테나, 너하고 내가 내려가서 아레스를 싸움에서 빼내 와야겠다."

아테나가 고개를 끄덕인다. 바라던 바다. 그녀의 전차가 즉각 나타나 출격 준비를 한다. 아테나는 창을 잡고 헤라는 고삐를 쥔다. 그들은 흙먼지 이는 평원으로 내려가기 전에 제우스의 재가를 얻으러 잠깐 들른다.

헤라가 제우스의 옥좌 앞에 서서 호통친다. "부끄럽지도 않아? 저 더러운 전쟁 뚜쟁이 아레스가 훌륭한 그리스인들을 수도 없이 죽이게 내버려둬?"

제우스가 어깨를 으쓱한다. 그게 전쟁이다. 지저분한 사업이지. 헤라는 뭘 기대하는 건가?

헤라가 본론을 말한다. "내 딸이—그러니까 우리 딸이—저기 내려가서 아레스를 혼내주게 할 거야. 괜찮지?"

제우스가 신주를 다시 한 모금 마시고 고개를 끄덕인다. 이 두 여인과 싸울 이유가 뭔가. 아레스 같은 골칫거리를 보호할 필요는 없다. 제우스가 대답한다. "그래, 아테나한테 처리하게 해. 어릴 때부터 아테나가 그 녀석을 쥐어패곤 했지!"

헤라가 고삐를 휙 움직이자 전차가 넓은 창공을 가로질러 굉음과 함께 호를 그리며 지상으로 내려간다. 그들이 탁하고 후끈한 공기로 덮인 인간계로 들어서자 쓸모없어진 전차가 서서히 사라진다. 두 여신만 트로이 쪽으로 내려간다.

헤라가 그리스군 위쪽으로 날아간다. 그녀의 음성이 모든 이들의 폐부로 곧장 파고든다. "그리스인들아, 너희 힘으로 싸울 순 없니? 아킬레우스를 앞세울 때만 용감해지는 거야? 너희 좀 봐라. 뒤에는 해변이고, 곧 뱃머리에 부딪칠 지경이야! 어디까지 물러설 건데!" 이 거대한 여인의 목소리에 부끄러움을 느낀 그리스인들이 한숨을 쉬고는 트로이군을 마주보며 다시 창을 겨눌 준비를 한다.

아테나는 디오메데스에게 간다. 인간인 척하고 있지만 아주 공들여 가장하진 않는다. 어떤 변장을 하더라도 신을 알아보는 능력을 디오메데스에게 준 바 있다. 그는 그녀가 누군지 안다.

연로한 신하로 변장한 아테나는 지친 디오메데스에게 못마땅한 목소리로 말한다. "부끄러운 줄 아십시오…… 제가 디오메데스 님 아버지를 압니다. 네, 그분은 작은 사람이었지만 싸울 줄 알았지요. 절대로 이렇게 게으름을 피우지 않았을 겁니다. 하아, 이건 부끄러운 일입니다……"

디오메데스는 화가 난다. 오늘 아테나를 위해 그렇게 많은 목숨을 빼앗았는데 아직 만족하지 못하는 거야? 그가 소리친다. "여신님, 저에게 말씀하신 것을 정확히 따랐습니다. '아프로디테에게 상처를 입히라'고 하셔서 손목을 찔렀습니다. 그런데 또 이러셨죠. '다른 신들이 나타나면 후퇴하라.' 어라, 아레스가 나타나네. 잘 알고 계시잖습니까! 그래서 부하들에게 후퇴하라고 명령했습니다. 내가 뭘 잘못했는지 말해보세요!"

아테나가 목이 쉬도록 웃어대다가 자신의 모습을 드러낸다. 작은 인간의 모습이었다가 손과 팔이 다 달린 길고 호리호리한 형상으로 바뀐다. 그녀가 디오메데스의 전차병을 한 손으로 들어올려 저쪽으로 던져버리더니 기운찬 목소리로 호령한다. "내가 몰겠다!"

그 거대한 손이 디오메데스를 들어 전차에 태운다. 여신과 영웅의 무게에 차축이 삐걱거린다.

전차는 이미 움직이고 있다. 말들이 달릴 수 있는 속도보다도 더 빠르다. 아테나가 행복해하며 크게 웃는다. "디오메데스, 방금 내가 너에게 좀 심하게 말했던 건 용기를 북돋아주기 위해서였다. 피에 굶주린 비열한 아레스 같은 놈을 피해서 물러날 필요는 없어! 우리 신들 전부 아레스를 경멸하지. 오늘 네가 놈에게 쓴맛을 보여주길 바란다. 내 여동생한테 보여준 것보다 더 독한 걸로. 네가 놈을 완벽하게 맞힐 수 있게 해주지."

전차가 곧장 아레스를 향해 달려간다. 그는 죽은 그리스 전사 위로 몸을 구부리고 자신이 제일 잘하는 짓을 하고 있다. 시체를 터는 중이다. 귀중품을 찾아 시신을 뒤척이느라 바쁘다. 디오메데스는 아레스의 진짜 얼굴을 볼 수 있다. 상상했던 것보다 더 흉측하다. 썩어가는 자칼의 두개골을 파리떼가 후광처럼 뒤덮고 있다.

아레스는 자신에게 다가오는 디오메데스를 보고 히죽거린다. 아테나는 아레스의 눈에 보이지 않게끔 몸을 숨기고 있어서, 이 덩치 큰 바보의 눈에는 자기와 일대일 결투를 벌이려고 덤비는 죽고 싶어 환장한 인간만 보인다. 이번엔 아주 깔끔하게 죽이겠구먼! 아레스는 썩은 고기에 날아드는 파리처럼 훌쩍 뛰어올라 디오메데스의 전차에 덤벼든다. 피로 얼룩진 그의 창이 이미 허공을 가르며 디오메데스의 심장을 향해 날아간다.

완벽한 솜씨로 던졌다. 하지만 아테나가 머릿속으로 수를 쓰자, 아레스의 창은 빗나가 디오메데스 위로 높이 날아가버린다.

이제 디오메데스의 차례다. 꽤 훌륭한 솜씨지만 아테나의 도움 없이는 절대 아레스에게 상처를 입히지 못할 터. 그는 덩치가 큰 신이고 그런 그에게 상처를 입히기란 만만치 않은 일이다. 그렇지만 아테나의 거대한 팔이 디오메데스의 창을 쥐고 허공을 가른다. 창이 아레스의 갑옷을 뚫고 사타구니를 정통으로 맞힌다. 그 부위를 맞힌 건 아테나의 소소한 장난이다. 그녀가 창끝을 안으로 쑤셔넣더니 아주 작심한 듯 짓이기고, 주변을 꿈틀꿈틀 조금씩 헤집어가며 더 고통스럽게 하다가 창을 쑥 빼내 다시 디오메데스 손에 쥐여준다.

아레스가 마치 경매장의 겁먹은 노예처럼 사타구니를 거머쥐고 쓰러진다. 그 순간 고통이 확 밀려든다. 신들은 고통에 익숙지 않다. 고통을 싫어한다. 아레스가 비명을 지른다.

비명소리가 너무도 끔찍해서 들판에 있는 모든 자들이 얼어붙는다. 다수는 소리를 듣지 않으려고 그 자리에 쓰러져 두 손으로 귀를 막은 채 웅크린다. 개중에 그대로 서서 소리를 듣고 있던 용감한 자들은 앞으로의 삶이 예전과 같지 않을 것이다. 늙어서도 잊히지 않을 소리다. 사랑하는 아들들이 커가는 모습을 지켜보고 평안한 하루를 보낸 뒤 침상에 누운 순간처럼, 정말 최악의 타이밍에 다시 떠오를 것이다. 그들의 아내는 또다시 아레스의 비명을 들으며 누워 있는 남편을 바라보면서도 무슨 기억을 떠올리는지 차마 묻고 싶지도 않을 것이다. 혹시라도 그들이 가까스로 설명을 한다면 이런 말이 될 것이다. "우리 사냥개한테 배가 찢긴 떠돌이 개 기억나? 아니면 대머리 노예가 쥐를 잡았던 날은? 그놈이 우리 앞에서 쥐를 손으로 꽉 쥐어서 죽이면 재미있겠다고 생각했던 거, 기억나? 그 쥐, 그게 내던 소리 말야. 제발 차라리 쥐를 아주 끝장내달라고, 소리 좀 못 내게 하라고 내가 그 노예 놈을 찰싹 때리기까지 했잖아. 그런 소리야. 아니면 토끼 비명소리 같기도 하겠다. 아, 한번은 우리가 한 마을을 공격했을 때, 거기 어린애가 하나 있었는데……" 그러다 말을 멈추겠지. 그 이야기까지는 하고 싶지 않아서. 아내도 더이상은 묻지 않을 테고.

누구도 아레스의 비명에 일말의 동정조차 느끼지 않는다. 모든 신 가운데 제일 악독한 자라서 그렇다. 그렇다 해도 그가 느끼는 고통은 엄청나다. 비명이 천지를 뒤흔든다. 그 소리가 너무 끔찍한데 인간들은 메아리처럼 울리는 비명을 듣다가 결국에는 걷잡을 수 없이 웃기 시작한다. 너무 심하게 웃어서 싸우기가 불가능할 정도다.

이내 그들이 다시 조용해진다. 아레스의 비명이 마치 비구름처럼 거대한 검은 덩어리로 변했기 때문이다. 고통스러워하는 신을 둘러싸고 검은 덩어리가 꿈틀거리다가 굉음을 내며 천계로 올라가자 전장에 다시 정적이 깃든다.

아레스는 제우스에게 정의로운 판결을 요구하러 간다. 제우스를 비롯한 나머지 신들이 아주 재미있어한다. 아레스가? 정의를 원해? 태초부터 모든 대학살과 강간을 주재하고 그때마다 신나게 즐겼던 아레스가?

이제 정의를 원한단다. 정의를! 여자한테…… 그것도 자기 누이한테…… 한 방 찔리고 나서! 사타구니를! 신계 전체에 찾아온 대단한 순간이다. 웃음을 멈출 수가 없다. 피가 줄줄 나서 푹 젖은 사타구니를 두 손으로 꽉 누른 채 아레스가 다가오자 제우스는 이 재미있는 사건이 쉬이 끝나지 않길 바라는 마음에 무슨 일이 있었는지 모르는 척한다. "아, 아레스, 무슨 문제가 있는 모양이군? 부탁인데 이 근사한 대리석 바닥에다 흘리지 좀 말아주련?"

아레스가 불같이 화를 낸다. "아버지의 미친 딸내미 아테나가 바로 '문제'지! 애가 아주 정신이 나갔다고요! 이 그리스 놈들이 신을 찌르고 다니게 했다니까! 대체 우리가 언제부터 그런 걸 허락했어? 우릴 무슨 희생제에 바친 황소 취급하며 쪼끄만 인간들이 쿡쿡 찌르게 했냐고! 여잔지 남잔지도 모를 그년이 아주 돌아버렸다니까! 처음엔 불쌍한 아프로디테 손목을 찌르게 하더니, 그다음엔—참 나, 믿을 수가 없네—자기가 고른 인간 디오메데스한테 들러붙어서는 그놈과 놈의 전차를 덮쳐 휙 끌고 올라갔다가 곧장 나한테 보냈지 뭐야. 그리고 속임수도 썼어. 내 창이 놈의 심장을 정확히 맞혔을 텐데 그년이 창을 휘게 만들었다고요. 그 순간, 죽었다 깨도 나를 맞히지 못했을 놈의 창을 빼앗아서 자기가 쥐더니 곧장 허공을 갈라서—그래요, 봐요. 걔가 뭔 짓을 했는지! 이것 좀 보라고!"

아레스는 다른 신들이 낄낄대는 것도 모른 채 두 손을 치워 피투성이 사타구니를 보여준다. 배와 거시기가 만나는 지점 깊숙이 상처가 구불구불 파고들어가 있다. 그의 영액이 제우스의 궁전에 깔린 빛나는 바닥에 뚝뚝 떨어진다. 다른 신들의 것과는 달리 깨끗한 금빛이 아니라 시커멓게 줄줄 흐르는 것이 냄새도 지독하다.

제우스는 속이 역해진다. "그래서 나한테 징징대려고 왔냐? 너 이 자식, 네가 그 잘난 목 따는 귀신이지? 등짝 찌르는 놈이고? 애들 죽이는 놈이고? 네놈은 애초에 태어나지 말았어야 해. 어미의 못된 성질머리만 빼닮았지 배짱은 물려받질 못했잖냐. 네놈이 그렇게 퍼주길 좋아하는 고통을 정작 너 자신은 참지도 못하는구나. 네가 딴 놈이었으면 티탄족처럼 저 바닥 아래에 누워 있을 신세야. 하지만 어쩌겠냐? 네놈이 내 아들인데. 그러니……"

제우스가 손뼉을 친다. "치료사야, 이 얼간이 좀 고쳐줘라. 애가 징징대는 소리 듣는 것도 지긋지긋하다."

치료사가 제우스에게 절을 하고 아레스에게 신비의 연고를 바른다. 아레스의 상처가 사라지고 통증도 없어진다. 아레스가 슬그머니 자리를 뜬다. 아버지의 인내심이 바닥나기 전에 눈앞에서 사라질 정도의 머리는 돌아간다.

6
우리가 가진 모든 걸 바쳐야 해요

아레스가 가버리자 트로이군도 사기가 꺾인다. 그들이 동요하는 모습을 본 그리스군이 공격에 돌입한다. 아이아스가 큰 바위처럼 트로이 전선을 돌파한다. 그의 창이 가장 덩치 큰 트라키아인 전사의 투구를 곧장 뚫는다. 트라키아인은 마지막으로 생각한다. '아, 왜 이리 깜깜하지.'

방패벽이 무너지자 트로이군이 뿔뿔이 흩어진다. 그리스군의 창을 피해 달아나려고 전차를 홱 돌린다. 이제 트로이군은 손쉬운 사냥감이다. 디오메데스가 한 전차에 홀쩍 뛰어오른다. 거기에 탄 자는 인심 좋은 연회를 베풀기로 유명한 돈 많은 트로이인이다. 손님을 융숭하게 대접해온 그의 이력이 오늘은 아무 쓸모가 없다. 그를 도와주려고 나타나는 손님이 한 명도 없다. 디오메데스가 그를 창으로 찔러 전차 밖으로 던져버리고 전차병을 죽인 다음 채찍질하며 전차를 몰아 부하들에게 돌아간다. 훌륭한 전리품이다.

트로이에서 가장 콧대 높은 최상위 부유층이 다들 도망가기에 바쁘다. 흙먼지를 하도 일으키는 통에 정작 자기들이 어디로 가는지 보이지도 않는다. 명문가 출신의 트로이인 아드라스토스가 풀숲으로 전차를 몰고 가는데 차축이 부러진다. 그가 휙 날아가 땅에 떨어진다. 올려다보니 메넬라오스가 우뚝 서 있다. 아드라스토스는 자존심이고 뭐고 없다. 두 손으로 메넬라오스의 무릎을 붙잡고 애걸한다. "제발 산 채로 잡아가십시오, 메넬라오스 님! 제 아버지가 부자입니다. 원하시는 만큼 몸값은 얼마든지 지불할 겁니다!"

메넬라오스는 망설이지만 그의 형 아가멤논이 득달같이 달려와 소리친다. "죽여! 뭐야, 트로이 놈들한테 물렁하게 구는 거야? 하고많은 인간들 중에? 네 마누라 기억은 하냐?"

메넬라오스가 얼굴을 찌푸린다. 형 앞에서 약한 모습을 보일 순 없지만 두 손으로 무릎을 붙잡고 읍소한 자를 죽이는 건 아주 불길한 일이다. 그에게 괜찮은 해결책이 떠오른다. 아드라스토스를 일으켜서 아가멤논에게 떠민다. 그가 단숨에 아드라스토스의 옆구리에 창을 찔러넣은 다음 사체를 발로 누르고 다시 휙 잡아 뺀다.

네스토르가 전선을 따라 달려가며 그리스군에게 소리친다. "그깟 사체 터느라 시간 낭비 마라! 달아나는 적들을 모두 죽여라!"

트로이인들이 패주한다. 이게 끝인 모양이다.

헬레노스가 헥토르와 아이네이아스 곁에 나타난다. 프리아모스의 아들 중 헬레노스가 가장 특이하다. 그와 쌍둥이 누이 카산드라는 앞으로 벌어질 일을 미리 볼 수 있다. 사람들은 그 둘을 두려워한다.

헬레노스가 헥토르에게 말한다. "형님이 사람들을 불러모으지 않으면 오늘 도시는 함락되고 말 거야. 디오메데스가 아군을 전부 공포에 몰아넣고 있어. 예전에 아킬레우스가 그랬던 것보다 더 심해. 패주하는 이 상황을 형님과 아이네이아스가 막아야 해. 보이는 자들을 전부 붙들어서 바로 여기에 진영을 구축해봐. 우리가 어느 성도 진열을 재정비했을 때쯤 헥토르 형님이 트로이에 가서 어머니에게 전해. 희생 제의를 올리라고, 그것도 아주 성대하게 말이야. 외양간에서 자랐고 가죽에 점 하나 없는 암소 열두 마리를 바치게 해. 어머니가 가진 제일 좋은 옷도 준비해서 전부 아테나에게 바치고, 우리를 좀더 오래 살려두시라고 빌라고 해."

헥토르와 아이네이아스는 어릴 때부터 헬레노스와 함께 자랐다. 당연히 그의 조언에 동의한다. 둘은 헬레노스의 지시대로 트로이 전선을 따라 위아래로 뛰어다니며 겁먹은 병사들을 제자리에 끌어다놓는다. 철썩 맞고 떠밀려 자리를 잡은 트로이인들은 마음속에 용기가 차오르는 걸 느낀다. 헥토르가 전선을 향해 소리친다. "전열을 유지하라. 한 발자국도 물러서지 말라! 나는 희생 제의를 크게 치르도록 지시하러 가겠다. 곧 신들이 우릴 도울 것이다! 내가 돌아올 때까지 지키고 있으라!"

그가 서둘러 트로이로 간다. 방패 끝이 무릎과 목에 마구 부딪친다.

글라우코스는 헥토르가 신들을 트로이의 편으로 돌리는 데 쓸 시간을 벌어주기 위해 양쪽 군대 사이에 나와 디오메데스에게 일대일 결투를 신청한다. 디오메데스에게 도전하는 자체가 자살행위라는 걸 모두가 안다. 글라우코스는 스스로에게 사형선고를 내리는 꼴이다.

디오메데스는 이 상황을 믿을 수 없다. 그는 이자가 누구인지 알아보지도 못한다. 그게 걱정스럽다. 혹시 인간인 척하는 신이면 어쩌지? 그가 글라우코스에게 소리친다. "당신은 어느 집안 자손인가? 난 당신을 모른다. 나와 싸우려 들다니, 필시 신이거나 미친놈이 틀림없겠지. 오늘 나에게 덤빈 자기 아들을 묻어주게 될 아비들이 얼마나 많은지 아는가? 당신이 만약 천계에서 온 자라면 나는 싸우지 않겠다. 하지만 우리처럼 빵을 먹고 사는 인간이라면, 당신은 죽은목숨이다."

글라우코스가 대답한다. "디오메데스, 왜 나의 족보를 묻나? 난 너와 같은 인간이다. 그리고 우리 둘 다 언젠간 죽겠지. 한데 나의 조부에 대해서라면 들어본 적은 있을 것 같군. 조부 함자가 벨레로폰테스다. 원래 당신네 쪽 출신이시지. 후에 리키아로 망명하셨고, 나는 거기서 자랐다."

디오메데스가 기뻐하며 와 함성을 지르더니, 창을 집어들어 창끝을 바닥에다 세게 박는다. "벨레로폰테스의 손자라고? 난 싸우지 않겠다, 친구여! 나의 조부 오이네우스가 벨레로폰테스의 친구셨네. 조부가 당신네 할아버지 얘기를 들려주곤 하셨어. 한번은 두 분이 같이 스무 날 동안 내리 술을 마시고 연회를 즐겼다지 뭔가! 스물하루째 되는 날 두 분 모두 꼿꼿이 서서 서로에게 잘 가란 인사를 할 만큼 아주 강골이셨네. 나의 할아버지가 당신 할아버지에게 멋진 혁대를 주셨고, 당신 할아버지가 나의 할아버지에게 근사한 황금잔을 주셨어. 아름다운 물건이지! 내가 여전히 집에 잘 간직하고 있다네. 이봐, 글라우코스, 우린 그냥 친구 먹고, 전쟁이야 될 대로 되라지! 자네가 그리스에 오면 우리집에 머물고, 내가 리키아에 가면 자네 집에서 신세를 지지. 굳이 자네를 해치지 않아도 내가 죽일 트로이인은 널리고 널렸어. 만약 자네한테 표적이 필요하면 자, 이렇게 자네 창을 기다리는 이 그리스인들 좀 보라고! 우리, 갑옷이나 바꾸지. 내가 자네 걸 입고,

자넨 내 걸 입는 거야!"

오늘이 제삿날인 줄 알았는데 이런 뜻밖의 거래를 하게 되다니, 글
라우코스는 말할 수 없이 기쁘다. 그는 새 갑옷은 물론 새 삶도 얻게
된다. 사실 겉보기만큼 감상적이지만은 않은 디오메데스 역시 이 거
래에 만족한다. 글라우코스의 갑옷은 순금이다. 소 백 마리의 값어치
인데―저 리키아인들은 더럽게 부자다!―디오메데스의 갑옷은 평
범한 청동이다. 기껏해야 소 아홉 마리 값일 거다. 상술로는 그리스인
을 당할 수가 없다.

헥토르가 도성으로 들어와 아버지의 궁전으로 간다. 궁전은 광대
한 미로 같다. 프리아모스의 아들들을 위한 방 쉰 개와 딸들을 위한
방 쉰 개가 있다. 아버지의 증손주가 천 명쯤 될 텐데 모두가 알다시
피 트로이는 곧 함락될 테고 이제 증손주는 아무도 안 남게 될 것이
다. 경질석을 공들여 하나하나 깎아 만든 방을 바라보노라니 헥토르
는 가슴이 찢어질 뿐이다. 그가 눈에 익은 서늘한 돌을 손가락 끝으로
훑으며 생각한다. '이 모든 게 사라진다. 전부 다 불타버리면 농부들
이 이 돌들을 훔쳐다 양 울타리 만드는 데 쓸 테지. 용감하고 호쾌한
나의 형제들은 전부 죽고 아름다운 나의 누이들은 노예 신세가 되겠
지……'

그의 연로한 어머니 헤카베가 평소처럼 걱정스러운 얼굴로 나온
다. "아들아, 왜 전장을 떠나왔니? 포도주 좀 마실래?"

헥토르는 고개를 가로젓는다. 앞으로 가족에게 벌어질 일을 생각
하는 지금, 어머니를 보는 게 고통스럽다. "아뇨, 어머니. 내 손이 다
른 인간들의 피와 오물로 뒤덮여 있을 때는 포도주를 권하지 마세요.
신들을 노하게 만들 뿐이에요. 안 그래도 우리 트로이인들을 싫어하

는데. 어머니, 여자들을 전부 한자리에 모으시고 하인들을 푸줏간에 보내 흠 없는 암소 열두 마리를 주문해두세요. 아테나에게 제물로 바쳐야 해요."

헤카베가 어리둥절해한다. "하지만 아테나는 그리스인을 좋아하잖니!"

헥토르가 고개를 끄덕인다. 누구보다도 그걸 잘 안다. 그가 말한다. "아테나는 우리가 상대하기엔 너무 강력해요. 우리의 신들은 아무 도움이 안 되네요. 아폴론은 우릴 위해 손가락 하나 까딱하지 않고요. 적어도 아테나는 자기 민족을 아끼잖아요. 아테나는 여자라고들 하니 아마 여자와 아이들은 가엾게 여길 거예요. 그러니 어서 가세요. 푸주한에게 소를 끌고 오라고 하고 어머니의 제일 좋은 옷을 아테나의 제단에 두세요. 우리가 가진 모든 것을 아테나에게 바쳐야 해요. 우리 목숨을 조금만 더 연장시키기 위해서요."

헤카베가 당혹스러운 얼굴로 아들을 응시한다. 상황이 이렇게까지 나빠질 수 있을까?

헥토르가 어깨를 으쓱인다. "할 수 있는 건 이게 다예요. 우리한테 남은 시간이 별로 없어요. 어머니, 죄송하지만 저는 이제 파리스를 보러 가야 해요."

헤카베가 그 이름을 듣고 얼굴을 찡그린다. 헥토르도 그 괴로운 심정을 십분 이해해 고개를 끄덕인다. "네, 우리 모두를 사지로 내몬 그놈요. 차라리 아기였을 때 죽어버리지! 놈이 오늘 저 밖에서 죽기를 빌어요. 그놈의 우쭐대는 면상이 저승으로 가라앉는 걸 볼 수 있다면 난 웃으면서 무덤으로 들어갈 수도 있을 거예요."

그러고서 그를 찾으러 달려간다.

헤카베는 터덜터덜 옷장으로 가서 가문의 자랑인 제일 좋은 옷을 꺼내 아테나의 신전으로 가져가 제단 위에 놓는다. 프리아모스 가문에 자비를 베풀어달라고 여신에게 뇌물을 바치는 것이다.

하지만 아테나는 그 광경을 내려다보며 비웃는다. 트로이인은 누구도 살려두지 않으리라. 갓난아기부터 노인까지 단 한 명도.

헥토르는 서둘러 가는 길에 아버지의 집에 작별을 고하며 벽에 있는 돌을 만지고 석재를 하나하나 마음에 담는다. 열 세대가 매달려 그 돌을 다듬어 완성했다. 전부 사라지겠지. 전부 남김없이.

파리스는 차마 눈뜨고 봐줄 수가 없는 모습이다. 헬레네와 함께 침상에 나른하게 누워 있는 저놈을 어찌해야 하나. 헥토르가 침실로 들어오자 파리스가 땀과 피로 범벅이 된 채 활짝 웃는다. 헬레네는 적어도 얼굴을 붉히는 염치라도 있건만. 그녀는 늘 헥토르를 좋아했다. 사실 파리스보다 더 좋아한다. 헬레네는 전투에서 온갖 오물을 뒤집어쓴 채 한없이 지쳐 있는 헥토르의 모습을 본다. "헥토르 님, 전장으로 돌아가시기 전에 포도주 한잔 드시고 잠깐 쉬세요."

헥토르가 고개를 흔든다. "사양할게요, 헬레네. 파리스, 너 이놈아, 남의 집 귀한 자식들이 너 때문에 죽어가고 있는데 넌 어떻게 이러고 앉아 있을 수 있냐?"

파리스가 느릿느릿 대꾸한다. "이제 막 갑옷을 입을 참이었다고. 방금 부인한테 다녀오겠다고 인사했어. 안 했던가, 여보?"

헬레네는 대답할 생각이 없다. 아예 그를 쳐다보지도 않으려 한다.

파리스가 킬킬댄다. "그래, 막 한 참이지. 지금 갈 거야."

그가 벌떡 일어나서 갑옷을 가지러 간다. 헬레네와 헥토르 단둘이 남았다. 그녀가 입을 연다. "헥토르 님, 저는 트로이가 멸망하는 날까지 사느니 차라리 태어났을 때 버림받는 운명이었길 빌어요. 파리스는 쓸모없는 인간이지만 저라고 더 나은 인간도 아니에요. 하지만 우리를 불쌍히 여겨주세요. 포도주 한잔 드시고 여기서 잠깐만 쉬세요. 절 경멸하지 마시고요."

헥토르가 고개를 가로젓는다. 그는 헬레네를 좋아하지만 파리스와 헬레네 이 두 사람과 함께 있는 건 그에게 상처가 된다. 너무나 많은 사람들이, 그가 사랑하는 모든 이가 이 둘 때문에 목숨을 잃을 것이다. 그가 헬레네에게 말한다. "사양할게요, 헬레네. 그럴 수가 없어요. 내 아내와 어린 아들놈을 만나야 해요. 이번이 마지막이 될지도 모르니."

어색한 침묵이 길게 흐른다. 파리스는 창고를 샅샅이 뒤지며 시간을 벌고 있다. 참다못해 헥토르가 일어나 가면서 헬레네에게 말한다. "단장하고 치장하는 거 끝나면 날 따라서 전장으로 가자고 당신 남편한테 전해줘요."

이제 성에서의 마지막 용무를 처리하러 가는 헥토르는 차마 발이 떨어지지 않는다. 더없이 훌륭한 여인인 자신의 아내 안드로마케와 금쪽같은 아들을 만나야 한다. 아들은 사내가 될 때까지 살아 있지 못할 것이다.

그가 부녀자 거처 밖에 서서 안에다 대고 부르자 시녀가 얼굴을 베일로 가린 채 빼꼼 내다보며 그에게 말한다. "마님은 여기 안 계세요. 성벽에 올라가 계세요. 보모가 마님과 함께 있어요. 도련님도 데려가셨고요. 트로이군이 대패해서 성읍으로 후퇴하고 있다는 소식을 들었거든요. 그래서 헥토르 님을 보려고 가신 거예요."

안드로마케는 성벽에 서서 저멀리 남자들이 서로 죽고 죽이는 먼지구름 자욱한 쪽을 내다보고 있다. 그녀는 울고 있다. 그러다 헥토르를 보자—아직 살아 있다, 아직 살아 있어!—급히 달려와 모든 사람이 보는 앞에서 그의 손을 덥석 잡는다. 정숙한 부인이 하기엔 대담한 행동이지만 절박한 마당에 무슨 상관인가.

그녀가 헥토르에게 애원한다. "오, 모든 신들이시여 감사합니다, 당신을 살아 있게 해주셨군요! 여보, 제발 오늘은 성벽에서 싸워요. 전장으로 돌아가지 말아요! 당신은 나한테 전부잖아요. 그리스인들이 내 가족을 전부 잔인하게 죽여버렸어. 이제 당신은 내게 아버지요, 어머니요, 오빠요, 남편이야. 성벽에서 싸우라고! 제일 부실한 무화과나무 옆 성벽에는 당신 부하들을 두고, 당신은 여기서 싸워요. 우리가 마지막까지 당신과 함께 있을 수 있는 곳에서!"

헥토르도 눈물이 그렁그렁해서 중얼거린다. "여보, 나라고 당신 곁에 있고 싶지 않겠어? 이제 곧 당신은 노예로 팔려가서 당신을 때리기나 하는 안주인에게 물과 장작을 갖다 바치거나 술만 취하면 당신을 겁탈하는 그리스인 주인의 침실 변기나 비우면서 남은 생을 괴롭게 살게 되겠지. 하지만 내가 죽을 때 죽더라도, 당신 남편이 겁쟁이였다는 소리는 누구에게도 듣게 하고 싶지 않아. 지금 내가 할 일은 후회 없이 죽는 거야. 그러면 사람들이 적어도 이렇게 말하겠지. '당신 남편은 가장 용감한 트로이인이었어요.' 당신은 내 이름이 언급될 때 창피해하지 않고 날 위해 울어주게 될 거야." 헥토르가 한숨을 쉬고 말을 잇는다. "자, 이제 우리 아들을 보게 해줘."

그가 보모에게서 아들을 받아 안으려 하지만 어린 사내아이는 헥토르의 투구에 달린 커다란 말총 장식에 깜짝 놀라서 비명을 지른다. 헥토르와 안드로마케가 잠시나마 같이 웃는다. 헥토르가 투구를 벗고 어린 아들을 꼭 안아준 뒤 하늘을 향해 들어올려 외친다. "제우스님, 이 아이가 트로이를 현명하게 다스리게 해주십시오. 그래서 훗날 사람들 입에서 '아들이 아비보다 더 훌륭했다'는 말이 나오게 해주십시오! 이것이 제가 당신께 드리는 마지막 부탁입니다."

하지만 그것은 결코 응답받지 못할 또하나의 기도일 뿐이다.

안드로마케는 어린 아들이 무서워하는 모습을 보며 웃고는 있지만 흐르는 눈물을 주체할 수 없다. 헥토르가 더는 견디지 못한다. "여보, 난 가야겠어. 가능한 한 오래 살아남겠다고 약속할게. 그리고 죽을 때가 되면 최대한 용감하게 죽을 거야. 당신이야말로 제일 힘든 시간을 겪으며 노예로 살게 될 사람이지만 그게 신들의 결정이야. 내 힘으로 어떻게 할 수 있는 일이 아냐."

그가 투구를 집어들어 성문으로 향하고, 안드로마케는 비틀비틀 부녀자 거처로 돌아가며 마지막으로 그의 모습을 보려고 자꾸 뒤를 돌아본다.

파리스가 드디어 만족스럽게 전투용 착장을 갖추고는, 성문 밖으로 나간 형을 따라잡아 그에게 달려가서 등을 찰싹 친다. "내가 형님을 계속 기다리게 했나보네! 뭐, 사나이가 소작농 꼴을 하고 전투에 나갈 순 없잖아, 안 그래?" 파리스는 둘이 무슨 연회라도 가는 듯 웃고 있다.

헥토르가 그를 빤히 내려다본다. "동생아, 네놈의 그 덜 자란 머리를 이해시키려면 내가 무슨 말을 해야 할까? 넌 마음 내킬 때면 잘 싸우면서도 그냥 상황을 외면하고 있구나. 아니, 신경을 안 쓰는 건가. 어느 쪽인지 모르겠다."

잘생기긴 했지만 얼빠진 파리스의 얼굴을 보며 헥토르는 말을 잇는다. "뭐, 그게 너니까. 내가 널 어떻게 뜯어고치겠어. 어쨌든 이미 늦었고. 지금 우리가 할 일은 이 그리스인들을 죽이고 신들이 마음을 돌리길 바라는 것뿐이겠지."

7
헥토르 대 아이아스

파리스와 헥토르가 함께 전장으로 달려간다. 한달음에 격전지로 들어서서, 돌격하는 그리스군과 맞붙는다. 순식간에 두 형제가 적군을 하나씩 해치운다. 둘 다 덩치 큰 전사였다. 트로이인들이 환호하며 다시 힘을 내서 공격에 나선다.

아테나는 트로이인들이 단결하게 놔두지 않을 것이다. 그녀가 그리스인을 도와주러 다시 내려온다. 하지만 트로이의 제일 높은 옥상에서 상황을 지켜보던 아테나의 오라비 아폴론도 이젠 더이상 참지 못한다. 당장 날아가 참나무 밑에서 아테나와 대면한다. 둘은 아무에게도 보이지 않는 가운데 말문을 연다.

아폴론이 말한다. "이복누이야, 또 무슨 속임수를 쓰려고 여기 있느냐? 날아가는 창이며 화살이며 전부 다 휘게 만들어서 너의 그리스인을 맞히지 못하게 하려고? 너하고 네 어머니야 내가 관장하는 도시가 기어이 불타버려야 속시원해하리라는 걸 모르는 바 아니지만, 한 번쯤은 인간들이 자기 힘으로만 싸우게 놔두는 게 어때?"

아테나가 어깨를 으쓱한다. "제안하는 거 봐서."

아폴론이 말한다. "그리스인 중에 일대일 결투를 감행할 누군가가 헥토르와 대결하는 동안 양쪽 군대는 앉아서 지켜보게 하자."

아테나가 동의한다. 그들은 신기가 있는 트로이 왕자 헬레노스의 마음을 통해 둘의 결정을 전달한다. 헬레노스가 신들린 상태로 비틀비틀 헥토르에게 다가가 감정 없는 낯선 목소리로 말한다. "트로이의 왕자 헥토르, 신들이 너에게 전하는 말이 있다. 그리스 쪽에 일대일 결투를 제안해라. 그리고 오늘은 네가 절대로 죽지 않는다는 말씀도 하신다."

헥토르는 뛸듯이 기쁘다. 그가 정말로 바란 건 트로이가 느끼는 모든 압박감을 자기 어깨에 혼자 짊어지는 것이었다. 그는 트로이가 살날이 단 며칠이라도 늘어난다면 어떤 그리스인하고도 기꺼이 맞붙을 용의가 있다. 그게 아킬레우스일지언정.

아폴론과 아테나가 재미있는 놀잇거리를 기대하며 독수리로 변신한다. 짐승의 썩은 고기를 먹는 두 마리 새가 높은 가지에 나란히 자리잡은 뒤 대결을 두고 내기를 건다.

헥토르가 양쪽 군대 사이로 걸어나와 외친다. "그리스군은 들어라! 오늘 내가 모든 트로이군을 위해 싸우겠다. 그리스 왕자들이 모두 나와 마주하고 있구나. 지금 당장 누구하고라도 싸우겠다."

그리스 진영이 잠잠하다. 아무도 헥토르와 싸우고 싶지 않다. 그는 오늘이 자신의 제삿날이 아니라는 신들의 전언을 들은 터라 한결 편안한 얼굴을 하고 있는 자다.

헥토르가 말을 이어간다. "그리스인이여, 당신들의 용사가 나를 죽이면 그는 내 갑옷을 가져도 되지만 내 시신은 나의 어머니가 거둬서 씻고 아마포로 쌀 수 있게 트로이인에게 돌려보내야 한다. 만약 내가 그리스의 용사를 죽이면 시신을 당신들에게 돌려줄 것을 약속하겠다. 그러면 저 바닷가 언덕 아래 시신을 묻을 수 있을 것이고, 지금으로부터 천년 뒤 근처를 지나가던 선원들이 '저게 바로 위대한 영웅이 헥토르와의 일대일 결투에서 죽은 곳'이라고 말하겠지. 그렇게 나의 이름이 기억될 것이다!"

그리스인 중 누구 하나 이런 말이 듣기 좋은 자는 없다. 헥토르의 명예를 기리는 기념물 꼴이 되고 싶은 자도, 트로이의 사원에 헥토르의 갑옷을 전리품으로 매달아두고 싶은 자도 없다. 눈부시게 아름다운 하루를 보내고 있는 디오메데스조차 고개를 숙인 채 눈을 마주치지 않는다.

기나긴 정적이 흐른다. 그리스인들이 창피함을 느낄 만큼 긴 정적이다. 결국 화가 뻗친 메넬라오스가 펄쩍 뛰며 그리스군 전체를 싸잡아 욕을 퍼붓는다. "이 무늬만 전사인 놈들아! 여자들보다도 못하구나. 아무도 헥토르와 맞서지 않으면 온 세상이 그리스인을 비웃을 것이다. 좋아, 그렇다면 내가 직접 그를 상대하겠다!" 그가 자리에서 일어나며 중얼거린다. "어쨌든 모든 게 신의 손에 달렸으니까."

가끔 메넬라오스는 죽고 싶어 안달이 난 사람처럼 보인다. 결투에 나서면 그는 십중팔구 헥토르한테 죽을 목숨이다.

아가멤논이 동생을 붙잡아 뒤로 끌어당기며 낮은 소리로 말한다. "메넬라오스, 너 미쳤냐? 천하의 아킬레우스도 헥토르는 조심한다고. 꼼짝 말고 앉아 있어! 다른 사람이 나설 거야. 내 분명히 말하는데, 그게 누가 되든 살아서 돌아오지 못해!"

메넬라오스는 형님의 말이라면 늘 고분고분 따른다. 그가 다시 자리에 앉는다. 또다시 길고 거북한 침묵이 흐른다. 마침내 네스토르가 일어나서 지팡이에 몸을 기대고 진저리가 난다는 듯 말한다. "그리스인이 예전엔 이러지 않았어! 내가 왕년에 말이야……" 네스토르가 젊은 시절에 누구를 어떻게 죽였네 어쨌네 하는 기나긴 자화자찬을 시작한다. "……내가 죽인 전사, 그자의 덩치가 어마어마했지. 그의 시체가 운동장 하나를 채울 정도였다니까! 그보다 더 컸지! 아, 나 같은 사람이나 그럴 수 있었지, 지금 너희 중 한 놈도 이 트로이인과 맞설 배짱이 없다 이거잖아!"

그 연설의 효과가 나타난다. 십수 명의 그리스인이 일어나서 헥토르와 싸우겠다고 나선다. 뭐가 됐든 이 노인네한테 계속 잔소리를 듣고 있는 것보단 나으리라.

네스토르는 멍청한 짓을 하라고 젊은 애들을 부추기는 게 뭐 이리 쉬운가 싶어 놀라면서 얼마 남지도 않은 치아를 드러내며 웃는다. "드디어 용감한 사나이들이 나서는군. 자, 오직 한 명만 헥토르와 싸울 수 있으니 자네들 모두 돌을 하나씩 집어 각자 표시를 한 다음 여기 내 투구에 넣게. 그렇지, 그게 좋겠군. 지금 내 나이엔 이런 용도 말고는 딱히 쓸 일이 없어, 투구라는 걸…… 음, 좋아!"

군대 전체가 지켜보고 있다. 속으로는 아가멤논의 이름이 나오길 바란다. 그래야 헥토르가 그를 죽일 수 있을 테니.

네스토르가 투구를 흔들자 돌멩이 하나가 툭 튀어나온다. 그가 주워들어 표식을 읽는다. "아이아스! 아이아스가 우리 편 용사다!"

아이아스가 수줍게 일어선다. 덩치는 산만한데 언제나 활기가 없다. 의례에 따라 그는 싸우러 가기 전에 연설을 해야 한다. 말주변이 없지만 최선을 다한다. "전우들이여, 걱정 말라. 내가 헥토르를 죽이겠다. 난 걱정 안 한다. 나는 살라미스 사람이다. 우린 자기 몸 정도는 건사할 줄 알거든……"

살라미스 부대에서 힘없는 환호가 나오고 아이아스가 무기와 갑옷을 확인하는 동안 주변에는 다시 정적이 감돈다. 만족스럽게 준비를 마친 그가 황소 대가리만한 머리에 투구를 눌러쓰고 헥토르와 맞서러 달려간다.

아이아스는 상대를 자극할 말이 좀 필요하다고 느낀다. "자, 헥토르, 넌 우리가 후퇴할 거라 생각했나? 우리 중에 전사가 아킬레우스뿐인 줄 알아? 네놈과 붙고 싶어한 전사가 십수 명은 된다. 난 그저 운이 좋았던 거지! 자, 이제 목숨 내놓을 준비나 해라, 트로이 놈아!"

헥토르는 오늘 너무 마음이 아파서 대거리를 하기도 성가시다. 조용히 이렇게 대꾸할 뿐이다. "고귀한 아이아스여, 우리가 모르는 사이도 아니고, 그런 식으로 말할 필요 없다. 내가 싸울 줄 아는 사람이라는 건 너도 잘 알지. 난 방패를 다루고 다양한 각도로 움직이는 방법을 오래전에 터득했다. 싸움에서 그게 가장 중요하다는 건 알겠지. 하지만 그런 기술에 관해 논하는 건 그만두자. 나는 할 수 있는 한 널 죽여야 한다. 정정당당히 마주서서 대결에 임하겠다. 명예롭게."

헥토르가 창을 던진다. 창은 아이아스의 방패에 맞아 얇게 입힌 청동을 뚫고 들어가 여섯 겹으로 접힌 생가죽을 찢고 지나간다. 그러고는 멈춘다. 아이아스의 방패에 가죽이 한 장 더 있었으니, 그 일곱 번째 겹에서 막힌 것이다. 아이아스 같은 거인만이 그렇게 무거운 방패를 들고 이 길고 더운 날 전장에서 버틸 수 있을 것이다. 그렇게 창은 아이아스를 건드리지도 못했다. 이제 그가 던질 차례다. 열 자짜리 무거운 창을 마치 빗자루 손잡이인 양 번쩍 쳐들어 휙 날리는데 너무 빨라서 눈으로 좇을 수도 없다. 창이 처음 속도 그대로 헥토르의 방패를 적중해 그의 아마포 윗옷을 찢는다. 만일 그대로 서 있었다면 배가 터졌을 것이다. 하지만 헥토르가 황소 뿔을 피하는 투우사처럼 몸을 기울여 창끝을 피한 덕에 창은 살갗을 건드리지도 않은 채 윗옷을 관통한다.

이제 두 전사의 창은 상대의 방패에 꽂혀 있다. 그들은 잠시 서로를 쳐다보다가 방패에서 재빨리 창을 뽑아내 들어올리고는 상대에게 돌진한다. 아이아스의 창을 잡은 헥토르가 아이아스의 방패 정중앙에다 힘껏 꽂아넣지만 생가죽이 한 겹 더 있는 그 방패를 뚫을 수 있는 것은 없다. 창끝이 비스듬히 들어가 휘어버린다.

아이아스도 동시에 창을 찔러넣는다. 아이아스의 방패보다 약한 헥토르의 방패를 정통으로 뚫는다. 헥토르가 목을 길게 베이고, 깊은 상처에서 금세 피가 흘러나와 윗옷을 적신다. 하지만 이대로 끝낼 순 없다. 헥토르는 뒤로 물러나서 주변을 뒤지며 무기가 될 만한 것을 찾다가 큰 바윗돌을 잡는다. 그걸 던져서 아이아스의 방패 정중앙 청동 돌기 장식을 맞힌다. 멀리 떨어진 데서도 쨍 소리가 들릴 정도다.

하지만 아이아스의 방패는 끄떡도 없다. 그는 다친 데 없이 말짱하다. 그 역시 무기로 쓸 바위를 찾으려고 둘러보다가 둥근 바위를 발견해 거뜬히 들어올린다. 요즘 같은 약골 젊은이들이라면 셋이 붙어서 지레로 겨우 땅에서 떼어놓을 만한 큰 바위다. 아이아스가 이를 드러내고 웃더니 바위를 들어 마치 소행성을 날리듯 휙 던진다. 바위가 헥토르의 방패를 박살내고 그의 몸을 강타한다. 뒤로 자빠져 커다란 바위 밑에 깔린 헥토르의 정신이 가물가물하다.

엮이는 건 질색인 아폴론이지만 지금 나서지 않으면 헥토르가 죽을 판이다. 그래서 헥토르에게 힘을 좀 불어넣고 그의 등짝을 후려갈겨 정신을 차리게 한 다음 다시 일으켜세워 대결을 지속하도록 준비시킨다.

이제 두 용사가 다시 한번 대결에 나선다. 이번에는 검이다. 그때 갑자기 그리스 진영과 트로이 진영에서 한 명씩 공식 홀을 든 중재자가 걸어나온다. 두 사람이 공표한다. "그만! 헥토르, 아이아스, 두 사람 모두 지금까지 잘 싸우고 있다만 밤이 다가오고 있다. 우리 모두 어둠의 순리는 반드시 따라야 한다."

아이아스가 투덜거린다. "오늘은 여기서 끝낸다는 말을 헥토르 입으로 하게 하라." 좀 둔한 구석이 있는 아이아스가 전에도 속은 적이 있어서다.

헥토르가 말한다. "아이아스, 네가 얼마나 강한지, 너의 창이 얼마나 위력적인지 내가 보았다. 너는 내가 대결해본 가장 훌륭한 그리스인이다. 하지만 이제 날이 어두워진다. 어둠의 순리는 우리 모두가 따라야 하는 것이다. 그러니 함대 옆에 있는 그리스 진영으로 가서 상처 입지 않은 네 모습을 부하들에게 보여줘라. 나는 트로이로 돌아가 제례에 참석하겠다. 나의 친족들이 모두 나를 위해 신들에게 기도할 것이다. 자, 이제 서로 선물을 주고받는 게 어떤가. 그러면 사람들이 '그들이 사자처럼 싸웠지만 친구로서 하루를 마감했다'고 말하겠지."

아이아스의 머리로는 헥토르의 말을 이해하기가 벅차다. 다행히 그때 트로이인뿐 아니라 그리스인도 환호하는 소리가 들려와 헥토르가 한 소리가 뭐였든 간에 다들 좋아한다는 걸 깨닫는다.

사실 누구도, 하물며 그리스인들도 오늘 헥토르가 죽는 걸 보고 싶지 않았다. 비록 적군이긴 하지만 헥토르는 좋은 사람이다. 사람들은 아이아스도 좋아한다. 그들은 아이아스가 죽는 것도 원하지 않았다. 그래서 중재자들이 이 싸움을 중지시킨 것이 기쁘다. 지금 이 순간 전장에 있는 모두가 뭔가 숭고한 기운을 느낀다. 다들 진영의 모닥불가로 돌아가 곯아떨어지기 전까지 오늘 있었던 중대한 결투에 대해 이야기할 것이다.

두 용사가 선물을 교환하자 모두가 환호한다. 헥토르는 아이아스에게 은을 박아넣은 검을 칼집에 꽂아서 준다. 트로이의 전령이 양쪽 군대 앞에서 검을 들어 모든 사람이 잘 볼 수 있게 한다. 트로이군뿐만 아니라 그리스군 쪽에서도 간간이 고개를 끄덕이며 감탄하는 소리가 나온다. 그러자 아이아스는 하인 하나를 얼른 막사로 보내 혁대를 가져오게 한다. 레반트인이 어떤 바다 생물로 만든 자줏빛 혁대다. 그리스의 중재자가 혁대를 들고 오자 트로이인들이 감탄을 표한다. 수년 만에 처음으로 양쪽 군대의 갑옷 입은 남자들이 두려움이나 미움과는 다른 감정으로 서로를 바라본다.

이제 마무리를 해야 한다. 어둠이 깊어져 두 군대가 철수한다.

아이아스는 오늘의 영웅이다. 그가 부상 없는 멀쩡한 몸으로 진영에 돌아오자 모두가 환호한다. 아가멤논은 마음이 너그러워진다. 어쨌든 자신이 전 군대에서 진심으로 아끼는 유일한 사람 메넬라오스를 아이아스가 살리지 않았나? 아가멤논은 노예들에게 다섯 살 먹은 건강한 황소를 잡으라고 지시한다. 평생 쟁기 한 번 끌어본 적 없어 육질이 버터처럼 연한 놈이다. 노예들이 녀석의 머리를 쳐내고 도끼로 몸통을 쪼갠 뒤 모든 부위를 불에 굽는다.

아가멤논이 아이아스에게 가장 좋은 부위를 준다. 달짝지근한 기름과 연한 살코기만 붙은 안심 부위를 뼈 없이 길게 한 조각 하사한다.

일개 창병을 비롯해 모든 사람이 큼지막한 고기 한 덩어리씩 받는다. 양이 워낙 푸짐해서 목구멍으로 억지로 넘겨야 할 정도다! 평소보다 더 진하게 섞은 포도주도 있다. 이내 다들 기분이 좋아진다. 모두 포도주에 취해 반쯤 정신을 놓은 모습을 보고 노예들은 몰래 들어가 남은 음식을 챙겨서는 누가 보기 전에 막사 뒤에서 먹는다.

이제 늙은 네스토르가 또다시 일장연설을 할 시간이다. 아무도 신경쓰지 않는다. 그러거나 말거나. 저 얼간이 노친네, 떠들게 두자.

그런데 듣자 하니 네스토르가 한 가지 제안을 내놓는다. 괜찮은 제안이다. "아가멤논, 메넬라오스, 그리고 모든 족장 여러분, 내일은 전사자들을 화장하는 날로 정합시다. 그래야 고국의 가족들에게 깨끗하게 잘 닦은 유골을 보낼 수 있어요. 그리고 진영 근처에 큰 무덤을 만듭시다. 우리가 유골을 고국으로 가져갈 때까지 그들이 머물 곳이 되겠지요."

지휘관들이 고개를 끄덕인다. 문제될 게 없는 제안이다.

네스토르가 계속 이어간다. "무덤을 만들기 위해 노예들에게 땅을 파게 하는데 거기서 그치지 말고 더 나아갑시다! 무슨 말이냐면, 막사 근처에 방어벽을 쌓고 바깥에 참호를 판 다음 그 안에 말뚝을 채워 넣는 거요. 그러면 트로이군이 뚫고 들어와 우리 함선을 불태울 일은 없을 거요."

그리스인들이 모두 환호한다. 하루를 쉴 수 있다. 한숨 자면서 이 포도주 숙취를 털어버릴 기회다. 그리고 방어벽이라, 모든 것이 훌륭해 보인다.

한편 트로이 쪽 분위기는 사뭇 다르다. 성벽 안쪽은 잔치 분위기와 거리가 멀다. 트로이의 대장들이 프리아모스의 대형 석조 저택 문전에 모여 있는데 다들 침울하고 말이 없다. 마지막이 가까이 왔다. 파리스 같은 이기적인 멍청이를 위해 죽어야 한다는 생각은 견디기 힘들다. 현명한 노인 안테노르가 모두가 생각하는 바를 불쑥 말해버린다. "헬레네를 그리스인들에게 돌려보내야 해. 그 여자가 가져온 물건들도. 합법적인 남편이 있는 아내를 우리가 계속 데리고 있는 한 신들이 절대 우릴 돕지 않으실 거요."

방 전체에 환호성이 울려퍼진다. 아홉 해 내내 그들 모두의 머릿속에서 떠나지 않던 생각이다. 마침내 다들 그간의 원망을 드러내며 파리스를 노려본다.

파리스가 발끈하며 일어나 언성을 높인다. "안테노르, 도무지 마음에 안 드는 소릴 하는구먼. 웬만하면 더 듣기 좋은 말을 찾아낼 수도 있는 양반이. 만약 진심에서 하는 소리라면 당신은 분명 미친 거야. 내가 지금 말하는데, 당신들 모두 잘 들어. 난 절대 헬레네를 포기하지 않을 거야. 영원히. 하지만 그녀가 갖고 온 물건들은 그리스인에게 돌려주지. 사실 정당하게 그녀를 얻기 위해서라도 내 몫의 재물을 더 얹어 보낼 생각이야."

긴 침묵이 흐르다 프리아모스가 논쟁을 마무리짓는다. "트로이인과 동맹군 모두 이제 식사들 하고 오늘밤 성벽 경계를 강화하게. 내일나의 전령 이다이오스를 그리스 진영에 보내 내 아들의 제안을 전달하겠다. 이다이오스는 전투를 하루 쉬자고 그들에게 전해라. 성에 쌓인 시신을 화장할 시간이 필요하다고 말이야. 그런 뒤에 다시 전투를 속개해 결관을 짓자고 해.”

트로이 전사들과 졸병들에게 식어빠진 저녁식사가 주어진다. 그들
은 성벽 옆에 붙어 묶은 곡물을 한줌씩 먹는다. 각 부대가 자기네 별
난 언어로 투덜거리는데 내용은 하나같이 음울하고 험악하다. 파리
스 이야기, 아들 잘못 키운 그의 아비 프리아모스 이야기뿐이다.

새벽에 이다이오스가 전령관의 홀을 들고 그리스 진영으로 간다.
마침 아가멤논과 나머지 사람들이 함선 옆에서 이야기를 나누고 있
다. 이다이오스는 그들과 함께 앉아 자신에게 발언권을 허락하는 신
호를 기다리다가 마침내 기회를 얻고 자리에서 일어나 말한다. “그리
스의 군주님들, 저는 트로이의 왕 프리아모스의 제안을 들고 왔습니
다. 아가멤논왕의 동생에게서 헬레네를 빼앗은 파리스 왕자가 전하
길―차라리 그 나라에 가기 전에 죽었더라면 좋았을 것을―헬레네
가 가져온 모든 의복과 보석과 금을 돌려드릴 것이고, 자신의 재물을
더 얹어서 보내드리겠다 합니다. 헬레네를 정당하게 얻고 저희 도시
를 구하기 위해서 말입니다.”

그리스인들은 아무 반응이 없다. 이다이오스가 말을 이어간다. “그
게 그러니까…… 왕자님은 공식 배우자인 메넬라오스왕에게 헬레네
를 돌려보내지는 않겠다고 합니다.” 이어 목소리를 낮춰 조심스레 덧
붙인다. “솔직히 파리스 왕자는 아주 바보처럼 사랑에 빠져 있다고
요. 사춘기 소년처럼요! 그래서 어떤 것으로도 헬레네를 포기하지 않
을 겁니다. 군주님들, 이건 진짜 믿어주십쇼. 우리가 전부 파리스에게
빌었습니다. 트로이의 모든 사람들이 제발 여자를 포기하라고 애원
했습니다. 왕자가 아주 정신이 홀렸어요! 파리스가 아테나와 헤라를
제치고 아프로디테를 뽑았을 때 아프로디테가 그를 차지해버렸죠.

그놈의 사랑이 뭔지, 파리스 머릿속엔 온통 사랑 생각뿐입니다. 그놈의 사랑이 우릴 전부 죽이는데도요!"

또다시 정적이 흐른다. 이다이오스가 계속한다. "그리고 프리아모스 전하가 오늘 하루 전투를 쉬면서 전사자들을 묻어줄 시간을 갖자고 하십니다. 그런 다음 다시 전투를 속개해 완전히 결판날 때까지 싸우자고 전하십니다."

여전히 아가멤논은 아무 말이 없고 나머지 그리스인들도 그의 반응을 지켜보며 기다린다. 그때 디오메데스가 벌떡 일어나 소리친다. "거래는 없다. 자비도 없다! 바보라도 트로이가 끝장났다는 건 알 텐데! 그러니 그자들이 이런 거래를 들이밀지. 자기들도 잘 알거든."

아가멤논이 일어나서 말한다. "자, 이다이오스, 저것이 그리스인의 대답이다. 트로이가 아직 버티고 있는 한 거래는 없을 것이다. 허나 전사자 화장은 허한다. 전투를 하루 쉬겠다. 누구라도 죽은 자들을 위한 의식을 반대할 수는 없지. 내가 제우스에게 이 대답의 증인이 되어달라고 청하겠다." 그가 하늘에서 그들을 지켜보는 신들을 향해 왕홀을 들어올린다.

이다이오스가 트로이로 돌아간다. 트로이의 군주들과 동맹군 지휘관들이 거래 성사를 바라며 기다리고 있다. 거래는 없을 것이라는 답변이 돌아온다. 사실 그들도 짐작은 했다. 그래도 그리스인이 하루 휴전하는 문제에는 동의해서 전사자들을 묻어줄 수 있게 되었다.

이제 트로이의 하인들이 시골 지역으로 흩어져 화장용 장작을 구하는 사이 다른 하인들은 전사자들의 시신을 도심 광장에 눕힌다.

장작이 충분히 쌓이면 시신을 적당한 수만큼 그 위에 쌓고, 그러면 노예들이 장작더미에 불을 붙인다. 프리아모스가 망자들을 위해 통곡하지 말라고 지시했다. 트로이인이 얼마나 큰 비탄에 잠겼는지 그리스인에게 알리지 않으려는 것이다. 그래서 트로이인의 시신은 정적 속에 화장된다. 지방이 펑펑 튀는 소리와 잔가지들이 툭툭 부러지는 소리뿐이다.

그리스인도 똑같은 일을 치르느라 하루를 보낸다. 하인들이 장작을 구하러 모래언덕을 뛰어다니고, 장작더미가 충분히 쌓이자 그리스인 시신을 그 위에 놓고 불을 붙인다. 유목이 젖어 있어서 불이 붙는 데 시간이 오래 걸린다. 하인들을 보내 소나무 옹이를 모아들여 불을 지피는 데 쓰자 드디어 장작더미에 불이 붙는다. 그리스인은 시신이 타서 깨끗한 유골이 되는 과정을 지켜본 뒤 함선으로 돌아간다.

다음날 아침, 그리스인들은 해가 뜨기도 전에 화장터로 가서 깨끗한 유골을 수거해 얕은 구멍 하나에 전부 넣고 그 위에다 큰 무덤을 만든다. 그러고는 미처 삽을 내려놓을 새도 없이 막사 주변에 방어벽과 참호를 만들기 시작한다. 작업 속도도 빠르고 솜씨도 뛰어나 신들이 내려다보다가 깜짝 놀랄 정도다.

뭐든 최신식이라면 질색인 포세이돈이 제우스에게 불평한다. "이 건방진 그리스 놈들이 지금 뭔 짓을 하는지 보라고. 방어벽이 하루 만에 완성될 판이야. 저 인간들, 우리한테 제사도 안 드리고 말이지. 이런 식으로 가다간 내가 아폴론이랑 둘이서 동방의 위대한 성읍 주변에 쌓은 성벽은 아무도 기억조차 못할 거야!"

하지만 제우스는 더이상 어떤 언쟁에도 말려들지 않을 작정이다. 그는 어깨만 으쓱이고는 신주를 한 모금 꿀꺽 마신 뒤 말한다. "포세이돈, 뭘 걱정해? 너는 바다는 물론 지진도 관장하는 신이잖아. 그리스인들이 자리를 뜨자마자 방어벽을 흔들어 무너뜨리면 되지. 그냥 바다 쪽으로 밀어버리고 모래로 덮어버려. 그러면 그런 게 있었는지 아무도 기억조차 못할걸."

포세이돈은 그걸로 성에 차지 않는다. 이 인간들에게 따끔한 가르침을 주고 싶다. 결국 제우스가 손을 흔들어 그를 보내며 이렇게 말한다. "좋아, 이렇게 하자고. 그리스인들이 새로운 방어벽을 쌓은 것을 기념하려고 오늘밤에 큰 연회를 열 거야. 그들이 막 포도주를 마시고 게걸스레 고기를 뜯으려는 참에 맞춰서 내가 폭풍을 보내지. 다음번에 뭔가를 지을 땐 우리에게 제물부터 올려야 한다는 걸 가르쳐주는 거야."

포세이돈이 턱수염에다 입김을 뿜어대며 툴툴거리면서 물러간다.

신들을 노하게 한 줄은 까맣게 모른 채 그리스인들은 하루종일 작업에 임한다. 하인은 물론 전사도 같이 땀흘리며 일한다. 해질녘에 방어벽과 참호가 완성된다. 그리스인들이 서둘러 바다로 달려간다. 흑해의 포도원에서 공수한 포도주로 갑판까지 가득 채운 선박이 해변에 올라와 있다. 금이든 은이든 심지어 철이든, 내놓을 게 뭐라도 있는 사람은 다들 자기가 들고 갈 수 있는 한 최대한 많은 포도주를 사기 위해 줄을 서 있다. 맞바꿀 쇠붙이가 없는 자들은 도살한 황소의 가죽이나 트로이 농장에서 잡아온 살아 있는 가축을 내놓는다. 아무것도 없는 자들은 잡아온 여자 노예들을 주고 달큰한 흑해 포도주 한 단지를 얻는다.

그러고는 거나하게 취할 연회를 준비한다. 제우스는 음식이 나오고 포도주잔이 채워질 때까지 기다리다가 폭풍을 보낸다. 천둥과 번개는 덤이다. 사람들이 두려움 속에 포도주를 쏟고 다음번에는 합당한 제물을 바치겠노라 약속하며 용서를 구한다. 이제 그리스인과 트

로이인 모두 남은 시간이나마 제대로 휴식을 취하기 위해 자리에 눕
는다.

8
살육전

　제우스는 이 전쟁에 신물이 난다. 아홉 해 내내 죽여대는데 아무런 결론도 나지 않는 이 전쟁에. 제우스가 문중회의를 소집해 독단적으로 공표한다. "더이상 그리스 쪽이든 트로이 쪽이든 관여하지 마라. 전투의 향방을 움직일 생각도 말고. 더는 간섭하지 마라. 너희 신들…… 여신들 너희도."

　그가 "여신들 너희도"라고 덧붙이며 헤라와 아테나를 뚫어지게 쳐다본다. 아테나가 부루퉁해져서는 제우스와 눈도 마주치려 하지 않는다. 제우스가 말한다. "혹시나 해서 하는 말인데, 내가 너희를 전부 한 묶음으로 저기 지옥 한 층 아래 타르타로스*에다 던져버릴 수도 있다는 사실을 잊지 마라. 그렇게 되고 싶나? 내가 티탄족을 그리로 던

---

*지옥 아래의 햇볕이 들지 않는 심연.

저버렸잖아. 너희 모두 합쳐봐야 걔들만큼 세지도 않다고."

제우스가 탁자 위로 몸을 내밀어 자신의 힘을 다시금 확인시켜준다. "우리가 줄다리기 놀이를 한다고 치자. 너희 모두가 달려들어 나를 지상으로 끌어당기는 거지. 그래봤자야. 아마 내가 너희를 전부 하늘로 끌어당길걸. 땅하고 바다도 전부 너희랑 같이 딸려오겠지. 내가 명색이 신들의 아버지 아니냐. 그 사실을 잊지 마라."

아테나가 큰 소리로 말한다. "최종 결정권이 아빠한테 있다는 걸 누가 모르나. 근데 엄마하고 내가 저기 아래 트로이에서 용감한 그리스 전사들이 숱하게 죽어가는 모습을 보면서 슬퍼한다고 아빠가 우릴 비난할 순 없잖아."

제우스가 막 화를 터뜨리려는 찰나, 아테나가 갑자기 소녀 같은 미소를 짓더니 지껄이기 시작한다. "아빠, 만약에 우리가 직접 간섭하지는 않고 그리스인에게 뭔가 제안만 하는 건 어때? 그냥 조언 정도?"

제우스는 웃음을 참지 못한다. "제안만 하시겠다? 아이고, 딸아. 걱정하지 마라. 내 너를 벌하지는 않을 테니까." 그러고서 나머지 신들을 향해 말한다. "하지만 너희는 더이상 전쟁에 간섭하지 마. 내 말 안 들었다간 후회하게 될 거다."

제우스가 말과 전차는 구름 속에 기다리도록 놔둔 채 트로이 위쪽의 산으로 내려간다. 그날의 전투를 지켜보려고 자기 신전에 좌정한다. 트로이의 성벽과 저멀리 그리스 진영의 모닥불이 보인다. 마음만 먹으면 트로이의 제일 어두운 지하실에 있는 조약돌 하나하나까지, 그리스군 막사의 염소 털 한 가닥 한 가닥까지 보는 건 제우스에게 일도 아니다. 내키면 모든 그리스인과 트로이인의 두개골 속 축축한 내

부를 꿈틀꿈틀 파고들 수 있으며, 물컹한 뇌수에 번뜩인 어떤 생각이 든 마음에 안 들면 번개 한 방으로 생각의 주인을 숯덩어리로 만들 수도 있다.

모두가 그에게 존경심을 보여줘야 할 시점이다. 이제 머리를 조아리고 힘은 고이 간직만 하고 있어야 한다. 어떤 신이든 오늘 전장에 모습을 드러내면 고개를 푹 처박고 있게 될 것이다. 어쨌든 제우스는 어여쁜 바다의 여신 테티스와 약속했다. 전투를 관장하고 그리스 군을 쳐서 그들에게 테티스의 불운한 아들 아킬레우스가 필요하다는 것을 보여주겠노라 했다. 제우스는 약속을 지킨다. 그게 바로 신들의 아버지가 하는 일이다.

그는 전투를 준비하는 두 군대의 모습을 지켜본다. 그리스군이 막사 옆에서 죽을 꿀꺽꿀꺽 삼키고 갑옷에 몸을 쑤셔넣는다. 트로이인은 각자 집에서 준비를 마친 뒤 트로이 거리에 집결해 그날의 전투를 앞두고 흙먼지 날리는 전장을 향해 함께 행군한다.

두 무리가 서로를 향해 달려와 공격한다. 오늘은 두 군대 사이에 아무런 대화도 의전도 없다. 그저 살육뿐이다.

오전 내내 서로를 죽인다. 어느 한쪽으로도 전세가 기울지 않는다.

정오가 되자 제우스는 이 게임을 보고 있기가 지친다. 지겹다. 한 놈이 청동 창끝으로 푹 찔리는 장면을 봤다면 다른 건 안 봐도 뻔하다.

그는 강제로 끝장을 보기로 한다. 그래서 황금 저울을 하나 만든다. 정오의 햇빛을 받아 번쩍이는 저울은 완벽한 균형을 이루고 있다. 그가 먼지를 조금 집어 한쪽 저울판에 올려놓고 속삭인다. "그리스인을 파멸하라." 또다시 먼지를 집어 반대쪽 저울판에 올리고 속삭인다.

"트로이인을 파멸하라."

저울에 놓인 파멸의 가루에 생기가 들끓는다. 그 무리가 조그마한 세계를 이뤄 날카로운 비명을 지르며 스멀스멀 새어나오고 낑낑대는 소리가 제우스의 귀에 들린다. 제우스가 저울을 수평으로 유지한 다음 속삭인다. "지금이다!" 저울이 기울기 시작한다. 트로이의 저울판이 점점 높이 올라가고 그리스의 저울판이 계속 내려가 지면에 닿는다. 땅에 닿자마자 저울판에 있던 것이 먼지로 변해 땅으로 흩어진다.

제우스가 싱긋 웃는다. "그리스 쪽을 죽여볼까나. 왠지 그런 느낌이 들더라니." 그는 자신의 소소한 장난에 혼자 즐거워한다. 이 과학 실험이 항상 그가 원하는 방식의 결과를 낸다는 게 재미있을 뿐이다.

이쯤에서 또하나의 재미를 놓칠 수 없다. 바로 번개. 지글거리는 백만 볼트짜리 번개를 높은 데서 내리꽂아 성가신 인간들을 바싹 태우는 재미는 여느 즐거움에 비할 바가 아니다. 오늘의 목표물은 테티스의 아들한테 무례하게 군 그리스인들이다.

제우스가 훌륭한 그리스 창병 하나를 첫번째 표적으로 삼고 그의 모든 근육의 리듬을 따라가다가 마음을 한번 찡긋하면서 그에게 번개를 내린다. 눈 깜짝할 새보다 더 짧은 순간에 그 전사는 녹아내린 청동이 되고 만다. 뼈는 숯이 되고 살은 다 타버렸다.

제우스가 또다른 표적을 골라 다시 번개를 보낸다. 그 그리스인도 백만 볼트짜리 신의 분노에 흙으로 변한다.

아, 그 장면이 다른 병사들의 눈에 띄었다. 다들 아래로 우르르 달려가는 꼴이 마치 폭풍우를 만난 개미떼가 빗방울을 피해 어디에 숨어야 할지 찾는 모양새다. 제우스가 이제 본격적으로 작업에 착수한다. 그리스 군단에 무작위로 번개를 내리꽂는다. 한 놈을 해치우고 그

옆에 있는 몇 놈은 곱게 놔둔다. 구운 살코기 냄새와 바닷가의 신선한 공기가 버무려진 대기에 목이 멘 채 다음은 누구를 해치울지 찾는다.

제우스는 오랜만에 그 어느 때보다도 기분이 좋아져서 웃음이 절로 나온다. 신계가 전부 자신의 절묘한 솜씨를 지켜보고 있다. 지금 이 놀라운 재주는 무엇보다 그들을 겨냥한 것이기도 하다. 신계의 식구들이 근래 들어 너무 건방지게 굴고 있다. 이번 기회에 누가 대장인지 다시금 일깨워줘야 한다.

전장에서 공포가 섬광처럼 점멸한다. 제우스가 쏘는 번개의 번뜩이는 청백색 전깃불에 비하면 한낮의 일광은 달도 없는 밤과 같다. 전부 눈이 멀어버린 전사들이 제자리에 얼어붙어 산 채로 튀겨질 차례를 기다리는 꼴이다. 번갯불이 순식간에 나타나고 사라지기를 반복하면서 마치 하얀 나무들로 이뤄진 숲처럼 자라난다. 이 나무들 밑동에는 어김없이 그리스인의 시체가 있다. 돋보기로 태워 숯으로 만든 벌처럼 연기가 난다.

그리스인들이 뿔뿔이 흩어져 막사로 달려간다. 주둔지를 향해 전력 질주 기록을 세운 자는 바로 아가멤논이다.

바싹 타버린 채 아직도 지글지글 소리를 내는 그리스인 숯덩이들 사이에서 트로이인들이 환호한다. 헥토르가 소리친다. "제대로 싸우자. 놈들이 도망가고 있다! 그리스 놈이 세운 저 임시 방어벽을 우리가 박살내겠다! 횃불도 반드시 챙겨라. 놈들의 함선을 불태우겠다! 저 바보 놈들이 연기 속에 비틀거릴 때 내가 전부 죽이고 말겠다!"

그가 말들을 채찍질하며 계속해서 외친다. "밥값을 해라, 네놈들 모두! 나를 빨리 데려가주면 우리가 늙은 네스토르와 디오메데스를 따라잡을 테고, 내가 놈들의 갑옷을 아폴론 신전에 매달아두게 될 것이다!" 헥토르가 평원을 가로질러 바닷가의 그리스 진영으로 날아가고, 헥토르의 부하들은 번개에 눈이 멀어 도망가는 그리스인들의 등에다 창을 꽂는다.

달려가는 헥토르와 살육당하는 그리스인들을 지켜보는 헤라의 인내심에 한계가 왔다. 격분한 헤라가 제우스의 동생 포세이돈에게 간다.

"지금 저 아래서 무슨 일이 벌어지는지 보이지, 포세이돈? 저 그리스인들이 전부 죽어나가는데 신경도 안 써? 그동안 저들이 우리한테 얼마나 많은 고기와 기름을 바쳤는지 잊었어? 우리가 전부 뭉치면 트로이인들을 반격할 수 있어. 내 남편도 쳐다만 볼 뿐 어떻게 하진 못할 거라고!"

포세이돈이 냉랭한 눈길로 헤라를 한참 쳐다본다. "당신, 미쳤어? 티탄족이 제우스하고 한판 붙으려다가 어떻게 됐는지 기억 안 나? 제우스가 우릴 지옥 한 층 아래, 지금 걔들이 있는 곳으로 전부 보내버릴 수 있다고. 되도 않는 당신 꼼수에서 나는 좀 빼줘."

헤라는 제우스의 성질을 건드리지 않도록 아가멤논의 마음을 통해 간접적으로 손을 쓰기로 한다. 그녀가 자기 막사에서 잔뜩 웅크리고 있는 아가멤논의 마음에 용기를 불어넣는다.

그가 별안간 기운이 불끈 솟는 기분을 느끼며 일어나서 다시 왕답게 굴기 시작한다. 왕의 자줏빛 망토로 몸을 감싸고 성큼성큼 걸어나가 방어벽 뒤에 갇힌 자신의 군대 한복판에 선다. "그리스인이여, 제군들 모습은 전사 같건만 행동은 전혀 그렇지 않구나! 우리가 이리로 오던 중 렘노스에 들렀을 때, 나의 포도주를 철철 넘치게 마시면서 제군들이 기세 좋게 떠벌리던 말은 다 잊었나? 내가 베푼 고기를 실컷 먹고 너희 모두 맹세했지. 트로이인과 붙으면 일당백으로 해치우겠다고! 그런데 지금 전 군단이 헥토르한테 잔뜩 쫄아서는 여기 우글우글 모여 있구먼. 전장에서 단 한 놈을 피해 도망와 있다니!"

그러더니 그가 이번에는 하늘을 향해 소리친다. "그리고 당신, 제우스! 대체 내가 당신한테 뭘 어쨌는데? 우리가 여기까지 오는 동안 기착지마다 당신 제단에다 제일 두툼한 살코기를 바쳤는데 이제 와서 나를 공격해?" 그의 분노가 워낙 격해서 순간적으로 그 일성이 마치 신의 노호처럼 들린다. 제우스는 자신에게 대드는 소리인데도 적잖이 감명받아 넋을 잃고 쳐다본다. 이 천하의 겁쟁이, 한심한 인간 아가멤논이 감히 제우스를 향해 악을 쓰다니.

그 반짝이는 순간이 지나자 아가멤논은 다시 징징 짜며 애걸복걸한다. "제발, 제우스 님, 저희가 적어도 목숨만은 챙겨서 여길 벗어나게 해달라고요!"

제우스가 씨익 웃는다. 아가멤논을 썩 좋아하지 않지만 오늘의 살육은 개인적인 분풀이가 아니라 엄연한 업무다. 자신의 뜻이 잘 전달되면 멈출 것이다. 제우스는 오늘 재로 만든 그리스 전사의 수를 하나하나 꼼꼼히 세고 있었다. 이제 충분하다. 뜻을 분명히 밝혔다. 테티스도 이 정도면 만족하리라. 그리스인에게 아킬레우스가 필요하다는 점을 그들에게 잘 짚어줬다. 아가멤논도 콧대를 낮추었으니 제우스로서는 할일을 다한 셈이다.

그는 그리스인이 함선에서 전멸하게 내버려두지 않을 것이다. 그렇게 했다가는 무엇보다도 헤라와 아테나가 그의 삶을 지옥으로 만들 테니.

그래서 제우스가 자신의 상징인 독수리를 아가멤논에게 휙 날린

다. 검은색 문짝 같은 두 날개가 달린 거대한 새가 아가멤논 위를 선
회하자 그리스인들은 죽음을 면했음을 직감한다. 이제 그들은 싸울
것이고 트로이인은 대가를 치르리라.

디오메데스가 가장 먼저 방어벽을 넘어가서 한 트로이인을 향해
전속력으로 질주해 그의 갑옷에다 창을 정통으로 쑤셔넣는다. 이어
아이아스가 느릿느릿 방어벽을 넘고 참호를 지나 평원에 있는 트로
이인들과 마주한다. 이때 트로이인들이 미처 보지 못한 게 있으니, 아
이아스의 우람한 어깨와 거대한 방패 뒤에 숨은 그리스 최고의 활잡
이 테우크로스다.

아이아스와 테우크로스가 무시무시한 저격 팀을 결성한다. 아이아
스가 자신의 몸집으로 작은 궁수를 숨긴 채 방패를 든다. 테우크로스
는 뒤에서 기회를 엿보다가 목표물을 정해 화살을 날린 다음 아이아
스의 거대한 방패 아래로 다시 뛰어들어온다. 마치 오리 새끼가 벌레
를 잡으려고 어미의 날개 밖으로 나오는 모험을 감행한 뒤 다시 어미
의 깃털 속 은신처로 꿈틀대며 들어가는 모양새다.

처음에 트로이인들은 누가 자기들을 죽이는지도 파악하지 못한다.
앞에 어렴풋이 아이아스가 보이는데 그는 활을 쓰지 않는다. 이 치명
적인 화살은 대체 누가 날리는 거지? 테우크로스는 여덟 번이나 방패
뒤에서 나와 활을 쏜다. 트로이인은 여덟 명이나 목이나 가슴에 화살
을 맞고 쓰러진다. 이제 테우크로스가 헥토르를 겨냥한다.

그가 훌륭한 궁수지만 아폴론은 헥토르를 죽게 두지 않을 것이다.
특히 활로는. 활은 아폴론의 무기다. 누가 화살에 맞아 죽을지는 아폴
론의 소관이다. 그는 테우크로스의 화살이 헥토르를 맞히지 못하도
록 가볍게 쳐낸다. 화살은 헥토르의 전차를 몰던 전차병의 가슴을 파

고들어 그가 대신 쓰러져 죽는다.

헥토르가 분노한다. 전차병을 잃은 게 오늘만 벌써 두번째다. 헥토르는 전차에서 뛰어내려 거대한 바위를 거머쥔 채, 테우크로스가 아이아스의 방패 뒤에서 다시 살짝 나오기를 기다린다. 테우크로스의 머리가 튀어나오자 헥토르가 바위를 던진다. 바위는 몸집이 작은 테우크로스의 쇄골을 정통으로 맞힌다. 목과 가슴이 만나는 지점에 적중한다. 바위는 테우크로스의 팔도 부러뜨린다. 그가 활을 놓친다. 그의 형 아이아스가 테우크로스를 붙잡아 방어벽 너머로 넘긴다.

테우크로스가 전투에서 빠지자 트로이군이 기운을 내서 다시 공격한다.

이번에는 그리스군이 방어벽을 지켜내지 못한다. 트로이군이 날카로운 말뚝을 요리조리 피하며 참호를 건너 돌격해 개미들처럼 방어벽을 기어오른다. 그리스군이 비틀거리며 함선으로 돌아간다.

헥토르가 온 사방에 출몰한다. 악마 같은 그의 존재는 그 자체로 공포다. 그가 그리스군을 쫓으며 제일 느린 놈부터 죽인다. 이제 그리스군은 함선을 바로 코앞에 둔 지점까지 밀려가 파도에 발이 잠긴다.

트로이군은 횃불에 불을 붙이는 즉시 함선에 던져넣을 것이다. 배에 불이 붙으면 헥토르는 달빛도 없는 야간에 사자처럼 연무를 뚫고 사냥에 나서서 연기에 비틀대는 그리스군을 도륙하리라.

헤라와 아테나는 더이상 두고보지 못한다. 헤라가 딸에게 한탄한다. "헥토르가 나의 그리스인들에게 하는 짓 좀 봐! 아, 저 인간, 혼자까불다 얼른 죽어버렸으면!"

아테나도 발끈한다. "와, 아빠가 날 아주 열받게 하네! 허구한 날 내가 여기저기 가서 아빠 심부름 한 게 얼만데. '아테나, 이자한테 가라,

저자한테 가라. 가서 조언 좀 해줘라!' 아니면 '아테나, 날 위해 이놈을 죽여라, 저놈을 죽여라!' 그런데 이젠 내가 아끼는 전사들을 죽이면서 내 허락 따윈 구하지도 않잖아. 그 쪼끄만 여우 같은 테티스가 자기 무릎 붙잡고 애원했다는 이유로 말야. 좋아, 다음에 아빠가 내 무릎 붙들고 나한테 사랑스런 회색 눈의 귀염둥이 어쩌고 할 때 뭔 일이 생기는지 두고 보라지!"

헥토르가 그리스군 함선을 향해 돌진하며 난도질하고 찔러대는 사이 머리끝까지 화가 치솟은 아테나는 안절부절못하고 왔다갔다하다가, 산을 무너뜨릴 정도로 분노에 찬 외침을 내지르고는 헤라에게 말한다. "엄마, 난 이거 용납 못해. 내 전차를 준비시켜라! 이놈의 헥토르가 전투에서 날 만나면 어떤 기분일지 한번 보자고!"

아테나가 옷을 갈아입으러 저장고로 들어간다. 갈 때는 왕가의 아가씨 차림이었는데 나올 때는 번쩍이는 갑옷 차림에 제일 큰 소나무보다 더 기다란 창을 든 전사의 모습이다. 그녀의 어머니는 이미 고삐를 쥐고 있고, 이내 전차는 긴 포물선을 그리며 트로이를 향해 미끄러지듯 움직인다.

금빛 유성처럼 멀리서 지글거리며 다가오는 그들을 제우스가 보며 한숨을 쉰다. 이거 골치 아프겠군. 둘에게 손찌검을 해야 할 일이 생기기 전에 접근 금지 경고를 하는 게 낫겠다. 그가 손가락을 튕기자 이리스가 그의 앞에 나타나 무릎을 꿇고 명령을 기다린다. 한시가 급한 이 마당에 제우스가 잠깐 정신이 혹할 만큼 아름다운 자태다. 때때로 그녀는 젖빛 어깨에서 우아한 날개가 돋아난 젊은 여인의 모습으로 나타났다가, 마음에 변화가 생기면 무지개 속으로 녹아든다. 지금은 인간의 형상이다. 날개만 빼면.

제우스가 지시한다. "이리스, 임무를 줄게. 급한 일이야. 내 아내와 딸내미 좀 말려줘. 저기 불길이 이글대는 전차가 지상으로 내려오는 거 보이지? 저 둘이 이 인간계의 전쟁에 또 간섭할 작정이야. 아무도 내 말을 귓등으로도 안 듣는 게 아주 진절머리가 나. 이 신들이 말이야, 어차피 자기들은 죽지도 않고 아무도 자기한테 손댈 수 없다고 생각하거든. 이 바보들이 중요한 걸 잊고 있어. 죽는 것보다 훨씬 더 끔찍한 일을 내가 맛보게 해줄 수 있다는 사실이지."

겁먹은 이리스가 점점 사라지려고 한다. 인간의 형상이라기보다는 빗줄기 속의 태양 같은 것이 되어 어른거린다.

제우스가 황급히 말한다. "아냐, 걱정하지 마. 네 얘기가 아냐! 내 아내와 딸 얘기하는 거라고. 집에서 내 처지가 어떤지 너도 알잖아."

이리스가 인간의 형상으로 돌아와 킥킥댄다. 제우스와 헤라와 그들의 별난 딸내미에 대해 모르는 이가 없다. 신계에서 끊임없이 농담거리가 되는 집안이다.

제우스가 얼굴을 찡그리고 말을 이어간다. "어쨌든 그 둘에게 일러라. 계속 저희들 고집대로 나가다간 내가 전차마의 다리부터 분지르고 시작하겠다고. 그러면 더이상 사고 치고 날아다니지도 못하겠지. 알겠지?"

이리스가 즐거워하며 고개를 끄덕인다. 헤라는 신계 가문에서 도통 인기가 없다. 이런 지시 사항을 전달하는 자체로 재미가 쏠쏠하다.

제우스가 계속한다. "잠깐만, 아직 안 끝났어. 이 말도 전해. 둘이 그 짓거리를 계속하면 말 다리 분지르는 걸로 끝내지 않겠다고. 일단 말들이 절름발이가 되면 전차를 하늘에서 확 끌어다가 박살내서 불쏘시개로 만들고 그 둘은 지상에다 던져버릴 거야. 톡 던지는 게 아니라 인간이라면 죽고도 남을 만큼 아주 대차게 냅다 던질 거라고. 그리고 둘이 나자빠져서 아파하며 끙끙대고 있을 때 번개를 꽂아버릴 거야. 그 망할 마누라와 딸년의 화상이 다 나으려면 수십억 년은 걸릴걸. 얼른 가서 그렇게 전해!"

이리스가 사라져 벌써 창공 저편으로 반쯤 가로질러 간다. 제우스가 혼잣말로 투덜댄다. "믿을 수가 없어! 우리 아테나가, 나의 회색 눈동자 예쁜이가 이런 짓을 하다니. 그애 어미한테야 놀랄 것도 없지만. 그 여자가 그런 거야 다들 아는 마당이니······" 그가 한숨을 쉬고 신주를 더 들이켠다. 가족이 뭔지, 원수가 따로 없다.

이리스가 환한 불빛 속에서 천계로 들어가 이제 막 지상으로 뛰어들 참인 여신들의 전차와 마주친다. 이리스는 공중에 뜬 채 빛을 받아 아른거리는 모습으로 두 여신을 마주본다. "헤라, 아테나, 뭐하는 거예요? 둘 다 미쳤어요?"

두 여신이 우뚝 멈춘다. 말들도 힘차게 구르던 발을 멈추어, 전차는 대기의 끄트머리에서 꼼짝하지 않는다.

이리스가 불쑥 말한다. "아버지 제우스 님이 그러시는데 두 분이 이대로 쭉 지상으로 온다면 말들 다리를 분질러버리고 두 분의 전차를 붙잡아 산산조각 부서뜨린 다음 그 조각들을 불쏘시개처럼 땅에 던져버리시겠다고······"

헤라는 이미 긴장한 눈치다.

이리스가 발랄하게 말을 이어간다. "오, 이런 말씀도 하셨어요. '회색 눈동자의 딸내미가─네, 당신요, 아테나─제 아비 말을 거역하면 어떻게 되는지 따끔한 맛을 보게 될 거다.'"

이리스는 약간 키득대기까지 한다. "오, 이런 말씀 하신 것도 기억나네요. '그 둘이 상처가 다 나으려면 수십억 년은 걸릴 것이다.'"

헤라가 이제는 털썩 앉아서 몸을 살짝 떤다. 그녀가 몸을 돌려 아테나와 이야기하려는데 이리스가 몇 마디 더 보탠다. "오, 제우스 님이 아테나 당신에게 엄청 실망했다는 얘기도 하셨어요." 여기서 한숨 한 번 쉬어주고, "네, 그분이 당신을 저어어엉말 많이 믿었는데 당신이 이렇게 배신한 거예요. 그분 엄청 화나셨어요!"

헤라가 아테나에게 낮은 소리로 말한다. "딸아, 아이고, 이제 우린 그냥 일이 자연스레 흘러가게 둬야겠어……"

이리스가 마치 방금 생각났다는 듯 또 말을 보탠다. "아, 이런 말씀도 하셨어요. '내 아내가 말 안 들어먹는 건 별로 놀랄 일도 아니지. 못돼 처먹은 거야 다들 아는 사실이잖아.' 정확히 이렇게 말씀하신 것 같아요. '그 사나운 여자가 감히 또다시 끼어들려고 해?' 휴, 그분 엄청 화나셨다고요!"

헤라가 침을 꿀꺽 삼키고는 아테나에게 말한다. "그래, 딸아, 아무리 생각해도 어쨌든 집에 가는 게 좋겠어. 인간들이야 저희들끼리 지지고 볶으라지. 여하간 그게 우리랑 뭔 상관이라니? 우리 일도 아닌데. 그 양반한테 그렇게 중요한 일이면 네 아버지가 알아서 저 인간들 처리하게 두자고!"

아테나는 아무 말이 없다. 이리스가 마지막으로 심술궂게 웃으며 사라진다. 두 여신은 출발할 때보다 더 느리고 침울한 분위기로 전차를 몰아 다시 천계로 돌아간다. 도착해서는 전차에서 내리며 신들을 보필하는 자들에게 말을 넘기고 다시 연회에 합류한다. 천하의 헤라도 뭐라 말할 기분이 아니다.

그들이 잠자코 기다리는데 제우스의 전차가 도착하는 소리가 들린다. 번쩍이는 바닥을 쿵쿵대며 걸어오는 그의 발걸음 소리가 엄청나다. 제우스는 오늘 자신의 중량감을 전부 동원해 힘을 과시하고 있다. 그는 항성 하나만큼 무게가 나간다. 걸음을 옮길 때마다 천계 전체가 마구 흔들린다. 황금 옥좌에 털썩 앉는 소리가 마치 지진이 나서 산이 무너지는 굉음 같다.

혜라가 으레 그러듯 일어나서 구석으로 가더니 아테나와 시답잖은 얘기를 나누는데 둘은 계속 제우스를 등지고 있다. 또 삐쳤나? 제우스가 더는 못 참고 소리친다. "지금 뭐하는 거야, 거기 둘? 지금까지 인간들 죽인 걸론 성에 안 차? 다시 내려가서 트로이 놈들 더 죽이고 싶어 미치겠어? 너희 둘, 잘 들어. 혹시나 오늘 또 전쟁에 끼어든다 어쩐다 까불어봐. 내가 너희 둘을 한 방에 하늘에서 날려버리고 진창에서 몸부림칠 때 번개를 꽂아줄 거야. 죽진 않겠지. 근데 두고봐. 고통스럽게 해줄 테니. 얼마나 지독하게 고통스러운지 상상도 못할 거다."

아테나는 입도 뻥끗 않고 아예 자기 아버지를 쳐다보려고도 하지 않는다. 하지만 혜라는 가만있질 못한다. "남편인지, 오빠인지, 당신 말야, 우리가 당신 힘센 거 다 알아. 그런 거 계속 얘기해줄 필요 없다고! 우린 그저 저기 아래에서 용감한 그리스 전사들이 전부 죽어가는 게 슬플 뿐이야. 내가 당신한테 물어보려고 했어. 내 딸 아테나의 제안대로 만약 나하고 아테나가 그리스인에게 조언만 좀 해주면 어떻겠느냐고. 당신이 그들을 몰살하기 전에 그들 머릿속에 생각만 조금 넣어주면 어떨까 싶어서."

제우스가 어깨를 으쓱한다. "글쎄, 그리스인이 죽는 꼴 보는 게 그렇게 신경쓰이면 내일 전투는 보고 싶지 않겠구먼. 왜냐, 내가 분명 말하지만 내일 더 많은 그리스인이 죽을 거거든. 많이, 아주 많이. 헥토르에게 내 힘을 내려줘서 수많은 그리스인을 죽이게 할 거야. 그리스인들이 가엾은 테티스의 아들 아킬레우스에게 제발 돌아오라고 애걸하게 될 때까지. 그렇게 되려면 헥토르가 아킬레우스의 친구 파트로클로스를 죽여야 할 거야. 전부 다 계획된 거지. 혹시 당신이 이 꼴을 보고 싶지 않다면 지옥엘 가든 한 층 더 아래 있는 타르타로스에 가서 빛 한줄기, 공기 한줌 없는 데서 누워 있든 마음대로 해. 당신이 어딜 가든 난 상관없어. 정말 당신은 내가 여태 만난 중에 제일 어마어마하게 몹쓸 여자거든."

헤라가 그리스인에게 조언을 하겠다는 생각을 접는다.

한편 트로이 바깥의 흙먼지 날리는 들판에서는 해가 질 때까지 살육이 이어진다. 너무 어두워서 잘 보이지 않을 때까지 헥토르가 온 사방에서 전차 밑의 부상자들을 찌르고 베고 짓밟는다. 트로이인은 적군을 죽일 수 있도록 빛이 몇 분이라도 더 지속되길 바라며 짙어가는 어둠에 대고 욕을 하지만, 그리스인은 사라져가는 태양에 감사하며 제발 해가 더 빨리 바다로 떨어져 이 끔찍한 하루가 끝나길 빈다.

헥토르는 시체가 그리 많지 않은―그래서 냄새가 그다지 지독하지 않은―강가에 트로이군을 다시 집결시킨다. 다들 전차에서 내려 자리에 앉는다. 헥토르가 소나무만큼 기다란 창을 들어 땅에 꽂고 말한다. "우리 트로이군과 동맹군은 굉장한 하루를 보냈다! 끝장을 봤어야 했는데 너무 아쉽군. 나는 오늘 우리가 그리스 함선을 불태우고 그들을 파도 속에서 해치우기를 바랐다. 그래, 바닷물로 놈들 시체를 푹 절여줄 수도 있었지! 하지만 태양이 우리를 배반하고 너무 빨리 져버려 먹잇감을 숨기고 말았다. 그 어떤 것도 놈들 목숨을 구할 수 없었을 텐데! 이제 우리는 놈들을 끝장낼 준비를 해야 한다! 말들을 잘 먹이고 신경써서 묶어둬라. 녀석들이 내일도 열심히 달려줘야할 테니. 우리도 몸을 덥히도록 주변에 큰 모닥불을 피웠으면 좋겠군. 그리스 놈들에게 우리가 가까이에 있다는 사실도 잊지 않게 해줄 겸 말이야. 놈들에게 겁도 주고 오늘밤 잠도 못 자게 해서 피곤한 몸으로 일어나게 하자!"

모두 미친듯이 환호한다. 정말로 이길 수 있을까? 아주 오랜만에 승리가 실현 가능한 일로 다가온 것 같다. 그동안 트로이인들은 그저 최후의 순간을 조금이라도 더 늦추기 위해 버티며 싸워왔다. 만약 그들이 정말 이겨서 그리스 함선을 불태우고 그리스인을 전멸시킨다면 어떻게 될까? 다들 만약의 상황을 상상하며 창을 꽉 움켜쥐고 어서 새벽이 오길 기다린다.

헥토르가 말한다. "제군들 모두 잠을 푹 자야 한다. 하지만 우선 실컷 먹고 마시자! 오늘의 승리를 축하하자! 하인들을 시내로 보내 포도주를 가져오라 이르고 양과 소도 몰고 와서 꼬챙이에 꿰어 굽게 하라. 그리스 놈들이 몰래 야습을 시도할 수도 있으니 성벽 안의 사람들에게 소년과 노인 들을 성벽에 배치해 밤새 번을 서라고 전하라."

그가 창을 다시 땅에 꽂는다. "내일 우리가 이 전쟁을 끝낸다. 그리스인 한 놈도 성한 몸으로 집에 돌려보내지 않겠다. 살아남는 놈이라해도 화살에 맞아 부상을 입거나 검에 깊은 상처를 입은 몸으로 절뚝거리며 고향으로 돌아가 추운 밤마다 욱신거리는 상처를 부여안고 우리 트로이를 가만 놔둬야 한다는 생각을 되새기게 해주겠다. 나머지 놈들은 여기에 영원히 누워 있게 될 것이다."

모두들 기쁨의 함성을 내지른다. 그들은 너무 오랫동안 두려워했

다. 아홉 해 동안 자신들을 몰아대던 자들에게 이제 공포가 엄습한다
는 이 기쁨에 가슴이 벅찰 지경이다.

헥토르가 좌중을 조용히 시키고 말을 이어간다. "해가 뜨는 즉시 나
는 갑옷을 입고 함선으로 향하겠다. 디오메데스가 으스대는 것도 내
일 아침 일찍 끝장날 것 같은 예감이 든단 말이지……"

그가 땅에서 창을 확 잡아 빼자 마른 흙덩이가 딸려 날아간다. "내
일은 그리스 놈들에게 아주 끔찍한 날이 될 것이 확실한 만큼 내가 언
제까지고 죽지 않았으면 좋겠구나!"

트로이인들이 목이 쉴 때까지 환호한다. 방어벽을 지키던 그리스
인들은 이 소리를 듣고 어둠 사이로 비치는 트로이의 모닥불 천 개를
노려본다. 모닥불 하나에 트로이 전사 쉰 명씩 둘러앉아, 그리스인을
끝장낼 새벽이 오길 기다린다.

9
아가멤논의 회유

아가멤논이 지휘관들을 소집한다. 부름을 받고 온 지휘관들은 깜짝 놀란다. 아가멤논이 왕좌에 구부정하게 앉아 두 뺨에 눈물을 줄줄 흘리고 있다. 그가 코를 훌쩍이며 입을 연다. "나의 친구들……" 친구들? 뭐래? 언제부터? 그러거나 말거나 아가멤논은 계속한다. "친구들, 제우스가 날 싫어해. 대체 나한테 왜 이러는 거지? 내 손으로 트로이를 싹쓸이하게 해주겠다는 약속은 어떻게 된 거냐고! 지금 우리가 쥐어 터진 꼴을 봐."

그가 몇 번 더 코를 훌쩍이고 말한다. "우린 이놈의 도시를 절대 차지하지 못하겠지! 집에 가고 싶다."

다들 어이가 없어서 아무 말도 안 나온다.

침묵 끝에 드디어 디오메데스가 앞으로 나와서 말한다. "톡 까놓고 말하지. 우린 회의하러 모였고, 나한테도 발언권이 있으니까. 아가멤논, 대전을 치르기 전에 당신이 날 겁쟁이라 부른 거 기억하시오? 그 말을 모두가 들었으니 발뺌할 수는 없겠지! 자, 당신 꼴 좀 보시오. 애처럼 엉엉 울기나 하고! 암만 봐도 제우스가 당신을 만들면서 장난을 친 모양이오. 생긴 건 왕인데 용기를 빼먹고 태어나게 한 거지. 한데 우리가 전부 당신처럼 겁쟁이는 아니거든. 집에 가고 싶으면 가시오! 당신 함선에다 부하들 태우고 가버리라고! 나는 여기 남겠소. 모두들 떠난다 해도 난 남는다고. 뭐, 신들이 아가멤논 당신에게는 치를 떨어도 나한테는 아직 호의적이거든!"

다른 지휘관들이 기쁨의 환호성을 지른다. 누군가 해야 할 말이었다. 아가멤논의 한심한 짓거리를 아홉 해나 꾸역꾸역 참아줬는데 이제 와서 저렇게 어린애처럼 울음을 터뜨리는 꼴이라니! 그들은 언제라도 그를 바다에 던져버릴 준비가 되어 있다. 그와 그의 왕좌까지 세트로.

네스토르가 일어나서 디오메데스의 등을 다정하게 두드려주고 입을 연다. "자네, 말 잘했네! 싸움만큼이나 입심도 대단하구먼. 꼭 왕년의 나를 보는 것 같군. 그런데 내가 자네들보다 나이를 더 먹어서 아는 게 몇 가지 있어요. 무엇보다도 단결해야 하지. 우리들끼리 싸우면 안 돼!"

모인 이들을 진정시킨 뒤 네스토르가 아가멤논을 꾸짖는다. "아가멤논은 왕답게 처신할 필요가 있소! 그러니 왕이 할 일을 하시지요! 항복이니 어쩌니 하는 말은 더이상 꺼내지 말고! 야간에 어떻게 할지 명령을 내리시게. 방어벽 경계도 강화하고. 하인들을 시켜서 제대로 된 식사를 챙기고 포도주도 충분히 돌리게! 이번엔 포도주에다 물 섞으면 안 되네!"

다들 웃음을 터뜨린다. 아가멤논의 인색함은 가히 전설적이다.

지휘관들이 식사를 마치자 네스토르가 다시 일어난다. "허심탄회하게 한마디함세. 시답잖은 소리까지 늘어놓기엔 너무 늦었으니까. 아가멤논, 애초에 이 전쟁은 당신 생각이었네. 이제 와서 그만둘 권리가 당신에겐 없어. 당신이 아킬레우스의 여자를 빼앗으면서 전부 망친 거요. 그러게 내가 그러지 말라니까! 기어이 저질렀지. 당신은 당신 분풀이만 신경쓰는 사람이니까. 그 덕에 우리는 최고의 명장을 잃었지. 이제 그를 돌아오게 해야 하네. 당신이 할 수 있는 일은 하나뿐이야. 아킬레우스가 해달라는 건 뭐든 해줘야지 뭐. 그가 없으면 우린 끝장이니까."

아가멤논이 마음을 추스르고 말한다. "그래그래, 무슨 말인지 알겠어. 신들이 아킬레우스를 끔찍이 아끼지. 그래서 우릴 박살내는 거잖아! 그런 점에서 아킬레우스가 군대 전체와 맞먹을 만큼 강력하다는 거 인정해. 그의 성질을 건드린 건 내가 잘못했어. 내가 멍청했다고."

그가 창피함도 눈물도 잊고 지휘관들을 향해 말한다. "아킬레우스에게 어떤 제안을 할지 생각해봤지. 내가 당신들 앞에서 이렇게 약속할게. 그에게 금과 철과 청동과 말을 줄 거야. 내게는 경주에서 이긴말 열두 필이 있어. 그가 전투에 가담하면 전부 그의 차지야. 계집종들도 줄게. 제일 괜찮은 여자들 일곱을 보낼 거야. 전부 레스보스섬에서 온 애들인데 일도 잘하고 아주 예뻐! 우리가 그 섬을 약탈할 때 내가 직접 데려온 여자들이지."

침묵이 흐른다. 아직 부족하다. 아가멤논이 아킬레우스에게 뭘 보내야 하는지는 다들 알고 있다.

드디어 아가멤논이 이를 악물고 말한다. "아, 알았다고. 브리세이스를 돌려보내면 되잖아! 모든 신들을 걸고 맹세하는데 잠자리는커녕 아무 일도 없었어!"

다들 그게 거짓말인 걸 안다. 노예들이 뒤에서 쑥덕거리길 얼마나 좋아하는데. 아가멤논이 여자한테 무슨 짓을 하는지 모르는 사람이 없다. 하지만 이렇게라도 해서 아킬레우스가 돌아온다면 모두 아가멤논의 말을 믿는 척할 것이다.

아가멤논은 슬슬 발동이 걸린다. "또 있어. 만약 우리가 트로이를 차지하도록 제우스가 내버려둔다면 트로이에서 제일 예쁜 명문가 여자들 스무 명을 아킬레우스가 맨 먼저 데려갈 수 있어…… 물론 헬레네는 빼고. 그 여자는 내 동생에게 돌아가야지. 그게 다가 아니야. 잘 들어. 아킬레우스가 내 딸들 중에 마음에 드는 애를 데려가도 돼! 그래, 나한테 딸이 넷 있는데……"

오디세우스가 큰 소리로 귀띔한다. "이제 셋이지. 이피게네이아한테 생긴 일 기억 안 나쇼?"

아가멤논이 자기 이마를 치며 웃는다. "아, 깜빡했군. 우리가 여기 오던 길에 그애를 바쳐야 했구나!"

그의 웃음에 다들 약간 주춤하지만 아가멤논은 눈치채지 못한 채 계속 말을 늘어놓는다. "그래, 이제 셋이군! 어쨌거나 아킬레우스가 데려갈 수 있다고. 내가 그를 사위로 삼을 거야! 내 아들 오레스테스가 기다리고 있어. 사랑하는 아버지가 집에 돌아오기만을……"

가만 듣고 있던 신들이 박장대소한다. 오랫동안 집 떠나 있던 사랑하는 아빠를 오레스테스는 어떻게 맞이할까? 배에 단검이 꽂힐 아비를.*

---

* 아가멤논이 전장에 나가 있을 동안 아내 클리타임네스트라가 정부情夫 아이기스토스와 짜고 귀국 축하 잔치 자리에서 아가멤논을 죽인다.

아가멤논은 집에서 자기를 기다리고 있는 게 뭔지 꿈에도 모른 채 지껄인다. "내가 아킬레우스를 오레스테스만큼 아낄 거야. 부지런하게 일하는 실한 노예들이 넘쳐나는 일곱 도시도 줄게. 바다에 인접해서 멋진 항구도 있는 도시지. 소, 양, 전부 다 주겠어. 나한테 워낙 많아서 있는지 없는지도 모를 정도거든!"

자기 목소리에 취한 아가멤논은 얼마 남지 않은 파멸의 순간을 앞둔 마당에 실컷 자랑을 늘어놓는다.

네스토르가 이 분위기를 살리며 말을 보탠다. "아가멤논, 당신이 제안한 선물들이 아주 훌륭하네. 이제 아킬레우스를 만나러 갈 사람을 뽑아야겠지? 그의 옛 스승인 포이닉스, 그리고 친구인 오디세우스와 아이아스를 추천함세. 공식적인 제안을 전달할 전령 두 명도 필요하고."

좋은 선택이다. 모두가 고개를 끄덕인다. 네스토르가 말을 마무리한다. "서둘러야 하네. 물을 가져오라 이르시게. 당신이 우리 대표잖나, 아가멤논. 그러니 제대로 처신해야지! 이제 우리 모두 제우스에게 빌어야 하네. 목숨만은 살려주시겠지."

하인들이 지휘관들의 손을 씻어주고 그들의 큰 잔에다 포도주를 채운다. 모두 평소 저녁보다 더 많이들 마신다. 그들의 눈빛에는 공포가 서려 있다. 거대한 암흑의 파도가 일렁이는 해구에서 홀로 떠다니는 기분이다.

오디세우스가 앞장서서 무리를 이끌고 해변을 따라 아킬레우스의 숙소를 향해 간다. 그는 무리의 수뇌이고 나머지는 아킬레우스가 좋아하기 때문에 이 자리에 동행한 자들이다.

그들은 걸어가면서 저기 물결 아래 어딘가에 있는 포세이돈에게

올리는 기도를 읊조린다. 지푸라기라도 잡는 심정으로 모든 도움의 손길을 구해야 한다.

아킬레우스는 긴 의자에서 수금을 켜고 있다. 그의 오랜 친구 파트로클로스가 그의 곁에 누워 연주를 듣는다. 파트로클로스를 보는 것만으로도 마음이 편안해진다. 아킬레우스의 절친한 친구인 그는 그의 주군보다 나이가 약간 많고 더 침착한 사람이다. 아킬레우스가 평소 그의 존재를 당연시하며 가끔 그에게 거친 말도 하지만 둘은 아주 막역한 사이다. 파트로클로스는 아킬레우스에겐 아버지 같은 존재다. 늙은 펠레우스도 그 정도는 아니다.

아킬레우스가 수금을 켠 채 일어나 무미건조한 목소리로 말한다. "다들 잘 왔어. 이거 심각한 일인가보네. 내가 여전히 친구로 여기는 유일한 그리스인 세 명이 행차하신 걸 보니! 파트로클로스, 포도주를 더 가져오라고 해줘. 이번엔 물을 적게 타라고 해. 손님 맞아야지!"

파트로클로스는 늘 그랬듯 자상한 모습으로 가서 하인들에게 할일을 지시하고 아킬레우스는 사람들을 자리로 안내한다.

파트로클로스가 음식을 갖고 올 때까지 다들 침묵하며 기다린다. 진수성찬이 차려진다. 양 뒷다리와 허릿살, 염소 허릿살, 돼지 등허리에서 나온 기름기 많은 살코기. 아킬레우스와 파트로클로스가 주인 노릇을 하며 손님을 위해 꼬챙이에 꿰어 구운 고기를 내놓는다. 아킬레우스가 큼지막한 손으로 고기를 나무접시에 놓고 손님 한 명 한 명에게 빵을 건넨다.

그가 말한다. "파트로클로스, 제물을 바치자."

파트로클로스가 제일 좋은 살코기 세 덩이를 골라 불에 던진다. 잠시 후 지글대는 소리가 멈춘다. 신들은 다 먹었고, 이제 인간들 차례다.

예의를 차릴 만큼 먹고 나서 아이아스가 오디세우스를 팔꿈치로 쿡 찌르자 그가 입을 연다.

"아킬레우스, 대접 잘 받았어. 그런데 우리가 말이야, 중요한 문제로 여기까지 왔거든. 군대가 위험에 처했어. 제우스가 번갯불로 우릴 후려치고 있는데다 헥토르도 눈에 띄는 자들을 닥치는 대로 죽이고 있어. 제우스가 자기편인 걸 알거든. 트로이 놈들이 내일 아침에 우리 함선을 불태우겠다며 벼르는데 이번엔 그냥 허풍이 아닌 것 같아 걱정이야. 돌아와, 아킬레우스. 네가 안 돌아오면 우린 전멸할 거야."

아킬레우스가 무표정으로 일관하며 포도주를 홀짝인다. 오디세우스가 그를 향해 몸을 기울인다. "난 널 잘 알아, 아킬레우스. 우리가 친구로 지낸 세월이 얼만데. 네 상황이 얼마나 괴로운지 알고말고! 네 아버지 펠레우스께서 원한을 품고 살면 안 된다고 누누이 말씀하셨잖아. 아버지는 이런 일이 벌어질 줄 아셨던 거야."

아킬레우스의 표정이 일그러진다. 오디세우스의 말이 계속된다.

"아가멤논도 자기가 잘못했다는 걸 알아. 사과하는 차원에서 후한 제안을 했어. 금이며 은이며 청동에, 여종들도 주겠대. 레스보스섬의 아름다운 여자들 말이야. 경주에서 이긴 자기 말들도! 딸까지 한 명 데려가라고 했다니까. 널 사위로 삼을 거래. 지참금으로 부유한 해안도시 일곱 군데도 준대!"

아킬레우스가 고개를 가로젓는다. 오디세우스가 애원한다. "그럼 네 명성에 대해 생각해봐. 내일 전투에 나서서 트로이군을 몰아내면 넌 영웅이 된다니까! 수천 년 동안 사람들이 너에 대한 찬가를 부를 거라고."

아킬레우스가 차갑게 말한다. "오디세우스, 잡상인 같은 그런 감언이설은 그만둬. 번지르르한 말은 딱 질색이야. 지금 당장 답을 주지. 난 돌아가지 않을 거야. 내가 왜 그래야 돼? 아홉 해 내내, 내가 싸우는 동안 아가멤논은 자기 막사에서 꼼짝도 안 했어. 열두 도시를 무너뜨린 사람이 누구지? 그 여종들이 어디서 왔다고 생각해? 애초에 그들을 잡아온 사람이 나야!"

다들 고개를 끄덕인다. 긴장 섞인 웃음이 나온다. 백번 천번 맞는 말이다.

아킬레우스가 커다란 손을 내젓는다. "아가멤논은 늘 귀신같이 딱 맞춰 나타나 예쁜 여자며 금붙이며 전부 차지했지. 싸울 때는 코빼기도 안 보이다가 내가 적군을 죽이자마자 갑자기 나타난다니까. 구덩이 주변을 킁킁대고 다니는 막사의 개처럼 말이야!"

그가 투덜댄다. "내가 데려갈 수 있던 건 딱 하나뿐이었지. 그 여자애 브리세이스 말야. 난 그애를 좋아했어. 아가멤논도 그걸 알았고. 그래서 그애를 빼앗아간 거야."

백번 천번 맞는 말이다. 누구도 이 순간 아가멤논을 변호할 생각이 없다. 그렇지만 포로로 잡은 계집애한테 이런 식으로 감상에 빠지는 것 또한 마음에 안 든다.

아킬레우스가 주변의 반응을 보고 버럭 외친다. "아냐, 단순히 여자 때문이 아니라고. 이건 존중의 문제야! 여자를 데리고 가면 내가 전쟁에서 손떼리라는 걸 알면서도 아랑곳 않고 감행했지. 그러니 그자는 나보다 그 여자를 더 중히 여기는 게 분명해!"

그 말에 사람들이 다시금 고개를 끄덕인다. 설득력 있는 소리다.

아킬레우스가 계속 이어간다. "게다가…… 내가 지금 상황에 대해 쭉 생각을 해봤거든. 어째서 우리가 트로이인과 싸워야 돼? 우린 아가멤논하고도, 바람난 마누라를 둔 그의 동생하고도 아무 관계가 없어. 친척도 아니잖아. 헬레네는 자기들이 찾아오라고 해. 난 트로이인들한테 아무런 원한이 없는 사람이야! 꽤 괜찮은 민족 같던데…… 뭐, 동방인치고는 말이지. 내가 보기엔 그 사람들도 메넬라오스만큼 아내 사랑이 대단하더구먼."

그가 빈정거린다. "장담하는데 트로이 여자들의 남편 사랑도 만만치 않을걸. 적어도 헬레네의 남편 사랑에 비하면 말이야!"

주변에서 웃음이 터진다. 어색한 분위기를 깨는 데는 메넬라오스 농담만한 게 없다.

아킬레우스도 약간 긴장을 풀고 느릿느릿 말한다. "아가멤논은 이제 자기가 위대한 장군이고 진짜 군 전략가라도 된 줄 아는 모양이야. 이런 방어벽을 세웠으니 말이지. 게다가 아이고 무서워라, 막 말뚝을 박아넣은 조그만 참호도 파고 말이야! 두고봐, 내일 새벽 무렵엔 그 잘난 참호와 방어벽으로도 헥토르를 막지 못한다는 걸 알게 될 테니!"

그가 아이아스에게 말한다. "내가 헥토르와 싸웠던 거 기억나? 그가 내 앞에 나섰던 적이 한 번 있어. 장장 아홉 해를 싸우는데 딱 한 번! 가능한 한 나와 정면으로 맞서지 않는 편이 낫다고 생각한 지각 있는 자야. 어떻게 해서든 늘 내가 없는 곳에 있었다고! 단 한 번 빼고. 기억나, 아이아스? 참나무 옆에서 만났던 그 일?"

아이아스가 고개를 끄덕인다.

"나와 겨뤄보겠다고 덤비기는 했지…… 한 열 합쯤. 그러더니 성안으로 도망가버리더구먼!"

모두가 그 순간을 기억한다. 다들 아킬레우스가 속에 있는 역정을 모조리 쏟아냈길 바라며 잠자코 기다린다.

하지만 아직 남아 있다. 그가 계속한다. "뭐, 지금부터 헥토르는 나 때문에 걱정할 필요가 없지. 난 새벽에 출항해서 집으로 갈 거니까."

이건 예상하지 못했다. 아킬레우스가 모두의 놀란 반응에 즐거워하며 말을 이어간다.

"그러니 아가멤논에게 전해. 선물 따위 필요 없다고. 집에 가면 아름다운 여자들도 소도 쇠붙이도 다 있어. 인간이 돈으로 살 수 없는 게 딱 하나 있지. 바로 목숨이야. 그래서 난 내일 집에 간다. 내 오랜 친구 포이닉스, 나와 같이 가시지. 이 군대로는 절대 트로이를 차지하지 못해!"

사절단 셋 중에 가장 연장자이자 가장 신분이 낮은 포이닉스가 흐느끼며 말한다. "아킬레우스 경, 제발 선물을 받으시게. 나를 위해서! 자네가 밥투정할 때 내가 자네를 먹이곤 했지. 자네 키우는 걸 내가 거들었어. 그랬던 내가 이렇게 빌 테니 제발 돌아오게. 모든 명예는 다 자네 몫이 될 거야!"

아킬레우스가 쏘아본다. "명예 따위 필요 없어. 내 어머니가 여신이고 아버지 혈통은 제우스에게서 내려온 집안인데 무슨 명예? 당신들 지금 누구를 위해 일하고 있는 거야? 그 더러운 아트레우스의 아들들이지! 그 집안이 저주받은 거 다들 알지 않나? 계속 그 인간들 받들고 사셔. 그러다 개죽음들 당하겠지. 포이닉스, 난 돌아가지 않을 거야. 오늘밤 여기 머물고 내일 아침에 나와 같이 가자."

그러고는 여태 자기 옆에 조용히 앉아 있던 파트로클로스에게 말한다. "파트로클로스, 오늘따라 왜 이리 느려터졌어? 여기서 뭐해! 얼른 가서 포이닉스를 위해 푹신한 잠자리를 준비하라고 일러!"

그가 문을 향해 손짓하며 일어선다. 사절단의 임무가 끝났다.

아이아스가 한숨짓는다. "아킬레우스가 자신의 그 대단하신 원한을 포기하느니 우리 모두 죽게 내버려두는 쪽을 택했다고 모두에게 알려야겠군. 난 널 이해 못하겠어, 아킬레우스! 아마 내 머리가 딸리는 모양이지. 내 생각에, 보통은 자기 형제가 죽임을 당하더라도 핏값을 받고 불화는 그쯤에서 접을 것 같은데 너는…… 여자 하나 때문에 이 야단법석이라니."

아킬레우스가 싱긋 웃는다. "아이아스, 우린 늘 친구였지. 네 말도 일리가 있다는 걸 알지만 아가멤논이 나한테 한 짓을 생각할 때마다…… 됐다, 관두자. 여하간 난 싸울 생각 없어. 헥토르가 내 함선에 불이라도 지르면 모를까. 물론 그자가 내 배를 태우려 들 만큼 어리석을 것 같진 않지만."

회담은 끝났다. 하인들이 잔을 채운다. 모두 신들을 위해 포도주를 불에다 조금씩 쏟는다. 그러고는 잔을 비우고 떠난다.

포이닉스를 빼고 전부. 그는 뒤에 남는다.

그들이 돌아오자마자 아가멤논이 부리나케 달려와 묻는다. "뭐래? 우릴 돕겠대?"

오디세우스가 무뚝뚝하게 말한다. "아니, 함선은 당신 힘으로 지켜야 한다고 그러네. 당신도 당신 방어벽도 알아서 잘 지키라더군. 자기는 부하들이랑 내일 떠나겠다고. 다른 사람들도 다 그래야 한다던데. 우린 절대 트로이를 빼앗지 못할 거라고. 아, 그나저나 포이닉스는 아킬레우스하고 같이 있어."

사람들과 말 섞는 게 진력난 오디세우스가 불가에 털썩 앉는다.

디오메데스는 충격으로 한참 말을 잇지 못하다가 투덜댄다. "애초에 그자한테 돌아오라고 애걸하지 말았어야 돼. 괜히 우리만 약해 보이고, 득 된 게 하나도 없잖아! 우린 그자 없이 최선을 다하면 그만이야. 다들 푹 쉬고 아침에 싸울 준비들 해."

다들 자러 간다. 운좋게 잠이 오는 사람들은.

10
심야 급습

아가멤논은 잠을 이루지 못하고 계속 일어난다. 저기 평원에 있는 트로이군의 모닥불을 확인해야 해서다. 너무 많다! 모닥불 하나에 전사들이 얼추 쉰 명씩 붙어 있다. 저 트로이인, 리키아인, 온갖 별난 동맹군까지 모두가 해 뜨기만을 기다린다. 해만 뜨면 그들이 그리스군의 한심한 방어벽을 기어오르겠지. 함선은 불타고 그리스인들은 도랑으로 몰리는 돼지떼처럼 쫓겨다니겠지. 모두 죽겠지. 아가멤논은 원흉으로 기억될 테고.

그는 중얼거리기도 하고 앓는 소리도 내면서 이리저리 왔다갔다한다. 간혹 소리도 지르고 제 손으로 머리를 후려치기도 한다. 한두 번 머리를 부여잡고 머리카락을 쥐어뜯으며 신들에게, 트로이인에게, 마누라 뺏긴 자기 동생에게, 자신에게 버럭 고함을 친다.

한참을 그러다 마침내 자기 막사로 들어가더니 사자 가죽을 어깨에 걸치고 나온다. 마치 그 가죽과 함께 용기를 덧입을 수 있다는 듯이. 그가 갑옷을 입고 있을 때 메넬라오스가 어둠 속에서 걸어나온다. 이미 무장한 상태다. 아트레우스의 아들들은 오늘밤 한숨도 못 잤다.

메넬라오스가 불가에 쪼그리고 앉아 말한다. "형님, 갑옷은 뭐하러 입어? 혹시 트로이 진영으로 정찰 나갈 지원자를 기대한다면 그냥 포기해. 다들 너무 졸았어."

아가멤논이 중얼거린다. "그럴 만도 하지. 오늘 헥토르가 몇 명이나 죽인 줄 알아? 그자는 심지어 반신도 아닌데! 인간 하나가 우리에게 그 짓을 저질렀다니! 제우스가 놈과 같이 있었던 거야. 이제 신들이 트로이 편이라고."

둘은 아무 말 없이 불만 쳐다본다.

아가멤논이 끙하며 일어나서 말한다. "우리가 뭔가를 해야 돼! 내가 여기 책임자잖아! 가서 네스토르를 깨워야겠어. 그 양반이 뭔가 생각해낼 거야. 넌 가서 다른 사람들 깨워라."

메넬라오스가 일어나 가려는데 아가멤논이 멈춰세운다. "잠깐, 메넬라오스, 군사들 깨울 때 정중하게 해. 내가 생각해봤는데 아무래도 그간 우리가 좀…… 고압적이었지…… 사람들한테. 그러니 오늘밤엔 만나는 사람마다 인사 잘해라, 메넬라오스. 사람들 이름이며 그 아버지 이름까지 크게 불러가면서 말이야. 모두들 아트레우스의 아들들이 자기네 사령관이 아니라 친구인 걸 알았으면 좋겠다."

메넬라오스는 형의 지시 사항을 수행하러 서둘러 걸어가고 아가멤논은 네스토르의 숙소로 향한다.

네스토르도 깨어 있다. 노인이라 잠이 별로 없다. 네스토르 눈에 어떤 괴물이 사자의 머리와 인간의 다리를 한 형상으로 어둠 속에서 다가오는 게 보인다. 그가 불쑥 묻는다. "뭐냐? 거기 누구야?"

아가멤논이 어깨에 걸친 사자 가죽을 벗어버리고 투구도 벗은 뒤 나직이 말한다. "네스토르, 제발 나 좀 도와주시게. 이번에 우리가 끝장날 것 같다는 생각이 들어. 잠을 통 못 자겠어. 트로이군이 저기 불 피워놓은 거 봤지? 저들이 해가 뜨자마자 개미떼처럼 벽을 넘어올 거야."

네스토르가 그의 어깨를 다독인다. "아트레우스의 아들, 아가멤논, 걱정이 너무 많으시네. 왕에게도 그리스군에게도 안 좋아요. 내 말씀 드리는데, 신들이 인간 갖고 장난치는 건 내가 왕년부터 봐왔지. 신들이 하루는 뭘 줘요, 그리고 다음날에 확 빼앗아가는 식이라니까! 제우스도 헥토르를 돕다가 한순간 나 몰라라 금세 손을 뗄 거요. 신들이 원래 그렇거든. 그들이 인간을 일으켜세우는 이유는 그저 자빠뜨리기 위해서라니까."

아가멤논에게 별 위로가 안 되는 말이다. 그는 불가에 쪼그리고 앉아 고개를 절레절레 흔든다.

삐걱거리는 관절 탓에 앓는 소리를 내며 네스토르가 비틀비틀 일어선다. "나와 같이 가시게. 막사를 쭉 한번 둘러봅시다. 이런 때일수록 왕이 모습을 보여야지."

아가멤논이 노인네를 도와주려고 일어서고 네스토르가 말을 이어간다. "둔한 동생분 메넬라오스는 왜 같이 안 온 거요? 아주 거북이를 통째로 삶아 잡수셨지! 느려도 그렇게 느릴 수가 없어!"

아가멤논이 말한다. "동생 놈이 가끔 좀 느린 건 사실이지만 오늘밤엔 깨어 있소. 지금 다른 사람들을 깨우고 있지. 밤에 혼자서 나한테 왔더라고."

네스토르가 허연 긴 수염을 쓸어내리며 고개를 끄덕인다. "으흠, 내가 좀 엄하게 굴었더니 그랬나보네…… 어쨌든! 이제 왕이 허리 쭉 펴고 똑바로 서야 해요! 다른 사람들 만날 때 왕답게 처신하고."

둘이 오디세우스를 깨우러 가는데 그가 이미 갑옷을 갖춰 입고 어둠 속에서 걸어나온다. 굳이 얘기를 듣지 않아도 그들이 무슨 생각을 하는지 오디세우스는 알고 있다. 그들은 다 같이 다음 막사로 이동한다. 거기에는 디오메데스가 모닥불 옆의 황소 가죽에 누워 코를 골고 있다.

네스토르가 소리쳐 그를 부르지만 노인의 가냘픈 음성으로 디오메데스를 깨우려면 시간이 좀 걸릴 것 같다. 네스토르는 코고는 거구의 옆구리를 발로 차면서 고함친다. "디오메데스, 일어나게! 이런 판국에 코나 골고 뭐하는 건가? 어허, 내가 왕년에는……"

디오메데스가 몸을 굴려 일어나 궁둥이를 깔고 앉는다. 네스토르를 흘끗 보고 한숨을 쉰다. "노인장, 잠도 없우? 뭐 강철 같은 걸로 만들었나."

네스토르가 껄껄 웃는다. "억울하면 이제 자네가 아이아스, 메게스, 그리고 다른 사람들 다 깨워서 푸시게. 자네처럼 코골고 있는 사람 옆구리를 냅다 차주면 되겠네!"

디오메데스가 툴툴대며 막사에서 사자 가죽을 집어들고 두 발로 걷는 거대한 살쾡이처럼 어둠 속으로 느릿느릿 걸어간다.

아이아스와 다른 군사들이 하나둘 나타난다. 더러는 아직 졸음을 떨치지 못했고, 개중에는 긴장한 상태로 정신이 말똥말똥한 이들도 있다. 네스토르와 아가멤논이 조용히 하라고 손짓한다. 무리는 소리 없이 방어벽을 넘고 참호를 지나 평원으로 향한다. 악취 풍기는 시체가 그나마 별로 없는 장소를 발견하고 궁둥이를 대고 쪼그려앉아 작전을 짠다.

네스토르가 먼저 입을 연다. "전우들, 오늘밤 우리가 트로이 진영을 정찰하면서 그들이 공격을 할지 도성으로 철수할지 지켜봐야 돼. 이 임무에 자원하는 자는 영웅이 될 거야. 아, 우리가 그 사람에게 검은 암양 한 마리씩 주면 되겠네. 오, 그래. 새끼 양도 같이. 그리고……"

디오메데스가 잽싸게 말한다. "내가 가지. 근데 누가 같이 가면 좋겠는데. 아무래도 눈이 두 쌍이면 더 잘 볼 테고, 머리가 둘이면 생각도 더 잘할 테니까."

메넬라오스를 포함해서 다들 가겠다고 자원한다. 동생이 이 자살 임무에 나서려는 걸 보자 아가멤논이 끼어든다. "명장 디오메데스! 자넨 늘 용감했지. 함께 가고 싶은 사람을 아무나 골라잡아. 다만 이 임무의 적임자를 뽑아야 된다는 걸 명심해. 메넬라오스처럼 그저 지체 높은 가문의 사람이 아니라."

디오메데스는 아가멤논의 속내를 알지만 어쨌거나 둔해빠진 메넬라오스는 그로서도 달갑지 않다. 선택은 뻔하다. "오디세우스와 같이 가고 싶소. 우리 중 누구보다도 용감하고 똑똑하고, 무엇보다도 아테나가 아끼는 사람이니까. 그 여신이 널 애지중지하는 건 세상이 다 알지, 오디세우스!"

다들 조용히 큭큭대는데 오디세우스는 얼굴을 찌푸린다. 이런 말을 하면 재수가 없다. 그가 디오메데스의 장난스러운 말에 손을 내젓는다. "내 소개까지 해줄 필요는 없어. 여기 있는 사람들이 날 모르는 것도 아니고. 됐고, 동트기 전에 지금 출발하지. 그리고 그들처럼 보이는 게 낫겠어. 아니면 그 별난 동맹군처럼 보이든가. 그러니 이 그리스식 투구와 갑옷은 벗어, 디오메데스. 대놓고 나 잡아가쇼 하는 것도 아니고. 그 동방인들이 쓰는 희한한 무구를 걸치자고."

하인들이 뛰어갔다가 가죽 투구를 들고 돌아온다. 오디세우스가 쓴 작은 투구는 테두리 없는 단순한 모양이다. 디오메데스는 수퇘지 엄니가 달린 큰 황소 가죽 투구를 쓴다. 오디세우스는 아시아인이 애용하는 무기인 활도 챙긴다.

두 사람이 트로이 진영을 향해 빠른 걸음으로 다가간다.

오디세우스는 아테나가 함께 있음을 느낀다. 걸음을 멈추고 별을 올려다보며 말한다. "제우스의 딸이여! 수많은 역경 속에서도 당신은 줄곧 나를 도왔습니다. 이 순간도 나와 함께하시어 나와 내 전우가 우리의 적들을 처리하고 살아서 돌아가게 해주십시오."

깜깜한 창공에서 왜가리가 깍깍댄다. 아테나가 여기에 있다.

디오메데스도 기도를 보탠다. "제우스의 따님이여, 저도 지켜주십시오! 금빛으로 빛나는 뿔이 달리고 멍에 한 번 메어본 적 없는 한 살배기 암송아지를 잡아 연기를 바치겠습니다!"

이번에는 왜가리가 울지 않는다. 디오메데스는 오디세우스의 거래에 자신도 얹혀가기를 바라야 할 상황이다.

두 사람이 가죽 투구 위에 사자 머리를 뒤집어쓴 채 트로이 진영의 모닥불 쪽으로 천천히 달려간다. 어둠 속에서 보면 꼭 두 발로 달리는 사자들 같다.

트로이군도 깨어 있다. 헥토르가 자기 막사 앞으로 군사들을 소집했다. "지원자가 필요하다. 위험한 임무일 테니 보수는 후하게 챙겨주겠다. 그리스 함대 근처로 가서 그들이 출항할 채비를 하는지 보고 오는 임무다."

아무도 나서지 않는다.

헥토르는 기분이 좋지 않다. 지원자가 한 명도 없다니? 트로이 병력은 뿔뿔이 흩어져 있고 동방의 동맹군은 자기네 모닥불 근처에서 떠나질 않는다. 크고 작은 마찰과 절망으로 트로이군이 와해되기 전에 당장 그리스군을 무너뜨려야 한다.

드디어 한 명이 나선다. 용모가 추하고 성정이 거친 사내 돌론이다. "아킬레우스의 말과 전차를 준다고 약속하시면 제가 가겠습니다. 저는 발이 빠릅니다. 함대까지 갔다가 안전하게 돌아오겠습니다."

돌론은 위험을 감수할 이유가 충분하다. 형제는 없고 누이만 다섯이다. 고로 지참금도 다섯 번 내야 한다. 거기다 한 사람 몫의 지참금이 더 필요한데, 못생긴 얼굴로 자기도 아내를 얻어야 하기 때문이다. 그가 신부를 얻으려면 금이 여간 많이 드는 게 아닐 것이다. 그는 아킬레우스의 신성한 말과 전차가 값이 얼마나 나갈지 셈하고 있다.

하지만 돌론은 적합한 후보가 아니다. 흉하고 혐오스러운 그의 용모를 보라. 신들은 추한 사람을 싫어한다. 하지만 달리 아무도 선뜻 나서지 않자 헥토르가 홀을 들고 말한다. "내가 맹세하고 제우스가 내 말의 증인이 될 테니, 다른 누구도 아닌 네가 그 말들을 차지하게 될 것이다."

돌론이 족제비 가죽 모자를 쓰고 어깨에 자칼 가죽을 둘러 묶은 뒤 날래게 걸어서 어둠 속으로 들어간다. 마치 족제비 머리를 단 자칼이 인간의 다리로 걸어가는 것 같다.

그가 평원 곳곳에 널린 악취 나는 시체들을 뛰어넘으며 그리스 진영으로 향한다.

오디세우스는 돌론이 다가오는 소리를 듣고 디오메데스를 시체들 사이로 끌어당겨 속삭인다. "누가 온다. 시체를 터는 병사인 것 같은데 첩자일 수도 있어. 일단 지나가게 둔 다음 뒤에서 붙잡자."

둘은 마치 싸우다 죽은 사자 두 마리처럼 먼지 덮인 평원에 드러눕는다. 돌론이 빠른 걸음으로 지나간다.

그가 밭 한 뙈기만큼―고만고만한 황소 말고 듬직한 노새가 갈 만한 거리만큼―멀어지자 두 그리스인이 마치 소생하는 사자들처럼 일어나 전속력으로 돌론을 쫓는다.

발소리를 들은 돌론은 사자 인간 둘이 쫓아오는 모습을 보고 자신이 낼 수 있는 최고 속도로 달아난다. 방어벽을 향해 달려가면서 그리스인 진영으로 재빨리 몸을 피해 막사 사이에 숨을 수 있기를 기대한다.

오디세우스가 디오메데스에게 말한다. "저놈이 도망간다. 자네 창을 던져!"

디오메데스가 조준을 하는데 오디세우스가 친구의 우람한 팔을 붙잡고 소리친다. "죽이지는 말고, 저놈 앞쪽을 겨냥해!"

디오메데스는 오디세우스가 소리친 대로 던진다. "죽고 싶지 않으면 거기 서라!"

디오메데스의 창이 돌론 바로 앞에서 평원에 꽂힌다. 돌론이 멈춰서서 애걸한다. "살려주세요, 제발! 몸값을 드리겠습니다. 원하는 건 뭐든지요!"

오디세우스가 답한다. "바른대로 말해. 뭐하는 놈이냐? 시체 도굴꾼이냐, 트로이 정찰병이냐?"

돌론이 흐느껴 운다. "헥토르 짓입니다! 날 여기까지 보냈어요. 저한테 아킬레우스의 말과 전차를 주겠다고 약속했다고요!"

오디세우스가 피식 웃는다. "네가? 네가 정말로 아킬레우스의 전차를 몰 수 있을 거라 생각했어? 그 말들은 불사의 존재야! 아킬레우스도 그 녀석들을 간신히 다룬단 말이다. 자기가 반신인데도."

이 시골뜨기가 감히 아킬레우스의 전차 고삐를 쥐겠단 생각을 했다니, 오디세우스와 디오메데스는 껄껄 웃는다.

오디세우스가 묻는다. "헥토르가 너한테 뭘 알아내라고 시켰나?"

돌론이 답한다. "그리스인들이 출항 준비로 배에다 짐을 싣고 있는지 알고 싶어합니다!"

오디세우스가 고개를 끄덕인다. "그래, 헥토르가 우리 상황을 살피러 누군가 보낼 줄 알았지. 지금 헥토르와 트로이 지휘관들이 어디 있는지 말해라."

돌론이 순순히 분다. "주 군대 있는 데서 떨어진 기념탑 옆에요. 제가 길을 알려드릴 수 있습니다!"

오디세우스가 묻는다. "경비병들이 있나? 파수는?"

돌론이 답한다. "트로이 진영 모닥불 근처에 있습니다. 그런데 동맹군은, 그 괴상한 야만인들은 파수를 두지 않았어요. 파수는 전부 트로이인에게 넘긴 상태예요. 어쨌든 그자들 처자식은 안전하잖아요. 멀리 있으니까!"

오디세우스가 또다시 고개를 끄덕인다. "우두머리들은 어디 있나? 병사들 틈에 흩어져 있나, 아니면 따로 있나? 대장들을 치는 게 얼마나 어려울 것 같지?"

돌론이 말한다. "프리아모스의 아들들 주변 경비는 삼엄합니다. 두분이 살아서는 절대 그들 가까이 가지 못할 겁니다. 최선의 방법은 진지 가장자리에 있는 트라키아인 쪽을 공략하는 겁니다. 그들은 파수를 세우지 않거든요. 그리고 아주 부자들이에요! 구름처럼 새하얀 잘 생긴 말들도 있고요. 전차는 금으로 장식돼 있다니까요! 그들의 왕 레소스가 그쪽 막사 한복판에서 자고 있을 겁니다."

돌론이 스스로 흡족한 듯한 표정으로 두 손을 든다. "저기, 제가 아는 건 전부 말씀드렸습니다. 이제 몸값을 받으시도록 저를 함선으로 데려가십시오."

하지만 오디세우스가 고개를 가로젓는다. 그와 디오메데스는 이 반역자에 대한 혐오감을 간신히 억누르고 있다. 몸값이라고? 이놈은 앞으로 오 분도 더 살지 못할 텐데.

돌론이 더듬거리며 말한다. "그, 그럼 절 묶어두셨다가 돌아오시면서 다시 풀어주십시오. 제발요! 맹세하는데 제가 말씀드린 건 전부 다 사실입니다!"

오디세우스가 씩 웃으며 뒤로 물러난다. 이제 디오메데스가 돌론 앞으로 쓰으 나타난다. 거대한 사자 머리 실루엣이 엄숙한 목소리로 말한다. "아니, 그럴 생각 없다, 첩자야. 넌 몸값을 치르고 풀려나면 또다시 염탐하러 돌아오겠지. 널 죽이는 편이 더 간단해."

돌론이 비명을 지르고 자비를 구걸하며 디오메데스의 수염을 부여잡으려 한다. 하지만 디오메데스로서는 이미 예상한 바다. 돌론이 달려들자 디오메데스의 칼이 돌론의 목을 댕강 벤다. 돌론의 못난 머리통이 먼지 더미에 뒹군다.

오디세우스가 돌론의 족제비 가죽 모자와 자칼 가죽을 벗겨 능수버들 가지에 매달고 외친다. "친애하는 여신, 아테나여, 별거 아니지만 당신께 바치는 선물입니다. 트라키아인들을 죽일 수 있게 도와주십시오. 그러면 더 나은 선물을 갖고 돌아오겠습니다!"

두 사람은 트로이 진지를 향해 천천히 뛰어가 트라키아인의 모닥불을 발견하고 암흑 속에서 지켜본다. 트라키아인들은 포도주를 마시고 곯아떨어져 있다. 이 바보들이 파수병 하나 세워두지 않았다. 각자 자기 침상에다 명마 여러 마리를 묶어둔 모습이 보인다.

오디세우스가 조용히 말한다. "가운데 있는 저놈, 보이지? 저자가 레소스왕일 거야. 저자를 죽여. 그리고 나머지도 능력껏 많이 해치워. 말들은 내가 붙잡을게."

디오메데스가 잠깐 망설인다. 왕 주변에서 자고 있는 트라키아인들이 수십 명이다. 하지만 디오메데스에게 아테나의 손길이 닿자 그의 심장에 음침한 기쁨이 충만해진다.

그가 빛이 닿는 가장자리에서 자고 있는 첫번째 트라키아인을 향해 전속력으로 달려간다. 두 손으로 창을 붙잡고 절구질하듯 아래로 푹 찌른다. 그렇게 잠든 자들을 전부 찌르며 트라키아 왕이 자고 있는 불 쪽으로 나아간다. 찍소리도 못 내고 죽은 자들도 있지만 어떤 이들은 배를 찔리고 깨어나 비명을 지르고 몸부림치며 모닥불 불빛 속에 미쳐 날뛰는 그림자를 만들어낸다.

오디세우스가 그뒤를 따라가며 앞길에 걸리적거리는 사체들을 끌어내 말들이 지나갈 길을 낸다.

이 살육이 벌어지는데도 트라키아의 왕 레소스는 내내 잠들어 있다. 오디세우스가 어리둥절해서 바라본다. 레소스가 귀가 먹었나? 아니면 너무 취해서 깨질 않나? 그때 아주 혐오스러운 녹색 물질이 레소스의 얼굴 위로 떠다니는 게 보인다. 오디세우스가 빙긋 웃는다. 제우스가 왕의 정신을 딴 데로 돌리려고 악몽을 하나 보냈다. 오디세우스는 자신의 대부에게 짧게 감사의 기도를 드린다.

디오메데스는 좌로 우로 뛰어다닌다. 마치 바위투성이 개울 바닥에서 이리저리 뛰어노는 소년 같다. 그가 한가운데 다다라 레소스를 내려다보며 우뚝 설 즈음에는 이미 트라키아 전사 열두 명이 죽었거나 죽어간다. 디오메데스는 심호흡을 하고 창을 들어올렸다가 왕의 흉골을 힘껏 찔러 심장을 박살낸다. 왕은 제우스가 보낸 악몽의 거미줄에 갇혀 눈도 떠보지 못한 채 죽는다.

트라키아인 열셋을 죽였다! 괜찮은 성과다. 가련한 염탐꾼 돌론까지 치면 열넷이다. 트라키아 왕이 죽은 걸 확인한 뒤 오디세우스는 디오메데스에게 이제 가자고 휘파람으로 신호를 보낸다. 말들을 같이 묶어두었으니 떠날 준비는 돼 있다. 그런데 디오메데스가 왕의 갑옷을 챙기고 싶어한다. 그가 머뭇거리는데 아테나의 목소리가 들려온다. "아니다. 이제 가라."

디오메데스는 방금 자신이 송장으로 만든 몸뚱이들 위로 타넘어 달려간다. 피와 내장에 미끄러지기도 한다. 그와 오디세우스가 각자 말에 올라타고 전체 무리를 이끌어 함선으로 돌아간다. 오디세우스는 빌린 활을 채찍으로 쓰면서 말들을 몬다.

가던 길에 그들은 첩자 돌론을 죽인 능수버들에서 잠시 멈추어 전리품을 챙긴다.

그들을 기다리던 모든 그리스인이 열광적으로 환호한다. 늙은 네스토르가 오디세우스에게 묻는다. "구름처럼 새하얀 이 말들은 뭔가? 이런 녀석들은 난생처음 보네!"

오디세우스가 전 군대를 향해 외친다. "트라키아인 것이다! 이놈들은 트라키아인의 말이다. 디오메데스가 트라키아인 열둘을 죽이고 그들의 왕의 심장을 창으로 박살냈다! 아, 깜빡했군. 우리가 저기 능수버들 옆에서 첩자를 죽이고, 놈이 준 기념품도 갖고 왔다!" 그가 돌론의 족제비 가죽 모자와 자칼 가죽을 흔들며 웃는다.

모든 그리스인이 방어벽에 올라서서 목이 쉬도록 환호성을 지르는 가운데, 디오메데스와 오디세우스는 말을 이끌고 진지로 들어간다. 잡아온 말들은 종들에게 넘기고 바다로 들어가 피와 오물을 씻어낸다.

그런 다음 목욕을 하러 가자 종들이 다시 그들을 씻겨준다. 그런 뒤에야 오디세우스는 가장 좋은 옷을 입고 족제비 가죽 모자와 자칼 가죽을 함선의 고물로 가져가 아테나에게 감사의 선물로 바친다. 그가 모자와 가죽을 놓고 말한다. "친애하는 여신 아테나여, 감사의 마음으로 이것들을 당신께 바칩니다."

그러고는 포도주를 마시며 모두에게 오늘의 이 위대한 급습 작전을 들려주러 간다. 물론 포도주를 맛보기 전에, 그를 너무나도 사랑하는 여신에게 먼저 술을 듬뿍 따른다.

11
격노하는 양측 진영

오늘 결판이 날 것이다.

양쪽 진영이 일출을 바라보며 신들의 의중이 무엇인지 단서를 찾고 있다. 그때 뭔가가 감지된다. 갑자기. 제우스가 그들에게 분노의 신을 보냈다.

두 군대가 대열을 이루고 있는데, 분노의 신이 마치 매가 토끼에게 날아들듯 날카로운 소리를 발사한다. 모든 군사가 이를 악물고 창을 더 단단히 부여잡는다. 그 뾰족한 창끝을 몸부림치는 적의 몸통에다 정통으로 찔러넣겠다는 생각뿐이다. 특사를 보내 예를 차리지도 않고 결의를 다지는 일장 연설도 없다.

양쪽 군대가 대결에 나선다. 제우스가 전사들의 얼굴에 이슬 머금은 미세한 안개를 보낸다. 핏빛 이슬이다.

양쪽은 한마디 말도 없이 서로를 공격하며 죽이기 시작한다. 분노의 신은 오늘 제우스가 전장에 나서도록 허락한 유일한 신이다. 다른 모든 신들에게는 개입 불가 경고가 떨어졌다.

오전 내내 양 진영 군사들이 맞부딪쳐 서로를 죽인다. 어느 쪽도 언은 게 없다. 그때 그리스의 영웅이 전방으로 달려가더니 트로이군의 전차에 올라타 타고 있던 전사를 죽인다. 마부가 친구의 원수를 갚기 위해 뛰어내리자, 그리스 전사는 마부의 투구를 정통으로 찔러 뇌까지 쑤셔버린다.

이 영웅이 그리스군을 향해 돌아선다. 그의 얼굴이 보인다. 아가멤논? 그에게 대체 무슨 일이 일어난 것인가? 간밤까지만 해도 갈피를 못 잡고 질질 짜던 겁보가 지금은 아킬레우스처럼 싸우고 있다.

그가 트로이인들 사이를 가르고 지나가는데 얼마나 빠른지 마치 멈춰선 조각상들 사이를 달려가는 것만 같다. 트로이군이 미처 대응하기도 전에 아가멤논은 또다른 전차에 뛰어올라 프리아모스의 아들 둘을 죽인다. 한 명은 서자이지만 한 명은 적자, 순수혈통의 트로이 왕자다.

두 애송이를 처치하자마자 아가멤논이 그들의 갑옷을 벗겨서 그리스 진영을 향해 던지더니 포효하며 호탕하게 웃는다.

트로이인들은 이런 광경을 처음 본다. 전투할 때 결코 아가멤논을 두려워한 적이 없었는데 지금은 그를 피해 뒷걸음질친다. 아가멤논이 무언가에 단단히 씌었다.

오늘은 트로이군의 말들마저 아가멤논을 무서워한다. 그가 또다른 전차를 쫓아가자 겁먹은 말들이 앞발을 벌렁 든다. 아가멤논이 전차에 뛰어올라 두 군사의 얼굴을 응시하며 웃는다. "아하, 내가 너희를 알지. 안티마코스의 아들 페이산드로스와 힙폴로코스구나! 너희 아

185

비가 파리스에게 뇌물을 먹고 헬레네를 우리에게 돌려보내지 못하게 했다지."

그들이 애걸한다. "살려주세요, 저희 아버지가 재물이 많습니다!"

아가멤논이 웃음을 터뜨린다. "오, 내가 너희 아비를 알고말고. 지금 너희가 죽는 건 바로 그 아비 때문이다!" 아가멤논이 페이산드로스의 배에다 창을 찔러넣는다. 힙폴로코스는 달아나려 하지만 아가멤논이 칼을 빼든다. 힙폴로코스가 전차 난간에 두 손을 대자 아가멤논의 칼이 손목을 댕강 잘라버린다. 그가 떨어지자 아가멤논은 다시 칼을 휘둘러 머리를 잘라낸다.

아가멤논이 전차에서 뛰어내려 불붙은 덤불처럼 트로이군 사이를 뛰어가며 앞길을 가로막는 모든 것을 해치운다.

트로이의 전차들이 덜커덩거리며 도성으로 급히 돌아간다. 말들이 마구간을 향해 달아나는데 마부들은 평원에 누워 있다. 이 사내들은 이제 아내에게 무용한 존재로구나! 머리 위에서 빙빙 도는 대머리수리나 반가워한다. 독수리들 눈에 그들은 아주 맛난 먹거리다.

트로이인들이 아가멤논을 피해 달아나는 모습이 마치 굶주린 사자를 피해 도망가는 소떼 같다. 그리고 소떼처럼 너무 느려서 목숨을 구하지 못한다. 아가멤논이 전차의 말들보다 더 빠른 속도로 트로이인들을 뒤쫓아 한 명 한 명 찌르고는 농장 일꾼이 손수레에서 건초를 던지듯 전차에서 마부들을 던져버린 뒤 다른 전차를 향해 달려간다.

이제 제우스가 오늘 전투의 다음 단계를 지시한다. 이리스를 불러들여 말한다. "헥토르에게 가서 이렇게 전해라. '아가멤논이 부상당할 때까지 공격하지 마라. 그리 오래 걸리지 않을 테니 기다려라. 그때가 되면 눈에 보이는 모든 그리스인을 네 손으로 죽일 수 있다. 해지기 전에 그리스 함선에 당도할 수 있는 힘을 네게 주겠다.'"

이리스가 헥토르를 찾아서 제우스의 명령을 전한다.

헥토르가 그 명령을 따른다. 아가멤논과 직접 대결하려고 성급히 달려가는 대신, 물러서서 트로이군을 결집시킨 뒤 창 자루를 휘둘러 군사들을 전선으로 밀어붙이며 때를 기다린다.

아가멤논은 여전히 홀린 듯 자기 앞의 모든 것을 해치운다. 몸집이 거대한 트로이인 이피다마스가 그와 맞붙는다. 아가멤논이 먼저 던진 창이 빗나간다. 거인 이피다마스가 씨익 웃고 창을 던진다. 창이 아가멤논의 은 혁대에 맞아 구부러진다. 그는 멀쩡한데 이피다마스는 그가 다쳤다고 생각한다. 트로이의 거인이 아가멤논을 처리하려고 달려간다. 아가멤논이 급히 검을 꺼내들어 그의 목을 반쯤 베어낸다.

이 덩치 크고 멍청한 트로이인은 몸이 바닥에 떨어지기도 전에 이미 청동처럼 굳은 송장이 되었다. 이제 그의 아내는 남편과 재미도 못 보게 되었구나! 그가 지참금으로 벌써 소 백 마리를 주었고 나중에 양과 염소 천 마리를 더 주기로 약조했건만. 이제 이 덩치 큰 늙다리 이피다마스는 아내도, 목숨도 잃고 머리마저 잃었다. 한 사내가 더이상 잃을 게 뭐가 있겠냐 싶겠지만 아가멤논이 몸을 굽혀 그자의 마지막 소유물을 빼앗으려 한다. 그의 갑옷을! 사체의 옷을 벗기는 것은 늘 위험한 일이다. 무방비 상태로, 주변에 뭐가 있는지 보지 못한다. 아가멤논은 이피다마스에게 아직 남아 있는 한 가지를 모르고 있다. 바로 그의 형이다. 코온은 아가멤논이 자기 동생을 죽이는 걸 보았다. 격분한 그가 달려와 아가멤논의 팔뚝을 찌른다.

아가멤논을 움직이지 못하게 만들었다고 생각한 코온이 동생의 발을 잡아 거대한 사체를 끌고 가기 시작한다.

그런데 아가멤논이 다치지 않은 쪽 손으로 창을 잡고 코온의 옆구리를 찌른다. 그러고는 일어나 검으로 코온의 목을 쳐서 머리를 잘라낸다. 통증과 광기에 사로잡힌 아가멤논은 코온의 머리를 들고 이피다마스의 시체 위에 우뚝 서서 소리친다. "봐라, 내가 두 놈을 다 죽였다! 이놈들 아비에게 이젠 아들이 없다고 전해라!"

그가 코온의 머리를 던져버리고 다시 전투에 돌입해 마치 닭을 쫓는 여우처럼 트로이군을 뿔뿔이 흩어버린다. 팔에서 진한 피가 흐르는 동안에는 부상을 느끼지 못한다. 하지만 부상 부위가 시커멓게 되고 피딱지가 앉기 시작하자 산통만큼 지독한 고통이 그를 강타한다. 광포한 기운이 서서히 사라지면서 그는 다시 허약하고 늙은 아가멤논으로 돌아간다. 그가 침울하게 말한다. "그리스 제군들, 오늘 난 이쯤에서 그만해야겠다. 함선을 지켜라!" 그러고는 비틀비틀 전차에 올라 진지로 돌아간다.

지금이 바로 헥토르가 기다리던 순간이다. 그가 겁먹은 트로이인들 사이를 헤치며 전선으로 가서 군사들을 돌아보며 외친다. "이제 놈들이 죽을 차례다! 내가 저들을 죽이는 걸 보고 그대로 하라!"

불과 몇 분 전에 아가멤논이 트로이인을 도륙했던 것처럼, 이제 헥토르가 거침없이 그리스인들을 죽이기 시작한다. 마치 바다의 염무鹽霧를 뚫고 나아가는 함선의 뱃머리처럼 미끄러지듯 그리스 전선을 밀어붙인다. 그가 지나가는 자리마다 군사들이 쓰러지고 목에서 피가 샘솟거나 배에서 내장이 흘러나온다.

오디세우스가 헥토르의 모습을 지켜보고 있다. 온갖 비명이 난무하는 가운데 디오메데스를 붙들고 소리친다. "헥토르를 막아야 돼!

우리가 밀어내지 않으면 그자가 함선을 불태울 거라고!"

디오메데스가 말한다. "내가 맡을게. 그런데 오늘 제우스가 그의 편이야. 내 목숨이 얼마나 붙어 있을지 모르겠군."

오디세우스와 디오메데스가 헥토르의 기록을 따라잡으려고 적군을 해치우기 시작한다. 유명한 점술가의 아들인 트로이인 두 명이 그들의 눈에 띄자마자 곧바로 죽는다. 자기 명이 이렇게 짧을 줄 그들은 미처 몰랐다.

동지들의 죽음을 본 헥토르는 전차에 뛰어올라 흙먼지 사이를 날아 오디세우스와 디오메데스를 향해 간다. 그의 투구가 혜성처럼 빛나고 청동 갑옷은 번개처럼 번쩍인다.

디오메데스가 오디세우스에게 소리친다. "헥토르가 온다! 그와 대결하는 것 말고는 다른 수가 없어."

디오메데스가 창을 반듯이 잡고 재빨리 크게 한 걸음을 뛰어 헥토르의 머리를 향해 창을 날린다.

잘 던졌다. 창이 투구의 이마 위쪽을 맞힌다. 하지만 그 투구는 아폴론이 직접 그에게 하사한 것이다. 창이 튕겨나간다.

다치진 않았지만 투구에 가해진 충격에 헥토르는 정신이 멍하다. 말들이 습관적으로 트로이 전선을 향해 돌아간다. 그 말들이 헥토르의 목숨을 살렸다. 디오메데스와 오디세우스는 트로이군의 방패벽 뒤로 들어간 그를 찾지 못한다.

화가 치솟은 디오메데스가 소리친다. "헥토르, 왜 안 죽고 살아 있느냐! 네놈이 왜 그렇게 아폴론에게 붙어서 비는지 알겠군. 그가 준 투구가 오늘 네 목숨을 살린 줄 알아라. 네놈을 다시 찾아내겠다!"

이제 디오메데스는 가까이에 있던 트로이인들을 마구 죽인다. 헥토르를 놓친 분풀이다.

파리스가 어둠 속에서 활을 쥔 채 지켜보고 있다. 디오메데스가 방금 죽인 트로이인의 갑옷을 벗기고 있을 때 파리스가 화살을 날린다. 화살이 디오메데스의 발에 적중한 그대로 땅에 박힌다.

파리스가 흡족하게 바라본다. "하! 맞혔다! 배를 맞혔으면 좋을 뻔했어. 그래야 네놈 내장이 짓물러서 괴롭게 서서히 죽어갈 텐데."

디오메데스가 발을 부여잡고 소리친다. "아아아아, 동방 놈들아! 비겁하게 화살을 날리다니! 남의 마누라나 훔칠 줄 알지, 왜 남자답게 싸우질 못하냐? 창으로 대결하면 내가 네놈들을 꼬챙이 꿰듯 해치울 테니 겁이 나겠지. 마음대로 해라. 그 쪼그만 작대기쯤이야, 난 끄떡도 않는다! 하지만 내 창이 스치기만 해도 대머리수리들이 저녁식사에 친구들을 초대하고, 그자의 마누라는 상복을 꺼내야 할 것이야!"

전부 허세요 허풍이다. 디오메데스의 부상이 심하다. 오디세우스가 부하들에게 신호를 보내자 군사들이 방패를 높이 들어 디오메데스를 엄호한다. 오디세우스가 디오메데스의 발에서 화살과 미늘을 잡아 뺀다. 디오메데스는 통증 때문에 어지러움을 느끼며 절뚝절뚝 전차에 올라 진지로 돌아간다.

이제 오디세우스 혼자다. 그가 마음을 다잡는다. "이제 끝이다. 더는 못 달리겠군. 내가 가만있으면 트로이군이 날 죽이겠지. 명예롭게 죽는 게 최선이다."

트로이의 창병들이 한 무리의 사냥개처럼 그를 둘러싼다. 하지만 이 수퇘지에겐 날카로운 엄니가 있다. 오디세우스가 계속 제자리에서 돌며 누구든 가까이 오는 자를 찔러대자 순식간에 트로이군 여섯

명이 죽거나 다친다.

한 트로이인을 찌르자 그의 동생인 소코스라는 훌륭한 전사가 절규한다. "네놈이 형을 죽이다니! 내가 널 죽이든가 형의 뒤를 따라가겠다!" 그가 창을 들어 오디세우스의 방패를 정통으로 찌른다.

다른 사람이었으면 죽었을 것이다. 하지만 오디세우스는 아테나가 지키는 자다. 소코스의 창이 그의 살갗과 그 아래 살집을 찢고 흉곽을 강타했지만 아테나가 창의 방향을 바꾼다. 창은 오디세우스의 늑골을 따라 골을 내고 옆으로 튀어나온다. 깊은 상처를 남겼으되 내장을 뚫진 못했다.

오디세우스가 소코스에게 소리친다. "내게 상처를 입혔다고 오래 떠벌릴 순 없을 거다, 소코스!" 그러고서 창을 던진다. 창이 소코스의 정중앙을 찌른다. 그는 찍소리도 내지 못하고 쓰러진다.

오디세우스가 자신의 옆구리에서 창을 뽑고는 밀려오는 고통에 비명을 터뜨린다. "아아아, 너무 싱겁게 죽었구나, 소코스! 내가 지금 고통스러운 만큼 너도 고통을 느끼길 바랐건만!"

창이 뽑히자 피가 심홍색 띠처럼 그의 옆구리에 자국을 남긴다. 오디세우스는 트로이 전사들을 물리치려고 애쓰지만 그를 끝장내려는 무리가 달려든다. 그는 원을 그리며 뿔로 개들을 쫓는 수사슴처럼 그들의 창을 쳐낸다.

오래 버티진 못할 것이다. 오디세우스가 자존심도 잊고 소리친다. "메넬라오스든 누구든 날 도와줘! 나 혼자고, 부상당했다!"

메넬라오스가 아이아스를 붙든다. 둘이 오디세우스를 둘러싼 트로이인 무리와 격돌한다.

그런데 아이아스가 트로이인의 몸에 창을 꽂았다가 홱 잡아당기는 순간, 그의 머릿속에서 뭔가 희한한 일이 벌어진다. 제우스가 아이아스의 마음에 두려움을 심어 그를 싸움에서 빼내기로 한 것이다. 머리는 늘 아이아스의 약점이었다. 어깨라면 아킬레우스라 해도 그에게 견줄 수 없지만 사내는 머리에도 강인한 근력이 있어야 하는 법, 아이아스는 목 위쪽이 약해빠졌다. 메넬라오스처럼 머리가 둔한 게 아니라 나약하다. 나약한 것보단 차라리 느린 편이 낫다.

아이아스가 두려움을 무시하려고 용을 쓴다. 트로이인들을 쫓아가 창이 닿는 곳에 있는 누구든 마구잡이로 찌르던 그는 피와 내장에 미끄러지고, 구역질이 올라와 신음을 뱉어낸다.

그의 내부에서 뭔가 끓어오른다. 절대 멈추지 않을 거대한 비명이 솟아난다. 이제 그의 눈에는 터지는 내장과 분수처럼 솟구치는 동맥만 보일 뿐이다. 머리가 터져버릴 지경이다. 그가 투구를 부여잡고 신음한다.

반대쪽에서는 헥토르가 승수를 쌓고 있다. 그리스인 십수 명을 죽였는데 그중 몇 명은 덩치가 큰 군사들이다. 하지만 아직까지 그리스군의 방패벽은 꿋꿋이 버티고 있다. 그때 파리스가 기회를 틈타 활을 집어든다.

이런 궁수들은 헥토르 같은 성난 영웅의 뒤에 조용히 서 있을 때 가장 위험한 법이다. 모두가 헥토르만 보고 있다. 화살을 날릴 순간을 기다리는 파리스는 보이지도 않는다.

이제 그가 기회를 포착한다. 그리스군의 명의 마카온이 방패를 내린 참이다. 파리스는 파리를 후려치는 고양이보다 더 잽싸게 활을 들어 겨냥하고 날린다. 모든 과정이 한 동작으로 딱 떨어진다.

화살이 휙 날아가 마카온의 어깨를 맞히자 그가 무릎으로 쓰러진다. 그리스인들이 공포에 휩싸인다. 훌륭한 의사는 전사 여섯에 맞먹는 가치가 있다. 더군다나 그는 그냥 의사가 아니다. 마카온은 켄타우로스에게서 마법의 연고를 가져온 전설적인 인물 아스클레피오스의 아들이다. 아버지의 약으로 여인이 항아리에서 기름 닦아내듯 상처를 닦아낼 수 있는 자다.

그리스인 십수 명이 전투를 멈추고 마카온을 가까운 전차로 옮긴다. 네스토르가 전차를 몰아 그를 안전한 곳으로 데려간다.

트로이 지휘관 하나가 부리나케 달려가 헥토르에게 전한다. "서둘러, 반대쪽이야! 아이아스가 우리 편을 다 죽이고 있어! 티탄족이 부활한 것 같다고!"

그가 헥토르를 돌려세우고는 먼 곳을 가리킨다. "보여? 수레바퀴보다 더 큰 저 방패? 저게 아이아스야!"

헥토르가 전차에 훌쩍 뛰어올라 고삐를 잡고 그리스군 사이를 곧장 달려가며 걸리는 족족 죽인다. 밟아 뭉개 죽이고 창으로 찔러 죽이고 지나가며 검으로 난도질한다. 마치 과수원을 통과해 달려가며 가지를 쳐내는 형국이다.

전차가 시체들 위로 퉁퉁 튀자 피와 체액이 이리저리 튀어 바퀴는 물론 전차 양옆에도 자국을 남긴다. 시체가 조롱박처럼 펑 하고 터지며 악취 나는 가스가 담즙같이 분출한다.

아이아스는 헥토르가 다가오는 모습을 보지만, 제정신이 아닌 그의 눈에는 마부가 아니라 바퀴만 보인다. 공포에 사로잡힌 그의 시야로 거대한 바퀴들이 시체를 타넘어 굴러온다. 숨이 떠난 지 얼마 안 된 시체부터 부패하여 푸르딩딩하게 검어진 시체들이 널려 있다. 헥토르의 전차 바퀴들이 그 위를 굴러 넘자 시체들의 배가 고름과 똥으로 가득한 만두처럼 팍 터져버린다. 아이아스에게는 시체들이 내지르는 큰 비명소리가 바로 코앞에서 들리는 것 같다. 가장 고통스럽다는 골절상을 입고 물개처럼 비명을 지르며 데굴데굴 구르는 군사들의 모습이 펼쳐지는 것 같다.

지금 아이아스의 눈에 보이는 것은 분노의 여신뿐이다. 여신이 그의 코앞에서 날카로운 소리를 쏟아댄다. 여신의 얼굴은 오래전에 죽은 노파처럼 생겼다. 아이아스는 여신의 숨에서 나는 냄새를 맡는다. 역겨우면서도 달큰하다.

그는 썩어가는 시체로 가득한 평원에 완전히 홀로 남은 자신의 모습을 본다. 거대한 방패를 옆으로 떨어뜨리자 방패가 흙먼지 위에 널브러진다. 이어 아이아스도 쓰러진다.

그는 네발로 진지까지 기어가려 한다.

트로이군이 무방비 상태인 그를 보고 창을 던진다. 하지만 아직 아이아스가 너무 두려워 멀찌감치 떨어진 터라 창은 그에게 미치지 못한다.

아이아스는 자기 주변에 창이 쏟아지는지도 모른다. 그의 부하들이 머리 위로 방패를 들고 트로이군의 화살과 창을 막으며 달려와 그 덩치 큰 장수를 끌어다 그리스 전선으로 돌아올 때까지, 그는 양손으로 머리를 부여잡은 채 흐느껴 울 뿐이다.

아킬레우스는 뭍으로 올려둔 함선 선미에 서서 전투를 바라보고 있다. 그러다가 네스토르의 전차가 부상자를 태우고 덜커덩거리며 진지로 돌아오자 그가 소리친다. "파트로클로스, 어디 있나!"

파트로클로스가 나오자 아킬레우스가 말한다. "부상당한 자가 누군지 가서 확인해봐. 마카온이었던 것 같은데 얼굴을 제대로 보지 못했어."

그는 내심 마카온이길 바란다. 그러면 그리스군이 의사를 잃는다.

파트로클로스가 가보니 네스토르는 식사중이다. 언제나 정중한 네스토르가 파트로클로스의 손을 잡고 자리로 안내한다.

"아닙니다." 파트로클로스가 머리를 숙이며 말한다. "지금은 그럴 수가 없어요. 저를 여기 보낸 사람이 누군지도, 제가 지체하면 그 사람이 얼마나 화를 낼지도 아시잖습니까. 아까 데려오신 부상자가 누군지 물어보라는 명을 받고 왔어요."

네스토르가 나지막이 말한다. "우리에게 부상자가 생기든 전사자가 나오든 아킬레우스가 왜 신경을 쓰지? 뭣 때문에?"

파트로클로스는 딱히 답할 말이 없다. 아닌 게 아니라 전투에 복귀하라고 주군을 계속 설득하던 차였다. 다른 사람들이 죽어나가는데 막사에 앉아 있는 건 그에게도, 아킬레우스 휘하의 모든 사람에게도 불명예스러운 일이다.

네스토르가 말한다. "상황이 나쁘네, 파트로클로스. 성한 사람이 없어. 디오메데스도 화살을 맞았고, 오디세우스는 옆구리가 찢겨 벌어졌고, 아이아스는, 음, 신들이 그에게 뭔 짓을 했지. 나도 도저히 이해가 안 돼. 부상은 안 당했는데 더는 싸우질 못해. 그러니 아무도 안 남았지. 나는 너무 늙어서 예전 같지 않고. 왕년엔 말이야……"

네스토르가 왕년에 이끌었던 소떼 급습 사건에 대해 기나긴 이야기를 늘어놓는다. 파트로클로스는 이를 악문 채 공손히 듣는다. 이렇게 지체하면 아킬레우스가 길길이 날뛰겠지만 예의 있게 처신하라는 내면의 목소리 때문에 그 장황한 무용담 전체를 듣고 앉아 있다.

네스토르의 이야기가 마무리된다. "그래, 내가 왕년에 바로 그렇게 했네. 내 안위는 전혀 신경쓰지 않았어! 그런데 자네 주군 아킬레우스는 딴판 아닌가? 응? 용기를 자기 혼자만 고이 간직하고 있잖나."

파트로클로스가 당황한다. 네스토르는 아차 싶은지 슬머시 한 팔을 파트로클로스의 어깨에 두른다. 모두가 파트로클로스를 좋아한다. 지금 이 상황은 그의 잘못이 아니다. 네스토르가 간청한다. "내가 자네 아버지를 알아. 아킬레우스에게 조언을 잘 좀 해주라고 아버지가 자네한테 당부하지 않았나. 당장 우리를 도우라고 그에게 전하게!"

파트로클로스는 그의 말을 외면할 수밖에 없다. 그는 태생이 비천하다. 아킬레우스 같은 반신에게 이래라저래라 할 처지가 아니다.

네스토르가 묻는다. "혹시 아킬레우스가 신탁을 받았나? 여신인 그의 모친이 그에게 전투에 관여하지 말라고 한 건 아닌가 싶네만."

노인은 이제 자기 턱수염을 질근거린다. "흐음…… 만일 신에게 그런 경고를 들은 거라면 우리가 할 수 있는 게 별로 없지. 아, 이러면 되겠군! 파트로클로스, 아킬레우스에게 갑옷을 빌려달라고 하게. 그 갑옷을 입은 자가 나타나면 트로이인들은 당장 도망갈 거야! 적어도 우린 시간을 좀 벌 수 있겠지."

파트로클로스가 곰곰이 생각하더니 고개를 끄덕이고 아킬레우스에게 부탁하러 달려간다. 가는 길에 에우리필로스를 만난다. 에우리필로스는 넓적다리에 화살을 맞아 절뚝거리고 있다. "파트로클로스, 제발 도와줘. 의무관이 전부 부상당했어. 이 화살 좀 뽑아줘."

파트로클로스가 괴로워한다. 시간이 이렇게 계속 지체되다니! 돌아갈 때쯤이면 아킬레우스가 노발대발할 텐데. 하지만 부상자를 외면할 수 없어서 에우리필로스를 눕히고 하인이 그를 붙잡고 있는 동안 화살을 확 잡아당긴다. 미늘도 전부 제거한다.

파트로클로스는 마지막 남은 신비의 약초를 꺼내 상처 부위에 바르기 시작한다. 한시바삐 아킬레우스의 거처로 달려가기 위해 서둘러 손을 놀린다.

12
그리스군 방벽 돌파 작전

그리스인들은 꼼짝없이 방벽 뒤에 갇혀 있다. 만약 트로이군이 뚫고 들어오면 분명 함선을 불태우고 연기 속에 비틀거리는 자들을 도륙할 것이다.

방벽 위 파수병들의 시야에 트로이군 전차들의 모습이 들어온다. 평원을 지나 그리스 진지를 향해 전속력으로 달려오고 있다. 그뒤에 있는 보병대는 자욱한 흙먼지에 가려 보이지 않는다.

전차들이 덜거덕거리며 방벽에 가까워지고, 몇 대가 참호를 뛰어넘으려고 억지로 밀어붙인다. 처참한 장면이 펼쳐진다. 말들이 날카로운 나뭇가지 천지인 도랑으로는 한사코 들어가지 않으려고 뒷다리로 서서 날뛴다. 전차 몇 대가 참호로 들어갔다가 떨어지고 뒤집힌다. 말들의 연한 배가 말뚝에 찢겨 터지자 비명이 난무한다.

헥토르는 참호 가장자리에 전차를 세우고 그 위에 선 채 방벽을 어떻게 공격할지 고민한다. 그때 똑똑한 폴리다마스가 달려와 소리친다. "헥토르, 이건 멍청한 짓이야! 말들이 참호를 건너게 할 순 없어. 설령 성공한다 쳐도 방벽에 가로막힐 게 뻔해! 도보로 공격해야 한다고!"

헥토르가 말한다. "공격이 실패하면 어쩔 거지? 그럼 우린 걸어서 트로이로 돌아가나?"

"시종들이 여기서 전차를 지키면서 우릴 기다릴 거야!"

헥토르가 고개를 끄덕이고 전차에서 내리며 다른 귀족들에게 소리친다. "걸어서 공격한다! 일동 하차!"

이때쯤 트로이 보병대도 도착한다. 헥토르가 군대를 다섯 부대로 나눈다. 그가 폴리다마스를 부지휘관으로 두고 정예부대를 이끈다. 헥토르의 동생 파리스와 헬레노스가 다른 두 부대를 각각 이끈다. 아이네이아스가 네번째 부대, 사르페돈이 내륙 종족의 지원을 받은 자체 병력을 데리고 리키아 동맹군을 이끈다.

한 번에 다섯 군데에서 그리스 방벽을 파고든다는 작전이다. 그러면 그리스군은 어느 한쪽에 집중할 수 없다. 이 작전이 먹힐 것이다. 어쨌든 그리스 방벽은 임시로 만든 거라 부실하다. 트로이 부대 하나가 돌파하면 즉시 다른 부대들이 그 지점으로 달려가 방벽을 뚫고 진지 전체로 퍼져 적군을 해치우며 함선으로 달려갈 것이다.

하지만 언제나 자만하는 자가 있기 마련. 전차에 탄 사람 가운데 이 안전한 군사작전을 귀담아들으려 하지 않는 혈통 좋은 젊은이가 있다. 이번에 등장한 이 떠버리는 바로 트로이의 귀족 아시오스다. 그가 금칠을 한 전차를 타고 전속력으로 달리며 소리친다. "헥토르, 대체 이 무슨 허튼소리요? 농부처럼 걸어가서 공격하겠다고? 저기 문이 있잖아?" 그가 왼쪽을 가리킨다. 그리스군 전차들이 진지로 드나들 수 있도록 만든 거대한 출입문이다. "전속력으로 저길 공격하면 되지! 뭘 기다리는 거요?"

헥토르가 고개를 젓는다. "아니, 아시오스. 우린 내려서 도보로 공격한다."

아시오스가 발끈한다. "뭐라고? 그건 평민이나 하는 거지! 내가 왜 내려야 돼?"

헥토르가 대답한다. "전차를 타고 싸울 공간이 없으니까. 보이나? 참호와 방벽 사이에 공간이 없다."

아시오스가 빈정거린다. "누가 그래? 대체 어떤 겁쟁이가? 저들이 미처 반격하기도 전에 내가 저 문을 뚫고 가겠다니까!"

헥토르가 또다시 고개를 젓는다. "아니, 시도도 하지 마라. 저들이 문을 막아놓겠지. 바보도 아닌데. 시도했다간 너는—" 아시오스는 더 큰 소리로 그의 말을 막아버린다. "아니! 정 원하면 당신은 농부처럼 싸우시든가. 내 전차와 내 부하들은 저 문으로 돌격할 거야!" 그러더니 자기 말들을 채찍질해 떠나자 그의 귀족 친구들이 전차로 그를 따라가고, 앞날이 빤한 보병들도 빠른 걸음으로 뒤를 따른다.

하지만 열려 있는 문으로 다가가서 확인하니 그리스군이 커다란 나무 몸통 하나를 가로놓아 막아둔 모습이 보인다. 아시오스의 전차 부대는 멀리 선회해야 한다. 그가 큰 원을 그리며 평원 너머로 부대를 이끌고 가서는 보병들 뒤로 다가가 소리친다. "올라가, 빨리! 통나무를 끌어내라!"

보병들이 방벽 문 쪽으로 재빨리 달려가는데 갑자기 그리스인들이 방벽 위에 나타나 창을 던진다. 아시오스의 부하 몇 명이 쓰러져 죽자 나머지는 진군할 때보다 훨씬 더 빠른 속도로 도망간다.

아시오스가 원을 그리며 전차를 몰아 생존한 보병대 쪽으로 다시 가서 소리친다. "다시 가, 이 겁쟁이들! 놈들이 창을 다 썼잖아!"

졸병들이 다시 방벽 문을 공격한다. 그들이 사정권에 들어오자 그리스군도 다시 반격을 시작한다. 이번에는 창뿐 아니라 바위까지 던진다. 아시오스의 부하들은 거대한 바위에 깔려 죽거나 배에 창을 맞고 몸부림친다.

아시오스가 갑자기 자기 부대를 멈춰세우고 하늘을 향해 주먹을 흔들며 고함친다. "제우스! 이 거짓말쟁이! 방벽이 무너질 거라며!"

듣고 있던 제우스가 싱긋 웃는다. "그랬지. 근데 난 헥토르와 약속했거든. 너 같은 바보하곤 아니지!"

제우스가 아시오스와 그의 오만한 친구들에게 줄 거라고는 경멸뿐이다. 제우스는 이미 결정을 내렸으니, 이들은 오늘 죽어서 저승으로 내려가게 될 터였다. 거기서 아시오스는 오랜 시간 인내심을 배우게 되리라.

이 성급한 바보들이 문 앞에서 시간 낭비를 하는 사이 헥토르의 공격 부대는 방벽을 따라 다섯 지점에 집합한다. 헥토르가 팔을 들어올리자 다섯 부대가 동시에 공격을 개시한다.

그런데 참호를 반쯤 건너던 헥토르의 부대가 뭔가를 보고 걸음을 우뚝 멈춘다. 독수리 한 마리가 발톱으로 뱀 한 마리를 움켜쥔 채 그들 위에서 날개를 천천히 퍼덕이고 있다. 뱀은 피처럼 붉다.

독수리가 헥토르 바로 위에서 맴돈다. 뱀이 독수리의 가슴을 물며 계속 공격해 결국 독수리는 비명을 지르며 뱀을 놓아버린다. 뱀이 떨어지는 사이 독수리는 바람 속에 몸을 기울여 미끄러지듯 날아간다.

폴리다마스가 쭈뼛쭈뼛 다가와 묻는다. "헥토르, 저거 봤어? 내가 소심하다고 생각하겠지만 저게 무슨 뜻인지 너도 알잖아! 독수리가 뱀을 놔줬다고! 우린 실패할 거야!"

헥토르가 폴리다마스를 떠밀며 고함친다. "새가 하는 말을 들으라는 건가? 나는 오늘 우리가 이긴다는 제우스의 약속을 받은 사람이다! 새들이 북으로 날아가든 남으로 내빼든 난 상관 안 해!"

폴리다마스가 소리친다. "우리가 죽는다는 뜻이라니까!"

모든 전사들이 폴리다마스의 두려움에 전염된 채 둘의 대화를 듣고 있다. 헥토르가 폴리다마스를 붙잡고 흔들며 모두가 들을 만큼 큰 소리로 말한다. "저 새로 점칠 수 있는 건 오직 하나뿐이야. 그건 우리의 도성을 지키기 위해 사력을 다해 싸워야 한다는 사실이지!"

그가 한 손으로 폴리다마스를 들어올리고 다른 손으로 창을 들어 그의 목을 겨누며 큰 소리로 말한다. "폴리다마스, 너 같은 경우엔 말이지, 그리스 놈들 손에 죽을까 걱정할 필요는 없겠네. 네가 공격하지 않겠다면 당장 내 손으로 죽여주마!" 어느새 공포가 사라진 트로이인들이 기쁨의 함성을 지른다. 헥토르가 그들을 이끌고 달려가 참호의 말뚝을 지나 방벽을 오른다. 그리스군의 창과 바위와 화살을 막기 위해 머리 위로 방패를 높이 쳐들고.

이제 그리스인은 이 방벽을 지을 때 제대로 제물을 바치지 않았던 걸 후회할 뿐이다. 방벽은 약하고 신들은 그것을 지켜줄 용의가 없다. 방벽의 연결부 주변마다 트로이군이 수십 명씩 무리 지어 약한 부위를 잡아당기고 부벽을 떼어낸다. 그리스군이 그들을 향해 바위와 창을 쏟아붓지만 다른 트로이군이 창을 던져 응수한다.

드디어 방벽이 무너지기 시작하고, 헥토르의 부하들이 창을 앞세우고 틈을 밀어제치며 나아간다.

한동안 정신이 나갔던 아이아스가 다시 제정신을 찾았다. 그는 수치스러웠던 그 순간을 만회하고자 사방에서 싸우며 전에 없는 활약을 펼친다. 방벽이 뚫리려는 한 지점에서 다른 지점으로 군사들을 끌고 달려가 틈을 막으려고 고군분투한다. 트로이군이 돌파한 곳이 어디든 방벽 뒤에 도열해 방패를 써서 이차 방벽을 만든다.

아이아스가 전선을 따라 달리며 소리친다. "전선을 지켜라! 지휘관이든 병사든 이제 우리 모두는 하나의 방패벽이다!"

하지만 그가 아무리 애를 쓴들 헥토르의 작전은 순조롭게 진행된다. 뚫린 곳 한 군데를 막으려고 그리스군이 모이면 방벽의 다른 지점에는 방어군이 없는 상태가 된다. 리키아인 사르페돈이 틈을 하나 찾아내 부하들과 함께 그곳을 뚫고 간다. 그리스군이 손에 잡히는 모든 것을 사르페돈에게 던지지만 그는 마치 양우리를 향해 전진하는 굶주린 사자 같아서 목자들의 고함소리든 적군이 던지는 바위든 아랑곳 않는다.

사르페돈이 사촌 형제 글라우코스를 방벽으로 끌고 와 소리친다. "우리가 돌파해야 돼! 귀족들이 앞장서라! 전쟁이야말로 우리 귀족들이 고기를 벌어오는 순간이며, 왜 백성들이 우리를 먹여 살려야 하는지 그들에게 입증하는 순간이다!"

그 순간 글라우코스가 어깨에 화살을 맞고 쓰러진다. 그러자 아이아스는 사르페돈의 전우 에피클레스의 머리에 둥근 돌을 떨어뜨린다. 에피클레스의 투구가 뭉개져 마치 무덤 안에 놓인 황금잔처럼 오목해진다. 그의 머리가 깨지고 그의 세상이 온통 캄캄해진다.

사르페돈은 분노에 휩싸여 거대한 두 손으로 방벽의 연결부를 붙잡고 무너뜨려버린다. 그가 창을 앞세우고 그리스 진지로 돌격한다.

하지만 궁수 테우크로스가 방벽 뒤에서 화살을 겨누고 있다. 맨 먼저 튀어나오는 자를 쏘려고 기다리던 참이다. 사르페돈은 몸집 작은 테우크로스가 싱긋 웃으며 자신을 향해 활을 당기는 모습을 본다. 다음 순간 그는 화살이 자기 어깨를 깊숙이 가르는 걸 느낀다.

사르페돈이 비틀거리자 테우크로스의 덩치 큰 이복형제 아이아스가 그의 방패에 창을 쑤셔넣는다. 창에 실린 힘만으로 사르페돈의 몸이 날아가 방벽 틈으로 도로 빠져나간다. 그는 그 자리에 뻗어 있다가 부하들의 도움을 받아 간신히 일어난다. 자기 곁에 우두커니 선 부하들의 모습을 보자 사르페돈의 인내심이 바닥난다. "왜 나 혼자 하고 있냐? 너희는 왜 공격 안 해?"

그가 벌떡 일어나 방벽의 갈라진 틈을 뚫고 또다시 돌진한다. 이번에는 부하들도 리키아인의 전투 함성을 내지르며 뒤를 따른다.

멀리 아래쪽, 헥토르가 뚫고 들어간 방벽에 있던 그리스 전사들은 뒤에서 들리는 리키아인의 함성에 기겁한다. 허둥대며 함선을 향해 달려간다. 도망가는 그들을 보자 헥토르는 요즘 사람이라면 세 명이 매달려야 할 만큼 커다란 바위를 들어 방벽에다 던진다. 말벌이 엉성한 거미줄을 뚫어버리듯 바위가 방벽에 구멍을 낸다.

트로이군의 환호 속에서 헥토르가 외친다. "나를 따르라!"

그가 틈으로 뛰어들어간다. 눈빛이 너무나 무시무시해서 신이나 되어야 그를 마주볼 수 있지 싶다. 오늘 그가 맞닥뜨리는 자는 인간들뿐이다. 모두가 방패를 떨어뜨리고 달아나기 바쁘다.

헥토르가 부하들에게 소리친다. "횃불! 불을 가져와라! 함선을 태우자!" 그가 걸리적거리는 것들을 다 베어버리면서 해변으로 향한다.

13
포세이돈, 삼지창을 들다

제우스가 점점이 흩어진 작은 불빛들을 지켜본다. 트로이군의 횃불이 곳곳에서 그리스 함선을 향해 움직인다. 그가 테티스에게 약속하길 트로이군이 저 함선 중 적어도 한 척은 불태우게 해주겠노라 했다.

제우스가 보기에 그 문제는 이제 마무리된 것이나 다름없다. 처리할 다른 문제도 있어서 트로이가 아닌 다른 곳으로 신경을 돌린다. 제우스의 관심이 트로이에서 벗어나자 포세이돈은 내심 흡족하다. 이 기회를 엿보고 있었다.

포세이돈은 희한한 신이다. 고루하고 고독한 스타일이다. 다른 신들과 겸상하는 법도 없다. 어린 것들하고는 상종도 안 하다시피 한다. 제우스의 반반한 반인반신 애새끼 같은 녀석들하고는.

그를 제대로 알고 있는 자가 없다. 어부들은 포세이돈을 바다의 신으로 받들어 기도도 하지만 그게 그의 정체는 아니다. 포세이돈은 우주의 삼분의 일을 관장한다. 제우스가 차지한 하늘과 하데스가 관할하는 악몽 같은 지하의 굴, 그 사이의 공간이 그의 것이다.

그들은 삼형제였다. 제우스, 포세이돈, 하데스. 셋은 손쉽게 자기들의 아버지를 죽였다. 그러고 나서 서로 죽이는 불상사를 피하려고 제비뽑기를 해서 우주를 나눠 갖기로 했다. 제우스가 제일 긴 지푸라기를 뽑아 천계를 얻었다. 하늘과 번개와 온갖 반짝이는 부분을 독차지했다.

하데스가 짧은 지푸라기를 뽑았고 망자들의 세계, 지하로 내려갔다.

포세이돈은 중간 길이의 지푸라기를 뽑아 지상을 차지했다. 제우스는 그에게 두번째로 좋은 선택이라고 말했지만 포세이돈은 오랫동안 이 결과를 곱씹으며 자신이 속은 게 아닌가 찜찜해한다. 제우스가 제일 좋은 부분을 차지했다. 모두가 그 점엔 동의한다. 하지만 혹시 하데스의 하계下界가 차선이었다면? 하데스가 모두에게 두려움의 대상이 되는 반면 포세이돈은 그저 하늘과 지옥 사이에 끼어 있을 뿐이다. 찌그러져서 괄시받는 기분이 든다.

가령 데메테르와 얽힌 사연만 봐도 그렇다. 포세이돈이 그녀를 기쁘게 해주려는 마음에 말들을 불러왔는데도 그녀는 쌩하니 하데스와 하계로 내려가버리지 않았는가.

포세이돈은 늘 마지막 순서라는 사실에 넌더리가 난다. 그는 마땅히 온 세상을 다스려야 하고, 이번에 그에게 기회가 찾아왔다. 제우스는 트로이에서 벌어지는 전쟁에서 눈을 뗀 마당이니 자신이 그 전쟁을 장악할 생각이다. 그리스인들의 목숨을 살려주면 그들은 이제 제우스가 아닌 자신을 섬길 것이다.

포세이돈이 산꼭대기에서 굴러내려와 흡사 산사태처럼 굉음을 내며 바닥으로 무너져 들어가더니, 이어 파도로 모습을 바꿔 그리스 함선이 정박한 해안으로 돌진한다. 지상의 모든 것은 그의 관할이다. 바다도 육지도.

트로이 해변에 상륙한 그는 이제 인간의 형상 같은 것으로 변신한다. 그리스의 주술사 칼카스처럼 보이려고 하지만 칼카스를 흉내내기엔 너무 늙었고 흥분한 상태다. 연무를 내뿜는 몸집 큰 신을 인간의 몸에 서툴게 구겨 넣은 꼴이다.

그가 방벽에서 한창 전투중인 아이아스에게 가서 말을 건다. 포세이돈의 음성은 칼카스는커녕 여느 인간의 목소리와도 비슷하지 않다. 두 아이아스는 연기를 뿜는 이 인간 비슷한 형상과 그 음성에 놀라 움찔 물러난다.

발끈한 포세이돈이 삼지창을 들어올린다. 이제 말로써 그리스인을 독려할 마음은 접는다. 대지에다 바로 조치를 취해 직접 기운을 불어넣을 생각이다. 두 아이아스의 발치에 있는 땅을 삼지창으로 세게 내리친다. 압력파가 그리스군 전체에 울려퍼져 땅에서 전사들의 몸으로 곧장 전해진다.

떨림이 잦아들 무렵, 두 아이아스는 자기들 안에 끓어오르며 진동하는 포세이돈의 힘을 느낀다.

이 늙은 신은 자신의 목적이 달성됐음을 확인한다. 인간 비슷한 형상을 전부 털어버리고 대지로 녹아들어간다.

덩치 작고 똑똑한 아이아스가 덩치 크고 우둔한 아이아스에게 말한다. "그건 인간이 아니었어."

큰 아이아스가 고개를 주억거린다. "나도 알아!"

작은 아이아스가 대지를 향해 고개를 끄덕이며 속삭인다. "그분이었다고. 대지의 신."

큰 아이아스가 무릎을 구부린다. "그분이 뭔가 한 모양인데. 힘이 들어간 기분이 들어…… 다리에."

작은 아이아스가 다시금 고개를 끄덕인다. "땅에서 뭔가가 올라왔어."

둘은 방패를 붙이고 투구가 거의 닿을 정도로 나란히 선다. 최고의 전사들이 합류해 촘촘한 방패벽을 만든다. 누구도 말을 할 필요가 없다. 대지가 직접 그들을 화합시켜 부술 수 없는 하나의 창 장벽을 만들어낸다.

그리고 이제 헥토르가 전속력으로 다가온다. 똑바로 굴러오는 바윗돌처럼 그리스군의 방패벽 쪽으로 질주한다.

막을 수 없는 바윗돌이 부술 수 없는 장벽과 만나고 전사 수십 명이 죽는다.

처음에는 전투가 마치 결혼식 춤 같다. 두 줄로 늘어서서 서로를 마주보는 이들처럼, 그리스군의 방패 장벽이 트로이군을 마주하고 버틴다. 등을 구부린 채 방패 뒤에 버티고 있는 한 목숨을 부지할 가능성이 크다.

하지만 가장 용감한 전사가 금세 장벽을 밀어 길을 낸다. 결혼식 춤을 추는 대열에 섞인 혈기 왕성한 젊은이 같다. 이번만큼은 그 춤이 누군가의 죽음으로 끝난다. 적을 죽인 전사가 시체를 붙잡으려 한다. 위험천만한 순간이다. 그가 전사자의 갑옷을 벗기려 몸을 기울이는 순간 창 공격에 노출된다.

아이아스의 동생인 궁수 테우크로스가 트로이인의 머리를 창으로 세게 공격한다. 창이 곧장 두개골을 찌른다. 트로이군은 나무처럼 쓰러진다.

테우크로스가 그자의 갑옷을 벗기고 싶어 재빠른 작은 물고기처럼 다시 뛰쳐나와 시신의 발목을 잡으려 한다. 하지만 이미 그가 나오는 모습을 본 헥토르가 몸집 작은 그에게 커다란 창을 던진다.

테우크로스는 몸을 피하지만 그 바람에 방패 장벽에 틈이 생긴다. 헥토르의 창이 그 사이로 날아가 불쌍한 암피마코스의 가슴을 맞힌다. 얼굴이 먼저 땅에 떨어지고, 이어 몸이 떨어지기도 전에 그는 죽는다.

암피마코스는 포세이돈의 손자였다. 포세이돈은 손자의 죽음을 느낀다. 소년의 영혼이 지면을 통과해 멈추지 않는 속도로 하데스의 세계를 향해 떨어지는 것이 느껴진다. 손자를 잃은 신의 분노로 땅이 흔들린다. 그가 원수를 갚아줄 자를 찾아 진지를 두루 살핀다.

크레타인 이도메네우스가 무릎에 깊은 상처를 입고 전투에서 물러나 절뚝거리며 걸어가고 있다. 포세이돈이 그의 앞에 우뚝 서서 고함친다. 흐릿하게 흔들리는 형상인데 인간의 모습과 흡사하다. "이도메네우스, 왜 싸우지 않느냐?"

크레타인이 더듬더듬 대답한다. "우리 모두 싸우는 중입니다. 저는 다쳤습니다."

포세이돈이 천둥 같은 소리를 내며 커다랗고 흐릿한 형체로 움직이자 이도메네우스의 상처가 치유된다. 새로운 힘과 용기가 땅에서부터 위로 솟구쳐 그의 전신에 끓어오른다. 그가 다시 전장으로 향하고, 포세이돈이 마치 사람처럼 그의 옆에서 같이 달린다.

그들이 이도메네우스의 종자 메리오네스를 만나 소리친다. "여기서 뭐하고 있느냐?"

메리오네스는 그 소리와 주인의 모습에 깜짝 놀란다. 목소리가 보통 인간의 음성보다 더 크다. 게다가 주인 옆에서 같이 달리는 저건 뭐지? 메리오네스가 말을 더듬는다. "창을 찾고 있습니다. 제 걸 잃어버렸어요."

이도메네우스와 그 옆의 형상이 묵직한 저음으로 함께 말한다. "창? 네가 원하는 창이라면 우리가 죽인 트로이 놈들의 것이 얼마든지 있지 않느냐. 우리와 같이 가자!"

메리오네스는 기분이 언짢다. 내가 싸움을 회피한다는 뜻으로 저런 말을 하는 건가? 메리오네스가 다급하게 말한다. "저도 제 몫을 했어요! 트로이인을 많이 죽였다고요. 아시잖습니까!"

이도메네우스 옆의 형상이 분노로 몸을 떨고 이도메네우스가 기묘한 음성으로 말한다. "인간들은 늘 말이 많구나! 싸워라, 그만 떠들고!"

이 인간 형상이 메리오네스를 건드리자 그도 뭔가를 느낀다. 분노가 대지로부터 불타오른다. 그가 트로이인과 맞서기 위해 그들과 함께 달려간다.

하지만 포세이돈은 이 순간 제우스의 눈이 전투를 주시하고 있음을 감지한다. 조심해야 한다. 자신이 전쟁에 간섭하고 있는 게 형의 눈에 띄면 안 된다. 그는 인간을 닮은 형상을 입고 움직이며 이 작은 인간들 사이에 섞이려 한다. 하지만 아무도 속이지 못할 형상이다. 그리스인들이 보아하니, 흙먼지색의 기괴하고 흐릿한 형체가 이도메네우스와 메리오네스 곁에서 함께 달리며 대지를 흔들고 있다.

트로이인들이 떼 지어 진군하고 제우스의 번개가 그들의 창끝에서 번쩍인다. 그들에 맞서 이도메네우스와 그의 부하들은 포세이돈이 일으킨 먼지 물결을 타고 다가온다. 아이들이 조약돌을 갖고 놀듯 두 형제 신이 군사를 움직이자 인간들이 죽어나간다.

이도메네우스가 멀리 이름 모를 벽지에서 온 허풍쟁이 오트리오네우스를 죽인다. 그는 거들먹거리며 트로이에 와서는 연로한 프리아모스에게 그의 딸 카산드라와 결혼하고 싶다고 말했던 자다.

프리아모스가 물었다. "지참금으로 뭘 가져왔나?"

그때 오트리오네우스는 왕에게 성큼 다가와 이렇게 대답했다. "오, 금이나 고급 의복은 가져오지 않았습니다. 그것보다 더 좋은 것을 드리겠습니다. 트로이를 공격하는 저 그리스인들을 박살내지요!"

그는 덩치도 큰데다 거칠게 생긴 야만인이었고 트로이인은 어떤 도움이든 가릴 처지가 아니었다. 그래서 프리아모스는 딸을 불러와 오트리오네우스의 손에 딸의 손을 얹어주었다.

카산드라는 불같이 화를 내며 씩씩댔다. "아버지, 이게 무슨 바보 같은 짓이에요! 이 남자는 그리스인과 맞붙는 순간 맨 먼저 죽을 거라고요. 내 눈에는 너무 빤해요!"

하지만 프리아모스는 딸의 말을 들으려고도 하지 않았다. 아무도 카산드라의 말에는 귀기울인 적이 없다. 어쩔 도리가 없었다. 카산드라는 오트리오네우스의 여자가 되었다. 비록 카산드라가 그를 송장 보듯 쳐다봤다 한들.

이제 그녀의 말이 맞았다는 게 또다시 입증된다. 지금 오트리오네우스는 허풍도 떨지 못하고 이도메네우스의 창에 맞아 가슴에 큰 구멍이 생긴 채 먼지 더미에 누워 있을 뿐이다.

도성에서는 카산드라가 베틀로 천을 짜고 있다가, 오트리오네우스가 쓰러진 바로 그 순간 시녀들에게 말한다. "죽었네, 내 남편. 내가 뭐랬어!" 그러더니 행복한 미소를 머금고 다시 베를 짠다. 카산드라는 자기 말이 맞아서 흡족해한다.

흙먼지 이는 들판에서는 트로이군 아이네이아스가 돌진해 아파레우스의 광대뼈에다 창을 정통으로 쑤셔넣는다. 창은 아파레우스를 빛에서 어둠으로, 안개와 침묵만 있는 하데스의 세계로 인도한다. 하지만 아이네이아스가 돌진하느라 트로이군의 방패 장벽에 틈이 생겼다. 뱀처럼 빠른 안틸로코스가 그 틈새로 창을 찔러넣어 토온을 공격한다. 이 가벼운 잽 한 방이 목덜미를 타고 뻗은 혈관을 미세하게 베어낸다. 이처럼 작은 상처가 자기 목숨을 빼앗는다니 토온은 믿을 수 없다. 맥박이 뛸 때마다 목에서 쉿쉿대며 뿜어 나오는 생혈을 두 눈으로 지켜본다.

안틸로코스가 죽은 토온의 갑옷을 벗기려고 앞으로 달려간다. 트로이인들이 갖고 있는 창을 전부 던지지만 안틸로코스와 함께하는 포세이돈이 대지를 이리저리 구부려 그를 구한다.

트로이인 아다마스가 한 가지 확실한 방법으로 안틸로코스를 죽이기로 한다. 정통으로 찌르는 것이다. 그가 전속력으로 달려가 두 손으로 창을 잡고 안틸로코스의 방패에 찔러넣는다.

하지만 포세이돈은 자신이 아끼는 전사가 그렇게 금세 죽도록 내버려둘 생각이 없다. 그가 아다마스 아래쪽의 땅을 들어올리자 그의 창이 구부러져 두 동강난다. 아다마스는 어찌된 영문인지 알 수 없지만 자신이 이제 무력한 상태임을 깨닫는다. 그가 다시 트로이군의 방패 장벽 뒤로 달려가려는데 메리오네스가 배꼽과 고환 사이의 사타구니를 창으로 찌른다. 사내에게는 가장 고통스러운 부상이다. 아다마스는 비명을 지르고 몸부림치며 오랫동안 고통스러워하다 죽는다. 트로이군은 창을 전부 던져버린 뒤라 이제 칼을 빼든다. 일부는 칼날이 위력적인 커다란 트라키아 검을 들고 있다. 카산드라의 쌍둥이 남매 헬레노스가 데이피로스의 투구를 검으로 후려친다. 그의 머리가 깨진 달걀처럼 박살난다. 태양의 밝은 빛을 온몸으로 받으며 그는 어둠 속으로 빠져든다.

그가 죽는 모습을 본 메넬라오스가 헬레노스를 향해 달려오고, 헬레노스는 활을 잡고 화살을 메겨 발사한다. 하지만 훌륭한 그리스산 청동이 아시아산 화살을 이긴다. 헬레노스의 화살은 마치 어린애가 던진 막대기처럼 메넬라오스의 가슴받이를 맞고 튕겨나간다.

메넬라오스가 창을 앞세워 헬레노스에게 달려든다. 창끝이 그의 손을 뚫고 들어가 그대로 활에 박힌다. 헬레노스는 손에 창이 박힌 채 뒤로 홱 넘어간다.

트로이인들은 오늘 온갖 기이한 무기를 총동원하고 있다. 페이산드로스가 커다란 쌍두 도끼를 흔들며 메넬라오스를 향해 돌진하지만 메넬라오스 역시 튼튼한 그리스산 창을 들고 기다리다가 잽싸게 상대의 얼굴을 찌른다. 페이산드로스의 머리가 점토로 만든 주발처럼 깨진다. 눈알이 튀어나와 흙먼지 속으로 또르르 굴러가자 그리스인들은 눈알을 가리키며 웃고 환호한다. "너 눈알 떨어졌다!"

메넬라오스가 페이산드로스의 몸뚱이에 한쪽 발을 올린 채 서서 득의양양하게 바라본다. "이자는 응당한 대가를 치렀다. 너희 트로이인 모두 그리될 것이다! 네놈들, 내 아내와 금을 빼앗을 수 있다고 생각했지? 다들 비웃었지? 송장이 되느니 마누라 뺏긴 사내로 사는 게 더 낫다!"

이때 하르팔리온이 메넬라오스를 향해 달려든다. 그는 트로이를 도우려고 흑해에서부터 먼길을 온 자다. 그 먼길을 죽으려고 온 셈이다. 메리오네스가 활을 들어 궁둥이를 맞힌다. 화살이 하르팔리온의 방광을 뚫어 그는 먼지 속에 몸부림치며 죽어가고 그리스인들은 그를 가리키며 웃어댄다. "아이고, 트로이 놈들아, 네 친구가 질질 싼다!" "이놈의 트로이 벌레한테서 질질 새어나오는 게 피냐, 오줌이냐?" 그들이 조롱하며 떠드는 소리에 하르팔리온의 아버지 입에서 신음이 쏟아진다.

파리스는 친구 하르팔리온이 죽어가는 모습을 지켜보며 그리스인들에게 대가를 치르게 해주리라 다짐한다. 그는 죽음의 고통을 비웃는 코린토스인 에우케노르를 보고 그의 귀 아래쪽 턱에다 정통으로 창을 꽂는다. 코린토스인이 거꾸러진다. 하지만 그의 죽음은 놀랄 일이 아니다. 앞날을 내다보는 능력이 있는 에우케노르의 아버지가 이미 오래전에 아들에게 말했다. "네가 트로이의 전투에 나서면 싸우다 죽을 거다. 하지만 집에 머물면 끔찍한 질병에 걸려 죽을 거고. 선택은 너에게 달렸다." 에우케노르가 말했다. "트로이에 갈게요." 파리스는 에우케노르의 목숨을 단숨에 끊어 그에게 호의를 베풀었고, 그리스인들은 그를 애도하느라 그리 오랜 시간을 허비하지 않는다.

그리스군의 방벽 중 제일 허술한 곳 너머에서는 헥토르가 그리스인을 보이는 족족 전부 해치우고 있다. 측면을 맡은 로크리스인들은 그를 막을 수가 없다. 그들은 정통 전사들처럼 창을 갖고 싸우는 게 아니라 아시아인처럼 활과 투석기를 들고 싸운다. 심지어 투구도 쓰지 않는다. 두 아이아스가 그들의 방패막이가 되어준다 해도 로크리스인들은 헥토르의 창에 맞서기에 역부족이다.

하지만 모든 궁수가 그렇듯 로크리스인들은 달아날 때 가장 위협적이다. 그들은 헥토르의 창을 피해 사방으로 흩어지다가 돌아서서 화살을 날린다. 트로이인을 하나하나 겨냥해 쏜다. 그러자 트로이인들이 자신감을 잃는다. 몸집 작은 비겁한 궁수가 날린 화살에 맞아서 고통 속에 몸부림치는 와중에 야비한 적군이 멀찌감치 안전한 곳에 떨어져서 자신에게 야유를 보내는 소리를 듣는 것만큼 사기가 꺾이는 일도 없다.

헥토르의 부하들은 방벽을 돌파한 순간 이제 다 됐구나 싶었다. 그러나 여태껏 그들이 한 일은 그리스군을 밀어붙여 방패와 창으로 똘똘 뭉친 거대한 덩어리로 만들어버린 것뿐이다.

트로이의 공격이 교착상태에 빠진다. 폴리다마스가 헥토르에게 소리친다. "자네가 위대한 전사일지는 모르지만 그렇다고 훌륭한 지휘관이 되는 건 아냐! 한번 둘러봐. 아예 전진할 엄두도 못 내는 부대들 보이지? 그리스 진영에 깊숙이 들어온데다 우세를 보이고 있는데도 이 모양이라니. 게다가 아킬레우스는 아직 전투에 나서지도 않았지. 우리가 그의 막사까지 다다르면 무슨 일이 벌어질까?"

헥토르가 고개를 끄덕인다. "전략을 바꿔야겠군. 지휘관들을 전부 모아. 내가 그리스군을 물리치겠다."

폴리다마스가 서둘러 떠난다. 헥토르는 전선으로 달려간다. 지친 그의 부하들이 구부정하게 그의 뒤를 따른다. 후방에 머물러 있는 파리스의 모습이 눈에 들어오자, 헥토르는 속에 있는 모든 분노를 끌어모아 동생에게 쏟아낸다. "파리스, 너 지금 뭐하냐? 전쟁놀이하면서 폼 잡아? 데이포보스는 어디 있냐? 헬레노스는? 아시오스는? 오트리오네우스는? 나머지 다 어디 있어?"

파리스가 자기 창에 기대어 말한다. "형님, 나한테 소리치지 마. 헬레노스하고 데이포보스 빼고 다 죽었어. 그 둘은 부상당했고. 나도 하루종일 싸웠다고. 나하고 내 부하들이 어디로 가면 좋을지 말만 해."

헥토르는 자기 부하들과 파리스의 부하들을 모아 그들을 이끌고 곧장 아이아스의 함선을 향해 간다. 아이아스의 부하들은 후퇴하지만 아이아스는 염소떼를 밀어붙이는 황소처럼 방패 장벽에서 나와 쏜살같이 달려온다.

그가 소리친다. "헥토르, 내 함선을 불태우고 싶나? 마음껏 해보시지. 오늘 제우스가 네 편에 있긴 해도, 장담하는데 내 함선이 불타기 전에 트로이가 먼저 불탈 것이다!"

헥토르가 큰소리로 맞받아친다. "아이아스, 네놈 이름이 '딱하다'는 뜻이지. 어떡하냐. 내가 널 난도질하면 더더욱 딱해질 텐데! 네놈 내장이 먼지 더미에 뒹굴 테고, 너는 죽어가면서 네놈 함선이 불타는 장면을 보게 되겠지!"

헥토르의 부대와 아이아스의 부하들이 격돌한다.

14
아프로디테의 마법 코르셋을 입은 헤라

네스토르가 막사 옆에서 포도주를 마시고 있는데 마카온이 부상당한 어깨를 부여잡고 비틀대며 걸어온다. 네스토르가 그에게 자리를 내주며 말한다. "앉아보게. 목욕물을 덥히라 해서 피를 씻어내야겠어."

마카온은 얼굴이 창백하고 기력이 없어 보인다. 네스토르가 막사 너머로 고개를 쑥 내민다. 그리스인들이 허둥지둥 진지를 뛰어다니고 있다. "대체 여기서 뭔 일이 벌어지는 거야?"

아가멤논을 찾으러 가보니 그는 오디세우스와 같이 서 있고 디오메데스도 함께 있다. 셋 다 부상을 당한 채 전투에서 빠져나와 창에 의지해 버티는 사이 그리스군 전사들은 트로이군을 피해 달아난다.

네스토르가 오는 걸 보고 아가멤논이 소리친다. "네스토르, 왜 싸우지 않는 거요?" 그러더니 고개를 절레절레 흔들고 중얼거린다. "하아,

무슨 상관이람? 헥토르가 오늘 함선을 불태울 텐데. 아킬레우스는 나라면 아주 치를 떠니 싸울 생각도 안 하겠지!"

네스토르가 세 사람 사이에 합류하고는 말한다. "그래, 우리한테 안 좋은 상황인 것 같구먼! 트로이군이 방벽을 무너뜨렸네."

아가멤논이 대꾸한다. "그래, 당신 말을 듣고 세운 방벽이지, 네스토르! 저걸 지으려고 귀족이고 평민이고 노예고 전부 붙어서 진을 뺐잖아. 저게 우릴 지켜줄 거라며? 근데 트로이 놈들이 단숨에 뚫어버렸어!"

네스토르는 할말이 없다.

아가멤논이 신음하듯 말을 잇는다. "제우스가 날 미워하는 게 분명해. 우린 함선으로 가야 돼! 목숨이 경각에 달렸을 때 도망가는 건 수치스러운 일이 아니지. 함선을 밀어 바다에 띄워라!"

오디세우스가 더는 못 참고 아가멤논에게 달려든다. "이 벼락 맞을 인간, 지금 무슨 소릴 지껄이는 거야?" 오디세우스가 해안 쪽을 가리킨다. "우리가 바다로 함선을 밀기 시작하면 무슨 일이 벌어질지 몰라서 그러는 거요? 저것들을 제대로 물에 띄우려면 꼬박 하루가 걸린다고. 뭍에 깊숙이 정박했다니까! 아수라장 만들 일 있소?"

아가멤논이 한탄한다. "그런데 신들이…… 날 싫어한단 말야!"

오디세우스가 소리친다. "그럴지도 모르지. 한데 그렇다고 그들이 나나 내 부하들까지 싫어하는 건 아니야!" 그가 아가멤논을 향해 주먹을 흔든다. "당신은 이런 정예군을 이끌 자격이 없어. 당신 같은 겁쟁이들로 가득한 군대나 지휘하라고! 우리 그리스군은 첫 턱수염 한 가닥 날 때부터 백발이 무덤으로 들어갈 때까지 가열차게 싸우는 자들이지!"

긴 침묵이 흐르고, 마침내 아가멤논이 입을 연다. "자네가 날 모욕하는군, 오디세우스. 허나 자네 말이 맞아. 내가 오늘 제정신이 아니야. 인정하지. 다른 사람이 우릴 이끌어야 돼."

디오메데스가 앞으로 나온다. "먼 데서 찾을 필요 있나. 내가 나서야겠군. 우리가 비록 부상당한 몸이지만 다 같이 싸우러 갑시다. 군사들의 사기를 올려야지. 그게 우리 일이니까."

그들은 창에 의지한 채 절뚝거리며 전장으로 향한다. 아가멤논이 앞장선다.

그들이 가는 길에 사람인지 사물인지 모를 무언가가 보인다. 흰개미 둔덕처럼 땅에서 솟아나 등을 구부린 형상이다. 가까이 다가가던 그들은 그것이 포세이돈임을 알아차린다. 그의 거칠고 노쇠한 음성이 마음에 쏜살같이 날아든다. 정신 번쩍 들게 하는 생각이 연이어 꽂힌다. "아가멤논…… 왕…… 신들이 너에게 그리 화가 난 건 아니다. 아킬레우스는 후회할 것이다. 너희는 싸울 것이고 트로이인들은 도망갈 것이다."

포세이돈은 그쯤에서 말을 아낀다. 그러고는 전장의 분노로 화하더니 주변의 대지를 밀어올려 그들을 앞으로 내던진다.

헤라는 오빠 포세이돈을 쭉 지켜보고 있다. 그리스인을 돕는 그의 모습을 기쁜 마음으로 바라본다. 자신도 돕고 싶지만 남편이자 오빠인 제우스가 감시하며 전쟁에 간섭하지 못하게 하니 어쩔 도리가 없다. 제우스를 노려보는 헤라는 그가 미워 죽겠다.

그래서 작전상 그와 동침하기로 한다. 일단 아들 헤파이스토스가 만들어준 밀실로 간다. 그가 출입구에다 주문과 금속 실을 박아넣어서 헤라 말고는 아무도 들어갈 수 없다. 제우스마저 출입 금지다. 헤라가 무기를 챙긴다. 향기로운 올리브유, 고운 면사포, 귀걸이, 제일 좋은 드레스.

그녀가 전투에 나설 준비를 한다. 우선 온몸의 먼지를 씻어낸다. 이어 특별한 향의 올리브유가 담긴 유리병을 연다. 그 작은 병을 흔들기만 해도 올리브유 향이 올림포스부터 저 아래 하데스까지 온 우주에 가득 퍼질 것이다. 하데스의 망자들도 향을 한 번 맡으면 잃어버린 육신을 되찾고 싶어 신음할 판이다.

헤라가 보드라운 살갗에다 마법유를 바르고는 곱게 머리를 땋는다.

이제 귀걸이 차례다. 고운 금장식 세 개가 달린 귀걸이가 구멍을 뚫은 귓불에 슥 들어간다. 그녀는 머리를 살랑살랑 흔들고 귀걸이에서 울리는 짤랑짤랑 소리에 미소 짓는다. 마법 기술이 총동원된다. 은은하게 퍼지는 향유, 가볍게 흔들리는 땋은 머리, 간질간질 짤랑거리는 귀걸이.

이제 딸 아테나가 만든 신비로운 의복을 입는다. 이 옷은 헤라가 어떤 색을 원하든 그 빛깔을 띠며 다채롭게 일렁인다.

다음으로 면사포를 쓴다. 미모를 숨기되 너무 꽁꽁 감추지는 않게.

마지막으로 매끈한 발에 샌들을 신는다.

준비 완료. 먼저 아프로디테를 찾으러 간다. 아프로디테가 움찔하며 물러난다. 두 신은 그리 친하게 지내는 사이가 아니다. 그런데 오늘은 헤라가 만면에 미소를 띠고 나타난다. "우리 여신님, 내가 부탁 하나 해도 될까?"

아프로디테가 말을 더듬는다. "그, 그럼요! 제우스 님 부인이자 여동생의 부탁이라면 얼마든지요!"

헤라가 싱긋 웃는다. 누가 누군지 알고 모시는 이런 자세, 마음에 든다. 어쨌든 얘를 조금 골려주면 금상첨화겠다. 헤라가 전에 없이 부드러운 음성으로 말한다. "나한테 짜증난 거 아니지, 예쁜이? 아, 약간 짜증난 건가? 내가 그리스인들을 도와줘서 네가 예뻐하는 트로이인들이 죽어나가니까, 으응?"

아프로디테가 도리질한다.

헤라가 더 가까이 다가가 속삭인다. "정말 화난 거 아니지, 자기? 정말 아니었음 좋겠어!"

아프로디테가 말을 더듬는다. "그, 그럼요. 절대 화 안 났어요! 당신은 우리 주군의 아내시잖아요."

헤라가 만족스러운 목소리로 말한다. "그렇지! 그래서 말인데, 네가 가진 마법의 코르셋 좀 빌려주지 않을래?"

아프로디테의 얼굴이 붉어진다. 헤라가 비밀스럽게 청하는 일이 이런 것일 줄은 몰랐다.

헤라가 말한다. "그거 있잖아, 네가 입는 마법 코르셋. 남자들이, 음, 뭐라고 말해야 하나? 널 좋아하게 만들고 싶을 때 입는?"

아프로디테가 고개를 끄덕이고는 재빨리 손을 허리 뒤로 가져가 금빛 코르셋을 벗어 건넨다.

헤라가 미소를 지으며 가슴 아래 코르셋을 착용하고 뒤쪽을 잠근다.

그 순간 거기에 서 있던 자라면 기적을 목격했으리라. 아프로디테가 코르셋을 벗자마자 보는 이의 심장을 멎게 만들던 아름다움이 사라져버렸다. 그녀의 얼굴은 그대로였고 몸매도 변하지 않았다. 그런데 웬일인지 그녀는 여느 평범한 빼빼 마른 여자에 불과했다.

헤라가 코르셋을 몸에 채우자 아프로디테를 떠난 찬란함이 헤라에게 옮겨갔다. 그녀의 나이도 악독함도 서서히 사라졌다. 헤라는 더이상 뿔난 아내가 아니었다. 미모가 활짝 핀 아름답고 따스한 숙녀, 어느 사내라도 영원히 품고 싶어 미칠 것 같은 여인이었다.

아프로디테가 자신에게 나타난 변화를 느끼고 서둘러 방으로 피한다. 그래야 마법이 사라진 그녀의 모습을 아무도 못 볼 테니. 헤라 역시 변화를 감지하고는 두 팔을 뻗어 자기 몸을 만져보고 뺨으로 어깨의 살결을 느껴본다. 그런 뒤 한숨을 쉰다. 놀 때가 아니야, 이제 일하러 가야. 헤라는 성가시게 전차니 말이니 모는 흉내 같은 건 내지 않는다. 가고 싶은 곳을 속으로 생각만 하면 된다. 목적지는 렘노스다. 잠의 신에게 용무가 있다.

헤라는 렘노스섬을 좋아한다. 렘노스의 여인들이 예전에 그 섬의 모든 사내를 죽인 적이 있다. 헤라가 제일 좋아하는 이야기다. 참으로 현명한 렘노스 여인들 같으니라고!

헤라가 렘노스섬의 대지에 떠 있다. 잠의 신은 그녀가 오는 걸 알고 있다. 그는 모든 것을 본다. 절대 쉬는 법이 없다. 헤라를 보자 기분이 언짢아진다. 헤라의 동생인 잠의 신은 뒤끝이 좀 있는 성격이다.

그가 투덜댄다. "이번엔 뭔데, 헤라? 번거롭다고 전차나 말도 안 끌고 온 걸 보니 급했나보네."

헤라가 어깨를 으쓱한다. "그런 거 챙길 시간이 없어. 우리 다정한 동생, 잠의 신, 부탁 하나만 들어주라!"

그가 툴툴거린다. "분명 뭔가 원하는 게 있을 줄 알았지. 뭔데?"

헤라가 그의 팔을 만지작거린다. "그냥 작은 거 하나만 해주면 돼."

그가 무섭게 웃는다. "내가 예전에 작은 거 하나 들어줬다가 어떻게 됐는지 기억 안 나? 난 똑똑히 기억나는데."

헤라가 그의 팔을 쓰다듬는다. "내 부탁은 그냥 멍청한 내 남편 좀 잠깐만 재워달라는 것뿐이야. 내가 말이지…… 할일이 있는데…… 그이가 허락하지 않을 만한 일이라……"

잠의 신이 킬킬대며 고개를 세차게 도리질한다. "그래, 제우스 일일 줄 알았지! 지난번에 누나 부탁 들어줬다가 까딱하면 제우스 손에 죽을 뻔했다고!"

헤라가 애원한다. "수고한 값은 톡톡히 쳐줄게. 내 아들 헤파이스토스가 멋진 옥좌를 만들어줄 거야! 이제 밤낮으로 거기 앉아서 지켜보면 돼. 편하게 앉아서 일하고 싶지 않아?"

"지난번에 누나 말 들었다가 제우스가 쫓아왔어. 바다에다 날 던져버리려고 했다니까! 됐네, 일없어!"

"그러지 마아아아, 그건 그이 아들 헤라클레스 때문에 생긴 오해였어. 내가 그 녀석한테 유감이 많았던 건 인정해. 그치만 이번엔 죽었으면 좋겠는 인간들 문제일 뿐이라고. 그냥 트로이인 몇천 명 정도밖에 안 돼! 인간들 문제라 제우스가 자기 아들 때처럼 역정내진 않을 거야."

잠의 신이 고개를 절레절레 흔들며 시선을 돌려버린다. 또다시 사탕발림에 넘어가지 않으리라.

헤라가 곰곰이 생각한다. "좋아, 그러면 그 여자애, 파시테아를 너한테 줄게."

잠의 신이 커다란 눈으로 다시 헤라를 본다. 처음으로 진심어린 관심을 표한다. "파시테아? 정말?"

헤라가 고개를 끄덕인다. "정말이지. 물론 그애가 굉장히 어리긴 하다만."

그의 호흡이 빨라진다. "파시테아가 내 차지라고?"

헤라가 재차 고개를 끄덕인다. "으음, 그애가 아주 예쁘지. 아아아 아주 어리고."

그가 재차 묻는다. "그애가 내 거라고? 약속하지?"

또다시 끄덕.

잠의 신이 입술을 한번 깨물고 이렇게 말한다. "좋아. 그런데 내가 나서기 전에 스틱스강을 걸고 맹세부터 해. 어서, 한 손을 바다로 뻗어. 그래, 그렇게! 그리고 한 손은 대지로 뻗어, 그렇게!"

잠의 신이 허공에 대고 소리친다. "하데스! 헤라의 맹세에 증인이 돼주겠나?"

아무 변화도 없지만 둘이 동시에 움찔한다. 그들은 대지 저 아래 깊은 데서 전해진 진동을 느꼈다. 하데스가 맹세의 증인이 된다.

헤라가 고개를 끄덕이고 둘은 이데산 정상으로 옮겨간다. 제우스는 여전히 거기 앉아 트로이를 주시하며 아내와 딸이 싸움에 끼어들지 못하게 감시하고 있다.

헤라가 제우스 쪽으로 걸어갈 때 잠의 신은 나무에 오른다. 그는 튼튼한 가지를 찾아 독수리로 변신해 자리를 잡고 기다린다.

헤라의 귀걸이와 금빛 허리띠가 기분좋게 잘랑거리는 소리가 제우스의 귀에 들어간다. 그가 이미 잔소리를 발사할 준비를 하고 몸을 돌려 헤라를 보는데, 순간 무엇인가 그의 안에서 녹아내린다. 입이 헤벌어지고 눈이 둥그레진다. 그가 쉰 목소리로 묻는다. "헤라, 당신이 여기 올 줄은 몰랐는데. 전차는 어디 있어?"

헤라가 거짓말을 한다. "아, 말이랑 저기 산비탈에다 묶어뒀어."

제우스가 신혼 시절의 눈빛으로 헤라를 빤히 쳐다본다. 그가 말을 더듬는다. "어, 여긴, 무슨 일로?"

헤라는 더없이 새치름한 태도로 눈을 내리깔더니 어여쁜 발로 흙에다 살살 무늬를 그리며 속삭인다. "부모님을 보러 가도 되는지 물어보려고. 두 분이 또 싸우시거든. 부부가 싸우는 건 슬픈 일이야, 그치? 자고로 부부는 늘 서로의 의견을 존중해야지. 그래서 내가 좀 다녀와도 되는지 물어보려고 왔어. 난 당신이 화내는 게 정말 싫단 말이야!"

제우스가 헤라를 뚫어져라 쳐다본다. 입으로 숨을 들이마시고 내쉬고 하더니, 급기야 헐떡이기 시작한다. "내가 지금 당신을 원하는 만큼 이렇게 간절히 여자를 원했던 적이 없어. 내가 만난 여신이며 인간이며 반신이며 그렇게 많은 여자들 이름이 기억도 안 나! 익시온의 부인, 이름이 뭐였더라? 오 다나에, 발찌를 하고 있던 예쁜 다나에…… 레토…… 세멜레, 오 세멜레…… 그리고 내 아들 헤라클레스를 낳아준 알크메네……"

"지금 그 목록을 다 읊어댈 필욘 없잖아. 내가 그 여자들보다 어떻게 나은지, 그 부분으로 넘어가!"

그가 말한다. "내 말이 그 말이야, 여보. 내가 지금 당신을 원하는 것처럼 그 여자들을 원한 적이 한 번도 없었어. 오 그래, 지금 당장 여기서 당신을 원해. 이 햇빛 찬란한 멋진 산꼭대기에서 말이지."

"말도 안 돼! 올림포스에서 다 보인단 말이야. 집안 전체가 우릴 쳐다볼 수도 있다고. 그런 망신스러운 짓은 절대 안 해! 내 방이 있잖아. 헤파이스토스가 나한테 만들어준 방이 방음도 잘되고 잠금장치도 삼중으로 돼 있어. 그리로 가자!"

제우스가 징징댄다. "여보, 그렇게 오래 기다릴 수가 없다니까! 바로 여기서 남들 눈에 안 보이게 우리 모습을 숨길 수 있잖아!"

그가 허공에 대고 뭔가를 속삭이자 그들 주위에 사방으로 꽃이 피어나 땅을 뒤덮는다. 꽃이 너무 부드럽고 폭신해서 사랑을 나누며 굴러다녀도 될 정도다. 온통 향기가 진동한다. 위로는 황금 천막이 그들을 둘러싼 채 반짝이는 금빛 이슬을 똑똑 떨군다.

부부가 서로 끌어안고 만발한 꽃 융단 위로 쓰러진다. 독수리 횃대에 앉아 있는 잠의 신은 찡그린 얼굴로 구시렁대며 한참이나 지켜본다.

얼마 후 제우스가 금빛 미광에서 걸어나와 기지개를 켜며 하품을 하고 어깨에 묻은 꽃을 털어내는 모습이 보인다.

잠의 신이 낮은 소리로 말한다. "허구한 날 재미 보니 좋아 죽지! 암소들을 떼로 거느린 황소처럼 행복하시겠구먼! 그러거나 말거나, 이제 어여쁜 파시테아는 내 거다!"

그가 독수리의 형상을 털어버리고 본래 모습으로 돌아온다. 깡마른 몸집에 밤 사냥꾼의 거대한 눈이 이글거리는 모습이다. 그가 제우스 쪽으로 몸을 기울여 속삭인다. "잠들어라!"

벌써부터 코를 골던 제우스가 헤라의 품으로 쓰러진다. 잠의 신이 헤라에게 소리친다. "약속 잊지 마!" 헤라가 고개를 끄덕이자 잠의 신은 마지막 임무를 수행하러 전장에 내려가 포세이돈에게 말한다. "이제 마음껏 그리스인을 도와도 돼. 헤라가 확실히 약속한 거야."

포세이돈이 자신 없는 소리로 말한다. "제우스가…… 나한테 화 안 났으려나?"

잠의 신이 큭큭댄다. "제우스는 헤라하고 내가 처리했어. 헤라가 제우스한테 좋은 시간 선사했고 내가 재워버렸지! 한동안은 아무 일도 못해. 그건 확실해."

포세이돈이 고개를 끄덕이고 그리스 군대 최전선으로 날아간다. 천둥보다 더 큰 소리로 외쳐 군사들의 주의를 집중시킨다. "그리스군이여, 이제 나를 따르라! 최고의 전사는 최상급 방패를 잡으라! 약한 전사는 하급 방패를 잡으라! 강한 전사는 최상급 투구를 쓰라! 약한 전사는 하급 투구를 쓰라!"

그리스군이 지시에 따른다. 위대한 신의 음성과 흐릿한 윤곽을 지닌 이 형상의 뜻에 맞춰주고 싶은 마음뿐이다. 금세 최고의 전사들이 최고의 갑옷을 입고 가장 튼튼한 방패를 든다.

그리스군과 마주하고 있던 헥토르가 이러한 모습을 보고 부하들에게 말한다. "오늘 저들이 신의 명령을 받는군. 나는 신의 혈통이 아니지만, 상관없다. 이제 우리의 피를 저들의 피와 맞바꾸게 될 테니까."

그가 그리스군을 향해 달려가 창을 던진다. 그의 창이 아이아스의 가슴을 정통으로 맞힌다. 그러나 포세이돈은 그리스의 지휘관이 죽게 내버려두지 않는다. 제우스가 잠들어 있는 이상, 포세이돈은 그리스인에게 유리한 쪽으로 현실을 마음껏 조종할 수 있다. 헥토르가 던진 창의 속도를 늦추고 방향을 바꾸어 아이아스가 가슴에 찬 가죽끈에 맞게 한다. 방패용 가죽끈과 칼집용 가죽끈이 교차하는 지점이다. 창은 아이아스의 살갗에 미치지 못하지만, 그래도 헥토르가 던진 힘에 밀려 아이아스는 뒤로 넘어가 쓰러지고 만다.

완벽하게 던진 창이 포세이돈의 농간으로 불발되자 헥토르는 투덜거린다. 그가 트로이군의 방패벽 뒤로 숨으려고 돌아오는데 시간이 부족하다.

아이아스가 손에 무기를 들고 뛰어오른다. 아득한 정신으로 땅에 쓰러져 있을 때 집어든 커다란 돌덩이다. 그리스인들이 해변으로 끌어올린 함선을 똑바로 세워두려고 받쳐둔 둥근 돌. 요즘 같으면 몇십 센티미터 끌고 가려 해도 남자 두 명은 붙어야 할 묵직한 돌덩이다. 하지만 아이아스는 땀 한 방울 흘리지 않고 한 손으로 가뿐히 돌을 들어 헥토르를 향해 사이드스로로 날린다. 커다란 돌이 결정적인 부위에 적중한다. 헥토르의 방패 바로 위쪽이자 투구 바로 아래쪽이자 목 옆쪽.

그가 나무팽이처럼 돌다가 흙먼지 속에 쓰러진다.

그리스군이 떨듯이 기뻐하며 헥토르 쪽으로 모여들지만 트로이군이 헥토르 위로 방패를 펼친다. 흡사 암탉이 새끼를 보호하기 위해 날개를 부풀려 병아리들 위로 뻗는 모습이다.

헥토르에게 불길한 조언을 건넸던 폴리다마스가 주군의 처지에 누구보다도 괴로워한다. 그가 프로토에노르에게 돌진해 정확히 그의 어깨에 창을 밀어넣는다. 프로토에노르가 양손으로 흙먼지를 움켜쥐자 폴리다마스가 소리친다. "어떠냐, 암흑으로 내려가는 길에 내 창이 멋진 지팡이가 되어줄 것이다!"

이런 식의 과시 섞인 조롱을 그리스인들은 아주 싫어한다. 동방인은 사람을 죽이면 어김없이 재담을 뽐내려 한다. 사내답지 못한 짓이다.

아이아스가 창을 쥐고 폴리다마스를 향해 던진다. 그는 최대한 빠르게 트로이군 방패벽 뒤로 돌아가는 참이다. 폴리다마스가 창이 날아오는 걸 보고 몸을 피한다. 아이아스의 창이 그의 머리 위로 쌩 지나가 아르켈로코스를 맞힌다. 그는 폴리다마스가 다시 들어올 수 있도록 자리를 열어둔 트로이 전사다. 아이아스의 창이 목뼈를 강타하자 그의 몸이 땅에서 들렸다가 다섯 걸음 뒤로 물러난 곳에 박혀버리는데 두 발은 그대로 허공에 떠 있다.

아이아스가 자신의 투척 솜씨에 아주 흡족해한다. 그리스인도 동방인 못지않게 재치를 뽐내며 고소해할 수 있다는 것을 보여주고 싶다. "자, 폴리다마스, 내가 방금 땅에다 박아준 네 친구가 누구였지? 부잣집 아들 같구먼! 내 친구 프로토에노르를 죽였으니 쌤쌤인 셈 치자고, 응?"

갑자기 모두가 적군을 죽이고 재치를 뽐내려는 욕심에 사로잡힌다. 페넬레오스가 트로이의 최고 갑부 일리오네우스를 죽인다. 창으로 눈을 찔러 눈알을 터뜨린다.

페넬레오스는 차분하게 창을 홱 잡아당겨 눈알을 뽑고 칼을 꺼내 일리오네우스의 머리를 잘라 높이 쳐들더니, 야유하는 그리스군에게 먼저 보여주고 트로이군에게도 보여준다. 그가 피투성이 얼굴을 자기 얼굴 가까이에 대고 말한다. "아하, 부잣집 도련님, 일리오네우스!" 그러고는 잘린 머리를 트로이군 쪽으로 돌리며 이어 말한다. "일리오네우스가 그러네. '어머니 아버지한테 나 오늘 집에 못 간다고 전해줘. 그리고 집사람한테 저녁 하지 말라고 해!'" 그리스군이 웃어대고, 페넬레오스는 일리오네우스의 머리를 트로이군 쪽으로 던지고서 포효한다. "그리고 네놈들 모두 조만간 자기랑 겸상할 거라고 전하라네!"

트로이인들은 무릎에 힘이 확 빠진다.

15
그리스 함선에 불이 붙다

제우스가 찌뿌듯한 기분으로 잠에서 깬다. 내려다보니 헥토르가 빈사 상태로 누워 있고 포세이돈은 대놓고 그리스인들을 도와준다.

그가 헤라를 노려본다. 헤라는 자는 척하지만 제우스가 그 정도도 모르는 바보는 아니다. "이 사람이 또 사고 쳤구먼. 헥토르는 전투에서 끌어내고 나는 살살 속여 침대로 끌어들여서는 재워버리셨어."

헤라는 반응이 없다. 제우스가 계속한다. "눈물 쏙 빠지게 해줄까 생각중이야. 지난번에 날 묶어서 붙잡아두려고 했을 때 기억나? 내가 풀려난 다음에 무슨 일이 있었는지도 기억나? 당신에게 매운 맛을 보여주지 않을 수가 없었지. 밤새도록 당신 손목을 묶어 매달았잖아. 당신 비명소리에 통 잠을 잘 수가 없더라고. 그런 일을 또다시 겪게 될 수도 있어."

헤라는 그 끔찍한 밤이 기억나 더럭 겁이 난다. 벌떡 일어나 앉는다. "여보, 내가 맹세하는데 지금 포세이돈이 그리스인을 돕든 뭘 하든 나하고는 아무 상관이 없어. 내가 포세이돈한테 경고했다니까! '포세이돈, 이 바보 같은 노친네야, 내 사랑하는 남편 제우스의 말에 따라야지!'"

제우스가 웃는다. "어련하시겠어! 내가 집안일 처리하는 걸 당신이 가만 놔두기만 해도 모든 게 훨씬 술술 풀릴 거야. 다 계획이 있거든. 먼저 포세이돈에게 바다로 돌아가라고 해야겠어. 그놈 꼴 더 볼 필요 없게. 그리고 아폴론을 보내서 헥토르를 치료하게 하고 트로이군에게 전의를 불어넣어줘야지. 그다음엔 아킬레우스의 친구이자 부하인 파트로클로스가 헥토르 손에 죽게 될 거야. 격분한 아킬레우스는 아주 꼭지가 돌아서 전장으로 돌아오고, 그리스인이 결국 트로이를 탈탈 터는 거지. 알겠어?"

헤라가 고개를 끄덕이자 제우스가 말을 이어간다. "하지만 헥토르가 그리스 함선을 최소한 한 척은 불태워야 해. 그때까진 그리스인을 돕지 않을 거야. 내가 테티스한테 한 약속이거든." 그가 헤라를 빤히 쳐다본다. "그래, 이제 알겠어? 내 식대로 하게 놔둬. 안 그러면 일이 틀어진다고."

헤라가 또다시 고개를 끄덕이는데 제우스는 헤라의 표정을 읽을 수가 없다.

그가 언짢은 목소리로 말한다. "좋아, 당신이 내 일을 방해하지 않고 한 번쯤은 도움이 되는지 두고보겠어. 당신은 올림포스로 올라가서 이리스와 아폴론을 찾아가지고 나한테 오라고 전해. 나는 준비할 게 있어."

헤라가 고개 숙여 절한다.

———
231

순식간에 올림포스로 가보니 신들은 평소처럼 술을 마시고 있다. 헤라를 보자마자 서로들 잘 보이려고 앞다투어 신주 잔을 권한다.

헤라는 모두를 본 척도 않는다. 테미스 빼고. 테미스는 매사에 일처리가 똑부러진다. 사실 그녀야말로 행실 바른 여신이다.

테미스가 헤라를 껴안고 묻는다. "무슨 일이에요? 남편이 겁이라도 준 거예요?"

"오, 테미스, 그이가 나한테 어쨌는 줄 알아? 신들을 다 소집해. 내가 그이의 못돼먹은 계획을 들려줄 테니."

모두가 좌정하자 헤라가 입을 연다. "여러분, 우리 일가가 포기해야 돼. 제우스가 우리 주군이자 폭군이잖아. 복종하는 수밖에 없어. 그는 우리가 좋아하는 인간들을 수없이 죽일 계획이야. 게다가……" 헤라가 한숨을 쉰다. "……우리는 할 수 있는 게 아무것도 없지."

헤라가 아레스를 보더니 피로 얼룩진 더러운 그의 손을 잡고 말한다. "딱하기도 해라. 그 잔인무도한 트로이인들이 네 아들 아스칼라포스를 죽인 거 아니?"

앉은자리에서 아레스의 감정이 폭발한다. 그가 포효한다. "트로이 놈들을 내 손으로 죽여버리겠어! 모조리 죽일 거야! 아버지가 뭐라 하든 상관 안 해. 나한테 번갯불을 던진대도 상관없다고. 당장 트로이로 내려가겠어!"

그가 자리를 박차고 나가 불결하고 무시무시한 말들을 전차에 맨다.

아테나가 헤라에게 말한다. "엄마, 아레스가 다칠 게 뻔하잖아!"

헤라는 아레스를 잡으러 달려나간다. 엄마가 아기 모자를 벗기듯 손쉽게 아레스의 거대한 투구를 머리에서 홱 벗기고 그가 쥔 방패를 슥 빼내고 마지막으로 창을 억지로 빼앗는다. 헤라가 그를 무장해제 시키며 꾸짖는다. "이 멍청한 것아, 정신 나갔니? 아버지 제우스가 너를 포도송이처럼 으깨버릴 수도 있다고. 네가 성질 건드리면 네 아버지는 이리로 와서 우리한테도 똑같이 본때를 보여줄 거야!"

아레스가 징징댄다. "놈들이 내 아들을 죽였잖아!"

헤라가 웃는다. "네가 그애를 그렇게나 아낀다면 걔 이름이 뭐였는지 기억은 하지?"

아레스가 피로 떡진 지저분한 머리를 긁으며 중얼댄다. "'아'로 시작하는 거였는데, 그게 분명……"

헤라가 그의 목덜미를 잡고 다시 연회장으로 데려가며 말한다. "아들 일은 그냥 잊어. 중요한 건 아니지만 그애 이름은 아스칼라포스였어. 전혀 특별할 게 없는 애였지. 걔보다 더 훌륭한 전사들이 전투에서 죽었다고!"

그러고는 아레스를 다시 그의 자리로 밀어넣는다.

헤라가 이리스와 아폴론을 불러 제우스에게 가보라고 이른다. 그들이 지평선 너머 호를 그리며 날아가 이데산에 당도한다. 제우스는 여전히 거기 앉아 함선 옆에서 벌어지는 전투를 지켜본다.

그가 고개를 끄덕인다. "적어도 너희 둘은 내가 부르면 재깍 나타나는구나. 이리스, 내 동생 포세이돈한테 가줬음 좋겠다. 단도직입적으로 말해줘라. 녀석이 가끔 이해력이 약간 딸리는데다 워낙 황소고집이라서. 그리스인 돕는 걸 지금 당장 그만두라고 말해줘. 원하는 대로 어디든 가도 좋다고 전해. 올림포스로 올라가도 되고 내 눈에 안 띄게 저기 바닷속으로 내려가면 더 좋겠고. 어쨌든 포세이돈이 당장 전장에서 사라졌으면 좋겠다."

이리스가 절하고 사라지기 시작하는데 제우스가 붙잡는다. "잠깐만!" 이리스가 다시 형체를 띤다. "혹시 내 명령이 맘에 안 들면 언제든 나와 한판 붙어도 좋다는 말도 전해."

이리스가 다시 절하고 반투명 상태로 변해 상공을 날아 트로이 평원의 포세이돈 앞에 선다. 포세이돈은 먼지를 잔뜩 뒤집어써서 거뭇해진 추한 몰골로 비틀대고 있다.

이리스가 맑은 소녀의 음성으로 읊조리듯 말한다. "대지를 다스리는 검은 머리의 군주 포세이돈 님, 제 주인 제우스 님의 전갈을 가져왔어요. 신들의 집으로 올라가시든지 바닷속으로 내려가라십니다."

포세이돈은 속이 부글부글 끓는다. 그가 답변을 고민하는 동안 인간과 비슷한 그의 형체가 쉴새없이 변화한다. 포세이돈은 이렇게 밝고 어린 신들과 소통하는 게 늘 힘들다. 그가 불만 섞인 목소리로 이야기한다. "우린 삼형제야! 나, 제우스, 하데스!"

이리스가 어깨를 으쓱한다. "혹시 당신이 그 말을 따르지 않으면 제우스 님께서 친히 내려와 당신과 싸우시겠다고 전하라 하셨어요. 웬만하면 도전하지 말라고 경고하십니다. 그분이 더 강하시니까요."

포세이돈은 마음이 상한다. 눈부시게 빛나는 이 소녀 신에게 설명하려고 애쓴다. "삼형제라니까, 셋이 동등하다고! 우리가 지푸라기를 뽑았어. 제우스가 하늘을 뽑았고, 하데스가 지하 세계를 뽑았어. 내가, 내가 그사이에 있는 이 대지를 뽑았고!"

이리스가 또 한번 어깨를 으쓱인다. 어쩌면 이렇게 늙고 못생겼을까!

그가 씩씩댄다. "제우스에게 전해. 너, 이리스 같은 어린 신들이나 마음대로 다스리라고! 난 제우스에 맞먹는 신이야!"

이리스가 묻는다. "포세이돈 님, 정말 제가 돌아가서 그 말씀을 제우스 님께 전하길 바라세요? 복수의 여신들을 생각해보세요. 번개까지야 내려치지 않는다 해도 그 여신들이 당신을 잡으러 올 거예요."

흐릿한 형체가 움직이다 가라앉고, 결국 포세이돈이 대답한다. "제우스 말에 따르지. 하지만 정말 분하다. 만에 하나 제우스가 트로이를 살려두면 그땐 우리 사이에 전쟁뿐이야."

포세이돈이 마치 용암처럼 부글거리며 바닷속으로 흘러들어간다.

한편 아폴론은 평상시처럼 힘들이지 않고 이데산에 도착해 제우스 앞에 선다.

오늘따라 아폴론은 보는 이가 눈을 뜰 수 없을 정도로 빛이 난다. 항상 빛나긴 했지만 지금은 자기가 싫어하는 그리스인들을 혼내주러 가게 되리라는 걸 아는 모양인지 쳐다보지 못할 만큼 눈부시다. 평소 그의 형상을 표현하자면 키 큰 젊은이의 모습이라 할 수 있는데, 지금은 그것도 아니다. 정오의 태양 같다. 중천에 뜬 태양처럼 아무도 자신을 똑바로 바라보길 원치 않는다. 제우스마저 곁눈질로 보게 된다.

제우스는 큰소리를 좀 쳐야겠다고 생각한다. 그는 늘 아폴론이 좀 무섭다. 그래서 이렇게 말문을 연다. "방금 네 삼촌 포세이돈을 야단쳤다. 내 명령을 거스르고 또 전쟁에 개입해서 그리스인을 도와주더라고. 그래서 바닷속으로 보내버렸어. 내가 그랬지. '포세이돈, 기어이 나와 싸울 일을 만들면 네놈이 어디로 떨어질지 두고봐라. 그땐 하데스보다 한참 밑에 있는 무덤에 갇힌 티탄족이 어이쿠, 이게 뭐야, 하고 충격을 느낄 일이 생길 거다.'"

아폴론은 아무 말이 없다.

제우스가 계속 이야기한다. "자, 아폴론, 내가 바라는 건 네가 저기 내려가서 그리스인들을 따끔하게 혼내주는 거다. 원하는 만큼 죽여라. 트로이인에게 용기도 좀 불어넣어주고, 그리스인들은 곧바로 함선으로 몰아가고."

여전히 아무 대꾸가 없다.

제우스가 말한다. "네 마음대로 하라고. 알아듣겠냐? 아이기스*를 써도 돼."

처음으로 아폴론이 관심을 보인다. 아폴론의 눈이 불타는 마그네슘처럼 순간적으로 번득이는 것을 보고 제우스가 덧붙인다. "조심해서 써라. 장난감이 아니야!"

아폴론이 고개를 갸웃하며 "아이기스"라고 내뱉는다. 무슨 얘길 하고 싶은 게 아니라 확인 차원에서 던지는 말이다. 제우스가 고개를 끄덕인다. "아이기스."

아폴론 입가에 미소가 걸린다. 지평선에서 퍼져가는 감미로운 가락이 두 신을 둘러싸는 가운데 아폴론이 지상으로 내려간다. 그가 하강하자 그 소리는 비둘기에게 돌진하는 매의 외침으로 변한다.

헥토르가 일어나 앉아서 숨을 가다듬고 있다.

혼돈 가득한 전투의 기운이 사라진다. 그는 완벽한 정적 속에 있다. 자기가 죽어가는 건 아닌가 의아해한다. 그런데 사방이 캄캄해지는 대신 온통 하얀빛으로 끓어오른다. 헥토르는 실눈을 뜨고 그 번쩍이는 빛을 본다. 신이다. 엄청나게 큰 신이다.

그가 백색의 환한 빛에게 묻는다. "어떤 신이신지 여쭙습니다."

빛은 헥토르의 눈을 강타하는 것으로 답을 대신한다.

---

* 제우스의 방패. 대장장이 신 헤파이스토스가 만들었다.

헥토르가 고개를 숙이며 말한다. "아폴론 님, 용서해주십시오. 제가 전장을 떠났습니다. 하지만 보셨다시피 아이아스가 큰 돌덩이로 저를 쳤습니다. 저는 하데스의 나라로 내려가는 줄 알았습니다."

아폴론이 대답하는데 그 소리가 마치 거대한 청동 방패에 검이 부딪칠 때 날 법한 음조다. "헥토르는 상처를 치유받아 전장으로 돌아가고, 그리스군이 그를 피해 달아나게 되리라."

그 빛이 헥토르를 정면으로 덮쳐 상처를 치유하고 그의 피를 끓어오르게 한다.

헥토르는 마치 마구간에서 풀려나온 종마가 된 듯한 기분이다. 뛰어가고 발길질하고 강물을 첨벙첨벙 건너서 영원토록 달리고 또 달리고 싶다. 그가 벌떡 일어나 방패와 창을 쥐고 다시 전투에 뛰어든다.

전진하던 그리스군의 눈에 헥토르가 보인다. 마법처럼 치유된 그가 곧장 자기들을 향해 다가온다. 그들이 걸음을 멈춘다. 방패가 내려가고 창도 아래로 처진다.

투창을 든 용감한 전사 토아스가 그리스군 가운데 맨 먼저 정신을 차린다. 그가 부하들에게 소리친다. "그래, 헥토르다. 분명 죽은 줄 알았는데 아니구나! 그러니 저자를 물리치도록 나를 도와라."

그러고는 전투력이 떨어지는 군사들을 향해 창을 흔들며 말한다. "너희 병사들은 함선으로 퇴각하라." 그들은 두말 않고 즉시 명령에 따른다.

그가 아이아스, 테우크로스, 이도메네우스와 모든 명장들이 있는 최전선을 가리키며 소리친다. "최고의 용사인 우리에게 달렸다. 전열을 가다듬고 헥토르를 물리치자. 신들이 전부 그의 편이어도 상관

없다."

헥토르가 다가온다. 그의 옆에는 사람처럼 달리는 뭔가가 있다. 키가 엄청나게 큰 사람의 형상이다. 하지만 그의 얼굴을 살필라치면 태양을 쳐다보는 듯 눈이 시려온다.

키 큰 남자는 창도 방패도 없다. 그런데 그가 그리스군을 향해 전속력으로 달려오며 오른손을 쳐든다. 거기에 뭔가가 있다. 눈부신 빛에 감싸여 보이지가 않는다. 호리병박 같기도 하고 잘린 머리 같기도 하다. 털인지 술 장식 같은 것이 달려 있다.

그리스인들이 그것에 홀려서 멀거니 쳐다본다. 그 순간 키 큰 남자가 손목을 획 움직이자 손에 든 것에서 소리가 난다. 소리는 공포 그 자체다. 일순간에 어린 시절—어둠을 쫓아내주는 말을 배우기도 전—의 모든 공포가 전장에 있는 그리스군 모두의 마음속에 쏟아져 내린다. 턱수염이 난 뒤로 두려움이라곤 느껴본 적 없는 사내들이 느닷없이 울고 싶어진다.

무력해진 그리스군이 멍한 상태로 흐느껴 운다. 그들이 미처 정신을 차리기 전에 트로이의 최전선에 있는 전사들이 그들을 공격해 마구잡이로 죽인다. 헥토르는 보이오티아인들의 왕 스티키오스와 아르케실라오스를, 미처 방패를 들어올릴 틈도 주지 않고 해치운다. 아이네이아스가 헥토르의 뒤를 따른다. 그가 살인자 메돈과 아테네인 이아소스의 목에 창을 찔러넣는다. 비관주의자 폴리다마스마저 칼을 뽑아 얼빠진 그리스군 두 명의 몸에 쑤셔넣을 때 한 번쯤은 신나 보인다. 너무 심하다. 누구 하나 아폴론이 뿌려대는 공포의 파장에 맞서질 못한다. 그리스군이 돌아서서 달아난다. 하지만 그렇게 달아나는 자는 더 손쉬운 표적이 되고 만다. 파리스가 달아나는 그리스군을 향해 전속력으로 달려가 등에다 창을 찔러넣는다. 창이 병사의 어깨까지 뚫고 나가 그는 잠깐 동안 마치 꼬챙이에 꿰인 염소처럼 허공에 매달린다.

헥토르가 군사들을 향해 외친다. "함선을 공격하라! 전리품을 챙기느라 지체하지 말라! 시체를 터는 놈을 보면 내 손으로 죽이겠다!"

아폴론은 트로이군을 돕기 위해 그리스군 방벽까지 껑충 뛴다. 그의 발길질 한 번에 흙 둑길이 참호 위로 무너진다. 또 한번 발길질하자 방벽이 박살난다. 파도가 휩쓸고 간 모래성처럼 사라진다.

아폴론이 손에 든 아이기스를 흔들자 모든 그리스군이 제각각 어둠 속에 사로잡혀 공포에 떤다.

네스토르가 애원한다. "제우스 님, 우리가 태워서 바친 고기나 골을 받고 흡족하신 적이 있다면 지금 도와주십시오!"

제우스가 그리스인들에게 번갯불을 떨어뜨려 대답한다. '싫다'는 뜻이다.

트로이군이 마치 밀물 때의 첫 파도처럼 둑길 너머로 쏟아져들어온다.

그리스인들은 해변에 정박시킨 함선으로 기어오른다. 함선이 불타는 걸 막으려는 최후의 노력이다. 그들은 전투용 창은 내려놓고 함선끼리 싸울 때 쓰는 긴 창을 쥐고선 절구질하듯 내리치며 배에 기어오르는 트로이군을 찌른다.

그때까지 에우리필로스의 상처를 치료하고 있던 파트로클로스도 트로이군이 함선을 공격하는 모습을 본다. 그는 갑자기 어딘가로 달려가며 에우리필로스에게 소리친다. "미안하지만 지금 아킬레우스에게 가서 상황을 알려줘야 해. 그를 전투에 복귀시킬 수 있을지도 몰라!"

그리스인들은 이제 해안을 등지고 빽빽하게 모여 있는 신세다. 달아날 데도 없다. 버티고 싸우는 수밖에. 대부분은 여전히 공포에 사로잡혀 제정신이 아니다. 최고 용사들 몇 명만 아이기스의 끔찍한 주문을 견디고 있다.

아이아스가 걸어나와서 이쪽으로 접근하는 트로이군을 창으로 찌른다.

헥토르가 아이아스를 향해 달려와 창을 던지지만 빗나가버리고, 대신에 그의 친구 리코프론에게 꽂힌다. 아이아스가 동생 테우크로스를 부른다. "네 활을 가져와!"

몸집 작은 테우크로스가 얼른 뱃머리로 달려가 활을 쏴 트로이인 한 명을 전차에서 떨어뜨린다. 그런 다음 헥토르를 겨냥한다.

만약 테우크로스가 헥토르를 맞혔다면 전쟁은 그 즉시 끝났을 것이다. 하지만 제우스는 아직 그리스군에게 승리를 안겨줄 준비가 안되어 있다. 그래서 손가락 하나를 휙 움직여 헥토르를 뒤쫓는 테우크로스의 활시위를 끊어버린다. 화살이 제멋대로 튕겨나가자 테우크로스가 고함을 지른다. "내가 오늘 아침에 시위를 맸다고. 신들이 오늘 우리를 죽도록 미워하는구먼!"

테우크로스가 이제는 쓸모없어진 활을 던져버리고, 그 모습을 본 헥토르는 트로이군을 향해 소리친다. "봤느냐? 제우스가 우리 편이다! 이제 함선으로 돌격해 불태우자!"

덩치 큰 아이아스는 그리스군 대부분이 방패를 늘어뜨린 채 쭈뼛대는 꼴을 보고 고함친다. "이 겁쟁이들, 싸우는 게 좋을 거다! 놈들이 함선을 불태우면 집에는 걸어서 갈 생각이냐?"

그리스군은 선택의 여지가 없음을 깨닫고 방패를 나란히 붙여 들고 앞으로 나아간다. 하지만 제우스는 지금 그들을 이기게 해줄 생각이 없다. 그가 그들의 머릿속을 흐리게 하고 용기를 빼앗아버린다.

이제 트로이군이 함선 코앞까지 왔다. 곧 갑판에다 횃불을 던질 수 있을 만큼 가깝다. 그러면 우왕좌왕하는 그리스인들을 도륙하는 건 시간문제다.

제우스는 이 상황을 지켜보면서 함선에서 불길이 치솟기를 기다린다. 그는 그리스 함선 한 척에 불이 붙는 것을 보는 순간까지 트로이인을 돕겠다고 약속했다. 그 이후로는 흐름을 바꿀 것이다. 헥토르는 죽을 테고 아테나는 이제 마음대로 뭐든 하겠지. 트로이는 함락당할 것이다. 하지만 지금 이 순간만큼은 제우스가 헥토르와 그의 트로이군에게 온힘을 쏟고 있다.

헥토르는 제우스의 힘이 자신의 혈관에 끓어오르는 것을 느낀다. 감당하기 벅찰 지경이다. 어쨌든 그는 신의 혈통이 아닌 인간에 불과하다. 열병을 앓는 사람처럼 온몸이 불타고 눈은 아폴론의 눈처럼 번득이며 입에서는 하얀 거품이 일어난다.

그가 그리스군의 방패벽을 향해 전력으로 질주한다. 한 명이 수십 명과 맞붙는다. 겁에 질린 채 방패 뒤에 웅크리고 있는 그리스 군사들을 헥토르가 정면에서 찌르고 좌우에서 무차별로 공격한다. 신처럼 재빠르게 움직이며 온 사방을 휘젓고 다닌다. 그리스군은 파도에 두들겨맞는 바위인 양 쭈그리고 앉아 있는 수밖에 없다.

그들은 좋은 방패 덕에 목숨을 부지한다. 죽은 자는 한 명뿐이다. 옆 사람의 방패에 걸려 넘어지는 바람에 얼굴을 쳐든 채 무방비로 자빠진 페리페테스다. 헥토르가 순식간에 그에게 달려들었다.

페리페테스가 이승에서 마지막으로 본 것은 헥토르의 얼굴이었다. 헥토르가 이 소년에게 창을 찔러넣었다. 다른 그리스 군사들이 할 수 있는 일이라고는 방패 뒤에 쭈그리는 것뿐이었다. 아무도 감히 헥토르와 일대일로 대결하지 못한다.

최고의 용사들이 헥토르의 손아귀에 갇힌 형국이니 그리스군은 함선으로 다가오는 트로이군을 저지할 도리가 없다. 트로이군은 함성과 환호를 쏟아내며 해변을 따라 그리스군을 추격한다.

아이아스가 함선과 함선 사이를 뛰어다니며 소리친다. "돌아가서 싸워라! 도망가는 자는 지켜줄 수 없다! 돌아가서 싸워라! 두 번 다시 고향 땅을 못 보고 싶으냐!"

헥토르는 함선으로 향하는 길에 아무런 장애물이 없는 것을 확인하고 제일 가까운 함선의 고물 쪽으로 달려간다. 그가 차갑고 축축한 선체를 만지며 뛸 듯이 기뻐한다. 이게 그의 목표다. 자기 두 손으로 직접 함선을 만졌다. 이제 돌아서서 그리스인들을 물리쳐야 한다. 그들은 트로이인의 손이 자기네 함선에 닿는 것을 보고 격분한다.

이때 아테나가 자신의 힘을 그리스군에게 슬쩍 집어넣고 그들 눈에서 어둠을 거둬버린다. 부디 아버지가 눈치채지 못하길 바랄 뿐이다.

함선에서 벌어지는 전투는 끔찍하기 짝이 없다. 칼, 손도끼, 커다란 양날 도끼 등 손에 잡히는 모든 무기로 치고받는 근접전이다. 창병들마저 창을 높이 쳐들고는 마치 단검을 다루듯 찔러댄다. 창 대결을 할 공간이 없다.

헥토르는 선체가 몰래 빠져나가기라도 할까봐 염려되는지 한 손으로는 기어이 선체를 붙든 채 한 손으로만 검을 쥐고 휘두른다. 그가 소리친다. "불! 불을 달라! 오늘 제우스가 우리 편이다!"

제우스는 가만히 지켜보며 때를 기다린다. 그리스 함선이 불타오르는 순간 그는 트로이인들을 버릴 것이다. 하지만 헥토르로서는 그걸 알 리가 없다. 그는 장장 아홉 해 동안 이 함선을 불태우길 꿈꿨다.

트로이군은 계속 투창을 날리고 아이아스는 함선 사이로 뛰어다닌다. 결국은 함선에서 뛰어내려야 하지만, 그는 아래쪽 갑판에서 끈질기게 싸우면서 그리스군에게 소리친다. "살고 싶으면 싸워라! 그리스 도성이 우리 코앞에 있는 줄 알아? 집까지 걸어갈 생각이냐?"

그가 뱃전 너머로 몸을 굽혀, 기어오르는 트로이군을 찔러 떨어뜨린다.

3부
마지막 전투

16
신에게 죽임을 당한 자

파트로클로스와 아킬레우스가 불타는 함선에서 솟아오르는 연기를 바라본다. 눈물이 그렁그렁해진 파트로클로스가 주군을 돌아보며 제발 트로이군을 막을 수 있게 도와달라고 조용히 간청한다.

아킬레우스가 말한다. "울어? 집에 우환이라도 생겼대? 내가 최근에 듣기론 네 아버지가 여전히 건강하게 살아 계시다던데. 우리 아버지도 그렇고."

파트로클로스가 흐느낀다.

아킬레우스가 말한다. "너 지금 아가멤논의 군대 때문에 우는 거냐? 저들 때문에 이 사달이 난 거잖아!"

파트로클로스는 대꾸가 없다. 둘은 전장의 소음을 듣고 있다.

아킬레우스가 언짢은 목소리로 말한다. "뭣 때문에 우는지 말해!"

파트로클로스가 말한다. "전부 다 부상당했어. 에우리필로스는 허벅지에 화살을 맞았어. 디오메데스는 창에 맞아 부상을 입었고. 오디세우스는 칼에 찔렸고, 아가멤논도 마찬가지고……"

아가멤논이 언급되자 아킬레우스의 표정이 험악해진다. 파트로클로스가 말을 이어간다. "의무관들이 지금 부상자들을 치료중이야."

아킬레우스가 어깨를 으쓱이고 자리를 뜬다.

파트로클로스가 그를 부르며 쫓아간다. "나는 절대 너처럼 원한 품을 일이 없으면 좋겠다, 아킬레우스! 아무래도 너는 차가운 바다 절벽을 아비로 두고 잿빛 파도를 어미로 뒀나보지. 트로이군이 함선을 불태우는 동안 부상으로 누워 있는 동지들이 불쌍하지도 않나! 그들을 도와줄 생각이 없다면 나라도 돕게 해줘. 내가 너의 갑옷을 입을게. 그러면 트로이군은 네가 전투에 복귀했다고 생각할 테고, 그것만으로도 그들을 물리치고 우리 전우들이 잠시나마 숨을 고르기에는 충분할 테니까!"

아킬레우스가 고개를 가로젓는다.

"왜 안 돼? 사람들이 수군대는 말이 진짜야? 정말 네 어머니에게 신탁이라도 들었어? 그것 때문에 싸우지 않는 거야?"

"신탁 같은 건 없었어."

"그럼 이유가 뭐야?"

"권세로 따지면 나도 아가멤논 못지않게 힘있는 왕이고 전투에선 내가 더 나은 용사니까. 그런데 그가 내게서 여자를 빼앗아갔어. 내 창으로 얻어낸 그 여자를! 그애가 떠나면서 우는 걸 너도 봤잖아. 그앤 내가 자길 구해줄 거라고 생각했어!" 잠시 침묵하던 아킬레우스가 다시 입을 연다. "디오메데스도 다쳤다고?"

"부상이 심해. 창에 당했어."

아킬레우스가 괴로워한다. "안됐군. 아가멤논이야 어찌되든 상관 없어. 그자는 전사도 아니니까. 하지만 디오메데스는…… 우리 편에 그가 없으면 곤란한데. 아, 저 소리 들려? 헥토르가 군사들을 재촉하는 소리야. 그리스군 목소리는 하나도 안 들리네."

불타는 함선에서 번져나온 연기가 점점 더 높이 올라간다.

아킬레우스가 파트로클로스의 어깨에 한 팔을 두르고 말한다. "저 트로이인이 모조리 죽었으면 좋겠어. 그리고 너와 나 빼고 그리스인들도 전부 다! 그러면 우리 둘이 트로이를 나눠 가질 텐데."

그는 자기 무구가 있는 구석으로 걸어가 투구를 집어들어 파트로클로스에게 건넨다. "우리 군사들이 저기서 도륙당하는 소릴 더는 못 듣고 있겠다. 하지만 난 아직 싸울 수 없어, 파트로클로스. 나의 함선에 불길이 닿을 때까지는 싸우지 않겠다고 맹세한 걸 너도 들었지. 그러니 내 갑옷을 줄게. 이걸 입고 트로이군에 맞서서 우리 군사들을 이 끌어줘."

파트로클로스가 벌떡 일어나서 아킬레우스의 훌륭한 갑옷을 펼쳐본다.

그 모습을 바라보며 아킬레우스는 투덜댄다. "아가멤논이 나를 조금만 존중했어도 이딴 일은 절대 벌어지지 않았겠지! 저길 봐—"그가 함선에서 피어오르는 연기를 가리킨다. "트로이 놈들과 동맹군으로 온 괴상한 아시아 놈들이 그리스 최고의 용사들을 염소 몰듯 둘러싸고 있잖아. 치욕스러워! 절대 일어나선 안 될 일이야. 아가멤논이 날 제대로만 대우했어도 저 참호는 트로이 놈들 시체로 가득찼을 텐데!"

이제 잔뜩 흥분한 아킬레우스가 성큼성큼 걸어나가 소리친다. "내가 부하들을 소집해서 널 위해 모두에게 사기를 불어넣어줄게!"

그가 자리를 뜨는가 싶더니 다시 막사 안으로 고개를 밀어넣고 말한다. "파트로클로스, 한 가지 명심해. 중요한 거야. 너는 헥토르의 적수가 못 돼. 그자와의 일대일 대결에 말려들지 마. 나의 갑옷을 입는다고 나로 변신하는 건 아니니까."

파트로클로스는 정신이 딴 데 팔려 건성으로 고개를 끄덕인다. 아킬레우스의 갑옷을 감상하느라 바쁘다. 정말로 그 갑옷을 입게 될 줄은 꿈에도 몰랐다. 그가 갑옷을 착용하기 시작한다. 먼저 정강이를 보호하는 정강이받이를 찬다. 창끝에 사정없이 긁힌 자의 정강이를 본 적이 있는 사람이라면 좋은 정강이받이가 얼마나 중요한지 안다. 다음으로 시종들이 그에게 가슴받이를 장착한다. 순식간에 더욱 강인한 몸통이 된다. 그런 뒤 아킬레우스의 검을 한쪽 어깨에 걸치고 다른쪽 어깨에는 그의 거대한 방패를 멘다. 마지막으로 뻣뻣한 말갈기가 깃처럼 달린 투구를 쓰자 안 그래도 큰 키가 훌쩍 더 커 보인다.

그가 아킬레우스의 창을 들어올리려고 하지만 그에게는 너무 무겁다. 그 나무 몸통 같은 창을 휘두를 수 있는 자는 아킬레우스뿐이다. 파트로클로스는 평범한 창 두 개에 만족하고 밖으로 나간다.

아킬레우스의 전차마 세 마리가 전차에 매여 대기중이다. 그중 두 마리는 질풍의 여신 포다르게가 서풍의 신에게 낳아준 불멸의 동물이다. 그 말들은 '크산토스'*와 '발리오스'**다. 혹자는 녀석들의 아비가 서풍의 신이 아니라 제우스였다고도 한다. 왕들이 종종 그러듯 신

---

* 황색이라는 뜻.
** 얼룩무늬라는 뜻.

의 아버지가 언젠가 암말들과 짝짓기를 했다는 것이다. 세번째 말은 언젠가 죽을 운명이긴 해도 빼어난 짐승이다. 그리스인들은 그 말을 '페다소스'라고 부른다. 트로이의 어느 마을에서 잡아온 녀석이다.

아킬레우스가 이미 군사들을 정렬시켰다. 다들 전투에 투입되고 싶어 몸이 달았다. 아킬레우스는 트로이에 함선 쉰 척을 몰고 왔다. 각 함선마다 군사가 쉰 명이라고 치면 아홉 해 동안의 전사자 수를 감안하더라도 이천 명이 넘는 군사를 전투에 투입할 수 있다. 병력이 다섯 대대로 나뉘고 각 대대는 최고의 용사들이 지휘한다.

첫번째 대대는 천계에 흐르는 강에서 태어난 메네스티오스가 이끈다. 그는 신의 혈통에게서 볼 수 있는 깔끔하고 편안한 용모를 지녔다.

두번째 대대는 상급 신들 가운데 제일 장난기 많고 교활한 헤르메스의 서자 에우도로스가 지휘한다. 그는 자기 아버지의 음흉하고 태평스러운 면모를 닮았다.

세번째 대대는 인간이지만 위대한 전사인 페이산드로스 휘하에 있다. 그는 파트로클로스 다음으로 창을 가장 잘 쓰는 대대원이다. 물론 아킬레우스는 빼고. 그야 말할 필요도 없지만.

네번째 대대는 아킬레우스를 키우다시피 한 반백의 노장 포이닉스가 지휘하고, 다섯번째 대대는 알키메돈이 이끈다.

아킬레우스가 전 대대 앞에 서서 소리친다. "다들 지금까지 불평 많았다. '잔인한 아킬레우스, 우릴 싸우지 못하게 할 거면 대체 뭐하러 여기 붙잡아두고 있나?' 안 그런가? 매일같이 내가 그런 말을 들어야 했지?"

다들 고개를 끄덕이며 웃는다.

아킬레우스도 같이 웃으며 군사들의 징징대는 소리를 흉내낸다. "아, 아킬레우스, 우린 싸우고 싶어 몸이 근질근질하다고!" 그러고는 그가 소리친다. "좋다, 이제 너희에게 기회가 왔다!"

군사들이 기쁨의 함성을 내지른다. 방패끼리 얼마나 단단히 붙어 있는지 말총 장식이 서로를 쓸어내릴 정도다.

아킬레우스가 손을 흔들어 전사들에게 전장 쪽을 알리고는 소리친다. "파트로클로스가 제군들의 지휘관이 될 테니 나에게 하듯 그의 말을 따르라. 너희가 약속한 진짜 전투를 보여줘라!"

그가 자기 막사로 들어가 신성한 잔을 꺼내 가져온다. 모두가 조용한 가운데 유황으로 잔을 깨끗이 닦은 다음 물로 헹군다. 손을 씻고 포도주를 그 잔에 따른다.

아킬레우스가 포도주를 하늘을 향해 들어올리고 외친다. "위대한 왕이신 제우스여, 번개를 사랑하는 신이여! 얼어붙은 산을 다스리는 자여! 당신의 사제들은 맨발로 다니고 밀짚 위에서 자며 당신을 섬깁니다. 당신은 제 기도를 들으셨고 아가멤논을 몰락시키셨습니다! 이제 또다른 기도를 들어주시길 청합니다. 나의 동지 파트로클로스를 전장에 보내니 그가 용감히 싸우고 무사히 귀환하게 해주십시오!"

제우스가 그 기도를 듣고 그중 일부를 승인한다.

아킬레우스가 헌주 의식을 마치자 파트로클로스가 신호를 보낸다. 지휘관 다섯이 각자의 대대원에게 공격 명령을 내린다. 전략을 짜거나 복잡한 부대 배치 전술을 구사할 여유가 없다. 트로이군이 이미 진지에 들어와 있다. 아킬레우스의 군사들은 마치 어린아이의 발에 차인 성난 말벌떼처럼 적군을 향해 달려갈 뿐이다. 말벌들이 순식간에 사방으로 퍼져 앞길에 걸리적거리는 자들을 사정없이 찔러댄다.

그들이 공격하는 동안 파트로클로스가 소리친다. "저 멍청한 아가멤논에게 우리의 능력을 보여주라! 그가 우리 주군을 욕보였을 때 잃은 게 무엇인지 똑똑히 보게 하라! 전 군대에서 가장 뛰어난 명장을 잃었다는 사실을 알려줘라!"

아킬레우스의 군사들이 함선을 공격하는 트로이군의 측면으로 돌진한다. 그 유명한 아킬레우스의 대대 선두에서 그의 투구가 움직이는 모습을 보자 트로이 군사들은 덜컥 겁을 먹고 달아나려 한다. 이내 트로이군의 방패벽에 빈틈이 생긴다. 파트로클로스가 피라이크메스에게 창을 던진다. 그는 오론테스강이 모랫둑 사이로 흐르는 남쪽 사막에서 온 트로이 동맹군이다. 이 야만인이 파트로클로스의 창을 심장에 정통으로 맞고 쓰러진다.

트로이군이 사방으로 흩어진다. 요리사가 횃불을 들고 주방에 들어오자 후다닥 도망가는 쥐떼 꼴이다. 아킬레우스의 용사들이 뒤를 쫓으며 무방비 상태인 트로이군의 등짝을 창으로 찌른다. 줄곧 함선에서 싸우느라 지쳐 있던 그리스 군사들이 밖으로 뛰어내려 추격전에 합류한다.

트로이 진영은 온통 아수라장이다. 용감한 자들은 금세 걸음을 멈추고 돌아서서 전투태세를 갖추지만 약골들은 조금이라도 더 멀리 도망가기 바쁘다. 그렇게 그리스 진지 곳곳에 트로이군이 조금씩 무리 지어 흩어지고, 그들은 손쉬운 먹잇감 신세가 된다.

파트로클로스가 부하들에게 소리친다. "트로이군이 겁쟁이들이 줄행랑치듯 방패를 쳐들고 간다. 아래쪽을 쳐라!" 그가 시범을 보이듯 트로이 전사 아레일리코스의 허벅지를 창으로 찌른다. 창이 넓적다리를 옴팡지게 뚫고 들어가자 아레일리코스의 대퇴골이 뚝 부러지는 소리가 들린다.

메게스가 파트로클로스의 조언대로 암피클로스의 넓적다리를 찌르고, 이 트로이인은 다리에서 피가 분수처럼 솟아오르는 가운데 숨을 거둔다.

이제 트로이군이 방패를 낮추려 하자 그리스군은 때를 놓치지 않고 상체를 공략한다. 메넬라오스가 토아스의 가슴을 찌른다. 안틸로코스는 아팀니오스의 목을 공격한다. 아팀니오스의 형 마리스가 고함을 지르며 안틸로코스에게 돌진하지만 전사라면 전투에서 그런 식으로 흥분해선 안 되는 법. 흥분하는 순간, 위험 요소를 살펴야 한다는 사실을 잊고 만다. 마리스는 측면 경계를 잊었다. 측면에서 트라시메데스가 기다리고 있다. 그가 마리스의 어깨와 팔 사이의 관절에 정확하게 창을 찔러넣는다. 창끝이 곧장 뼈를 으스러뜨리고 마리스는 쓰러져 죽는다.

그리스군이 트로이군 클레오불로스를 산 채로 잡는다. 그러자 아이아스가 농을 한다. "살아 있는 트로이인을 뭐에 쓰게?" 그러고는 클레오불로스의 광대뼈를 칼로 힘껏 내리친다. 그는 하데스의 나라로 내려가고 아이아스는 칼에 묻은 피를 닦아낸다.

트로이인들이 온갖 희한한 방법으로 죽어나간다. 그리스인 페넬레오스는 리콘이라는 이름의 트로이인과 대결한다. 둘이 동시에 창을 던지지만 둘 다 빗나간다. 그러자 이번엔 칼을 꺼내 서로를 공격한다. 리콘이 페넬레오스의 투구를 치자 칼이 부러진다. 페넬레오스는 리콘의 목 옆쪽을 찌른다. 참으로 강력한 공격에 깊이 베인 그의 머리는 살갗 한 조각에 의지해 겨우 매달려 있다. 그 역시 암흑의 세계로 내려가는데 머리가 마치 노새의 안낭*처럼 그의 등뒤로 늘어져 덜렁댄다.

트로이군이 더는 버티지 못한다. 아킬레우스의 새로운 대대와 맞설 수가 없어서 전차로 달려가려 한다. 트로이로 돌아갈 작정이다. 하지만 그렇게 쉽게 도주하도록 그리스군이 놔두지 않을 것이다.

이도메네우스가 에리마스라는 트로이인을 잡아 그의 목뒤를 찌른다. 워낙 힘껏 찔러 창끝이 에리마스의 입 밖으로 튀어나온다. 그의 이빨이 허공에 흩뿌려진다. 입에서, 콧구멍에서, 심지어 눈에서 피가 분출하는구나! 에리마스의 얼굴이 남아나질 않는다. 하얀 이빨이 점점이 박힌 시뻘건 곤죽뿐이다.

트로이인들이 더이상 당해낼 수 있는 상황이 아니다. 그들은 늑대들에게 쫓겨 흩어지는 새끼 양들처럼 달아난다.

아이아스가 헥토르를 꼼짝 못하게 잡아두고 모든 각도에서 그를 찔러댄다. 하지만 늘 방패를 능숙하게 다루는 헥토르는 넓은 어깨를 잘 지켜낸다. 그러나 그가 할 수 있는 건 그뿐이다. 동지들이 달아나는 모습을 보자 헥토르도 전차에 올라타 후퇴한다.

전차를 몰고 참호를 건너기는 쉽지 않다. 헥토르의 명마들은 훌쩍 뛰어넘지만 다른 트로이군 전차들은 참호에 처박히고 만다. 날카로운 말뚝에 떨어진 말들의 울음소리가 들린다. 전차의 나룻**이 박살나며 나무가 뚝 부러지는 소리도 들린다. 트로이 군사 중에는 마부를 참호에 남겨둔 채 전속력으로 도망가는 자들도 있다.

---

* 안장 뒤쪽 좌우에 하나씩 다는 자루.
** 수레의 양쪽에 달린 긴 채.

255

달아나는 트로이군을 추격하려고 파트로클로스가 아킬레우스의 전차에 올라탄다. 한 놈도 살아서 트로이로 돌아가게 하지 않을 작정이다.

트로이 전차 일부는 참호를 건너다 망가져버렸다. 풀숲을 뛰어넘으려다가 부서지는 전차들도 속출한다. 파트로클로스는 그대로 마부들을 치고 지나간다. 멈출 생각이 없다. 헥토르를 따라잡고 싶다. 만약 트로이군의 영웅에게 창을 찔러넣을 수 있다면 얼마나 큰 명예인가! 하지만 헥토르의 말들이 너무 빨라 따라잡을 수가 없다.

그는 트로이군을 가로막고 후퇴하는 자들을 죽이는 것으로 만족한다. 그거야 쉽다. 트로이군은 전투력이 바닥난 상태다. 그 와중에 리키아인의 전차 한 대가 꼼짝 않고 평원에 서 있는 모습이 그의 시야에 잡힌다. 그가 튀어나가서 보니 테스토르라는 정신 나간 리키아인이 전차 안에서 훌쩍이고 있다. 그 모습에 파트로클로스는 욕지기가 난다. 테스토르의 턱 아래쪽에 작살을 박아넣고 마치 갈고리에 걸린 물고기처럼 그를 들어서 전차 밖으로 끌어내 그 처참한 시체를 흙먼지 위에 던져버린다. 테스토르는 갖고 있을 가치가 없는 어획물이다. 쓰레기 잡어 같은 놈! 다른 리키아인들이 테스토르의 복수를 하려고 다가오지만 파트로클로스는 흡사 닭들을 해치우는 여우처럼 별 힘도 안 들이고 그들을 죽여버린다. 리키아인 십수 명이 암흑세계로 내려가자 리키아인의 반신 왕 사르페돈이 전속력으로 달려오며 외친다. "제군들, 왜 이 그리스인을 피해 달아나느냐? 내 손으로 놈을 죽이겠다!"

사르페돈이 전차에서 뛰어내려 창을 든다. 파트로클로스도 그와 맞서기 위해 뛰어내린다. 두 전사가 공중에서 싸우는 독수리들처럼 괴성을 지르며 상대를 향해 전력으로 질주한다.

제우스가 내려다보며 신음소리를 낸다. "이제 내 아들 사르페돈이 죽겠구나! 저 녀석을 낚아채서 리키아 집에다 안전하게 내려주고 싶은데."

헤라가 바느질을 하다 눈살을 찌푸린다. "인간을 죽음에서 구해주고 싶다고? 어차피 언젠가 죽을 목숨이야. 사르페돈의 죽음은 이미 오래전에 계획된 일이라는 거 나도 알고 당신도 알잖아! 하지만 정 그렇다면, 나는 신경쓰지 마. 당신 좋을 대로 해."

제우스가 말한다. "사르페돈이 정말 좋은 인간이라 그러는 것뿐이야……"

그 소리에 헤라가 바느질감을 패대기치고 식식댄다. "무슨 말도 안 되는 소릴 지껄이고 있어! 저자가 당신 시자라면, 그게 뭐? 지 밑에서 싸우는 신의 서자들이 얼마나 많은지 알기나 해? 당신하고 당신네 그 난잡한 친척들이 저 전장의 전사들 반은 싸질러놨다고. 당신의 그 귀한 혼혈 애새끼를 구해내서 살려주면 이 집안의 모든 신이 너도나도 트로이를 덮쳐서 엉뚱한 침대에서 태어난 자기 새끼들을 붙잡아 빼돌릴 거라고. 그럼 싸울 놈이 하나도 안 남겠지!"

제우스가 한숨을 쉬며 고개를 끄덕인다. "그래, 알았다고…… 저애가 죽어야 하는 게 그냥 속상해서 그래."

헤라가 다시 바느질감을 집어들고 말한다. "저애를 그렇게 끔찍이 아낀다면 파트로클로스 손에 죽은 뒤에 잠의 신과 죽음의 신을 보내서 리키아의 자기 집으로 날라다줘. 그러면 식구들이 무덤과 비석을 세우고 장례를 치러줄 수 있을 테니까."

제우스가 슬퍼하며 고개를 끄덕이더니 중얼거리듯 말한다. "하지만 내 방식대로 미리 저 녀석을 기릴 기회를 줘." 그가 왼손을 획 움직이자 핏물이 비처럼 트로이 평원에 쏟아진다. 죽음을 앞둔 사르페돈에 대한 제우스의 비통함을 보여주는 징조다.

파트로클로스가 얼굴에 묻은 피를 닦아내고 사르페돈을 향해 곧장 달려가 창을 던진다. 창은 사르페돈의 마부 트라시멜로스의 사타구니에 명중하고 그는 몸을 웅크린 채 쓰러진다.

사르페돈이 던진 창은 파트로클로스를 빗나가지만 아킬레우스의 전차마 중 유일한 필멸의 짐승인 페다소스를 맞힌다. 말이 비명을 지르고 쓰러지며 발길질을 하는 통에 고삐가 엉켜버린다. 금방이라도 나릇이 부서지려는 찰나, 파트로클로스의 마부가 죽어가는 말의 고삐를 잘라낸다. 다른 두 마리 신마는 전차를 안전지대로 끌고 가며 슬픈 눈으로 필멸의 동지를 돌아본다.

사르페돈과 파트로클로스가 두번째 창을 들고 다시 던질 준비를 한다. 사르페돈의 선공이 빗나간다. 파트로클로스가 던진 건 빗나가지 않는다. 사르페돈의 심장과 내장 사이 정중앙에 적중한다.

그가 신음하며 쓰러진다. 죽음에 저항하며 사촌 형제 글라우코스를 부른다. "우리 군사들을 전부 데려와 내 몸을 보호해. 그리스 놈들이 내 갑옷을 강탈하지 못하게 해. 놈들이 내 시체를 절단하게 놔뒀다간 내가 귀신이 돼서 너를 영원히 괴롭힐 거다!"

그러고는 숨을 거둔다. 파트로클로스가 걸어가 사르페돈의 가슴에 한 발을 올려놓고 창을 뽑는 모양새가 마치 젖은 땅에서 삽을 쑥 뽑아내는 사람 같다. 창이 사르페돈의 몸을 찢고 나오자 그의 영혼이 같이 딸려나와 하데스의 나라로 떨어지는 긴 여정을 시작한다.

글라우코스가 눈물을 흘린다. 그 역시 부상당한 몸이다. 형제의 원수를 갚으려면 신의 도움이 필요하다. 그가 외친다. "아폴론 님, 제가 손에 화살을 맞아 부상을 당했습니다. 팔이 벌써 뻣뻣해지고 있어요. 당신 아버지 제우스가 자기 아들을, 저의 형제를 여기서 죽게 했습니다. 제발 형제의 시신을 지키게 도와주십시오!"

그는 자기 손이 접합되는 것을 느낀다. 미세한 바늘 천 개가 찢어진 손을 꿰매고 있는 기분이다. 그의 핏속에 뭔가가 들어와 맹렬함과 생기를 돋워 밤낮으로 계속 싸울 태세로 만들어준다.

글라우코스가 고개 숙여 절하며 속삭인다. "감사합니다. 아폴론 님!" 그러고는 리키아 장수들을 소집해 큰 소리로 말한다. "나와 같이 가서 내 형제의 시신을 지키자!"

그때 그가 헥토르의 모습을 발견하고 소리친다. "헥토르, 당신네 동맹군을 잊었나? 사르페돈이 죽었다! 파트로클로스가 그를 죽였다. 사르페돈이 죽인 모든 군사들에 대한 복수로 지금 그리스군이 그의 갑옷을 훔치고 시신을 난도질하려 한다. 시신을 지켜내도록 와서 나를 도와라!"

헥토르가 묻는다. "사르페돈이, 죽어? 그게 정말인가?"

글라우코스가 여전히 눈물을 흘리며 고개를 끄덕인다.

헥토르가 머리를 숙이고 슬퍼한다. 트로이인들은 자신들과 함께 싸우는 여느 다른 외국 왕자들보다 사르페돈을 아꼈다. 사실 자국의 몇몇 왕자들보다도 훨씬 더 그를 좋아했다. 헥토르가 트로이군을 이끌고 사르페돈의 시신 쪽으로 향한다.

파트로클로스가 부하들에게 시신 주변에 퍼져 있으라고 명령한다. "이 송장이 바로 맨 처음 우리 방벽을 뚫고 들어온 사르페돈이다! 놈의 갑옷을 벗기고 시체를 산산조각내라!"

마침 그리로 다가오던 헥토르의 눈에 아킬레우스의 군사 하나가 사르페돈의 다리 한 짝을 들어 시신을 끌고 가려는 모습이 딱 들어온다. 헥토르는 걸음을 늦추지 않고 그대로 큰 바윗돌을 들어 그 그리스 군사의 머리를 향해 던진다. 바위를 맞고 그의 투구가 움푹 들어간다. 뇌가 온통 곤죽이 된 채 쓰러져 죽는다. 파트로클로스도 답례로 바윗돌을 들고 헥토르를 향해 달려간다. 돌은 헥토르를 빗나가지만 그의 곁에 서 있던 애먼 트로이인을 맞혀 숨통을 으스러뜨리고 머리와 어깨를 잇는 자잘한 뼈를 모조리 부숴버린다.

오늘따라 파트로클로스의 기세가 워낙 사나워 트로이군이 그를 피해 뒷걸음질친다. 하지만 글라우코스는 도망가는 시늉만 하면서 형제의 복수를 할 기회를 기다린다. 아킬레우스의 부하 바티클레스를 꾀어 자신을 뒤쫓게 한 다음 갑자기 돌아서서 그의 가슴을 창으로 뚫어버린다.

그리스인들도 가만있지 않는다. 메리오네스가 제대로 던진 창이 사제의 아들 라오고노스의 귀 바로 아래를 맞힌다.

이번엔 아이네이아스가 메리오네스에게 창을 던지지만 그가 몸을 휙 수그리는 바람에 창은 그의 머리 너머로 날아가 땅에 꽂혀 파르르 떤다. 아이네이아스가 소리친다. "메리오네스, 네놈이 춤 좀 추는가 본데! 저 창에 맞으면 넌 죽은목숨이야!"

메리오네스가 소리쳐 응수한다. "내가 널 맞히면 너도 죽은목숨이지!"

파트로클로스가 그에게 말한다. "메리오네스, 잡담 그만해! 말은 줄이고 한 놈이라도 더 죽여야지! 이 트로이 놈들을 저승 가는 사르페돈 길동무로 보내겠다."

메리오네스가 입을 닫고 방패전에 합류한다. 사르페돈의 시신을 두고 격전이 벌어지고 갑옷에 검이 부딪쳐 챙챙대는 소리와 부상자들의 비명소리만 난무한다. 시체를 둘러싸고 잔뜩 몰려든 전사들이 마치 공중에 매달린 돼지머리를 에워싼 파리떼처럼 빽빽하다.

눈이 아주 좋은 자만이 그 아수라장에 널브러진 사르페돈을 알아봤으리라. 십수 개의 창이 꽂힌 그의 몸에서 피가 줄줄 흘러나와 흙먼지와 뒤섞인다.

이를 지켜보는 제우스는 정확히 언제쯤 파트로클로스가 죽어야 하는지 고민한다. 지금 당장 헥토르가 놈을 죽이게 할까? 아니면 헥토르 손에 죽기 전에 파트로클로스가 트로이군을 좀더 죽이게 돼야 하나?

제우스가 파트로클로스에게 한번 더 영광의 순간을 안겨주기로 한다. 헥토르의 마음에서 용기를 모조리 없애버린다. 갑자기 그는 자기도 모르는 새 도망가고 있다. 헥토르가 달아나는 모습을 리키아인들이 지켜본다. 그들 왕의 시신 주변에는 전우들이 전부 죽어 널브러져 있다.

이제 그리스군은 사르페돈의 시체에다 하고 싶은 짓을 마음껏 할 수 있다. 파트로클로스가 투구를 홱 벗겨내고 그의 부하들이 갑옷을 떼어낸다. 갑옷을 다 벗겨내면 시신을 난도질하기 시작할 것이다.

하지만 그건 제우스가 참아내는 수준을 넘어선다. 그가 아폴론에게 애원한다. "불쌍한 사르페돈의 시신을 빼내와서 피를 깨끗이 닦고 리키아의 집으로 데려가 제대로 장례를 치르도록 해줘라."

아폴론이 고개를 끄덕이고는 어느 인간보다도 더 큰 모습으로 사르페돈의 시신을 굽어보고 선다. 보통 인간이 윗옷 한 장을 집어들듯 그가 가뿐히 시신을 들어올리는 동안 아무도 감히 방해하지 못한다. 아폴론은 하늘로 들어서서 멀리 강기슭으로 시신을 데려가 먼지와 피를 씻어낸다. 그런 다음 리키아로 데려간다.

헥토르가 달아나는 걸 본 파트로클로스는 이성을 잃어 아킬레우스의 명령을 잊고 만다. 트로이군을 함선에서 쫓아버리는 즉시 돌아오라는 명령이었다. 지금 바로 철수했다면 파트로클로스는 아직 살아 있으련만. 하지만 사내들이 그러듯 그는 자만심에 현혹된다.

파트로클로스가 말을 채찍질하며 전속력으로 트로이를 향해 간다. 그는 지금 당장, 혼자 힘으로, 그 도성을 점령할 수 있다고 생각한다.

그리고 성공이 그의 눈앞에 성큼 다가왔다! 달려가면서 트로이인과 리키아인을 마구 해치우는 그의 얼굴에 지친 기색이라곤 보이지 않는다. 마치 파도에 떠밀려온 작은 물고기들을 작살로 잡는 어부와도 같은 모습이다.

그가 성문 앞에 멈춰 전차에서 내리더니 무슨 도마뱀붙이인 양 트로이 성벽을 다다닥 기어올라간다! 정말 단숨에 성벽을 타넘었을지도 모른다. 아폴론이 직접 개입하지 않았더라면 말이다.

그가 꼭대기까지 기어오른 순간, 뭔가 그를 세게 친다. 노새의 발길질 같은 충격이다. 그가 뭔가에 맞았다. 다치지는 않지만 십수 걸음 아래로 내동댕이쳐진다. 공격한 자가 누구인지는 보이지 않는다. 트로이인들이 겁에 질려 벌써 달아난 터라 성벽은 버려진 상태다. 대체 무엇이 그를 친 걸까? 파트로클로스는 영문을 모른 채 다시 일어나 성벽을 기어오른다. 꼭대기에 다다르기 무섭게 또다시 종마의 발길질 같은 것에 한 방 맞는다.

먼지를 털고 일어나 세번째로 성벽으로 달려간다. 꼭대기에 다다르자마자 세번째로 얻어맞는다. 이번에는 훨씬 더 세다. 그 위력에 파트로클로스가 또 한번 성벽에서 나가떨어진다.

그가 바닥에 누워 숨을 고른다. 이제야 성벽에 서 있는 누군가가 보인다. 인간보다 키가 훌쩍 더 큰 자다. 그 형상은 아무 말이 없지만 파트로클로스는 그게 누구인지 알고도 남는다. 아폴론은 그가 트로이를 점령하게 놔두지 않을 것이다.

파트로클로스가 절름거리며 성벽을 떠난다.

헥토르는 성문 옆에서 살금살금 도망가고 있다. 그가 이런 공포를 느끼는 건 난생처음이다. 용감한 자는 공포를 다룰 줄 모른다. 연습해본 적이 없어서다. 헥토르가 거기서 움츠리고 있는 사이 그의 외삼촌 아시오스가 다가온다. 하지만 헥토르는 이자가 진짜 아시오스가 아님을 안다. 친척의 모습을 한 신이다. 그의 발이 허공에 떠 있다. 그가 헥토르의 옆에 서자 순식간에 헥토르의 두려움이 빠져나가고 그 자리에 용기와 기백이 채워지는 것이 느껴진다. 헥토르는 자신이 뭘 해야 하는지 깨닫고 마부 케브리오네스를 부른다. "곧장 파트로클로스에게로 몰아라. 나머지는 무시하고!"

파트로클로스는 전차가 다가오는 것을 보고 멈춰 서서 맞선다. 한손에는 창, 한 손에는 바윗돌이 들려 있다. 그가 먼저 바윗돌을 던진다. 케브리오네스의 얼굴에 적중한다.

케브리오네스의 눈이 튀어나오고 몸뚱이는 절벽에서 물에 뛰어드는 자처럼 꼿꼿하게 떨어진다. 파트로클로스가 소리친다. "네 마부의 다이빙 솜씨 한번 일품이구나, 헥토르! 배에서 아주 쓸모 있겠어. 선원 전부를 먹일 만큼 조개를 실컷 따올 인물이야!"

헥토르가 한쪽으로 기운 전차에서 뛰어내려 파트로클로스에게 덤벼든다. 무기를 쓰기에는 거리가 너무 가까워 몸싸움이 벌어진다. 헥토르가 팔로 파트로클로스의 목을 감고 파트로클로스는 헥토르의 다리를 비튼다. 그러다 둘 다 획 떨어져나와 가까이에 무기가 될 만한 것을 더듬어 찾는 와중에 부하들이 그들을 방패로 엄호하려고 다가온다. 둘 다 각자 부하들의 방패벽 뒤로 물러나고, 이제 양방향으로 창과 돌이 날아다닌다.

그리스군이 서로 딱 붙어선 채 앞으로 밀고 나아가 케브리오네스의 시신이 있는 곳까지 간다. 그들이 자기네 전선 뒤로 시신을 끌어다 갑옷을 벗긴다. 시체를 토막 내고 창으로 찌르고 침을 뱉고 발길질을 해댄다.

오늘 파트로클로스는 도저히 막을 수 없는 상대다. 트로이군의 방패벽도 그 앞에서는 무용지물이다. 그가 양떼 속 한 마리 사자처럼 적진을 뚫고 나아간다.

하지만 아폴론이 쭉 지켜보며 기다리고 있다. 자신을 밀치고 트로이 성벽을 넘으려 한 파트로클로스를 절대 용서하지 않을 것이다. 이 딱한 인간이 무려 세 번이나 나를 밀고 넘어가려 했겠다! 결코 용서받을 수 없는 짓이다.

사실 아폴론은 바로 지금 복수의 맛을 보여줄 작정이다. 파트로클로스는 옆에서 다가오는 흐릿한 형체를 보고 이어서 등에 엄청난 타격이 가해지는 것을 느낀다. 나무 한 그루가 자신을 덮친 기분이다. 아폴론이 손바닥으로 그를 한 대 쳤을 뿐이지만, 그 손에 맞은 것이 다른 사람이었으면 벌써 죽었을 것이다. 파트로클로스는 살아 있다. 그러나 심한 부상을 입고 아득한 정신으로 흙먼지 속에 뻗어 있다. 아폴론이 또다시 그를 후려친다. 이번에는 머리다. 이제 파트로클로스는 의식을 잃고 아킬레우스의 투구는 흙먼지 속에 굴러간다.

아폴론은 지금 그를 갖고 노는 중이다. 파트로클로스가 겨우 몸을 일으켜 두 발로 서자 아폴론은 한 손으로 그의 창을 빼앗아 반으로 부러뜨린다. 그런 다음 그의 윗옷을 잡아 찢고 손에서 방패를 낚아채 멀리 던져버린다.

파트로클로스는 반쯤 헐벗은 채 멍하게 서서 완벽한 표적이 된다. 에우포르보스라는 트로이인이 뒤에서 달려와 그의 등에다 창을 쑤셔 넣는다. 하지만 에우포르보스는 자신이 이 그리스 영웅을 그토록 쉽게 창으로 찌를 수 있었다는 걸 믿을 수가 없어 얼른 다시 트로이 방패벽 뒤로 달려간다.

파트로클로스가 비틀거리며 그리스 방패벽 뒤로 몸을 숨기러 가지만 부상당한 것을 본 헥토르가 그를 끝장내러 맹렬히 돌진한다. 헥토르가 파트로클로스의 복부에 창을 힘껏 찔러넣는데, 그 가공할 힘에 창이 몸통을 뚫고 반대편으로 나와서는 아예 그를 바닥에 꽂아버린다.

그리스군이 달아난다. 그사이 헥토르는 창에다 자신의 체중을 전부 싣는다. 그가 만족스러운 눈으로 적을 바라본다. "우리 땅의 여자들을 빼앗으려 했겠다, 파트로클로스! 그런데 어쩌냐, 이 헥토르가 네놈을 사냥해버렸으니. 네 영웅 아킬레우스는 어디 있지? 지금 너를 돕지도 못하는구나. 넌 여기서 독수리 밥이 되겠지. 네 주인 아킬레우스가 나를 잡으라고 널 보냈는데 말이다. 너한테 그랬겠지. '헥토르의 피 묻은 옷 없이는 돌아올 생각도 마라!' 안 그래?"

파트로클로스가 낮은 소리로 말한다. "날 죽인 건 아폴론이다. 네가 아니야. 처음에 신이 나를 쳤고 그다음은 에우포르보스였지. 넌 세번째다, 헥토르. 너 혼자 덤비면 내가 널 스무 번도 더 죽였을 것이다."

그가 쿨럭쿨럭 피를 토하고 흙바닥을 탁탁 두드리며 속삭인다. "옆자리 비었다. 너도 곧 나하고 같이 갈 거다."

그가 숨을 거둔다. 헥토르가 시체에 대고 소리친다. "네가 어떻게 알아? 아킬레우스가 날 죽이기 전에 내가 먼저 놈을 죽일지!"

그가 파트로클로스의 시신에 한 발을 올려놓고 창을 확 잡아 뺀 뒤 파트로클로스의 마부 아우토메돈을 찾으러 간다. 하지만 그는 그리스군에게 파트로클로스의 죽음을 알리기 위해 이미 전차를 몰고 떠난 뒤다.

17
파트로클로스의 시신을 사수하라

아킬레우스의 말들은 움직일 생각이 없다. 신마 발리오스와 크산토스가 닭똥 같은 눈물을 흘린다. 아우토메돈이 좋은 소리로 달래기도 하고 욕을 퍼붓기도 하지만 아무것도 먹히지 않는다. 말들은 파트로클로스의 시신을 떠날 생각이 없다. 불사의 몸인 그들은 죽음에 끔찍한 충격을 느꼈다. 오늘 사랑하는 주인이 왜 자기들을 떠났는지 이해할 수가 없다.

가만히 전장을 내려다보던 제우스의 눈에는 신마 두 마리만 들어온다. 그가 안타까워한다. "필멸의 인간을 절대 사랑하지 마라, 고귀한 신마들아! 그들은 그저 너희 눈앞에서 죽는 존재야. 트로이인들이 너희를 빼앗아가게 놔두지 않겠다."

그가 자신의 뜻을 굽힌다. 신마들은 짭짤한 눈물을 갈기에서 털어내고 아우토메돈이 모는 대로 전장으로 돌아간다.

헥토르가 파트로클로스의 몸에서 아킬레우스의 갑옷을 벗겨낸다. 벌거벗은 몸으로 땅바닥에 누워 있는 파트로클로스의 시체를 두고 트로이군과 그리스군이 서로를 죽인다. 화창한 날이지만 제우스는 파트로클로스가 죽은 곳 위로 먹구름을 보낸다.

메넬라오스는 파트로클로스가 온통 찢기고 피 흘리는 몸뚱이로 흙먼지 속에 누워 있는 모습을 보고 있다. 죽은 친구를 바라보는 그는 마치 사산된 송아지를 두고 슬퍼하며 우는 암소 같다.

에우포르보스가 그 시체를 차지하고 싶어서 트로이의 군대와 함께 밀고 들어오며 소리친다. "메넬라오스, 시체 곁에서 썩 꺼져라. 그건 내 거다! 그자에게 맨 처음 창을 꽂은 자가 나다. 물러서라. 안 그러면 네놈도 죽여버리겠다."

메넬라오스가 대꾸한다. "너희 트로이인은 늘 떠벌리는 게 일이군. 너, 판토오스의 아들 아니냐? 너의 형제 히페레노르도 허풍쟁이였지. 아, 내가 죽였으니 이제 찍소리도 못하지만."

에우포르보스가 소리친다. "내가 네놈 머리통을 집에 가져가 부모님께 드릴 거다. 그걸로 두 분의 슬픔을 위로해드리겠다!"

그가 전력으로 질주해 창을 던진다. 그의 창이 메넬라오스의 방패에 맞아 휘어진다. 그러자 메넬라오스가 달려가 창으로 에우포르보스의 목을 찌른다. 그가 덜거덕거리는 청동 갑옷을 겹겹이 장착한 채 쓰러진다. 그의 갑옷은 여전히 멀쩡하지만 갑옷 속 인간은 시체가 되었다.

메넬라오스가 굶주린 사자처럼 시체에 달려들어 갑옷을 뜯어내 조각조각 쌓는다.

아폴론은 짜증이 난다. 그는 에우포르보스의 가문에 일종의 업무적인 관심을 두고 있다. 그의 아버지 판토오스가 아폴론의 대제사장이라 그렇다. 그런데 그리스인이 그의 두 아들을 죽여버렸다. 아폴론은 헥토르를 찾으러 간다. 어리석게도 그는 아킬레우스의 신마를 훔치겠다는 가망 없는 시도를 하러 전투에서 빠져나갔다. 아폴론은 근처에 있는 트라키아 부족의 지도자 멘테스를 붙잡아 헥토르에게 따끔한 소리를 하게 만든다. "헥토르, 시간 낭비하고 있구먼! 아킬레우스의 말들은 벌써 그리스 진영으로 돌아갔지. 게다가 메넬라오스가 에우포르보스의 시체를 터는 중이야!"

헥토르가 급히 되돌아와보니 메넬라오스가 에우포르보스의 시신을 이리저리 함부로 굴리며 갑옷을 벗겨내고 있다. 그가 자기 안에서 끓어오르는 아폴론의 화염과 뒤에 바싹 붙은 용감한 트로이 용사들과 함께 돌진한다.

메넬라오스는 신속히 마음의 결정을 내려야 한다. 초조해진다. '내가 지금 달아나면 그리스인들이 또다시 날 비웃겠지! 하지만 이러고 있다간 죽을 거야. 헥토르가 전군을 거느리고 있잖아.'

메넬라오스는 머리가 빠릿빠릿 돌아가는 자는 아니지만 다행히 올바른 결론에 도달한다. '죽는 것보다야 웃음거리가 되는 편이 낫지!' 그는 도망간다.

달아나는 중에 번뜩 뭔가가 생각난다. '내가 아이아스를 데리고 이리로 다시 오면 어떨까? 우리 둘이면 파트로클로스의 시신을 거두어 갈 수 있을 것 같은데.'

그가 달려가서 좌측방을 맡고 있는 아이아스를 찾아낸다. 두 사람은 서로 갑옷을 부딪쳐가며 숨가쁘게 뛰어서 함께 그 자리로 돌아간다.

아킬레우스의 갑옷을 챙기기엔 너무 늦어버렸다. 헥토르가 이미 벗겨낸 후다. 이제 그는 파트로클로스의 시신을 질질 끌고 트로이 방패 장벽으로 돌아가는 중이다. 거기서 머리를 자르고 몸통은 들판의 자칼에게 먹이로 던져버릴 것이다.

아이아스가 분노의 함성을 지르며 헥토르에게 돌진한다. 헥토르가 시신을 떨어뜨리고 트로이군 방패 뒤로 후퇴한다. 이제 아이아스는 시신 위에 서서 마치 독수리가 자기 새끼를 노리는 사자를 위협하듯 팔을 넓게 벌리고 낮은 자세를 취한다.

아직도 사르페돈 때문에 슬픔에 빠져 있는 글라우코스가 소리친다. "내 형제가 너희 배은망덕한 트로이인들 때문에 죽는 대신 마음 편히 리키아에 남아 있었더라면 얼마나 좋을까. 만일 파트로클로스의 시체를 지키고 있었다면 그리스군에게 그걸 내주고 내 형제의 갑옷과, 어쩌면 그의 시신하고도 맞바꿀 수 있었겠지. 하지만 너희는 아이아스와 싸우려고 하지도 않았다!"

헥토르가 한숨을 쉰다. "글라우코스, 알 만한 사람이 왜 이러나. 아이아스가 메넬라오스와 함께 있었잖나. 내가 후퇴한 건 옳은 선택이었어. 2대 1은 승산이 없거든. 자네가 나와 함께하면 이제 그들과 맞붙을 수 있네!"

그가 트로이군에게 소리친다. "이제 내가 아킬레우스의 갑옷을 입겠다! 모두에게 확실히 알려라. 우리 편 창을 맞고 싶진 않으니까."

헥토르는 시종들이 아킬레우스의 갑옷을 쌓아둔 곳으로 달려간다. 그가 갑옷을 하나하나 착용하고는 자기 갑옷을 던져버리며 시종들에게 이른다. "이건 도성으로 가져가라."

그 모습을 지켜보던 제우스가 슬픈 얼굴로 절레절레 도리질하며 중얼댄다. "안 돼, 헥토르. 네가 그 불쌍한 아킬레우스의 갑옷을 입으면 안 된다. 좋을 일이 없어. 너희 인간들은 서로를 조금이라도 존중해줄 수 없겠냐."

헥토르가 재빨리 아킬레우스의 투구를 쓴다. 그러자 살육과 강간과 파리떼의 신 아레스의 생각이 훅 들어온다. 만일 자신의 투구를 썼다면 보다 고상한 신에게서 전해진 생각을 장착했을 것. 지금은 아레스의 더러운 생각이 헥토르의 머릿속을 꽉 채운다. 하나같이 나쁜 생각뿐이다. 그런 생각에서 비롯되는 힘은 무엇이 됐든 톡톡히 값을 치러야 한다. 그것도 수차례 거듭해서.

아레스처럼 생각하게 된 헥토르가 사납게 소리친다. "리키아인, 트라키아인, 모든 동맹군들아! 너희가 전부 먹고 마시느라 트로이를 거덜냈다. 이제 우리에게 보답하라. 너희의 수고가 헛되지 않게 해주겠다. 누구든 파트로클로스의 시체를 붙잡아 우리 쪽 방패벽 뒤로 돌아오는 자는 내가 그리스 놈들에게 빼앗은 모든 것의 절반을 주겠다."

아레스의 역겨운 생각이 헥토르의 머리에서 트로이인과 리키아인에게로 퍼져간다. 그들이 대형을 이뤄 돌진한다. 모든 군사의 마음속에 탐욕이 차오르고 피를 보겠다는 욕망이 충만해진다.

메넬라오스와 아이아스는 이 으르렁거리는 무리가 자신들에게 달려오는 모습을 지켜본다. 아이아스가 침착하게 말한다. "친구, 우리가 여기서 살아 나갈 것 같지가 않아. 파트로클로스에 대해서는 별걱정이 안 되는군. 어차피 그는 끝났으니까. 엄밀히 말하자면 내가 걱정하는 건 이 소중한 내 머리통이야! 물론 자네 머리도. 나로서는 내 머리가 어깨 사이에 잘 붙어 있는 게 좋거든."

언제나처럼 침울하고 더딘 메넬라오스가 답한다. "그래, 내 생각에도 우린 곧 죽은목숨이야.”

아이아스가 참을성 있게 말한다. “그건 그렇지만 이 친구야, 만약 지원을 요청하면 우리가 죽음을 면할 수 있진 않을까 하는 생각이 드는데 말이지.”

메넬라오스의 얼굴이 밝아진다. “그래, 지원을 요청하자!”

아이아스가 고개를 끄덕인다. “그래, 네놈의 큰 목청 좀 써봐라.”

메넬라오스가 우렁찬 소리로 고함친다. “그리스군! 이쪽이다! 헥토르가 공격해온다! 자칼한테서 파트로클로스를 구하라!” 이어 아이아스가 한마디 보탠다. “그리고 짬이 나면 우리도 구하고!”

그리스군 몇 명이 소리를 듣고 달려와 메넬라오스, 아이아스와 함께 방패를 붙이고 서서 파트로클로스의 시신을 엄호한다. 하지만 헥토르가 훨씬 더 강한 무리를 대동해 방패벽에 힘껏 부딪쳐온다.

트로이군의 방패가 그리스군의 방패를 뒤로 밀어버리자 시신이 드러난다. 헥토르가 냉큼 탈취했을 수도 있었겠지만, 제우스가 파트로클로스를 가엾게 여겨 이 죽은 자에게 말한다. “내 너에게 아무 원한이 없었다, 파트로클로스. 아킬레우스를 전투에 다시 들이기 위해서는 네가 죽는 수밖에 없었지만, 트로이인이 너를 개들에게 먹이게 놔두진 않겠다.”

제우스가 트로이군의 눈과 마음을 혼탁하게 한다. 그들은 백내장을 앓는 노인처럼 겨우 코앞의 것만 볼 수 있다. 아이아스가 손쉽게 뜻밖의 수확을 얻는다. 힙포토오스라는 트로이 동맹군이 파트로클로스의 시신을 생가죽 끈으로 묶어 끌고 가려는 게 아이아스의 눈에 들어온다.

힙포토오스 또한 갑자기 눈이 반쯤 멀어 서툰 걸음으로 비틀대자 아이아스는 그의 머리통에 야무지게 창을 찔러넣을 기회를 놓치지 않는다. 창끝이 투구와 두개골, 뇌를 뚫어버린다. 아이아스의 창 손잡이가 힙포토오스의 투구에 세게 부딪칠 정도로 무시무시한 기세다.

힙포토오스의 부모는 여태 아들에게 먹인 밥값을 영영 상환받지 못하게 되었다. 청년 하나 키우느라 그 돈을 다 썼는데 한순간에 적금을 적군의 창에 날려버렸다. 뭐 이런 거지같은 투자가 다 있나.

헥토르가 그리스군 하나를 죽여 보복한다. 하지만 난투가 끝났을 때 파트로클로스의 시신을 차지한 쪽은 그리스군이다. 날개를 펴서 죽은 새끼를 보호하는 독수리처럼 그리스군의 방패가 시신을 덮고 있다.

그리스군이 힙포토오스의 갑옷을 벗겨내며 트로이군에게 야유를 보낸다. 또다시 아폴론의 인내심이 바닥난다. 트로이군에 투지를 불어넣으려면 뭐가 필요할까? 그가 다시 인간의 형상으로 등장한다. 이번에는 아이네이아스 집안의 늙은 하인 페리파스의 모습으로 아이네이아스에게 나타난다. 등이 굽은 이 형체가 빛으로 이글거리며 태양의 열기를 발하는 모습에 아이네이아스는 뒷걸음질친다. 늙은 하인의 형상을 한 자가 노쇠함이나 노예근성은 한줌도 담기지 않은 목소리로 말한다. 음성에 분노가 가득하다. "아이네이아스, 왜 망설이나? 너의 건투를 비는 신들이 있다. 더 열심히 싸워라!"

아이네이아스가 외친다. "트로이군이여! 신이 오셨다. 싸우라고 명령하신다!"

그가 본보기 삼아 레이오크리토스를 창으로 푹 찌른다. 하지만 그리스군의 아이아스가 부하들을 안전하게 지키며 다시 한번 말한다. "방패벽 밖으로 나가지 마라! 바위에서 일광욕하는 거북이들처럼 딱 붙어 있어라! 창은 머리 옆에 들고 놈들이 가까이 오면 찔러라!"

트로이군이 연이어 공격하지만 그리스군보다 더 많은 군사를 잃는다. 아이아스가 장벽을 굳건히 유지시킨 덕이다. 그가 판단하기에, 이 상황에서 용기가 뻗쳐 앞으로 튀어나가는 것은 간이 쪼그라들어 뒤로 물러나는 것보다 나을 게 없는 최악의 수다.

양쪽 군사들이 온종일 파트로클로스의 시신을 두고 싸운다. 황소 가죽을 늘리는 하인들처럼 양쪽에서 시신을 잡아당긴다. 그리스군은 서로에게 소리치며 투지를 불태운다. "놈들이 시신을 차지하게 둔다면 우린 함선에 얼굴도 내밀지 못한다!" 한편 트로이군은 이렇게 외친다. "죽는 한이 있어도 시체를 사수하라!"

온통 밝고 화창한 하늘이건만 파트로클로스의 시신 위쪽만 어둡다.

아킬레우스는 아직도 파트로클로스가 승전보를 들고 진지로 돌아오기를 기대하고 있다. 가만있지 못하고 서성거리며 기다린다. 그러다 뭔가 잘못됐음을 서서히 깨닫고 조용히 입을 연다. "어머니, 파트로클로스에게 무슨 일이 있는지 말해줄래요?"

테티스는 답이 없다. 점점 상황 파악이 된다. 그의 가장 충실한 전우가 살아서 돌아오지 못할 것이다.

헥토르는 아킬레우스의 신마가 오기만을 기다리고 있다. 마침내 그 말들이 보인다. 전차에는 아우토메돈과 알키메돈이 올라타 있다. 헥토르가 아이네이아스에게 외친다. "보이지? 저 신마 말이야. 전차에 탄 비실비실한 놈들도 보이고? 이제 우리가 저 말들을 차지할 수 있어!"

그가 아이네이아스와 아레토스, 크로미오스를 붙들자 그들 세 사람이 전차를 한곳으로 몰아 사람은 죽이고 말을 붙잡으려 한다. 하지만 아우토메돈이 제우스에게 힘을 달라고 기도한다. 제우스는 그의 기도를 들어준다. 헥토르가 던진 창이 빗나간다. 곧바로 아우토메돈이 아레토스에게 창을 던진다. 제우스의 도움으로 창은 아레토스의 방패를 관통해 그의 복부로 밀고 들어간다. 아레토스는 마치 도끼를 맞고 척추가 쪼개진 황소가 마지막 걸음을 딛듯 펄쩍 뛰었다가 쓰러져 잠잠해진다.

트로이군이 겁에 질려 뒷걸음질친다. 아우토메돈이 뛰어내려 아레토스의 갑옷을 거머쥐고는 다시 출발하며 외친다. "비겼다고 생각하지 마라, 트로이 놈들아! 파트로클로스는 내가 방금 죽인 놈보다 훨씬 귀하신 몸이다!"

제우스도 같은 마음이다. 파트로클로스를 잃은 슬픔이 점점 더 커져 마침내 그가 아테나에게 말한다. "아버지가 너한테 완전히 맡길 테니 마음대로 해봐. 가서 그리스인을 도와줘라."

아테나는 전차고 날개고 챙기느라 꾸물댈 시간이 없다. 가뿐히 몸만 전장으로 내려와 아킬레우스의 수양아버지 포이닉스의 모습으로 그리스군 사이에 나타난다. 아테나가 노인의 음성으로 한숨을 쉬고 말한다. "메넬라오스, 파트로클로스를 트로이 뒷골목의 떠돌이 개들 먹이로 놔둘 참이오?"

메넬라오스가 지친 목소리로 대답한다. "헥토르가 오늘 무슨 신처럼 싸우고 있소! 아무리 그래도 아테나가 내게 힘을 준다면 내가 놈들을 막을 텐데."

그가 자기 이름을 들먹이자 아테나는 흐뭇하다. 그의 무릎과 어깨를 건드려 파리의 기운을 불어넣는다. 무릇 파리란 가장 용감한 전사인 까닭이다. 사람이 아무리 찰싹찰싹 때리며 수없이 쫓아버려도 계속해서 공격하는 근성이 있다. 파리의 강인함과 속도를 장착한 메넬라오스가 틈새를 보고 창을 던져 고급 갑옷을 입은 부유한 트로이인 포데스를 쓰러뜨린다.

메넬라오스가 그의 시체를 붙잡아 그리스군 방패벽 뒤로 홱 잡아당긴다.

이제 아폴론은 트로이 편에서 자기 누이만큼 힘을 내야 한다. 그가 다시 인간의 형상―헥토르가 좋아하는 파이놉스의 모습―을 하고 헥토르 앞에 서서 외친다. "헥토르, 아가멤논의 못난이 동생이 네 친구 포데스를 죽이고 그의 시신을 끌고 갔어! 마누라나 뺏기는 메넬라오스 같은 찌질이가 너를 욕보이게 놔둘 작정이야?"

헥토르가 메넬라오스와 한판 붙으러 달려간다. 마침 제우스는 그리스인에게 인심을 쓸 만큼 썼다고 판단한 참이다. 어차피 오늘 싸움은 트로이의 승리로 돌아갈 것이다.

제우스가 그리스군 위로 먹구름을 잔뜩 드리우고 그들 발밑의 땅바닥에 불벼락을 내린다. 그러고는 손에 아이기스를 쥔 채 그들을 향해 흔든다. 그리스인들이 겁을 먹고 움츠러든다.

헥토르는 닥치는 대로 적군을 해치운다. 그가 레이토스의 창 잡는 손을 찔러버린다. 레이토스는 못쓰게 된 손을 내려다보며 달아난다. 두 번 다시 창을 잡지 못할 것이다.

헥토르가 레이토스를 끝장내고자 전력으로 질주해 그를 뒤쫓지만 이도메네우스가 뛰쳐나와 헥토르의 가슴에 창을 찌른다. 치명적인 공격으로 끝났어야 했는데 제우스가 아직은 헥토르를 다치게 놔두지 않는다. 창끝이 부러지고 트로이군은 함성을 지른다. 이 순간 신들이 자기네 편임을 알아서다.

핵토르가 이도메네우스에게 창을 던진다. 창은 빗나가지만 대신 높이 날아가 코이라노스를 쓰러뜨린다. 그가 이도메네우스를 도우려고 전차를 타고 전속력으로 달려오던 참이었다. 코이라노스는 턱에 정통으로 창을 맞아 이가 산산이 부서지고 혀가 잘려나간다.

메리오네스가 고삐를 잡고 소리친다. "이도메네우스, 얼른 타! 오늘은 트로이 놈들 날이라 우리가 할 수 있는 게 없어!"

이도메네우스가 전차 안으로 기어올라 온 힘을 다해 말을 채찍질한다. 제우스가 휘두른 아이기스에서 흘러나온 공포가 그리스 군사들 사이로 홍수처럼 흘러 이도메네우스에게도 퍼졌다.

아이아스와 메넬라오스는 파트로클로스의 시신을 지키기 위해 끈질기게 싸우고 있지만 그리스군이 달아나는 모습에 초조해지기 시작한다. 공포의 첫 물줄기가 조금씩 그들의 발치로 흘러온다.

아이아스가 커다란 방패를 들고 자신과 메넬라오스의 몸을 보호한 채 그에게 몸을 기울여 말한다. "제우스가 트로이군의 창을 꼬박꼬박 우리 군사들 쪽으로 날아오게 만드는 거 보이지?"

"그래, 약한 놈이 던지는 것도 귀신같이 날아오네!"

"우린 던지는 것마다 번번이 너무 짧거나 너무 길거나 옆으로 빠져버리잖아."

"제우스가 오늘 전투는 놈들한테 줘버렸군."

"아킬레우스가 필요해! 누가 그를 찾아서 친구가 전사했다고 알려줘야 해!"

메넬라오스가 주위를 둘러본다. "근데 누가? 이렇게 깜깜해서야, 아무도 안 보여."

아이아스가 하늘을 올려다보며 소리친다. "아버지 제우스여! 우리가 죽어야 한다면 햇빛 받으며 죽게 해주쇼!"

순식간에 하늘이 갠다.

아이아스가 파트로클로스의 시신 위로 몸을 굽히며 메넬라오스에게 소리친다. "이제 가서 안틸로코스를 찾아! 발도 빠르고 언변도 능하니까. 아킬레우스에게 친구의 전사 소식을 알려줄 자야."

메넬라오스는 굼뜨고 고집 센 자다. 시신을 두고 가려 하지 않는다. 하지만 아이아스 말이 옳다는 걸 알기에 안틸로코스를 찾으러 방패 장벽 밖으로 나온다. 트로이군의 창이 그의 방패로 날아들고, 그는 자기 창으로 그것들을 쳐내며 뒷걸음질치면서 전우들에게 외친다. "그래, 내가 간다. 놈들이 시신을 건드리지 못하게 해! 파트로클로스가 얼마나 훌륭한 자였는지 잊지 마라!"

그러고는 돌아서서 안틸로코스를 찾으러 재빨리 달려간다.

그는 전선 측면에 떨어져 있는 안틸로코스를 따라잡아 방패벽에서 끌어내 얘기한다. "파트로클로스가 죽었어."

안틸로코스는 아무 말도 하지 못한다. 그의 손에서 창이 떨어지고 방패가 바닥으로 축 늘어진다.

메넬라오스가 말한다. "제우스가 트로이를 돕고 있어. 우리한텐 아킬레우스가 필요해. 그를 찾아서 서둘러 이리로 와 파트로클로스의 시신을 수습하라고 전해."

안틸로코스가 묻는다. "아킬레우스의 갑옷은 어떻게 됐지?"

"헥토르가 가져갔어."

안틸로코스가 흐느끼기 시작한다. 빨리 달리기 위해 갑옷을 벗으면서도 울음을 그치지 않는다. 그는 갑옷을 전우에게 건네고 함선을 향해 달려간다.

메넬라오스는 빠른 걸음으로 파트로클로스의 시신이 있는 곳으로 돌아간다. 시신을 지키는 그리스군이 오래 버티지는 못할 것이다. 점점 더 많은 트로이군이 격투에 가담하고 모든 그리스군의 방패에는 트로이군의 창이 빼곡히 박혀 흡사 머리빗 같은 꼴이다.

메넬라오스가 아이아스 옆에 방패를 붙이며 자리를 잡고 말한다. "안틸로코스를 찾았어. 진지로 갔어."

"수고했어!"

"근데 아킬레우스는 오늘 못 싸워! 갑옷이 없잖아, 기억 안 나?"

아이아스가 탄식한다.

"놈들이 우릴 포위하기 전에 당장 무슨 수를 써야 돼."

아이아스가 괴로워한다. "좋아, 그럼 자네랑 메리오네스가 시신을 들어서 뒤로 빼내."

메넬라오스가 트로이군 쪽을 가리킨다. "하지만 놈들이 곧장 덤벼들 텐데."

아이아스가 자신과 이름이 같은 자를 방패벽에서 끌어낸다. 오일리아스의 아들인 작은 아이아스다. "아이아스 둘이서 적을 물리치겠어. 큰 아이아스—"그가 자신의 가슴받이를 철썩 친다. "—그리고 작은 아이아스." 작은 자의 투구를 톡톡 두드리며 그가 말을 맺는다.

희한한 장례 행렬이 출발한다. 그리스군이 파트로클로스의 시신을 어깨에 짊어지고 옮기기 시작하자마자 트로이군은 사납게 날뛰며 시체를 붙잡으려 한다. 하지만 큰 아이아스와 작은 아이아스가 궁지에 몰린 멧돼지처럼 사생결단으로 맞서자 트로이군은 사냥개처럼 흩어진다.

메넬라오스와 메리오네스는 주변에 널린 시신에 발이 걸려 비틀거리면서도 트로이군의 창을 피해 나아가며 땀을 뚝뚝 흘린다. 파트로클로스의 덩치가 크고 무겁긴 하지만, 그들은 시신을 절대 떨어뜨리지 않는다.

이 두 사람이 파트로클로스를 진지로 옮겨가는 동안 다른 두 사람―큰 아이아스와 작은 아이아스―은 방패를 높이 쳐들어 트로이군의 창을 막아내고 헥토르의 부하들을 저지하며 운구자를 보호한다.

다른 그리스군은 모두 쫓기는 사슴처럼 달아나버렸다. 그들이 달아나며 떨어뜨린 수많은 방패와 창과 투구를 타넘어가며, 네 명의 영웅은 비틀비틀 진지로 향한다.

18
대장장이 신이 만든 새 무구

아킬레우스는 함선 선미에 서서 전장을 건너다보고 있다. 조금 전에 먹구름과 번갯불을 보았다. 지금은 그리스군 수천 명이 갑옷도 무기도 없이 함선 쪽으로 미친듯이 도망 오는 모습이 보인다.

그가 중얼거린다. "토끼처럼 뛰면서 뭣들 하는 거야? 파트로클로스한테 내 갑옷을 입혀서 보냈는데! 아, 혹시 그가—" 그러다가 순간 말을 멈추고 만다. "어머니가 그랬는데. 우리 중에서 가장 용맹한 자가 죽을 거라고……"

아킬레우스는 말을 잇지 못하고 머리를 움켜쥔 채 신음한다. "'우리 중에서 가장 용맹한 자'—엄마는 내 얘길 한 게 아니었어!"

그가 뱃전을 발로 차며 울부짖는다. "분명 헥토르를 쫓아 들판까지 가지 말라고 일렀는데!"

이제 와서 무슨 말을 해도 소용없다. 그가 신음소리를 낸다. "내가 그 친구를 저리로 보냈어! 그놈 아버지에게 아들을 무사히 집으로 데려가겠다고 약속했는데!"

안틸로코스가 달려와서는 함선으로 기어올라 아킬레우스 옆에 선다. 얼굴의 땀을 훔치며 목소리를 가다듬고 말한다. "아킬레우스, 펠레우스의 아들―"

아킬레우스는 그가 전할 소식이 무엇인지 너무나 잘 안다.

안틸로코스가 기어이 그 소식을 내뱉고 만다. "파트로클로스가 전사했다!"

아킬레우스는 비틀거리며 뱃전 쪽으로 가더니 반쯤 추락하듯 반쯤 뛰어내리듯 두 손과 무릎으로 땅에 착지한다.

안틸로코스가 아래를 향해 소리친다. "사실이 아니면 얼마나 좋겠냐!"

아킬레우스가 두 손 가득 흙먼지를 움켜쥐고 자기 머리에 뿌린다. 살갗과 옷을 먼지로 더럽힌다.

안틸로코스가 다시 외친다. "평원에서 그의 시신을 두고 싸움이 벌어졌어!"

아킬레우스의 입이 벌어지지만 아무 소리도 나오지 않는다.

여종들이 막사에서 나와 있다. 안틸로코스가 그들에게 소리친다. "파트로클로스가 전사했다!"

그들이 애도 의식을 시작한다. 가슴을 치고, 통곡하고, 졸도하는 이도 있다.

전부 의례에 따른 행동에 불과하다. 아킬레우스와는 다르다. 그는 너무나 고통스러워한다. 양손과 무릎을 땅에 대고 엎드려 있던 상태에서 일어나 그대로 앞을 향한 채 흙먼지 위에 쓰러진다. 그의 거대한 몸통이 나무처럼 땅바닥을 친다. 그러더니 일어나서 금발머리를 뭉텅이로 쥐어뜯는다.

안틸로코스가 함선에서 기어내려와 아킬레우스를 말리려 한다. 그가 자해라도 할까 두려울 지경이다.

아킬레우스는 지푸라기 한줌을 던지듯 안틸로코스를 휙 떨쳐버리고 숨을 깊이 들이마신 뒤 크게 울부짖는다.

그 소리가 그리스 진영에 있는 모든 자의 귀를 울린다. 트로이 도성에서도 들릴 정도다. 만약 트로이인들이 그 소리가 어떤 징조인지 알았더라면 듣는 순간 무서워서 죽었을 것이다.

저멀리 바다에서 테티스는 늙은 아버지 네레우스의 곁에 앉아 있다. 테티스의 자매들도 그녀 주위에 줄지어 자리를 잡았다. 다 같이 모여 궁정 회의를 하는 중이다. 발언하는 자의 이야기를 조용히 듣고 있다.

그때 아킬레우스의 울부짖음이 그들에게까지 크게 울려퍼진다.

테티스가 절규한다. 그 비명소리가 바다 전체에 울린다. 자매들이 그녀의 슬픔을 감지하고 같이 절규하기 시작한다. 늙은 아버지의 궁정이 자매들의 울부짖음으로 흔들린다.

나머지 바다의 딸들도 테티스의 슬픔을 전해 듣고 네레우스의 왕궁으로 모여든다. 이내 수백 명이 모여 가슴을 치고 좌우로 몸을 흔들며 슬픔을 노래한다.

테티스가 그들에게 외친다. "언니들, 동생들, 내 말 좀 들어봐. 내가 왜 슬픈지 모를 거야!"

자매들이 가락에 맞춰 한탄하고 테티스가 호곡하며 노래한다. "나의 아들이 내 슬픔의 뿌리요, 위대함이 그 아이의 불행이라오. 누구보다도 훌륭한 인간으로 태어나 나무처럼 쑥쑥 자란 아이인데! 내가 애정 많은 정원사처럼 그 아이를 금이야 옥이야 키웠다오. 함선 오십 척 몰고 트로이로 싸우러 갈 때까지!"

그녀가 한풀이하듯 노래를 이어간다. "돌아오는 그애를 맞아줄 일은 없겠지. 그런 일은 절대 없어, 잘 돌아왔다고 맞아주는 일은. 그애는 죽겠지! 곧, 이제 곧, 죽는다오!"

자매들이 해초 사이에서 몸을 흔들며 한목소리로 한탄한다.

테티스가 읊조린다. "그애한테 주어진 시간은 조금밖에 없지. 인간들 대부분에 비하면 턱없이 짧아. 게다가 그 짧은 삶마저도, 반짝하고 그칠 그 삶마저도 질투의 시선으로 가득해 괴롭기만 하네! 예전에도 나빴는데 지금은 최악이오. 그애의 단짝 친구가 죽었지. 얼마 남지도 않은 시간을 슬퍼하며 괴로워하다가 그애 또한 이제 영원히 죽게 된단 말이오! 마지막 남은 날들을 슬픔에 휩싸여 살다가 영영 어둠 속에 빠져야 한다니!"

그녀가 고개를 들자 눈물이 떨어져 바다에 짠맛을 더한다. 그녀가 흐느끼며 말한다. "그래도 그애를 봐야겠어. 뭐라고 위로하지? 아냐, 아무 위로도 안 되더라도 만나야겠어!"

테티스가 영창을 끝내고 아버지의 궁전에서 나와 위로 올라가자 자매들이 모두 뒤를 따른다. 쾌속선의 항적을 따르는 돌고래떼 같다.

테티스는 곧바로 그리스 함선으로 간다. 파도에서 걸어나와 아들의 막사로 슬픈 발걸음을 옮긴다. 그녀의 뒤로 자매들이 한 줄로 늘어선 채 한목소리로 애도한다.

침상에 누워 있는 아킬레우스의 두 눈에서 눈물이 줄줄 흐른다.

테티스가 다가가 그를 안아주며 조용히 말한다. "아들아, 엄마한테

다 털어놔보렴!"

그는 엄마 품에서 흐느껴 울기만 한다.

테티스가 묻는다. "아버지 제우스가 네 기도를 안 들어주셨니? 트로이군이 함선을 태우는 게 보이던데. 네가 부탁한 거 아니었어? 바닷속 깊은 데 있던 우리도 불길을 봤어!"

아킬레우스가 한숨짓는다. "내 기도는 들어주셨지. 파트로클로스는 죽었고. 친구가 죽었는데 큰 전투에서 이긴들 무슨 소용이야? 엄마, 걔가 죽었어, 죽었다고. 내 갑옷을 입고 나 대신!"

"그럼 네 갑옷은 어디 있니?"

"헥토르가 갖고 있어! 그놈이 파트로클로스의 시신에서 벗겨 갔다니까!"

"제우스가 나를 인간의 침상에 보내면서 줬던 갑옷인데……"

"엄마가 그 필멸의 존재인 내 아버지를 만나지 않았으면 좋았잖아. 엄만 이제 필멸의 아들을 잃어서 영원히 슬퍼하게 될 거 아냐!"

"우리 아들, 이제 어떻게 할 거니?"

"어떻게 할 거냐고? 내 창으로 헥토르를 찔러서 파트로클로스의 장례 선물로 삼을 거야!"

"그럼 너의 끝도 얼마 남지 않았구나. 너도 알잖아. 헥토르가 죽으면 너도 그뒤를 따를 거야."

"나도 알아. 엄마가 수도 없이 한 얘기야. 상관없어. 파트로클로스를 다시 데려올 수 있다면 난 지금이라도 죽을 거라고! 내가 걔를 내보내서 죽은 거야. 내 갑옷을 입고 나 대신!" 그가 호곡한다. "내 목숨도 못 구하고 내 친구도 구하지 못했어! 난 뭐하는 놈이야? 누구든 죽일 수 있는데 친구이자 부하를 죽게 하다니. 내 증오심이 하도 지독해서 정신이 어떻게 됐었나봐!"

그가 한숨을 쉬고 말을 잇는다. "내가 다른 건 몰라도 이 명청한 싸움은 끝낼 수 있어. 파트로클로스를 위해서 저 돼지 같은 아가멤논과 화해할 거야. 그러고 나서 저 군대를 해치워서 하데스 가는 길에 내 길동무로 데려가겠어. 수많은 트로이인 아내와 다르다니에 어머니, 리키아 누이 들은 우는 법을 배우게 될 거야. 자기 집 사내들을 위해 우는 법을 내가 친히 알려주겠다고!"

테티스가 아들에게 속삭인다. "그래, 하지만 아직 때가 아니야, 아들. 네 갑옷이 헥토르의 어깨에 걸쳐져 있잖니. 네 몸은 무방비 상태야. 털게처럼 부드럽기만 해."

아킬레우스가 격분한다. "벌거벗고라도 싸울래! 파트로클로스가 저기 누워 있다잖아. 들개 먹이처럼. 시신을 집으로 가져가게 해줘, 제발!"

테티스가 고개를 가로젓는다. "갑옷 없인 안 돼. 네 건 헥토르가 입게 놔둬. 거기서 불운이 배어나올 테니. 엄마가 약속할게. 헥토르가 너보다 먼저 죽을 거야. 하지만 너희 둘 다 오늘은 죽지 않아. 동틀 때까지 기다려라, 우리 불쌍한 아들. 해가 뜨면 엄마가 가져온 걸 보여줄게. 대장간에서 바로 나온 따끈따끈한 신의 갑옷을 가져올 거야."

테티스는 한번 더 아들을 껴안는다. 앞으로 몇 번이나 더 안아줄 수 있을까? 그녀가 해변으로 날아가 수백 명의 자매들에게 말한다. "내가 대장장이를 보러 갔다고 아버지에게 전해줘." 그들이 고개를 끄덕이고 파도 속으로 흘러들어가 아버지의 궁전으로 간다. 테티스는 가벼운 은족銀足으로 하늘을 향해 훌쩍 뛰어오른다.

헥토르는 아킬레우스의 갑옷에다 땀을 줄줄 흘리고 있다. 쉴새없이 그리스군을 공격하면서 전리품으로 가져갈 파트로클로스의 시체를 따라잡는다.

그리스군 둘이 파트로클로스를 어깨에 멘 채 천천히 길을 헤치며 진지로 나아가고, 큰 아이아스와 작은 아이아스가 트로이군의 공격을 막아낸다. 헥토르는 맞바람에 실려오는 냄새를 맡으며 양의 궁둥이를 노리는 사자처럼 파트로클로스의 차디찬 육신을 향해 잡아먹을 듯 달려든다. 그가 그리스군의 방패를 세 차례 강타한 뒤 시신의 발을 붙잡는다. 그리스군이 전열을 이루어 격투를 벌이며 그를 밀어낸다.

두 아이아스도 지칠 대로 지쳤다. 하루종일 트로이군의 공격을 막아내고 이제는 피와 내장에 미끄러지면서 비틀비틀 뒤로 물러서고 있다. 십수 군데 부상을 입은데다 트로이군의 창을 피해 몸을 이리저리 굽히느라 이곳저곳이 뻣뻣하고 얼얼해졌다. 버틸 수 있는 시간이 얼마 남지 않았다.

멀리 떨어져 있는 아킬레우스 귀에 전투 소리가 들린다. 그의 청력은 보통 인간보다 훨씬 뛰어나다. 그는 모든 소리를 정확히 분간한다. 두 아이아스의 거친 숨소리도 들리고, 전사들이 너무 지쳐 황소 가죽 원반을 쳐든 팔에 힘이 빠지면서 방패벽에서 나는 삐걱거리는 소리도 들린다. 아킬레우스는 당장에라도 전장으로 달려가 파트로클로스의 시신을 함께 데려오고 싶지만 어머니에게 오늘은 싸우지 않겠다고 약속했다.

이런 생각을 하고 있는데, 갑자기 진줏빛을 발하는 젊은 여성이 그의 곁에 나타난다. "그래도 오늘 싸워야 한다, 아킬레우스."

그가 고개를 돌려 위대한 신들의 사자 이리스를 본다.

그녀가 말한다. "파트로클로스는 너의 부하였다. 자칼의 먹이가 되도록 내버려둘 건가? 네 임무를 다해라. 그의 시신을 되찾아와라!"

아킬레우스가 공손하게 묻는다. "여신님, 어느 신이 보내셨는지 여쭤도 되겠습니까?"

"헤라가 보냈다."

"제우스 님은요?"

"제우스는 모르신다."

신들이 이런 궁중의 모의에 인간을 연루시킬 때는 특히나 조심해야 하는 법이다.

아킬레우스가 묻는다. "제가 갑옷 없이 어떻게 싸우겠습니까? 파트로클로스가 입었던 제 갑옷은 저들이 벗겨 가져가버렸습니다. 제 어머니가 대장장이에게 새 갑옷을 받아오실 겁니다."

이리스는 한낱 반신과 옥신각신하는 게 짜증난다. "넌 당장 싸워야 한다!"

"어머니가 갑옷 없이 싸우지 말라고 하셨어요."

"다른 사람의 갑옷을 입어라!"

그가 고개를 절레절레 흔든다. "그럴 수 없습니다, 여신님. 인간이라고 다 똑같진 않습니다. 저를 보세요. 기껏해야 큰 아이아스 정도가 제 몸집과 비슷할까 말까 합니다. 보통 사내의 갑옷은 제게 턱없이 작아요."

이리스가 조용해지고 인간의 형상이 흐릿해진다. 지금 그녀가 헤라와 논의중이라는 뜻이다. 잠시 뒤 그녀가 다시 제 형상을 띠고 말한다. "헤라와 그분의 따님이 결정을 내리셨다. 넌 오늘 싸우지 않아도 된다. 하지만 다른 명령이 있다. 성벽으로 가서 네 모습을 드러내 트로이군에게 겁을 주어 쫓아버려라. 그렇게 하면 그리스군이 시간을 좀 벌 것이다."

그녀가 다시 흐릿해지더니 아주 사라진다. 아킬레우스는 아테나의 망토가 어깨에 드리워지는 느낌을 받는다. 아테나는 모습을 드러내지도, 그에게 말을 하지도 않지만—아킬레우스가 헤라의 명을 거역해서 기분이 좋지 않다—그래도 그가 필요하다. 그는 아테나의 강철 같은 정신이 자신의 머리 주변을 강렬한 빛으로 에워싸고 이리저리 누비는 것을 느낀다. 그가 막사 밖으로 걸어나온다. 신의 힘을 빌린 상태라 슬픔은 거의 잊었다. 성벽으로 걸어가는 그를 모두가 주시한다. 그의 머리가 눈부시게 빛난다. 마치 포위된 도성들이 도움을 요청하기 위해 밝힌 횃불처럼 불타오른다.

그는 발을 바닥에 디디지도 않은 채 방벽 문을 지나 진지 주변의 참호 가장자리로 나온다. 그가 입을 열자 아테나의 망토가 그의 폐에 힘을 더한다. 폐를 꽉 눌렀다가 한낱 인간은 도저히 낼 수 없는 소리를 내보낸다. 아테나가 저멀리 지평선에서 자기 음성을 보태자 그 소리는 지진 후에 마을을 강타하는 거대한 파동처럼 트로이군을 후려친다.

아킬레우스의 머리는 혜성 같고 그의 목소리는 산사태 같다. 트로이군이 벌벌 떨며 쪼그려앉는다. 인간보다 감각이 예민한 말들은 순식간에 돌아서서 안전한 마구간을 향해 달려간다. 마부들은 전차 안에서 두 귀를 막은 채 웅크리는 수밖에 없다.

가장 용감한 트로이군이 폭발적인 그 소리를 견뎌내고 마음을 가라앉히려 애쓰며 다시 무기를 집어드는 순간, 아킬레우스가 두번째 노호를 쏟아낸다. 또다시 아테나가 지평선 끝에서 그와 함께 소리를 지른다. 이제 나약한 트로이군은 달아나기 바쁘다. 몇몇은 너무 겁을 먹어 창으로 자기 몸을 찌른다.

헥토르와 용감한 트로이군 몇 명만 계속 파트로클로스의 운구 행렬을 추격중인데, 그때 아킬레우스가 세번째로 포효한다. 헥토르마저 이번에는 버티지 못한다. 그와 동지들은 뿔뿔이 흩어져 달아난다. 그리스군이 환호하며 파트로클로스의 시신을 진지 안으로 무사히 옮겨온다.

그들이 방벽 문을 지나 들어오자 아킬레우스가 처음으로 그 시신을 본다. 전장에 보낼 때 파트로클로스는 살아 있었고 언제나처럼 쾌활하고 겸손했다. 아킬레우스는 자신이 친구를 나무라던 장면을 떠올린다. 보상할 기회가 영영 없을 것이다. 이 시신은 온전히 그의 책임이다. 이 죽음은 그가 저지른 짓이나 다름없다.

헤라가 일몰을 잠시 멈추고 둥근 원반 모양의 해를 지평선 위에 잠시 더 머물게 한다. 아킬레우스가 파트로클로스의 시신을 잘 살필 수 있게 해주려는 마음이다. 아킬레우스가 내일 아침에도 불타는 전의를 간직하길 바라며.

잠시 뒤 헤라가 속삭인다. "지거라!" 그러자 해가 바닷속으로 가라앉는다.

트로이군은 아킬레우스의 어마어마한 고함소리를 피해 달아나던 발걸음을 멈추지 못한다. 가다 가다 지쳐서 멈출 수밖에 없는 순간이 올 때까지 달린다. 들판에 진을 친 그들은 너무 무서워서 제대로 앉아 있지도, 갑옷을 벗지도 못한다. 아킬레우스가 추격해오지는 않을까 두려워 끊임없이 서쪽을 주시한다.

폴리다마스는 나머지 군사들보다 분별력이 있다. "동지들, 지금 당장 트로이로 돌아가야 해. 여기서 아침까지 머물다간 아킬레우스를 만날 공산이 크다. 생존자들은 도성으로 복귀하게 돼 좋아하겠지. 다른 전우를 잃기 전에 지금 도성으로 가는 게 현명한 조치다. 우린 성벽에서 싸우면 돼. 저들은 우리 성벽을 절대 뚫을 수 없어."

헥토르가 폴리다마스보다 두 배는 큰 몸집으로 쿵쾅대며 불빛 안으로 들어와 윽박지른다. "난 그딴 말 듣기 싫어. 겁쟁이한테 나는 악취가 진동하는구먼. 성벽 뒤에 숨어 있는 건 충분히 하지 않았나?"

"헥토르 왕자, 그리스군은 우리 활을 당해낼 수 없어. 우리가 성벽에서 싸우면 적군을 마음대로 골라 쏠 수 있다고."

"우린 이미 금붙이도 다 잃었고 최고의 용사들도 대부분 잃었지. 하지만 이제 제우스가 내게 은혜를 베풀었는데 자네는 달아나서 숨고 싶다고? 그건 내가 허락 못해. 우린 들판에서 싸운다."

그가 다른 전사들에게 말한다. "이제 다들 뭘 좀 먹도록. 새벽에는 전부 준비가 완료돼 있으면 좋겠군. 자네들 재물이 걱정되면 하인을 도성으로 보내 사람들에게 전부 나눠주라고 일러. 뺏기느니 같은 민족끼리 나눠 쓰는 게 낫지. 내일이면 이 모든 게 해결될 거야."

그러더니 창을 높이 쳐들고 소리친다. "내가 아킬레우스와 싸우겠다! 배때기에 창을 맞을 자는 바로 그놈일 것이다!"

군사들이 환호한다. 반쯤 얼어 있던 사람이 불을 쬐며 몸을 녹이듯 그들은 헥토르의 분별없는 외침에 두 손을 녹인다.

폴리다마스가 자리를 뜬다. 그의 말이 옳았지만 헥토르는 자신의 잘못을 깨닫지 못한 채 돌이킬 수 없는 순간을 맞을 것이다.

아킬레우스는 친구의 시신을 지키며 밤을 꼬박 새운다.

그가 파트로클로스의 가슴에 큰 손을 얹고 울부짖는다. "용서해줘, 내가 널 사지로 몰았어! 용서해주시오, 메노이티오스! 제가 당신 아들 파트로클로스를 사지로 보내버렸습니다."

그가 뒤로 물러나자 하인들이 흙먼지가 엉긴 피딱지를 따뜻한 물로 깨끗이 씻어내고 시신을 닦는다.

그러고 나서 아킬레우스는 다시 한번 파트로클로스의 가슴에 손을 얹고 한숨짓는다. "친구야, 내가 너에게 해줄 수 있는 건 이 트로이의 흙먼지 속 너의 곁에 눕는 것뿐이구나. 금방이야, 금방. 약속해. 이제 곧 우리는 같이 누울 거야. 우리가 나란히 눕기 전에 너한테 선물을 줄게. 트로이 전사 열둘의 머리를 네 무덤 장식으로 준비하고 헥토르의 갑옷을 전리품으로 챙길게. 이제 곧 너는 죽은 트로이인의 아내들을 코러스로, 불타는 도성을 난로로 옆에 두게 될 거야."

아킬레우스가 다시 뒤로 물러나고, 하인들이 향기나는 올리브유로 시신을 닦은 다음 아마포 끈으로 두른다. 장례 송가가 울려퍼지는 가운데 아킬레우스가 다섯 대대를 이끈다.

제우스는 이 모든 상황이 어디로 향하는지 알고 있다. 그가 헤라에게 볼멘소리를 한다. "당신 이제 아주 행복하시겠어! 아가멤논이 당신 서자인 게 분명하다는 생각이 가끔 들어."

헤라가 코웃음친다. "내가 어쩌다보니 인간들을 좋아하게 됐는데, 그들을 도와주지 않을 이유를 모르겠어. 그들이 우리만큼 똑똑하거나 강인하지는 않지. 그러니까 이따금씩 호의 정도는 베풀 수도 있는 거 아냐?"

제우스는 불만스러운 소리를 내고 헤라를 외면한다.

테티스의 빛나는 발이 그녀를 하늘까지 옮겨다주었다. 그녀는 별과 기둥이 금빛으로 어우러진 곳을 향해 날아간다. 대장장이 신이 사는 신비의 궁전이다.

그의 이름은 헤파이스토스, 추한 용모로 유명한 자다. 번듯한 용모를 중요시하는 집안에서 보기 드문 절름발이다. 그의 어머니 헤라가 그 뒤틀린 다리와 비틀린 얼굴을 보자마자 천계 밖으로 던져버렸다. 그러나 헤파이스토스는 어리지만 강인한 자였고 이제는 신들 중에 가장 똑똑한 자로 꼽히며 그가 만드는 놀라운 기계장치 덕에 신들에게 두루 인정받는다. 온갖 험한 일을 당했어도 그는 착한 성품을 잃지 않은 채, 여전히 집안에서 가장 추하지만 가장 다정한 신으로 살아간다.

그는 늘 신기한 물건을 만든다. 저 혼자 힘으로 돌아다니는 마법의 접시도 그렇고, 살아 있는 듯 움직이는 황금 하인들도 그렇다.

그가 이 궁전을 만든 것은 아내 카리스를 위해서다. 추남인 남편과 달리 그녀는 미인이다. 꽤나 궁합이 맞는 이 부부는 행복한 결혼생활을 하고 있다.

카리스가 수천 킬로미터 떨어진 곳에서 온 테티스를 보고 반짝이는 계단을 날아 내려가 손님을 맞는다. "어서 오세요. 저희 집에 오시는 건 언제나 환영이에요, 테티스. 와서 같이 식사해요. 왜 이렇게 발걸음이 뜸하셨어요."

그들이 자리에 앉자 황금 하인들이 시중을 든다. 예의를 갖춰 나누는 대화가 어느 정도 마무리된 뒤에 카리스가 묻는다. "어쩐 일로 바다에서 여기까지 오셨어요, 테티스?"

"남편분의 도움이 필요해요."

카리스가 남편을 부른다. "여보, 와서 테티스 님하고 말씀 좀 나눠봐요!"

헤파이스토스가 웃음 가득한 못난이 얼굴을 문으로 쑥 들이민다.

"테티스! 언제나 환영합니다! 제대로 인사드리기 전에 대장간의 때부터 싹 씻어내야겠네요!"

그가 절름거리며 자리를 뜬다. 기우뚱한 왜가리 다리에 황소의 어깨가 얹힌 듯한 모습이다.

그는 먼저 연장을 하나하나 커다란 은빛 상자 안의 제자리에 넣어 치운다. 이어 황금 하인 하나가 그에게 젖은 해면을 건넨다. 헤파이스토스가 가슴과 머리, 못난 얼굴, 울퉁불퉁한 기름투성이 손을 해면으로 닦는다. 또다른 하인이 깨끗한 윗옷을 건네고, 세번째 하인은 목발을 내민다. 그는 목발을 겨드랑이에 끼우고 절름거리며 테티스를 만나러 간다.

헤파이스토스는 그녀를 보며 환하게 웃는다. "우리 귀한 테티스 님, 제가 당신께 목숨을 빚졌습니다. 당신을 위한 일이라면 뭐든 할 겁니다." 그가 카리스를 돌아본다. "여보, 우리 손님이 내 목숨을 구한 거 알아요?"

카리스가 고개를 젓는다. 이미 열두 번도 더 들은 사연이지만 그녀는 예의를 잃지 않는다.

그가 또다시 그 얘기를 한다. "음, 내가 태어났을 때 문제가 약간 있었어요. 내가 좀 뒤틀려서 나왔더니, 우리 어머니가 내 생김새를 안 좋아하시더라고……"

카리스가 얼굴을 찡그린다. "사실 어머님이 당신을 내다버렸잖아요. 정말 잔인해!"

헤파이스토스는 손사래를 친다. "오해야, 전부 오해야! 어머니를 비난하면 안 되지요. 올림포스에선 용모에 관해 아주 엄격하거든! 뭐, 어머니가 날 버린 건 사실이지만요. 내가 어딘가로 떨어졌죠……"

기억을 떠올리던 그가 어금니를 악물고 허공을 응시한다. "그래, 멀리까지 추락했죠. 아주 오랫동안 계속해서 떨어졌어요……"

카리스가 헛기침을 하자 헤파이스토스가 다시 이야기를 이어간다. "아, 그래! 내가 결국에는 바다로 떨어졌어요. 거기서 바다의 따님들 테티스와 에우리노메가 나를 발견하고 이 가련한 절름발이를 불쌍히 여기셨죠. 나를 마치 비틀린 인형처럼 고이 안아주셨어요. 그랬죠, 테티스!"

그녀가 기억을 떠올리며 미소 짓는다. 헤파이스토스가 애정어린 눈으로 그녀를 바라보다 한숨을 쉰다. "칠 년이죠, 테티스?" 그가 놀라워하는 표정으로 카리스를 돌아본다. "두 분이 나를 돌보신 세월이 칠 년이야. 마치 우리 엄―" 말을 삼키는 그의 얼굴이 붉어진다. 어머니 얘기는 안 하는 편이 낫다. 그가 다시 입을 연다. "다른 신들은 내가 사라진 걸 눈치도 못 챘다니까요. 누가 절름발이를 그리워하겠어요? 하지만 테티스와 에우리노메는 나를 마치 발굽이 시원찮은 애완 염소처럼 돌봐주셨어요!"

테티스가 말한다. "카리스, 당신 남편은 겸손이 너무 지나쳐요. 헤파이스토스를 들인 순간부터 우리집에 얼마나 큰 도움이 되었는지 몰라요. 헤파이스토스, 당신이 만든 그 훌륭한 물건들로 우리한테 이미 천배는 넘게 갚았어요. 황금 술잔이며 은팔찌며! 그 요술 장난감들도 생생하네요." 그녀가 카리스에게 말한다. "정말 멋진 장난감이었어요. 어떤 건 살아 있는 것처럼 바다로 헤엄쳐가기도 했다니까요!"

헤파이스토스가 얼굴을 붉힌다. "오, 그땐 습작 수준이었어요. 이제야 진짜 대장장이가 됐죠. 그러니 원하는 건 뭐든 만들어드릴게요.

말씀만 하세요!"

테티스가 그간의 이야기를 털어놓으려는데 눈물이 나올 것 같아 베일로 얼굴을 가린다. 그녀는 눈물을 훔치며 말한다. "제우스가 내게 고통을 주고 있어요. 필멸의 인간 펠레우스를 내게 주었죠. 나는 고작 몇 년밖에 못 사는 미물하고 결혼할 생각이 전혀 없었지만 제우스의 뜻을 따랐어요. 이제 내 남편은 너무 늙어서 잠자는 것 말곤 아무것도 할 줄 몰라요. 하지만 나는 결혼했을 때나 다를 바 없이 젊죠."

그녀가 한숨짓는다. "그래도 한 가지 위안은 있었어요. 나의 훌륭한 아들 아킬레우스가 태어났으니까요. 그애는 다른 인간들보다 더 강인하고 더 크게, 나무처럼 쑥쑥 자랐어요. 그리고—아, 트로이에서 그애한테 무슨 일이 있었는지 두 분 이미 아시나요?"

둘 다 고개를 젓는다. "아뇨, 들은 게 없어요." 물론 그들은 소식을 들었지만 예의바른 주인의 도리를 다하고 있다.

테티스의 눈물샘이 또 터진다. "이게 다 그 역겨운 아가멤논 때문에 시작된 일이에요. 변변찮은 인간 왕들과 그들의 질투 때문에! 내 아들이 정당하게 얻은 여종을 그자가 빼앗아가버렸어요. 그리스군 전체가 지켜보는 앞에서 그런 짓을 저질렀다고요! 내 아들은 치욕을 당했어요. 그 불쌍한 녀석이 여자애를 좋아했죠. 그래서 전투에 나서지 않겠다고 했고, 그래서…… 어제 파트로클로스가 어떻게 됐는지 들었어요?"

둘 다 안다. 고개를 끄덕인다.

"있잖아요, 파트로클로스가 내 아들의 갑옷을 입고 있었어요. 지금은 헥토르가 그걸 갖고 있죠. 그래서 아들에게 새 갑옷을 만들어주십사 부탁하러 왔어요. 그애한테 얼마 남지 않은 목숨을 지켜줄 갑웃요."

헤파이스토스가 테티스의 손을 잡고 말한다. "테티스, 아킬레우스는 신도 인간도 깜짝 놀랄 갑옷을 갖게 될 겁니다. 그것 말고 다른 식으로도 그애 목숨을 구할 수 있다면―"

카리스가 그에게 손짓을 하자 그가 재빨리 말을 돌린다. "그래요! 새벽까지 준비될 거예요. 나는 가서 작업을 시작할게요."

그가 절뚝이며 용광로로 가서 풀무 스무 개를 부른다. 그것들이 살아 있는 생명체처럼 그의 뜻을 따라 그가 원하는 대로 바람을 불어넣는다. 숨결처럼 부드럽게 또는 폭풍처럼 강하게.

불이 뜨거워지자 헤파이스토스가 온갖 종류의 금속 덩어리―적동광, 무른 주석, 광택나는 은, 꿀 색깔이 나는 금―를 가져다, 요리사가 채 썬 양파를 가마솥에 넣듯이 단지에 던져 넣는다. 금속이 다 녹자 부젓가락을 가져와 녹인 금속을 방패 틀에다 붓는다.

한 겹이 식자마자 다시 한 겹을 붓고, 마지막으로 틀에서 방패를 떼어내 완성품을 감상한다. 밝은 금속으로 된 세 겹짜리 원반은 아킬레우스 같은 거인도 너끈히 보호해줄 만하다.

그다음으로 헤파이스토스는 방패의 표면에 공을 들인다. 전투에서 전사들이 보게 될 면이다. 대부분의 경우 살아서 마지막으로 보게 되는 곳. 헤파이스토스는 테티스에게 감사를 표하는 차원에서 이 부분을 최고의 작품으로 만들고 싶다.

그는 이 방패 면에 온 세상을 담기로 한다. 망치로 몇 번 두드리자 금속판에 대양이 생긴다. 파도가 넘실대고 새들이 날아다니고 물고기들이 뛰어오른다. 갈매기 울음소리가 들릴 것만 같다. 또다시 몇 번 두드리자 바다가 어둑해진다. 이제 보름달이 물결 위에 비치고 달 주변에는 별들이 불타고 있다. 플레이아데스*가 반짝반짝 빛을 발한다. 사냥꾼의 골격을 나타내는 오리온도 있다. 그에게서 끝없이 달아나지만 절대 완전히 벗어나지는 못하는 큰곰도 구불구불한 별자리를 이룬다. 이 별들은 결코 대양 속으로 지지 않는다.

헤파이스토스가 싱긋 웃는다. 그가 만든 이 금속판의 바다가 테티스를 기쁘게 해줄 것이다. 그가 다른 망치를 꺼내 방패 면을 한 번 두드린다. 이제 태양이 빛난다. 이 금속 태양이 비춰주는 빛 덕분에 두 도시가 보인다. 더 자세히 들여다보면 각 도시에 있는 사람들도 보인다. 한 도시에서 성대한 결혼식이 벌어지고 있다. 남자들이 신부를 신랑의 집으로 데려가고 여자들은 그 행렬을 엿본다.

신부의 모습도 보인다. 가까이서 보는 사람은 그녀와 사랑에 빠질 것이다. 신부의 면사포가 산들바람에 흔들린다. 소년들이 신부를 위해 부르는 축혼가도 들린다.

다음은 남자들이 핏값을 두고 벌어진 언쟁의 시비를 가리려고 모인 장면이다. 살인자는 이미 값을 치렀다고 말하지만 죽은 자의 친족은 한푼도 받은 게 없다고 말한다. 양쪽 집안의 친구들이 상대에게 소리를 지르며 편을 드는 통에 전령들이 홀을 들고 모든 사람을 계속 뒤로 밀어낸다. 대리석 의자에 은화 두 개가 놓여 있다. 가장 훌륭한 변론을 펼치는 자에게 주어질 상이다.

다른 도시는 죽어간다. 두 군대가 도시 바깥에 진을 치고 있다. 도성을 약탈하느냐, 뇌물을 받고 살려주느냐 하는 문제로 논쟁중이다. 굳은 얼굴의 전사들이 물도 섞지 않은 포도주를 벌컥벌컥 들이켜며

* 아틀라스와 플레이오네 사이에서 태어난 일곱 자매가 별자리가 되었다.

누가 전리품을 더 많이 차지할지를 두고 언쟁을 벌인다.

하지만 그 도시는 아직 굴복할 준비가 되어 있지 않다. 수비대가 덫을 놓는다. 공격하는 자들을 속이기 위해 노인과 아녀자와 큰 아이들 몇 명이 성벽에 남고, 강인한 젊은이들은 매복했다가 포위군을 습격하기 위해 후문으로 살짝 빠져나간다.

아테나가 아레스를 뒤에 데리고 수비대를 이끄는 모습도 보인다. 방패 속 아테나의 모습이 얼마나 강렬하게 번쩍이는지, 헤파이스토스가 사용한 금속이 아직 채 굳지 않은 것만 같다. 아테나는 자신의 뒤를 따르는 전사들보다 키가 곱절은 크다. 금속을 덜 써서 만든 아레스는 흐릿한 모습으로 아테나 근처에 숨어 있다. 방패에 있는 그의 형상은 보는 사람이 고개를 돌릴 때마다 달라진다. 어찌 보면 무시무시하고 오싹한데 다시 보면 혐오스럽고 비겁한 모습이다. 그가 흘린 핏자국이 길게 이어지고 파리들이 그의 머리 주변에 떼로 몰려든다.

수비대는 두 수호신 뒤에서 예의상 거리를 두고 따라간다. 행군하는 전사들은 언뜻 보면 멈춰 있지만, 오래 지켜보면 포위군이 가축에게 물을 먹이는 강기슭을 향해 용광로의 금속처럼 스르르 흘러가듯 움직이는 게 보인다. 수비대는 매복한 채 포위군의 하인들이 가축떼를 몰고 물가로 내려가길 기다린다.

그 모습을 가만히 더 지켜보고 있자니 전투 장면이 이어진다. 정찰병이 매복중인 전사들에게 달려와 목동들이 포위군의 가축을 강가로 데려가는 중이라고 알린다.

아무것도 모르는 어리석은 목동들은 그중 한 명이 부는 피리 소리에 맞춰 팔자 좋게 노래를 부른다. 그들이 매복지 코앞까지 걸어온다. 수비대가 덤불에서 튀어나와 가축을 쫓아버리고 목동들이 미처 도움을 요청하기도 전에 목을 뎅강 잘라버린다.

그런데 가축떼가 피 냄새를 맡고 큰 소리로 울기 시작한다. 포위군은 적의 공격을 눈치챈다. 부랴부랴 갑옷을 입고 강가로 달려간다. 거기서 양쪽이 방패 대 방패로 대결한다.

계속 지켜보면 격전이 벌어진다. 다툼의 신과 혼돈의 신이 마치 사악한 광대처럼 인간들 사이를 이리저리 뛰어다니며 전사들이 서로를 증오하고 죽이게 만드는가 하면, 죽어가는 전사들의 눈에 어린 공포를 보고 낄낄대며 그들의 피를 마신다.

이 방패 면을 지그시 내려다보면 헤파이스토스의 저장고에서 가장 단단하고 어두운 금속을 망치질해 만든 죽음의 여신이 인간 셋을 포승줄에 엮어 질질 끌고 가는 모습이 보인다.

그 셋 중 첫번째 인간은 이미 죽은 자다. 죽음의 여신이 마치 죽은 염소를 옮기는 푸주한처럼 그자의 발 하나를 잡고 질질 끌고 간다. 그 다음 인간은 부상을 당해 피를 토하며 자신의 장기를 갈비뼈 안쪽에 붙들어두려고 안간힘을 쓴다. 죽음의 여신의 포승줄에 엮인 마지막 인간은 아직 다치지 않은 자다. 그는 죽음의 여신을 빤히 쳐다보며 걸어가고 여신은 치마에 인간들의 피를 잔뜩 묻힌 채 무심하게 성큼성큼 걷는다.

누구든 그 장면을 오랫동안 쳐다보고 싶진 않을 것이다. 대장장이신이 그다음으로 만든 것에 시선을 돌리는 편이 낫다. 거기에는 이미 세 번이나 갈아엎은 기름진 밭이 있다. 일꾼들이 그 밭에 고랑을 내는 중이다. 그들은 열성적으로 일을 한다. 누구 하나라도 고랑 끝에 다다르면 맛이 진한 좋은 포도주를 한 잔 가득 든 하인이 기다리고 있기 때문이다. 헤파이스토스는 밝은색 금속을 쓰고서도 그 밭고랑을 짙은 흙처럼 거무스름하게 만들었다.

이 기분좋은 장면을 계속 바라보노라면 농작물이 움트고 황금빛 밀 이삭이 산들바람에 흔들리는 걸 알 수 있다. 추수철이다. 이 전투에서 쓰이는 무기는 큰 낫뿐이다. 일꾼들이 맛좋은 빵을 만들 밀을 한 다발 한 다발 베면서 노래를 부른다. 지주는 미소 띤 얼굴로 일꾼들을 바라본다. 그는 일꾼들에게 점심을 내주길 아까워하지 않는다. 적어도 오늘만큼은. 들판 한가운데 있는 큰 참나무 아래서 여자들이 보리죽 만드는 냄새가 풍겨오는 것 같기도 하다. 주인이 큰 황소를 잡으라고 지시한 터이니 그저 그런 죽은 아닐 것이다. 주인집 하인들은 잡은 황소를 칼질해 조각조각 자르고 가마솥에 넣느라 바쁘다.

그러면 이들은 뭘 마실까? 잠시 후면 나온다! 대장장이 신이 알이 실한 적포도가 열린 포도밭을 만들었다. 포도송이가 주렁주렁한 가지들은 두툼한 막대기로 받쳐주지 않으면 부러질 것 같다. 은으로 만들어진 이 막대기가 방패 표면에서 번쩍인다. 포도밭 주인들이 포도서리꾼 때문에 걱정스러워하자 헤파이스토스가 빛나는 주석으로 울타리를 만들고 그 너머에 짙은 색 금속으로 도랑을 둘러준다. 아이들이 포도나무 사이로 이리저리 뛰어다니며 다음해 포도주의 재료를 쌓는 동안 한 소년이 수확의 노래를 부른다.

그다음에 보이는 것은 소떼다. 금색, 청동색, 얼룩덜룩한 색의 소들이 섞여 있다. 토실토실한 소들이 강둑을 따라 잡초를 우적우적 씹는 모습을 하염없이 바라볼 수 있을 것 같다. 오, 소떼가 향긋한 수초를 정말 좋아하는구나! 소떼를 모는 목동들이 한가로이 시간을 보내는데, 갑자기 갈대밭이 갈라지며 거대한 암사자 두 마리가 우두머리 황소를 공격한다. 한 마리가 황소의 목을 발톱으로 꽉 붙잡고, 다른 한 마리는 황소의 등을 덮쳐 물어 죽이려 한다. 황소의 목숨을 끊은 뒤 두 짐승은 자리를 잡고 황소의 몸통에서 뜨끈한 고깃덩어리를 뜯어내 식사를 즐긴다. 겁 많은 목동들은 돌멩이를 던지고 개들을 부추기는 것 말고는 달리 할 수 있는 게 없다. 개들도 주인처럼 겁이 많다. 뒤로 물러나 궁둥이를 주인의 정강이에 딱 붙인 채 짖고만 있다.

장면이 또 바뀐다. 이번엔 산지의 초원이다. 양 몇 마리 말고는 움직이는 게 아무것도 없다.

그러다가 초원에 활기가 돈다. 춤을 추며 부끄러운 줄 모르고 열심히 구애하는 잘생긴 청년들과 아름다운 아가씨들 덕이다. 남자들은 기름 먹인 아마포 옷을 입어서 근육 하나하나까지 다 드러난다. 여자들은 머리에 화관을 쓰고 하늘하늘 가벼운 아마포 드레스를 입었다. 햇빛이 아마포를 비출 때마다 아름다운 굴곡이 드러난다. 남녀가 떨어져서 춤을 추기도 하고 함께 춤을 추기도 한다. 누구도 그들에게 신경쓰지 않고 아무도 그들을 나무라지 않는다. 마을 전체가 기쁜 마음으로 바라보는 가운데, 춤추는 그들을 위해 악사가 가락을 연주한다.

이제 시선이 방패 가장자리에서 서성이고 다시 바다에 이른다. 이 금속 세계를 에워싼 물결이 보인다.

헤파이스토스는 아킬레우스를 위해 다른 것들도 만들었다. 어떤 창도 뚫지 못할 견고한 가슴받이, 머리에 쓰자마자 주인의 머리 크기에 저절로 맞춰지는 투구, 정강이를 보호할 가볍고 튼튼한 정강이받이도 준비되었다.

하지만 절름발이 신이 자신의 모든 기술과 아킬레우스의 어머니에 대한 애정을 쏟아부은 작품은 누가 뭐래도 저 놀랍고 변화무쌍한 방패다. 방패가 완성되고 그가 만든 모든 무구가 완전히 식자 헤파이스토스는 테티스와 자기 아내가 기다리고 있는 방으로 절룩이며 들어간다.

　그가 테티스 앞에 멋진 방패를 내려놓는다. 그 위에 무구가 쌓여 있어 방패는 마치 커다란 접시 같다. 테티스가 헤파이스토스의 놀라운 작품을 한참 쳐다본다. 너무 감격해 고맙다는 말도 나오지 않는다. 그녀는 고개 숙여 감사를 표한 뒤 그가 준 선물을 들고 허공에 들어서서 트로이 평원으로 뛰어내린다. 아들이 쓸 최후의 무구이자 최고의 무구를 전해주러 간다.

19
친구의 제사

테티스가 아들에게 무구를 가져다주러 새벽을 뚫고 사뿐히 내려앉는다. 저기, 파트로클로스의 시신 옆에 무릎 꿇고 있는 아들의 모습이 보인다. 아킬레우스는 밤새 이러고 있었다.

테티스가 그의 어깨에 손을 얹고 속삭인다. "편하게 보내줘라. 헤파이스토스가 널 위해 만든 무구를 걸쳐봐."

그녀가 아킬레우스에게 방패와 투구, 가슴받이, 정강이받이를 보여준다.

포로로 잡혀온 여자들이 방패를 보고 겁을 먹어 베일로 얼굴을 가린다. 아킬레우스의 부하들은 용기를 내어 방패에 새겨진 움직이는 형상들을 쳐다보려 하지만 결국 시선을 돌리고 만다. 누구도 방패 표면을 오랫동안 쳐다볼 수가 없다.

아킬레우스는 예외다. 그는 굶주린 자가 음식이 잔뜩 쌓인 식탁을 응시하듯 대장장이 신의 선물을 뚫어져라 쳐다본다. 그러고는 다가가서 무구를 하나하나 어루만진다. 오랫동안 사랑스러운 눈으로 방패 표면을 바라보던 그가 이제 그것을 들어 어깨에 슥 멘다.

"어머니, 이건 정말 놀라운 선물이야! 트로이 놈들에게 써봐야겠어. 이제 난 준비 좀 할게."

하지만 아킬레우스는 갑자기 다시 시신 곁으로 달려가 괴로워한다. "아냐, 못 가겠어! 내가 이 친구를 이렇게 혼자 내버려두면—"

테티스가 아들을 꼭 껴안고 다독인다. "이애는 죽었잖니, 아들아. 뭐가 걱정돼서 이러는 거야?"

그가 신음한다. "파리가 꼬이겠지! 내가 놈들을 쫓지 않으면 이 친구 몸에 구더기가 슬 거야!"

"엄마한테 맡기렴. 잘 봐."

그녀가 옷에서 작은 병을 꺼내 파트로클로스에게 한 방울 떨어뜨린다. 부패한 살에서 나던 냄새가 순식간에 사라진다. 모두가 몇 시간 만에 처음으로 숨을 깊이 들이쉰다. 파트로클로스는 전사자가 아니라 잠을 자는 사람처럼 보인다.

테티스가 아킬레우스를 돌아본다. "봤지? 필요하면 일 년이라도 이애 몸은 온전하게 유지될 거야."

아킬레우스가 눈물을 훔치며 고개를 끄덕인다. 테티스가 말한다. "자, 이제 회의를 소집해서 네가 아가멤논에게 한 말을 거두렴."

아킬레우스가 다시 고개를 끄덕인다. 파트로클로스를 위해서 그렇게 할 것이다.

그가 해변으로 가서 사람들을 부른다. 모두가 그 거대한 음성을 알아듣고 달려온다. 전쟁 내내 갑판에서 빈둥거리던 선원들마저 함선에서 기어내려 아킬레우스의 말을 들으러 온다.

전사들도 온다. 다만 영영 낫지 않을 감염된 상처 때문에 창백한 얼굴로 절뚝이며 느릿느릿 움직이는 자들이 태반이다. 오디세우스와 디오메데스도 통증 때문에 얼굴을 찡그리며 천천히 움직인다. 마지막으로 도착한 사람은 아가멤논이다. 그가 늦은 이유는 딱히 부상 때문이 아니다. 그는 어떤 일이 생길지 몰라 경계하고 있다.

아킬레우스는 얼른 해치우기로 결심한 터이다. 자존심 따윈 필요 없다. "아가멤논왕, 우리가 브리세이스를 잡아온 날 차라리 그애가 죽었으면 좋았을 뻔했지. 여자애 하나 두고 우리 둘이 싸우는 게 말이 되나? 우리의 불화 때문에 이 흙먼지에 코를 처박은 우리 용사들이 얼마나 많은지. 헥토르와 트로이인들 좋은 일만 시키고 우린 재앙 같은 날을 보냈소."

이어 그가 커다란 손을 번쩍 치켜들고 외친다. "이제 내가 모든 사람들 앞에서 분명히 밝히지. 나의 분노를 영원히 거두겠소."

자, 최악의 상황이 정리되었다. 아킬레우스가 열의에 차서 말을 잇는다. "아가멤논왕이여, 당신이 무장 명령을 내리면 이 아킬레우스가 다시 한번 트로이군을 해치우는 모습을 보게 될 거요!"

모두가 미친듯이 환호한다. 장수들이 고개를 끄덕이며 아킬레우스를 향해 미소 짓는다. 오디세우스는 전우애가 듬뿍 담긴 눈짓을 보낸다. 혈기 방장한 이 젊은이에게 쉽지 않은 결단이었음을 그는 안다.

유일하게 뭔가 찜찜해하는 사람은 아가멤논뿐이다. 이쯤에서 그는 아킬레우스를 끌어안고 화해의 몇 마디만 하면 된다. 훌륭한 왕이라면 마땅히 그래야 하지만 아가멤논은 꽁한 마음을 도저히 떨치지 못한다. 그는 마음속으로 일장연설을 준비하며 자리에서 일어선다. 너

그러운 미소를 날린다거나 모두에게 포도주를 돌리는 대신, 엄숙한 어조로 자기 할말을 한다.

"전사 여러분, 아레스의 명공 여러분, 나는 누구에게든 자기 말을 할 기회를 주는 게 도리라고 생각한다. 방해하는 건 옳지 않지. 그러니 내가 사정을 설명하느라 시간이 좀 걸리더라도 집중해서 잘 들어주길 바란다."

다들 자리를 잡는다. 몇몇은 눈을 희뜩이며 투덜댄다. 또야! 아가멤논은 개의치 않고 연설을 시작한다.

"여러분 중 누구는—"그가 오디세우스를 노려본다."이 일, 음……나와 아킬레우스의 문제에 대해 나를 나무랐다. 내가 최고의 용사를 모욕하고 군대의 사기를 떨어뜨리는 잘못을 저질렀다는 건 인정한다. 하지만 늘 현명한 판단을 내놓던 내가 어째서 그런 어리석은 짓을 했겠나?"

오디세우스는 혀를 깨물며 참아야 할 지경이다. 그는 우거지상이 된 자기 얼굴을 보이지 않으려고 고개를 숙인다.

아가멤논은 눈치채지 못한다. 이 얼마나 연습했던 연설인가. 그는 짐짓 사려 깊은 표정을 지으며 말을 이어나간다."나의 판단 실수에 대해 오랫동안 곰곰이 생각했다. 틀림없이 복수의 여신에게 씌었던 게지! 그게 아니면 뭐가 있겠나? 어리석음과 미망迷妄의 여신 아테*에게 홀렸던 거라고. 아테가 제우스의 맏딸인 걸 모르는 사람은 없겠지? 그녀는 어떤 인간보다도 노련하고 강하잖나!"

길고 긴 이야기가 끝없이 이어진다. 여태 군사들을 괴롭게 해온 어

* 제우스와 불화의 여신 에리스의 딸.

떤 연설보다도 더 구구절절하다. 예전에 아테가 헤라의 도움을 받아 제우스를 우롱했던 일화까지 한참 나온다. 다들 예의를 가지고 경청한다.

드디어 아가멤논이 본론으로 들어간다. "그날 제우스가 슬퍼했던 것처럼, 나도 헥토르가 함선에서 그리스군을 죽이는 모습을 보고 한없이 슬펐다. 그게 다 아테가 내 눈을 멀게 해서 벌어진 일이야!"

그러고는 극적인 마무리를 위해 두 팔을 넓게 벌린다. "고귀한 아킬레우스여, 오디세우스가 자네의 막사에서 자네에게 약속한 포상을 내가 지금 전부 주겠네. 거기다 내 선물까지 보태지."

모두가 환호한다. 기대 이상이다. 하지만 아가멤논은 이 상황에 밉살스러운 말을 얹어 기어이 초를 친다. "자, 아킬레우스, 이제 자네 대대를 전장으로 보내는 게 어떤가? 아니면 속았나 안 속았나 지켜보면서 내 말이 맞는지 확인하고 선물 배달이나 감독하며 오늘을 보내고 싶으신가?"

못마땅해하는 소리가 여기저기서 들린다. 아가멤논의 말은 모욕이다. 어리석은 소리다. 하지만 아킬레우스는 이를 악물고 그 허튼소리를 떨쳐버린다.

"선물? 우리 친애하는 아가멤논왕이여, 원하시면 어떤 선물이든 주시오. 아예 안 주셔도 상관없고."

모두가 환호한다. 무릇 사내라면 이렇게 처신해야 하는 법이다. 아킬레우스는 아가멤논에게서 시선을 거두고 모인 자들에게 직접 이야기한다. "모두 기억하라. 오늘 아킬레우스가 여러분과 함께 싸우겠다. 헥토르는 내가 상대하겠지만 모든 군사가 나와 함께 버텨주리라 기대한다! 누구도 뒤에 남지 않는다!"

다들 목이 쉬도록 함성을 지르며 방패 돌기에 창과 칼을 부딪쳐 쨍쨍 소리를 낸다.

아가멤논은 기분이 별로다. 그렇게 대단한 연설을 했는데 그새 잊히다시피 하다니. 아가멤논의 마음속에 앙심이 슬슬 끓어오르는 게 오디세우스의 눈에 보인다. 지금 나서지 않으면 이 휴전협정이 수포로 돌아간다. 그래서 그가 자리에서 일어나 외친다. "아킬레우스, 우리 인간들의 사정도 헤아려주게! 자네야 반신이라 우리 같은 딱한 인간들처럼 배를 채울 필요가 없겠지. 지금 우리를 빈속으로 전장에 내보내면 오후에는 비실비실해서 방패를 쳐들지도 못할 거야. 배 속에 먹을 것 좀 채우게 해주게! 그리고—내가 여기 있는 모든 사람을 대표해서 하는 말인데, 그렇지, 제군들? 점심도 부탁하네. 그래야 하루 종일 자네와 함께 버틸 테니!"

환호성이 더 커진다.

하지만 아킬레우스는 발끈한다. "파트로클로스의 시신 주변에 파리가 윙윙대는데 뭘 먹겠다고? 도대체 이해가 안 되는군. 아가멤논은 나한테 선물 타령이나 하고 자네는 먹을 것 타령이야, 오디세우스? 이건 아니잖아!"

아킬레우스의 분노가 끓어오르자 오디세우스는 화제를 돌린다. "아, 그사이에 아가멤논왕은 하인들을 시켜 선물을 이리로 가져오게 할 거야. 그러면 아킬레우스가 제대로 대우받은 결과를 우리 모두 보게 되겠지."

아킬레우스가 어깨를 으쓱한다. 선물이며 점심이며…… 쾌씸하게 정신을 흩트리는 게 많기도 하다.

오디세우스의 말이 이어진다. "그리고 아가멤논왕이 브리세이스와 절대 잠자리를 하지 않았다고 우리 앞에서 맹세할 걸세."

브리세이스를 언급하면 아킬레우스의 분노가 더 커질 뿐이다. 그래서 오디세우스는 얼른 덧붙인다. "이번 일로 확실히 배웠길 바라오, 아가멤논! 아군인 다른 왕들에게 존중하는 태도를 보여주시오!"

그런 다음 아킬레우스에게 양손을 내민다. "그리고 아킬레우스, 자네가 얼마나 더 멋진 사람인지 보여줘. 아가멤논이 자기 막사에서 한상 크게 차려 연회를 베풀게 해주게."

아킬레우스가 처음에는 반대하다가 잠시 멈칫하더니 이내 고개를 끄덕인다. 상황을 정리할 수밖에 없다.

아가멤논은 이 부분이 마음에 든다. 아킬레우스가 자신의 손님이라니! 썩 괜찮은 시간이 될 것 같다. 그가 답한다. "오디세우스, 자네는 어쩜 그리 할말을 잘 찾나! 내가 그렇게 맹세하지. 그리고 부하들을 시켜 선물을 가져오고 제우스에게 살찐 수퇘지를 제물로 바치겠다."

아킬레우스가 불만스레 말한다. "별 중요하지도 않은 얘기로 시간을 낭비하고 있잖아. 파트로클로스의 시신이 난도질당하고 찢긴 채 내 막사에 누워 있는데 우린 연회니 식사니 연설이니 이딴 얘기나 하고 있다고." 그는 점점 더 화가 뻗친다. "자네가 실없는 말을 늘어놓는 동안 내 귀에 들리는 거라곤—" 그의 언성이 높아진다. 징조가 안 좋다. "—파트로클로스의 목에서 나는 죽음의 소리뿐이야! 나는 그를 도와주지도 못했어!"

그의 몸이 덜덜 떨리기 시작한다. 터지기 일보 직전이다. 오디세우스가 그를 힘껏 껴안아주고 꾸역꾸역 자리에 다시 앉힌다. "아킬레우스, 잘 들어. 내가 자네 친구인 건 알지?"

아킬레우스가 오디세우스를 가만 쳐다본다. 험악하고 넙데데한 얼굴, 불타는 듯 새빨간 수염, 여우 같은 날카로운 눈. 친구? 그가 겨우 고개를 끄덕인다.

오디세우스가 말한다. "전투에서 자네가 나보다 낫다는 것도 우리 둘 다 잘 알지. 그냥 나은 정도가 아니라 월등히 뛰어나다는 것도 말이야. 그렇지만 나이는 내가 자네보다 조금 더 먹었어. 그래서 자네보다는 상황이 더 잘 보이지. 아킬레우스, 우린 그냥 인간일 뿐이야. 자네하곤 달라. 파트로클로스를 기리는 마음으로 영원히 곡기를 끊을 수는 없어. 죽은 자를 그런 식으로 기리려고 하다간 전부 굶어죽을 거야. 안 그래도 사람들이 매일 죽어나가는 판에."

그가 아킬레우스를 뚫어져라 쳐다보며 속삭인다. "사람들이 매일 죽는다고. 파트로클로스만이 아니야. 그리고—" 이제 그는 아킬레우스 쪽으로 몸을 가까이 기대 더 조용히 속삭인다. "—자네만도 아니고. 우리 모두가 죽을 거야."

오디세우스가 다시 몸을 뒤로 젖히고 웃으며 자기 배를 두드려 대식가 시늉을 한다. "그러니 슬프든 슬프지 않든 사람은 먹어야 한다, 이 말씀이지! 아킬레우스, 자네의 문제는 반신이라는 게 아니야. 신이 아닌 반쪽마저 영웅 그 자체라는 게 문제라면 문제지! 자네한테는 평범한 필멸의 인간 같은 면모가 아예 없어. 친가 쪽으로든 외가 쪽으로든."

아킬레우스가 자기도 모르게 기분이 좋아져 수줍은 미소를 띤다.

오디세우스는 자기 배를 부풀려 찰싹 때리더니 살찐 사람처럼 볼을 불룩하게 부풀리고 말을 잇는다. "나를 비롯해 다른 사람들은 그냥 인간이지. 우린 오늘 황소든 양이든 좋으니 살코기와 피를 먹고 싶다고!" 그러고는 아킬레우스의 멋진 방패를 톡톡 두드린다. "자네야 이 세 겹짜리 새 방패를 온종일 들고 있는 게 가능하지만 우리 평범한 인간들로선 황소 가죽 방패와 큰 창을 들고 있는 게 여간 지치는 일이 아니거든! 그러니 뭘 좀 먹게 해주게. 그래야 나가서 자네를 실망시키지 않지!"

아킬레우스는 싫은 기분을 떨치지 못하지만 이 사람들과 같이 전투에 임할 수밖에 없다. 한 손을 휘휘 흔들며 뜻을 따르기로 한다.

"좋아! 자네가 분별 있는 친구인 줄은 진작 알았지. 자, 우린 이제 자네 선물 좀 살펴보고 제사 드리고 나서 맛나게 식사할 거야. 그러니 너무 조급하게 굴지 말게!"

아가멤논이 보낸 선물이 펼쳐진다. 세발솥 일곱 개, 커다란 가마솥 스무 개, 말 열두 필, 바느질 솜씨가 보증된 하녀 일곱이다. 그리고 브리세이스까지 여인이 총 여덟이다.

오디세우스가 황금을 달아 과시하듯 보여준 뒤 신호를 보낸다. 하인들이 전부 들고 치운다. 제물을 바칠 시간이다.

아가멤논이 의식을 집전한다. 그의 전령 탈티비오스는 거드름이 몸에 밴 자로 통통한 몸집에 목소리가 크고 또랑또랑하다. 그가 거대한 수퇘지 한 마리를 사람들 앞으로 끌고 와 음조를 실어 말한다. "아가멤논 폐하가 이 튼실한 수퇘지를 제물로 바칩니다. 제우스여, 부디 저희의 전투를 굽어살펴주십시오!"

그가 말뚝에다 수퇘지를 묶는다. 아가멤논이 다가와 단검을 뽑아 수퇘지의 등에서 털을 조금 베어낸다. 돼지는 어리둥절해서 꿀꿀대다가 이내 킁킁대며 뭔가를 찾는다.

아가멤논이 한 손에 단검, 한 손에 돼지털을 쥔 채 하늘을 올려다보고 외친다. "제우스여, 저의 증인이 되어주십시오! 대지여, 증인이 되어주십시오! 태양이여, 증인이 되어주십시오! 거짓을 말하는 자에게 죄를 갚아주시는 복수의 여신들이여, 증인이 되어주십시오! 여러분 앞에서 맹세합니다. 브리세이스와 저는 아무 일도 없었습니다. 제가 거짓을 말한다면 증인이신 여러분이 저를 벌하십시오!"

그가 말을 마치면서 수퇘지의 목을 딴다. 돼지는 꽥 소리를 지르며 살짝 뛰어오르더니 푹 쓰러져 죽는다. 걸쭉한 피가 아가멤논의 발치에 흥건히 고인다.

그가 탈티비오스를 불러 바다를 가리킨다. 탈티비오스가 돼지를 어깨에 메고 해변으로 급히 걸어간다. 원반던지기 선수처럼 세 바퀴를 돈 다음 밀려오는 파도에 돼지를 던져 물고기밥을 만든다.

이쯤에서 아킬레우스도 무슨 말이든 해야 한다. 그가 겨우겨우 꺼낸 말이 이러하다. "제우스여, 당신이 인간들을 바보로 만들었습니다. 대체 왜 나의 아군인 왕은—" 그가 아가멤논을 가리킨다. "내 화를 부르리라는 걸 알면서도 내 여자를 강탈했을까요? 그 일 때문에 피해가 막심합니다! 훌륭한 전사들이 죽었습니다. 파트로클로스가……" 아가멤논이 손짓한다. 이쯤 했으면 충분하다. 군사들이 출정 전에 요기를 하려고 해산한다.

아킬레우스가 자기 숙소를 향해 걸어간다. 몇 발자국 뒤에서 조심스레 따라가던 브리세이스는 파트로클로스의 시신을 보더니 시신에 몸을 던지고 애끊는 소리로 울부짖는다. "파트로클로스 님, 제 유일한 친구가 돼주신 분이여! 제가 떠날 때는 살아 계셨는데, 다시 돌아와서 보니 이렇게 죽은 모습으로 계시다니요!"

그녀가 자기 머리카락을 쥐어뜯고 얼굴을 할퀴며 격앙된 목소리로 말한다. "슬퍼요, 슬퍼. 한 명이 또 뒤를 따르다니요! 제 남편이 창에 찔리는 걸 제 눈으로 봤다고요. 오라버니 셋이 변을 당하는 것도 지켜 봐야 했고요! 슬퍼요, 슬퍼, 슬퍼 죽겠어요! 파트로클로스 님, 당신만 이 제게 유일한 위안이었는데, 제가 슬프고 비통했던 시간에 당신만 이 저를 위로했는데!"

그녀가 아킬레우스를 힐긋 쳐다보고 목놓아 운다. "파트로클로스 님이 저를 위로하셨잖아요. 제게 말씀하셨죠. 제 주인인 아킬레우스 님과 결혼시켜주신다고! 프티아에서 결혼 피로연을 치르게 해주신 다고요. '이봐 아가씨, 울지 마. 아킬레우스가 너와 결혼할 거야. 네가 펠레우스의 집안을 휘젓고 다니게 될 거야!' 그러셨잖아요."

아킬레우스는 못 들은 척한다. 인간들에게 넌더리가 난다. 남자들 은 밥 타령이고 여자는 결혼 타령이고 아가멤논은 연설 못해 환장이 다. 아킬레우스는 차라리 늑대나 사자 떼에 섞여 있으면 좋겠다고 생 각한다. 혀보다는 송곳니를 가진 짐승들 틈에 있는 편이 낫다.

브리세이스가 또다시 시신에 철푸덕 몸을 맡기고 머리카락을 좌우 로 흔들어대며 파트로클로스의 차디찬 살을 손톱으로 긁는다. 다른 여자들도 소리 높여 통곡에 동참한다. 다들 파트로클로스를 위해 우 는 척하긴 하나 사실 노예의 몸인 여자들에게 우는 것쯤은 별일도 아 니라는 걸 아킬레우스도 잘 알고 있다. 그들은 자기 신세를 한탄하며 우는 것이다. 그들의 삶 전체가 슬픔이라서.

안팎으로 들락거리는 남자들은 여자들이 슬픈 척하는 모습을 지켜 보며 게걸스레 음식을 삼킨다. 그들은 그저 아킬레우스가 자기들과 뭘 좀 먹었으면 싶다. 창을 드는 이 병사들이 하는 일이라곤 먹고 떠 들고, 그런 다음엔 먹은 것에 대해 떠드는 것뿐이다. "아킬레우스 님,

이 소 옆구리 살 좀 드셔보셔! 싸우려면 든든히 드셔야지!"

참다못한 아킬레우스가 욱해서 언성을 높인다. "먹는 얘긴 그만 닥치는 게 어때? 다들 나가!"

이제 용기 있는 몇 명만 남는다. 오디세우스, 네스토르, 이도메네우스, 늙은 포이닉스다.

아킬레우스가 다시 시신 옆에 무릎을 꿇고 앉아 파트로클로스를 향해 말한다. "내가 전투에 나서기 전에 늘 잘 먹고 나가게 해줬던 사람이 너지. 난 오늘 널 위해 금식할 거야."

그가 파트로클로스의 차가운 팔을 쓰다듬는다. "난 이런 고통이 있는지 꿈에도 몰랐어, 파트로클로스. 나의 아버지가 돌아가셨다거나 심지어 내 아들이 죽었다는 소식을 들었다 해도 견딜 수 있었을 거야. 그런데 너의 죽음은 도저히 견딜 수가 없어. 내 갑옷을 입고 나 대신에 이렇게 흙먼지를 뒤집어쓴 채 죽었다는 사실을 참지 못하겠다고. 그 못난 아가멤논의 동생 때문에, 그 한심한 아트레우스의 아들놈들 때문에 싸우다……"

그가 파트로클로스의 팔을 매만지며 중얼거린다. "기억나? 내가 여기서 죽으면 네가 나의 전리품을 전부 가져가 내 아들에게 보여줘서 아버지를 자랑스러워하게 해주겠다고 약속한 거." 그가 한숨을 쉰다. "그런데 네가 나보다 먼저 죽었어. 내 갑옷을 입고 나 대신에. 이제 누가 연로하신 나의 불쌍한 아버지에게 내 죽음을 알려주겠어? 나도 곧 나의 친구 곁으로 가게 될 텐데 말이야. 내가 들려줄 위로의 말은 이것뿐이야. 조금만 기다려. 우리는 같이 눕게 될 거야."

오디세우스가 울음을 터뜨린다. 그 장면을 내려다보던 제우스마저 목이 멘다. 그가 아테나에게 호통친다. "너도 네 어미처럼 마음이

아주 얼음장인 거냐! 너의 전사 아킬레우스가 저 아래서 서럽게 울고 있는데 넌 어쩜 쳐다보지도 않냐. 하다못해 암브로시아*라도 살에 떨어뜨려서 허기지지 않게 해줘!"

아테나가 그 말에 따른다. 매로 변해서 평원으로 곧장 날아가 아킬레우스를 향해 방향을 휙 틀고는 시신 위로 몸을 굽힌 그의 목에 암브로시아를 슥 발라준다. 아킬레우스는 한줄기 세찬 바람이 들이치더니 이내 기운이 샘솟는 기분을 느낀다. 사실 기분이 너무 좋아서 부끄러울 지경이다. 슬퍼해야 마땅한 이 시점에 기분이 좋다니 저 밖에서 먹기만 하는 다른 사람들보다 나을 게 뭔가?

마침내 군사들이 배를 다 채우고 갑옷을 입는다. 숲처럼 치솟은 무수한 창, 둥근 바위들을 줄줄이 이은 듯한 방패로 대열을 이룬 군사들이 진지 밖으로 행군해 나간다. 이 군대가 이토록 강인하고 단결된 모습을 보인 적이 없다. 햇빛이 군사들에게 부딪쳐 되튄다. 마치 청동 갑옷이 햇빛을 무찌르는 듯하다. 군사들의 발걸음에는 대지를 뒤흔드는 포세이돈이 깃든 것만 같다.

아킬레우스가 새 갑옷을 입으러 막사로 뛰어들어간다. 헤파이스토스의 선물들을 꺼내드는 순간 대장장이 신이 그를 위해 만든 무구의 아름다움과 힘을 실감한다. 그는 파트로클로스를 잠시 잊은 채 정강이받이를 손으로 쓸어내리고 투구의 곡선을 만져본다. 참으로 경이롭구나! 무구는 그의 손에서 움직이며 그를 가리고 보호해주려는 열의로 끓어오른다. 참으로 가볍지만 더없이 강력하다! 구석구석 살아움직이는 금속으로 꽉 차 있고, 단순히 무구라고 하기엔 너무 아름답

*신들이 먹는 음식. 혹은 몸에 바르는 향유.

지만 그렇다고 장신구라고 하기엔 그 위력이 대단하다.

그는 사제가 제의를 갖춰 입듯 경건하게 갑옷을 착용한다. 먼저 정 강이받이다. 이 정강이받이 한 쌍은 신들이 내린 진정한 선물이다. 아 킬레우스가 본 것 중 최고다. 그의 다리 모양에 정확히 맞춰 만들어졌고 ─ 헤파이스토스가 어떻게 알았을까? ─ 단단한 죔쇠가 발목을 가로지른다.

다음은 가슴받이다. 하인이 그것을 들어서 아킬레우스의 가슴에 대주고 뒤에서 묶는다. 두번째 피부인 양 편안한 느낌이다.

이제는 투구다. 머리에 눌러쓰자 투구가 마치 연인을 애무하듯 관 자놀이를 어루만지며 그의 머리 모양을 따라 구부러지는 게 느껴진다.

다음으로 멋진 방패를 집어든다. 막사 안에 뉘여놓았을 땐 어두운 색으로 보이던 방패가 아킬레우스가 집어들자마자 번쩍이기 시작한다. 태양을 반사한 빛이 아니라 방패가 지닌 무한한 깊이에서 우러나온 빛이다.

아킬레우스는 이 새로운 갑옷을 착용하고 제대로 움직일 수 있는 지 확인하기 위해 뛰어보기도 하고 몸을 비틀어보기도 한다. 훌륭하다. 아마포처럼 가볍고 그보다 더 유연하다. 어쩐지 따뜻하고 뭔가 열망이 배어나오는 느낌이다. 아킬레우스 자신만큼이나 갑옷도 전투에 나서고 싶어하는 듯하다.

그가 나무처럼 큰 창을 집어든다. 켄타우로스족이 자기네 전투용으로 만든 것이다. 아킬레우스를 빼면 다리 둘 달린 자는 들어올릴 수도 없다. 휘두르는 건 꿈도 못 꾸고.

아우토메돈이 전차의 고삐를 잡고 기다리고 있다.

파트로클로스를 죽음으로 내몬 신마들을 보며 아킬레우스가 꾸짖는다. "발리오스, 크산토스, 이번에는 너희의 마부를 무사히 데려와야 한다."

크산토스가 목쉰 소리로 낮게 대답한다. "오늘은 아킬레우스 님을 무사히 모셔오겠습니다. 파트로클로스 님께 닥친 변은 우리 잘못이 아니었어요. 아폴론이 죽인 겁니다."

"어쨌든 더 조심해! 난 아직 죽기 싫으니까."

크산토스가 갈기를 흔들며 말한다. "아킬레우스 님이 죽을 날을 압니다. 오늘은 아니지만 머지않았어요. 우리가 그 죽음을 피하게 할 수는 없지만, 최대한 빨리 달리겠습니다."

복수의 여신들이 크산토스의 목을 꽉 쥐어 더이상 말하지 못하게 한다.

아킬레우스가 말의 커다란 머리를 껴안고 속삭인다. "어째서 너희는 하나같이 내가 곧 죽는다는 말을 못해서 안달이냐? 나도 이미 다 알아. 너희가 계속 되새겨줄 필요 없어."

그러고는 전차에 뛰어올라 크게 소리치며 출발한다. "수많은 트로이인들이 내 눈앞에서 죽어나갈 것이다!"

20
신들의 전쟁, 트로이전쟁

신들은 전투에 복귀하는 아킬레우스를 지켜보기로 한다. 대단한 무공이 펼쳐질 것이다. 모든 신이 나타난다. 제우스 문중은 물론 온갖 부류의 불사신들이 모인다. 나무의 여신, 바다의 요정, 진흙을 뚝뚝 떨어뜨리는 강의 신까지.

제우스의 비서 테미스가 모든 신에게 꼭 참석하라고 단단히 일러 두었다. 포세이돈까지 나타난다. 황송하게도 그가 자기 형을 방문하는 건 흔치 않은 정도를 넘어 세기에 한 번 있을까 말까 한 일이다. 하급 신들은 조용히 자리를 채우고 있는데 포세이돈이 쿵쿵거리며 제우스에게 걸어가 거칠게 말한다. "흠, 왜 다들 이리로 부른 거유? 트로이전쟁에 뭔 일 있어?"

제우스가 말한다. "물론 전쟁 때문이지. 오늘 내가 허락할 테니 다들 자기가 원하는 편을 도와주도록. 그냥 보기만 해도 되고, 내려가서 한쪽 편에 가담해도 좋고. 나는 여기 앉아 지켜보기만 하겠다."

헤라와 아테나는 뛸듯이 기뻐한다. 오늘은 마음대로 간섭해도 된다! 그들은 친그리스파 신들인 포세이돈, 헤르메스, 헤파이스토스와 밀담을 나눈다. 트로이인을 돕는 쪽은 그보다 약한 파벌이다. 아폴론이 그쪽 편이다. 그는 강력한 힘을 갖고 있으나 그 힘을 쓰기 싫어한다. 성격 거친 그의 누이 아르테미스도 그와 같은 편이지만 그녀는 별난 구석이 있는 변덕쟁이다. 그들의 어머니 레토도 트로이를 좋아하나 헤라와 맞서기에는 성정이 너무 온순하다. 아레스도 그럭저럭 트로이인을 지원하긴 하는데, 솔직히 과연 누가 그를 자기편에 두고 싶어할까? 살생을 일삼는 주제에 겁도 많은 자를. 아, 멍청함도 빼놓으면 섭하지. 아프로디테도 트로이인을, 어쨌든 그중 한 명을 편애한다. 그녀의 장난감인 파리스 왕자 말이다. 하지만 아프로디테는 전투에서 별 쓸모가 없음을 이미 몸소 입증했다.

트로이 쪽에 강의 신 몇 명도 합류한다. 특히 트로이 땅을 관통해 흐르는 강들의 신이 나선다. 하지만 그들만으로는 헤라와 아테나, 헤르메스, 포세이돈 같은 강력한 신에게 어림도 없다.

늘 그렇듯 아테나가 맨 먼저 전투에 합류한다. 그리스 진영 부근 바다로 날아가 군가를 부른다. 하룻강아지도 범에게 달려들게 만드는 노래다. 이 노래를 들은 모든 그리스군이 트로이군을 죽이고 말겠다는 의욕을 불태우며 전장으로 질주한다.

아테나는 동시에 모든 곳에 존재하는 것만 같다. 마치 그녀가 한 명 한 명의 귀에다 직접 노래를 불러주는 듯 군가가 모든 그리스군의 귀에 선명하게 쏙쏙 박힌다.

아레스는 트로이군을 응원하기 위해 트로이의 성전산에서 원래 목소리인 신의 음성으로 전쟁 구호를 크게 외친다. 트로이군은 아레스의 기운이 불쑥 자기들에게 스며드는 기분을 느끼고 누구든 해치고 싶어 몸이 달아오른다. 보복당하리라는 위험만 없다면 닥치는 대로 해치우고 싶다. 아레스의 노래가 아크로폴리스에서 강가로 옮겨가자 이제 그의 목소리는 물에서 흘러나오는 것 같다. 기발한 속임수지만 아테나의 쨍하고 또렷한 외침에는 역부족이다.

그리스군에게는 오늘 아테나의 도움이 필요 없다. 아킬레우스가 돌아왔다. 그것만으로도 모두 영웅처럼 싸우게 만들기에 족하다. 그가 방패벽을 뚫고 질주해 최전선으로 나선다. 여느 인간보다 큰 그가 튀어나와 트로이군의 방패와 마주한다. 아킬레우스가 다시 전장으로 돌아온 것을 보자 트로이군은 맥이 빠지고 토할 것만 같다. 그는 단순히 거대하기만 한 게 아니라 무섭도록 빠르다. 자기 절반만한 인간들보다도 훨씬. 아무도 일대일로는 그를 이길 수 없고 앞질러 달릴 수도 없다. 혹시 그에게 찍히기라도 하면 바로 죽은목숨이다.

그가 양쪽 군대 사이에 서서 헥토르가 트로이 진영에서 걸어나오길 기다린다. 모습 자체가 장관이다. 신들이 전부 환호한다.

그들의 함성이 하도 우렁차서 대지가 흔들린다. 그 소음에 놀란 하계의 군주 하데스가 암흑의 옥좌에서 덜컹 떨어진다. 그는 위를 쳐다보며 혹여 이 모든 신들의 함성이 대지를 찢을까봐, 그래서 제우스마저 몸서리치며 떠올리는 온갖 것들로 가득한 큰 동굴이자 그의 무시무시한 왕국에 햇빛이라도 어른거릴까봐 두려워한다.

신들이 얼마나 흥분했는지 두 편이 당장에라도 서로 맞붙을 기세다.

아폴론이 독화살을 메긴 무시무시한 활을 준비하고 포세이돈에 맞선다. 포세이돈은 무기가 필요 없다. 그에게는 대지가 있다. 채찍질하듯 땅을 탁 치기만 하면 된다.

아테나는 아레스와 직접 맞붙으러 간다. 머리부터 발끝까지 무장한 아레스는 아테나보다 몸집이 두 배는 크고 상처투성이 몸은 온통 피칠갑에 송장 파리들을 떼로 몰고 다닌다. 그래도 아테나는 걱정이 없다. 오라비와 붙는 일대일 대결이라면 좋아 죽는다. 제정신이 박힌 자라면 아테나의 반대편에 돈을 걸진 않으리라.

다음 대결은 도박사에게도 까다로운 건이다. 헤라 대 아르테미스. 누군가는 아르테미스가 그녀의 오라비 아폴론보다 더 위험하다고 한다. 어쨌든 달이 태양보다 살생에 밝은 법. 살생에 대한 열정은 아르테미스가 아폴론보다 한 수 위다. 그녀가 모든 신들 중에 가장 거친 헤라와 맞선다. 아르테미스 같은 밤의 암살자조차 헤라와 대적할 기회는 많지 않다. 헤라의 무기는 자신의 의지다.

아폴론은 포세이돈과 대면하고 처음에는 주춤한다. 일단 사라져서 프리아모스의 아들 리카온의 모습으로 전장에 내려간다. 그가 아이네이아스에게 말한다. "아킬레우스와 일대일 대결로 붙겠다고 맹세하지 않았어? 아니면 그냥 술김에 한 소리였나?"

아이네이아스가 중얼댄다. "아킬레우스와 싸울 일은 없어. 왜 그런지 알 텐데. 그는 항상 여신 둘을 대동해. 어머니와 딸이 그를 굽어살피잖아."

"아니면 아킬레우스가 그냥 자네보다 한 수 위일지도 모르고."

아이네이아스가 어깨를 으쓱한다. "자네가 그렇게 말한다면 그런 거겠지. 아킬레우스가 나보다 나은 건 사실이야. 헥토르보다도 낫고 다른 누구보다도 월등히 낫지. 그거 모르는 사람이 있나."

아폴론은 짜증이 난다. 수치심을 유발하는 방법이 안 통한다면 더 직접적인 방법을 불사해서라도 아이네이아스를 싸우게 만들 것이다. 그가 이 트로이인의 마음에 격한 분노를 불어넣자 아이네이아스 입에서 불쑥 이런 말이 나온다. "좋아, 내가 그놈과 붙지. 그러니까, 아테나가 아킬레우스 가까이 가는 무기를 번번이 빗나가게만 안 하면 싸울 수 있어. 지금 당장이라도 붙어!"

리카온이 비아냥거린다. "자네, 아프로디테의 아들 아니었어? 그분은 힘있는 신이잖아. 그에 비하면 테티스는 그냥 바다 잡신이야. 자네 혈통이 아킬레우스보다 훨씬 낫잖아!"

아폴론이 아이네이아스의 마음에 악독한 생각을 넣고 인간을 죽음으로 몰아넣는 허세로 그의 머리를 뜨겁게 데운다. 아이네이아스가 아킬레우스와 대결하기 위해 방패벽을 밀치고 나간다.

헤라가 아주 기뻐한다. "아테나, 포세이돈, 저것 봐! 아폴론이 구닥다리 수법을 쓰느라 바쁘네. 자길 위해 싸우게 만들려고 인간들을 부추기잖아. 우리가 아이네이아스를 다시 대열 속으로 돌려보낼까? 트로이인 치고 나쁘지 않은 친군데."

아테나가 고개를 절레절레 흔든다. 그녀 사전에 어중간한 처사란 없다. "아니, 아킬레우스에게 우리 힘을 줘서 아이네이아스를 죽이도록 도와주자. 트로이인들이 자기네 편 신이 얼마나 약골이고 우리가 얼마나 강한 신인지 알게 될 거야."

포세이돈이 툴툴댄다. "그래도 아킬레우스가—음, 어차피 곧 죽긴하지, 그렇지? 아마 오늘인가?"

헤라가 그의 손목을 두드린다. 딱한 노친네, 좀 둔하다. "아니, 아니, 포세이돈. 오늘 아냐. 곧 죽겠지만 오늘은 아니지!"

그녀는 기분좋게 분주히 돌아다니며 그리스인을 도울 준비를 한다. 아테나도 다시 전장으로 돌아간다는 생각에 들떠서 갑옷을 입는다.

그때 포세이돈이 발을 구른다. 천지가 흔들린다. 헤라는 거의 쓰러지다시피 한다. 천하의 아테나도 비틀거린다.

포세이돈이 고함친다. "내 말 좀 들어. 당신들 싸움이 아니야! 당신들이 저리로 내려가면 아폴론과 아레스도 끼어들 거야. 신이 신을 해할 순 없지. 당치도 않아!"

그가 헤라와 아테나를 대지의 양탄자로 말아 칼리콜로네언덕 꼭대기로 데려간다. 발이 삐죽 나온 채 실려가는 두 여신은 어여쁜 덧신 신은 발로 분노의 발길질을 해댄다. 언덕에 이르자 포세이돈이 양탄자를 펼쳐 어머니와 딸을 다른 신들 사이에 떨궈준다. 양탄자에 실려 온 두 여신은 몸을 추스르고 친그리스파 신들 틈에 합류한다. 옆에는 친트로이파 신들이 나란히 앉아 있다. 두 파벌의 모든 신이 예의를 지키고 있다. 아무도 포세이돈의 성질을 건드리지 않으려 한다.

더군다나 아킬레우스와 아이네이아스의 막판 결투 관람이 그 자체로 재미있기도 하다.

아킬레우스는 트로이군 대열에서 걸어나오는 한 사람을 보며 헥토르이리라 짐작한다. 그러다가 아이네이아스임을 확인하는 순간 짜증이 밀려온다.

아킬레우스가 소리친다. "아이네이아스, 이 불쌍한 바보야. 누가 너더러 나와 대결하라고 부추기더냐? 프리아모스의 아들들이 그러대? 네가 뭘 좀 물려받을 거래? 다 거짓말이야! 넌 그 집안의 곁가지에 불과해. 놈들이 너를 등쳐먹을 거라고. 게다가 지난번에 나랑 만났을 때 뭔 일이 있었는지 잊었어? 네가 방패를 던져버리고 이데산을 내달려 황급히 줄행랑치던 모습이 아직도 선하다."

아이네이아스가 맞받아친다. "감히 나한테 그딴 식으로 지껄이지 마라, 아킬레우스. 혈통으로 따지면 나도 프리아모스나 너 못지않게 귀하신 몸이다. 너의 엄마는 기껏해야 바다 요정이지만 나의 어머니는 위대하신 아프로디테다. 용기라면 신들이 마음껏 나눠주시지. 그러니 이제 생선값 흥정꾼들처럼 떠드는 건 이쯤에서 그만하고—"그가 아킬레우스를 향해 달려가며 창을 던진다. "—사내답게 무기로 결판내자!"

흠잡을 데 없는 투척 솜씨다. 아킬레우스도 상대의 창이 자기 방패에 입힌 충격에 놀랄 정도다. 잠깐이지만 창이 방패를 뚫고 내장에 박히는 건 아닌가 싶다. 하지만 이 방패는 헤파이스토스의 걸작품이다. 인간의 창이 뚫을 수가 없다. 아이네이아스의 창이 방패의 금속 두 겹을 부수고 들어가지만 순금으로 된 세번째 겹에 부딪쳐 구부러진다. 방패의 표면이 희한하게 움직인다. 그림이 바뀌며 색이 어두워진다. 창은 아무 해도 입히지 못한 채 방패에 꽂혀 있다.

이제 아킬레우스가 던질 차례다. 아이네이아스가 창을 막기 위해 방패를 내밀지만 창은 방패를 곧장 관통해 날아가더니 그의 뒤쪽 땅에 꽂혀 계속 부르르 떤다. 아이네이아스가 비로소 아킬레우스의 힘을 실감한다. 저 창은 무려 일곱 겹짜리 방패를 뚫고 지나갔다. 그것도 마치 아마포 옷을 뚫듯이! 살갗 위로 공포가 스멀스멀 기어다니는 것만 같다. 아킬레우스가 아이네이아스의 공포를 눈치채고 칼을 빼들고는 한 번 훌쩍 뛰어 그에게 달려든다. 어떤 사자도 그보다 더 빨리, 더 멀리 도약할 수 없을 것이다. 그의 칼이 아이네이아스의 머리를 베어낼 기세로 뻗어나온다.

바로 그때 포세이돈이 개입한다. 그가 신들 사이에 서서 외친다. "안 돼! 아이네이아스는 괜찮은 녀석이야. 아폴론이 또 사고를 치는구먼. 기어이 저 좋자고 다른 누군가를 죽게 만들지. 본인 몸은 너무 귀해서 땀 한 방울 흘리면 안 되고 말이야. 이건 당장 막아야 해! 아이네이아스는 반드시 살아서 후손을 봐야 한다고!"

헤라가 코웃음친다. "당신은 당신이 하고 싶은 거 하셔, 포세이돈. 내 딸하고 나는 입장을 아주 분명히 밝혔잖아. 트로이인을 돕는 일이라면 우린 손가락 하나 까딱 안 할 거야." 그러더니 보석으로 치장한 우아한 손가락 하나를 들어올린다. "그들 모두가 죽거나 노예가 되기 전까지는 어림도 없지."

포세이돈이 땅으로 쿵하고 떨어져 아킬레우스의 얼굴에다 먼지 한 줌을 흩뿌리고는 아이네이아스를 구하기 위해 세상을 정지시킨다.

먼저 아이네이아스의 방패에서 아킬레우스의 창을 뽑는다. 새것처럼 상태가 좋은 그 창을 아킬레우스의 발치에 다시 둔다. 그다음 아이네이아스를 들어 멀리 좌측 전선으로 데려간다. 거기서는 사나운 카우코네스족 동맹군이 싸우고 있다.

포세이돈이 아이네이아스를 내려놓고 주문을 풀어준다. "아이네이아스, 나는 네가 마음에 든다. 널 돕겠다. 하지만 아폴론 말을 듣다니 어리석기도 하지. 그 곱상하게 생긴 녀석 말은 절대 듣지 마라!" 그가 아이네이아스의 어깨를 거칠게 두드린다. "우린 널 좋아해. 심지어 헤라도 널 싫어하진 않아. 절대 아킬레우스와 싸우지 마라! 그가 죽을 때까지 기다려. 얼마 안 남았어. 그뒤에 다른 그리스인과 싸우라고. 아킬레우스는 안 돼!"

아이네이아스가 멍하니 신에게 고개를 숙인다. 포세이돈은 아킬레우스에게 돌아가 시야를 다시 밝혀준다.

아킬레우스가 어리둥절해서 눈을 끔뻑이며 중얼거린다. "뭐지? 아이네이아스는 어디 간 거야? 내가 막 죽일 참이었는데. 내 창은 왜 여기 있는 거지? 내가 세게 던져서 엄청 멀리 날아갔는데?" 그가 고개를 흔든다. "놈이 신의 사랑을 받는 게 분명하군. 혈통 운운한 게 진짜였나보네. 뭐, 트로이인이야 널렸으니 다른 놈들을 죽이면 되지."

그가 그리스군의 방패벽을 따라 달리며 소리친다. "전군 앞으로! 나 혼자 놈들과 싸울 수는 없다! 그러나 내가 앞장설 것이니, 이 창이 미치는 거리에 있는 트로이인은 누구든—" 그가 거대한 창을 들어올린다. "—공격하려고 꿈틀하기도 전에 이미 죽은목숨이다! 이제 진군하라!"

헥토르도 트로이인들에게 투지를 불어넣으려 하지만 만만치가 않다. 그가 방패벽을 따라 달리며 연설을 늘어놓는다. "아킬레우스가 뭐라 지껄이든 우리는 무기가 이끄는 대로 가게 될 것이다. 내가 직접 그와 맞서겠다. 제군들은 방패만 높이 유지하고 있으면 된다. 나머지는 나한테 맡기라. 내가 아킬레우스를 죽이겠다. 비록……"

아킬레우스와 붙겠다는 말이 아폴론은 마음에 안 든다. 그에게 헥토르는 쓸모 있는 마지막 대리인이다. 그래서 그는 헥토르를 꼼짝 못하게 멈춰 세운 다음 지상의 시간에서 벗어난 작은 세계로 밀어넣고 아폴론 자신의 형상으로 그에게 나타난다. 헥토르가 경외의 눈으로 바라보자 아폴론이 입을 연다. "아킬레우스와 맞서지 마라. 알겠나?"

헥토르가 고개를 끄덕이고 보니 어느새 다시 전장에 들어서서 트로이군의 방패벽 선두에 서 있다. 그는 방금 본 장면에 멍해져서 슬금

슬금 대열로 돌아간다.

아킬레우스가 헥토르의 동지들을 차례로 해치우고 있다. 살인이 놀이라도 되는 양 새로운 방식을 찾아가며 즐긴다. 칼로 적군의 머리를 둘로 쪼개고 시체를 그리스군 전차 밑으로 던진다. 군사들이 시체를 돌돌 굴리는 모습을 보며 싱긋 웃기도 한다.

그는 쳐다보지도 않고 트로이군 전차에다 창을 던진다. 창은 마치 날개를 단 듯 날아가면서 점점 속도가 붙는다. 창이 마부의 배를 맞히고, 마부는 제물로 바쳐지는 황소처럼 큰 소리로 울부짖으며 죽어간다.

그때 프리아모스가 제일 아끼는 막둥이 아들, 어린 폴리도로스가 아킬레우스의 눈에 띈다. 프리아모스가 절대 싸우지 말라고 수차례 신신당부했건만, 아들내미 전쟁놀이를 말릴 수 있는 부모가 세상 어디 있을까.

폴리도로스는 발이 빠르다. 그는 자신이 하도 빨라서 이리저리 공격을 피할 수 있으리라 자신한다. 그 으스대는 모습을 본 아킬레우스는 폴리도로스가 사정거리 내로 질주해 들어오기만을 기다린다. 그 순간이 찾아와 그가 애송이 녀석의 등판을 정통으로 찌르자 창이 배꼽 옆으로 뚫고 나온다. 위대한 영웅이 되리라 생각하던 폴리도로스는 흘러나오는 내장을 다시 뱃속으로 집어넣으려 용쓰며 무릎을 꿇은 채 죽어간다.

헥토르는 더이상 참을 수 없다. 모두의 사랑을 한몸에 받는 어린 동생이 죽다니! 다들 오냐오냐 애지중지 키우는 바람에 애를 버려놓았구나. 헥토르는 형제들의 죽음을 많이 겪어왔지만 어린 동생 폴리도로스가 이런 식으로 죽는 모습은 차마 볼 수 없다. 그는 아폴론의 경고를 잊고 일대일 대결을 하러 걸어나온다.

아킬레우스는 기쁨을 감추지 못한다. "네놈이 드디어 나오셨구먼. 내 친구를 죽인 개야!"

헥토르가 소리친다. "말이 너무 많다, 아킬레우스. 네가 나보다 한 수 위이긴 하다만 전투에선 무슨 일이든 벌어지는 법이지."

그가 창을 던지지만 아테나가 자기의 전사 위를 맴돌고 있다. 그녀가 장난치고 싶은 마음에 창에 입김을 불어넣자 창이 허공에 우뚝 멈추더니 헥토르 바로 앞에 툭 떨어진다. 주변의 허공에서 아테나의 웃음소리가 들린다.

그때 아킬레우스가 칼을 들고 그의 목을 칠 태세로 덤벼든다.

하지만 아폴론이 이 상황을 더이상 참지 못한다. 직접 개입하는 건 질색이지만 그렇다고 아테나가 이런 식으로 장난치고 어물쩍 넘어가게 놔둘 수는 없다. 아폴론도 장난칠 줄 안다. 아테나도 그걸 봐야 한다.

그가 헥토르를 사라지게 한다. 아킬레우스가 무시무시한 기세로 칼을 휘두르며 돌진하는데 칼은 허공만 가르고 만다. 헥토르가 사라졌다.

둘러보니 헥토르는 그의 왼편에 있다. 어리둥절해진 아킬레우스가 이번에 칼을 옆으로 휘두르며 다시 돌진하지만 또다시 허공만 가를 뿐이다.

트로이군이 대놓고 그를 비웃는다.

헥토르가 이번에는 아킬레우스의 오른편에 나타나고, 아킬레우스는 한번 더 돌진한다. 하지만 다시 한번 공기만 가르고 만다. 이번엔 심지어 그리스군 몇 명도 그를 보고 웃는다.

아킬레우스가 소리친다. "이 추잡한 개야, 네 친구 아폴론하고 장난질하니 재밌냐! 됐다, 네놈은 이따 보자. 그동안 나는 네놈 집안을 마저 해치우겠다!"

아킬레우스가 트로이군에게 자기 나름의 치명적인 장난질을 시작한다. 새로운 전략으로 적군을 한 명 한 명 해치운다. 우선 트로이군 하나를 죽인다. 시체를 수습하려는 다른 군사들을 끌어들이기 위한 미끼다. 한 놈이 다가오면 무심히 그자의 무릎받이를 창으로 푹 찌르고 어슬렁어슬렁 걸어가 머리통을 싹둑 잘라내 비명을 멈추게 한다. 그러고는 달아나는 트로이군 전차를 향해 달려가—거구의 전사치고 놀라울 정도로 빠르다—전차에 뛰어오른 뒤 군사 둘을 다 죽이고 겁먹은 트로이군 옆에 전차를 세운다. 표적이 된 자는 창과 방패를 떨어뜨리고 무릎으로 털썩 넘어져 자비를 구걸하기 위해 두 손으로 아킬레우스의 무릎을 붙잡으려 한다.

아킬레우스는 이 순간을 놓치지 않는다. 흐느끼는 트로이군 위로 몸을 숙여 완벽한 각도를 찾아 푹 찌른 뒤 그자의 간을 빼내 흙먼지 위에다 날린다. 겁쟁이 군사는 자신의 흑담즙을 뒤집어쓰고 죽는다.

아킬레우스가 온종일 죽이고 또 죽인다. 이제는 등을 푹푹 찌르며 죽인다. 트로이군이 차마 그를 마주보지 못해서다. 그가 자기 전차에 올라타 죽일 놈을 더 찾으러 달려간다. 갓 흘러나온 흥건한 피를 절벅거리며 바퀴가 굴러간다.

21
불붙은 강

박살난 트로이군이 염소떼처럼 달아난다. 트로이 쪽으로 달려가는 자들도 있지만 헤라가 안개를 보내 그들을 당황하게 만든다. 다른 군사들은 강을 향해 비틀비틀 가서는 얕은 물가에서 마구 헤매다 아킬레우스가 따라오는지 돌아보고 물속으로 철벅거리며 들어간다. 결국 물에 휩쓸린 그들은 들불에 밀려 강에 빠진 메뚜기떼처럼 강 하류로 떠내려간다.

아킬레우스에게 시간은 충분하다. 전속력으로 달려가 강둑에 말을 세우고 칼을 휘두르며 적군을 마구 베어버린다. 얕은 물에 웅크리고 있는 트로이군은 너무 겁먹어 저항도 못 한다. 시체가 강 하류로 흘러가고 핏물이 새빨간 구름처럼 강물을 뒤덮는다.

검을 휘두르는 아킬레우스의 팔이 이내 피로해진다. 그는 파트로클로스의 장례식에 제물로 바칠 어린 트로이군 십수 명을 산 채로 붙잡는다. 새끼 사슴처럼 다루기 쉬운 무리다. 아킬레우스가 붙잡고

옷을 벗겨 한 두름으로 묶는데 다들 몸을 움츠린 채 흐느껴 울기만 한다.

그가 포로들을 높은 강둑에 남겨두고 몇 명 더 죽이러 다시 강으로 뛰어내려간다. 물에서 나오려고 허우적거리는 트로이군 하나가 보여 머리채를 홱 잡아챈다. 이어 몸을 돌려세워 얼굴을 보고는 냅다 걷어차며 말한다. "네놈 기억난다! 수년 전 습격 때 내가 널 잡아 노예로 팔아치웠다. 렘노스에 팔았지 아마. 그런데 여기 돌아와서 지금 뭐하는 거냐?"

그자가 아킬레우스의 무릎을 잡으려 하지만 아킬레우스는 봐주지 않는다. "아니, 오늘은 자비고 뭐고 없어. 이름이 뭐지?"

"리카온요. 프리아모스의 아들 리카온입니다."

"프리아모스의 아들이라고? 여기 돌아와 뭐하고 있는 거지? 네놈은 렘노스에서 노예로 살고 있을 놈인데! 내가 값을 잘 쳐서 넘겼다고."

"아버지의 손님 에에티온 님이 몸값을 내주셨어요."

아킬레우스가 웃는다. "음, 우리가 이런 건 그냥 못 넘어가지! 너 같은 겁쟁이가 노예로 넘겨졌다가 이렇게 돌아올 수 있다면 다음엔 내가 꼬챙이 꿰듯 죽인 인간들이 죄다 땅에서 슬슬 기어나오겠어."

아킬레우스가 세게 찌르는데 리카온이 흙먼지 위에 몸을 바짝 움츠려 창이 빗나간다. 그가 비명을 지른다. "살려주세요! 아버지가 지난번에 당신이 날 팔았던 값보다 두 배는 더 쳐주실 거예요!"

아킬레우스가 연거푸 찌르고 리카온은 계속 피한다. 마음만 먹으면 언제라도 이 불쌍한 녀석을 죽일 수 있지만 아킬레우스는 놀이를 즐기는 중이다.

리카온은 몸을 피하면서 목숨을 구할 말을 찾느라 용을 쓴다. 그가 절규한다. "제발 살려주세요! 지난번에 제가 소 백 마리에 팔렸는데 이번에는 프리아모스왕이 삼백 마리를 드릴 겁니다!"

창이 그의 배 바로 옆의 진흙을 찌른다. 그가 비명을 지른다. "안 돼요! 제발! 헥토르에게 저는 배다른 동생일 뿐이에요!"

아킬레우스가 웃는다. "계속해봐, 벌레 같은 놈아! 네놈이 어떻게 프리아모스의 족보에 끼어들게 됐는지 말해봐라!"

진흙에 누운 리카온의 몸뚱이 가장자리에 창이 내리꽂힌다. 리카온의 입에서 날카로운 비명이 터진다. "헥토르와 아무 관계도 아니라니까요!"

창에 몸이 살짝 베이자 다시 비명이 터진다. "어머니가 달라요! 프리아모스가 나의 어머니 라오토에와 결혼했어요. 제 유일한 친형제는 폴리도로스뿐입니다. 당신이 이미 죽였죠! 저까지 죽일 필요는 없잖아요! 몸값을 치를게요!"

아킬레우스가 그를 걷어차며 소리친다. "돈 얘기 그만해! 너희가 파트로클로스를 죽이기 전엔 내가 트로이 개들의 몸값을 받기도 했다만 더이상은 없다. 하물며 프리아모스의 아들이라면 말할 것도 없지. 네놈이 다른 자궁에서 기어나왔을지는 몰라도 똑같은 씨가 그 안에 들어갔지. 그 노친네에게 아들은 한 놈도 남겨주지 않겠다."

"제발 자비를 베풀어주세요!"

"자비? 나도 조만간 네놈 뒤를 따라 저승길에 오를 거다. 자비나 베풀며 내 마지막 살날을 낭비하진 않겠다."

리카온은 결국 자신이 죽을 것을 예감한다. 두 팔을 떨어뜨리고 잠잠해진다. 아킬레우스가 그의 위에 서서 자리를 잡는다. 크게 흐느껴

우는 숨소리가 그의 마음을 사로잡는다. 그 리듬에 맞춰 폐가 부푸는 순간 칼끝을 쇄골 안으로 내리꽂자 심장이 포도주 담는 가죽부대처럼 펑 터진다.

칼이 슥 미끄러져 들어가 손잡이가 리카온의 쇄골에 닿는다. 아킬레우스가 칼을 빼내자 그는 그대로 허물어진다. 아킬레우스는 그의 발 한쪽을 들어 몸뚱이를 강으로 던져버린 뒤 하류로 흘러가는 시신을 지켜보며 중얼거린다. "물고기들이 네 상처를 조금씩 뜯어먹겠지. 녀석들이 인간의 내장 기름을 좋아하거든!"

그러고서 그는 강물을 향해 흙먼지를 걷어차며 소리친다. "강물도 돕진 못할 거다, 트로이 놈들아! 이 물에다 바친 황소가 몇이냐? 이리로 끌어와 피를 흘리게 한 말은 또 얼마나 많았고? 그래봤자 네놈들에게 아무 도움이 안 됐지!"

이 말을 들은 강의 신 크산토스*는 화가 났다. 인간들은 이 강을 스카만드로스라고 부르지만 진짜 이름은 크산토스다. 비 온 뒤의 색깔 때문이다. 크산토스는 이 모욕적인 언사에 복수해줄 자를 찾으러 나선다.

그가 스르르 상류로 미끄러지듯 나아가다 혈속 하나를 발견한다. 강의 자손 아스테로파이오스다. 크산토스가 그에게 분노의 촉수를 뻗자 아스테로파이오스가 달아나던 걸음을 멈추고 갑자기 돌아서서 얕은 물에 있던 아킬레우스와 마주본다.

아킬레우스가 묻는다. "너무 멍청해서 도망가지도 못하는 이 인간은 누굴꼬?"

* 아킬레우스의 신마 '크산토스'와 이름이 같다.

아스테로파이오스가 양손에 창을 들고 외친다. "나의 혈통을 알고 싶은가? 바르다르강의 신이 나의 할아버지다. 지금 그 스카만드로스 님이 내게 너를 죽이라고 부탁하신다. 네가 그분을 모욕했기 때문이다."

아스테로파이오스는 강의 기운이 마치 격렬한 물길처럼 자신의 팔로 흘러들어오는 것을 느낀다. 양손잡이인 그가 두 손의 창을 한꺼번에 던진다.

첫번째 창이 아킬레우스의 방패 정중앙을 맞히지만 헤파이스토스의 빛나는 황금이 이를 막아낸다.

두번째 창은 아킬레우스의 팔꿈치 살에 상처를 낸다. 피가 강에 뚝뚝 떨어진다.

이제 아킬레우스의 차례다. 그가 창을 던지지만 강이 그의 거대한 창을 쳐낸다. 창은 아스테로파이오스 위로 날아가 강둑에 꽂힌다.

아킬레우스는 이제 칼을 빼든다. 아스테로파이오스는 칼이 없어서 첨벙대며 강둑으로 뛰어가 아킬레우스의 창을 진흙에서 빼내려 한다. 하지만 너무 깊이 박혀 있다. 제때 잡아 뽑을 수가 없다.

아킬레우스가 킬킬대며 그의 옆으로 훌쩍 뛰어올라 아스테로파이오스의 배를 갈라버린다. 이 트라키아인은 자기 내장이 진흙 위로 주르르 미끄러져 나오는 모습을 보며 그 위에 풀썩 쓰러지고는 물고기처럼 숨을 헐떡인다.

아킬레우스가 죽은 자의 갑옷을 벗기며 고함친다. "그래, 네가 강의 자손이었다지. 근데 그게 뭐? 내 아버지는 바다까지 이르는 모든 강물을 다스리시는 제우스의 자손이다! 네놈의 강은 아무 도움이 안 됐구나!"

그러고는 시신을 발로 차서 강물로 처넣자 작은 물고기들이 신이 나서 주위에 떼로 모여들어 칼에 베인 상처를 공략하기 시작한다. 그 부위의 기름기가 가장 손쉬운 먹잇감이다.

아킬레우스는 아스테로파이오스의 살을 맛보는 물고기떼를 물끄러미 보다가 고개를 돌린다. 아스테로파이오스의 부하들이 가파른 강둑 위로 반쯤 올라가다가 얼어붙어 있다. 아킬레우스가 그들을 보며 웃는다. "너희 대장이 나를 해치우나 보려고 안 가고 얼쩡거렸냐? 기회가 있을 때 도망갔어야지."

그제야 그들은 눈에 보이는 덤불이며 바위를 붙잡고 죽을힘을 다해 강둑을 기어오르지만 아킬레우스가 너무 빠르다. 그는 한 번 훌쩍 뛰어 강을 건너더니 좌우로 칼을 휘둘러 무슨 엉겅퀴꽃 자르듯 힘들이지 않고 그들을 해치운다.

그때 강의 수면이 떨리며 저 깊은 데서 신음소리 같은 게 들린다. 물이 소리친다. "아킬레우스, 도를 넘었구나. 내 사람들의 피로 나의 물을 더럽히다니! 트로이인을 모조리 죽이고 싶다면 땅에서 해라!"

아킬레우스가 코웃음친다. "누가 어디서 죽는지는 내가 결정해! 헥토르가 내 발치에서 자기 창자를 쳐다보는 순간이 올 때까진 멈추지 않겠다."

그가 얕은 물로 뛰어들어 물에 발길질하며 강을 도발한다.

크산토스는 물을 주먹처럼 휘둘러 그를 쳐서 강둑으로 날려버린다. 강이 소리친다. "아폴론, 전부 지켜보고 있다는 거 다 알아! 활은 뒀다 뭐해? 당신은 곤경에 처한 당신 사람들을 매번 나 몰라라 하지!"

아킬레우스가 강둑에서 일어나려는데 강이 불어나 홍수가 되어 그를 덮치고 덤불과 나무를 뿌리째 뽑는다.

크산토스가 강둑에서 기어나와 트로이인 시신들을 물에서 던져 올리고 아킬레우스를 향해 밀려든다.

물결이 또 한번 주먹질하듯 솟구쳐 자신을 치려 하자 아킬레우스가 나무를 붙잡는다. 하지만 물 주먹이 그를 세차게 때려 붙든 나무가 뿌리째 뜯긴다. 얻어맞고 날아간 아킬레우스가 일어서려는데 크산토스는 또다시 거대한 물 주먹을 만들어 그를 날려버린다.

원래 겁이라곤 모르는 아킬레우스가 이제는 겁을 집어먹고 도망간다.

그가 아무리 발이 빨라도 크산토스보다 빠를 수는 없다. 크산토스가 도리깨질하듯 달려들더니 그를 휙 하니 던져버린다. 범람한 물이 나무줄기를 기운찬 강 하류로 보내는 모양새다.

물을 삼킨 아킬레우스가 빠져 죽을 것 같아 소리지른다. "제우스! 날 이런 식으로 죽게 두지 마세요. 어머니가 나는 화살에 맞아 죽는다고 했어요. 이렇게 갑작스러운 홍수에 떠내려가는 목동처럼 죽긴 싫다고!"

포세이돈과 아테나가 그대로 보고만 있을 리 없다. 그들이 한 팔씩 내밀어 불어난 물에서 아킬레우스를 끌어낸다. 아테나의 말에 찬바람이 쌩쌩 돈다. "겁쟁이 짓 좀 그만하지, 아킬레우스. 지금 당장은 안 죽어. 이제 더 쓸 물도 없는 거 보이지? 크산토스도 자기 강바닥으로 돌아갈 거야."

아킬레우스가 보니 강이 강둑 쪽으로 한창 물러나고 있다. 크산토스는 여전히 성난 천 갈래의 목소리로 쑥쑥거리고 콸콸대며 흐르지만 추격하느라 지쳐버렸다.

아테나가 아킬레우스에게 말한다. "이제 당장 해야 할 일이나 해.

트로이인을 죽이라고. 우린 네가 헥토르를 죽이는 걸로 합의 봤으니 가서 네 일 해."

아킬레우스는 창피함과 안도감을 동시에 느끼며 불어난 물을 헤치고 걸어간다. 곳곳에 떠다니는 시체를 밀어내며 나아간다. 갓 생긴 시체도 있고 범람한 물 때문에 무덤에서 나온 오래된 시체도 있다.

아테나와 포세이돈이 날아가자 크산토스는 아킬레우스를 죽이려고 또 한번 시도한다. 그가 이웃에 있는 강의 신 시모에이스에게 소리친다. "아우야, 네 힘을 전부 보태줘! 우리가 이자를 못 죽이면 놈이 우리 도성을 섬멸할 테고, 그러면 우리 제방에서 제물을 바치는 모습도 더이상 못 본단 말이다!"

시모에이스가 그 말에 수긍하고 산맥에서 큰물을 흘려보낸다.

크산토스가 포효한다. "좋아! 네 물줄기에 죽은 나무와 바위와 차디찬 산의 빗물을 가득 채워라! 내가 거기다 모래와 자갈을 토해내겠다! 우리가 아킬레우스를 수십 길 흙더미 아래에 묻어버리자!"

바위와 나무로 중무장한 두 강의 물줄기가 아킬레우스를 겨냥하며 무섭게 흐른다.

헤라가 한숨을 쉰다. "휴, 이러면 안 되지. 정말 하는 수 없군." 그녀가 소리친다. "어이, 저기, 절름발이! 절름발이 내 아들놈 어디 있냐?"

헤파이스토스가 절룩거리며 열심히 다가온다. 헤라가 그에게 못되게 굴수록 그는 어머니를 기쁘게 하려고 더 열심히 노력한다.

헤라가 툴툴댄다. "어디 있었니? 네가 크산토스의 강바닥에 불을 좀 붙여줘야겠다."

헤파이스토스가 커다란 머리를 긁적인다. "강을 태우라고요, 어머니? 왜요?"

"멍청한 놈, 그냥 시키는 대로 해! 흙이란 흙은 모조리 태우고 물고기도 다 익혀버려. 크산토스의 강둑에 굴을 판 짐승까지 다 태워. 그 강에 사는 건 죄다 죽여!"

"네, 어머니!" 그가 절뚝절뚝 강둑에 불을 놓으러 간다. 풀무를 작동시키자 스카만드로스 강둑에 널린 전사들의 시체가 전소되며 금세 공기 중에 살 타는 냄새와 청동 녹는 냄새가 진동한다. 헤파이스토스가 하늘의 불을 더 가까이 밀어붙이자 강이 부글부글 끓어오른다. 뱀장어떼가 어떻게든 불꽃을 피하려고 꿈틀대며 도망치고 물고기떼도 델 정도로 뜨거운 물 밖으로 뛰어오르느라 난리다. 참다못한 크산토스가 소리친다. "그만하시오, 대장장이! 당신 불길에 내 물고기가 다 죽어가!"

헤파이스토스가 불을 꺼주고 크산토스는 항복한다. "내가 당신과 싸울 순 없지, 대장장이. 강 전체를 가마솥으로 만들 작정이오? 아킬레우스는 안 건드리겠소."

헤라는 크산토스를 이렇게 쉽게 봐줄 생각이 없다. 그녀가 헤파이스토스에게 강을 말려 죽이라고 신호를 보낸다. 물고기들이 뜨거운 물에 익어서 눈알이 하얀 자갈처럼 변한 채 꼬리를 휘두르며 죽어간다.

크산토스가 고통스러워하며 비명을 지른다. "헤라여! 당신의 절름발이 아들에게 그만하라고 하십쇼. 아킬레우스는 안 건드리겠습니다! 살려주세요!"

헤라가 말한다. "헤파이스토스, 이만하면 됐다."

그가 손을 흔들자 불길이 사라진다.

크산토스가 뜨거운 김 사이로 중얼거린다. "그래, 이 상황이 나랑 뭔 상관이람? 아킬레우스 손에 트로이인이 몰살당하든 말든." 물이 식으면서 그의 목소리가 잦아든다. "그래봤자 인간들인데 뭐. 인간이야 내 알 바 아니지." 그의 중얼거림이 꾸르륵대는 고요한 물길 속으로 희미하게 사라진다.

홍수에서 살아남은 아킬레우스는 트로이군을 쫓아 달려간다.

헤라가 흐뭇한 마음으로 산꼭대기에 앉아 더 많은 살육이 벌어지길 기다린다. 그런데 그녀의 뒤에서 문제가 터진다.

아레스가 아테나를 노려보고 있다. '쟤는 자기가 엄청 똑똑한 줄 안다니까!' 그가 한 손으로 사타구니를 훑는다. 아테나가 디오메데스의 창으로 혼내줬던 부위다. 소변을 보거나 흥분할 때면 아직도 아프다. 아테나가 톡톡히 대가를 치를 날이 올 것이다.

아테나는 아킬레우스가 트로이인을 전멸시키는 모습을 바라보며 늘 그러듯 고소해하며 싱글거린다. 아레스의 트로이인이 처참히 쓰러지고 있다.

아레스야 살생과 지척에 있는 자다. 이 순간 그는 솟구치는 살의를 느낀다.

그가 창에 손을 뻗는다.

아테나는 언제나처럼 아레스를 무시하는 중이다. 아, 이번에는 유감스러운 일이 생길 것이다. 아레스는 물푸레나무로 만든 창 손잡이가 손에 닿자마자 힘껏 잡고는 온 힘을 다해 아테나에게 내리꽂는다.

하지만 아레스는 그 잔혹한 성정만큼이나 머리도 나쁘다. 아테나가 어깨에 아이기스를 걸치고 있고 아이기스의 갈고리가 그녀의 팔에 드리워져 있다는 걸 잊었다. 그 어떤 것도 아이기스를 뚫을 수 없다. 제우스의 번개도 어림없다. 창이 아테나를 비껴 미끄러져 땅에 박힌다. 아레스는 당황해서 그 자리에 가만 서 있을 뿐이다.

아테나가 사람 키만한 경계석 하나를 붙잡더니 한 손으로 들어올려 아레스의 머리를 갈긴다. 아레스는 눈이 몰린 채 술 취한 사람처럼 비틀대다가 그대로 쓰러진다.

세상에서 제일 큰 선박보다 더 길쭉한 아레스가 넘어간다. 그의 몸뚱이가 땅에 부딪치자 대지가 흔들린다.

아테나가 바위를 던져버리고 호탕하게 웃는다. "인마, 너는 초지일관 멍청하구나! 내가 너보다 세다는 걸 아직도 모르겠어? 이건 트로이를 편든 벌이다!"

한쪽 팔꿈치를 대고 끙끙대는 아레스를 도와주러 아프로디테가 달려온다. 그녀가 아레스를 일으켜세우고 둘은 비틀대며 산 아래로 내려간다.

헤라가 두 신을 가리키며 조롱한다. "딸아, 저기 봐라! 헤픈 네 동생이 저 덩치 큰 바보가 도망치는 걸 도와주고 있구나!"

눈치를 챈 아테나가 손톱을 바짝 세우고 산 아래로 날아간다. 암사자처럼 아프로디테의 등짝에 달려들어 사랑의 여신의 고운 살결을 손톱으로 사정없이 할퀸다. 아프로디테가 비명을 지르자 귀 뒤쪽을 한 방 먹여 조용히 시킨다.

아프로디테는 의식을 잃고 쓰러진다. 그녀가 부축하지 못하니 아레스도 쓰러진다. 둘 다 산비탈 풀밭에 엎어진다.

아테나가 소리친다. "너희 둘 다 이제 끝이야! 너희 배신자들이 트로이 쪽으로 넘어가지만 않았어도 지금쯤 그리스인이 도성을 불태웠을 것을!"

한편 포세이돈은 친트로이파의 누군가와 한판 겨루고 싶어 근질근질하다. 그가 쿵쿵거리며 아폴론에게 걸어가 말한다. "어이, 활잡이! 싸우자, 너하고 나, 지금 당장! 네가 어리니까 네가 먼저 공격해, 어서!"

아폴론이 답한다. "내가 왜 인간들 일로 싸워야 하지? 오월의 파리 떼처럼 나와서는 얼마 안 가 죽어버리는 게 인간들인데. 그럴 거면 가을에 지는 낙엽을 위해서도 싸워야겠네."

그러고는 어리둥절해하며 선 늙은 포세이돈을 내버려둔 채 돌아선다.

하지만 스라소니의 눈빛을 한 아르테미스는 제 오라비의 불간섭주의 방침을 더는 못 참는다.

그녀가 아폴론을 야단친다. "또 도망가는 거야, 오빠? 그거야 선수지 뭐. 포세이돈이랑 싸우겠다며!"

아폴론은 못 들은 척 넘기지만 헤라로서는 아르테미스를 공격할 구실이 충분하다.

헤라가 힘이 넘치는 커다란 손으로 아르테미스의 연약한 활을 단단히 그러쥔 채 소리친다. "너 사냥이 그렇게 좋아? 아이 품은 여인들까지 죄다 이 장난감 활로 죽이고 싶지, 응? 기분이 어떤지 한번 봐!"

헤라가 아르테미스의 손에서 활을 낚아채 이 수렵의 여신을 찰싹찰싹 때리기 시작한다.

아르테미스가 몸부림치며 비명을 지르니 다른 신들은 이 난장에 숨넘어갈 듯 웃는다. 화살이 화살통에서 죄다 튀어나오고, 헤라가 활로 아르테미스를 후려칠 때마다 활시위가 윙윙 울어댄다.

아르테미스는 눈물바람으로 달려가 어머니 레토의 옷자락에 숨는다. 레토가 딸의 상처를 어루만진다.

헤라가 손을 저으며 말한다. "걱정 마, 레토. 넌 안 때릴게. 넌 좋은 엄마잖아. 건방진 네 딸내미나 눈앞에서 치워. 너희 둘 다 명심해. 내가 제우스의 정실부인이고, 그건 영원히 변함없는 사실이야."

땅에 떨어진 아르테미스의 무기를 거두는 레토의 모습을 지켜보며 헤라와 아테나는 비웃음을 날린다.

아르테미스가 제우스에게 달려가자 그가 딸을 무릎에 앉히고 묻는다. "누가 널 이렇게 때렸니?"

"아버지 부인 헤라요. 그 여자가 맨날 문제를 일으키잖아!"

제우스는 껄껄 웃는다. "그렇게 말하면 못써." 그가 아르테미스의 머리를 쓰다듬으며 마음껏 울게 내버려둔다.

아폴론도 나름대로 계획이 있다. 전나무처럼 키가 껑충한 그가 소리 없이 스르르 걸어가 트로이 성문을 통과하며 부실한 방어 상태를 못마땅한 눈빛으로 주시한다. 이 인간들을 또다시 도와줘야 한다.

성벽 너머를 보니 잔뜩 겁먹은 트로이군이 방패고 갑옷이고 다 내팽개치고 달아나는 모습이 보인다. 아킬레우스가 그들을 몰아 성벽까지 질주해온다.

늙은 왕 프리아모스가 성벽에서 내려다보며 침울한 소리로 말한다. "아직 성문을 닫지 마라! 우리 군사들이 아직 들어오고 있다!"

문지기가 소리친다. "하지만 아킬레우스도 옵니다!"

프리아모스가 우물우물 말한다. "음, 최대한 오랫동안 문을 열어둬라! 우리 군사들을 저자와 남겨두면 그들은 끝장이야!"

아폴론은 넌더리가 나서 얼굴이 찌푸려진다. 문을 열어두면 아킬레우스가 도망치는 군사들 뒤를 바짝 쫓아 도성까지 들어와 모든 백성을 죽일 것이다. 자신이 서둘러 조치를 취해야 한다. 그가 도망치는 트로이인 안테노르의 마음속에 슥 들어가 생각을 심어준다. '내가 계속 도망가면 아킬레우스가 나를 잡겠지. 그자가 우리보다 빠르잖아. 난 겁쟁이로 죽게 될 거야. 숨으려 해도 그가 나를 찾아내서 죽일 거야. 그렇다면 이렇게 도망가느니 돌아서서 싸우는 게 낫겠다. 마주보면 나한테 기회가 생길지도 모르지.'

그가 도망가던 발걸음을 멈추고 돌아서서 방패 뒤에 몸을 웅크리고 창을 준비한다.

빠르게 달려오던 아킬레우스가 사정거리 바로 앞에서 멈춘다. 놀랍게도 웬 트로이인 하나가 싸울 태세를 하고 있다.

안테노르가 소리친다. "오만함이 하늘을 찌르는구나, 아킬레우스! 신도 아닌 놈이! 살아서 자식들이 노예로 팔리는 꼴을 보느니 너와 대결하다 죽겠다!"

그가 사랑하는 자식들을 생각하며 창을 던진다. 창이 아킬레우스의 정강이를 맞힌다. 하지만 헤파이스토스가 만든 놀라운 정강이받이가 창을 막아낸다. 창은 잔가지처럼 땅에 떨어진다.

아킬레우스가 킬킬대며 그를 향해 곧장 달려든다.

아폴론은 한숨을 쉰다. 이자를 죽게 내버려둘 순 없다. 잘못하면 신계의 비웃음을 살지도 모른다. 그는 손가락 하나를 들어서 안테노르를 암흑으로 감싸 전장 밖으로 사라지게 한다.

그런 뒤 아폴론은 자기가 제일 질색하는 일을 한다. 인간의 형상으로 변한다. 안테노르의 모습이다. 몸을 피하고 요리조리 빠져나가며 들판을 가로질러 달아나면서 아킬레우스를 트로이에서 먼 쪽으로 유인한다.

그들은 곡식밭, 빈 양우리, 냄새나는 시체들을 짓밟으며 달리고 또 달린다. 아폴론은 손이 닿을락 말락 한 거리를 유지한 채 아킬레우스를 약올리며 달아난다.

그 시각, 도성 안에서는 성문이 쾅 닫히고, 트로이 전사들이 풀썩 쓰러져 투구를 벗고 숨을 돌린다.

22
아킬레우스 대 헥토르

트로이에 근접한 그리스군은 방패를 높이 쳐들어 성벽에서 여자와 노인 들이 날리는 돌덩이와 화살을 막아낸다. 트로이인 사내들은 우물가에 모여 벌컥벌컥 물을 들이켠다.

아폴론이 평원을 가로질러 멀리까지 아킬레우스를 끌고 가다가, 이 놀이에 싫증이 날 즈음 돌아서서 자신의 본모습을 보여준다. 그 형상 앞에 아킬레우스는 끼익하고 멈춰선다. 어렴풋이 인간처럼 보일 뿐 키가 훌쩍 더 크고 불타오르는 금속성 얼굴을 한 형상이다.

즐거워하는 아폴론의 기운이 으스스하게 느껴진다. 아킬레우스가 입을 연다. "날 속였군요. 당신 쫓느라 귀한 시간을 허비했어요. 그 시간이면 진짜 적군을 수십 명쯤 죽였을 텐데."

아폴론은 마치 짠 하고 놀리듯이 두 팔을 벌린다.

아킬레우스가 말한다. "내가 당신을 죽이지 못한다는 건 알지만 진짜 죽이고 싶군요! 당신은 신 가운데 최악입니다. 인간을 싫어하니까요."

아폴론이 즐거워하는 기운이 공중에서 번쩍인다. 아킬레우스는 혹시 해치울 만한 트로이군이 남았는지 보려고 달려간다.

성벽에 서 있던 늙은 프리아모스의 눈에 누군가 달려오는 모습이 보인다. 트로이인일 리가 없다. 생존자는 전부 성벽 안에 있다. 저자는 거인이다. 저 정도로 큰 사람은 둘뿐이다. 아이아스와 아킬레우스. 저렇게나 발이 빠른 걸 보니 아킬레우스가 분명하다.

프리아모스가 아내 헤카베의 팔을 잡고 신음한다. "저건 아킬레우스야. 찬란하지만 치명적인 별, 오리온의 개*처럼 다가오는구나!"

헤카베는 차마 보지도 못한다. 그녀는 도성 안 우물가에 있는 전사들 틈에서 자기 아들들을 찾으려 한다. 그녀에겐 아들이 많다. 아니, 전쟁 전에는 그랬다. 여하튼 모든 아들의 소재를 파악하기가 늘 쉬운 일은 아니다. 그녀가 초조해한다. "리카온이 안 보여! 막둥이 폴리도로스는 어딨지? 전투에 나가지 말라고 그렇게 신신당부했는데!"

프리아모스가 뭔가를 보고 가슴이 철렁 내려앉는다. 헥토르가 아직 저기 전장에 있다. 그가 소리친다. "아들아, 성벽 안으로 들어와라!"

고개를 돌린 헤카베의 시선에 저기 밖에서 아킬레우스를 기다리는 헥토르가 잡힌다. 그녀의 비명이 쏟아진다. "애야, 어서 들어와!"

장승처럼 서 있는 헥토르는 자기 쪽으로 질주해오는 아킬레우스를 지켜본다. 거구가 어떻게 저리도 빠를까? 프리아모스가 흐느낀다.

---

*시리우스를 뜻한다.

"아들아, 너 죽는 모습을 내 눈으로 보게 만들지 마라! 네가 죽으면 나는 그리스 놈들이 내 딸들을 희롱하고 손주들이 가축처럼 팔려가는 꼴마저 보게 돼!"

헥토르는 꿈쩍도 않는다. 아킬레우스가 달려오자 그의 거대한 방패가 햇빛을 받아 번쩍인다.

헤카베가 머리카락을 쥐어뜯으며 비명을 지른다. 앞섶을 찢어 가슴을 드러내고 소리친다. "헥토르야, 이 젖으로 널 먹이고 키웠어. 엄마 품을 생각해서라도 제발 성벽 안으로 들어와!"

헥토르는 부모의 외침을 들었지만 안으로 들어갈 수 없다. 들판에 우두커니 서서 자신을 향해 달려오는 죽음을 지켜본다. 아킬레우스가 엄청난 속도로 다가오는데도 헥토르는 자신이 어떻게 해야 할지 마음을 정할 시간이 충분하다. 마치 온 세상의 시간이 통으로 주어진 것만 같다. '내가 지금 안으로 들어가면 폴리다마스가 이럴 줄 알았다고 하겠지. 그건 최악인데. 용기니 명예니 떠들며 활보한 내가 바보였군. 성벽에서 싸워야 한다는 그의 말이 옳았어.'

이제 아킬레우스가 가까이 왔다. 으르렁대는 그의 하얀 치아가 보일 정도다.

헥토르가 생각한다. '남편 잃은 여인들 얼굴을 내가 어떻게 보겠어? 그 남편들 목숨을 잃게 한 장본인이 난데. 우리 군은 성벽에서 활로 싸울 수도 있었단 말이야. 그리스군은 우리 궁수들을 무서워하니까. 골라잡아 해치울 수도 있었어. 그런데 남자들이 여기 이렇게 죽어 널브러져 있잖아. 내가 안에 들어가면 미망인들이 날 죽일 듯 노려볼 거야. 그러고도 남지.'

아킬레우스가 이제 창의 사정거리로 들어온다. 헥토르가 생각한

다. '내가 아킬레우스를 죽이면 그들도 나를 용서할 거야. 폴리다마스도 마찬가지고.'

하지만 아킬레우스를 보자 일대일 대결로는 가망이 없다는 판단이 선다.

그는 생각한다. '방패를 내리고 창을 놓고 투구를 벗은 다음 비무장 상태로 그에게 걸어가 협상을 제안하면 어떨까? 내 재물의 절반을 주고 거기다 헬레네를 보태고 파리스가 스파르타에서 가져온 모든 것까지 걸면?'

아킬레우스가 창을 낮게 들어 복부를 겨눈 채 바짝 다가온다.

헥토르는 필사적으로 머리를 굴린다. '트로이의 모든 백성이 각자 재산의 절반을 아킬레우스에게 바치게 할 수도 있어!'

이제 아킬레우스가 바로 몇 발자국 앞에 있다.

헥토르는 정신이 번쩍 든다. '무슨 말도 안 되는 생각을 하는 거야! 저놈은 협상 따윈 안 해. 내 목숨을 원한다고!'

용기가 사라진다. 헥토르가 돌아서서 달아난다.

아킬레우스는 헥토르가 성문 쪽으로 돌진하면 그를 가로막으려고 상황을 주시하며 뒤를 쫓는다.

헥토르는 완전 무장한 전사치고 아주 잘 달린다. 물론 아킬레우스만큼 빠르지는 않다. 헥토르는 인간일 뿐이다. 아킬레우스는 반인반신 그 이상이고. 이건 경쟁이 안 된다.

둘은 아홉 해 동안 양쪽 군사들이 서로를 죽인 전장을 가로질러 달린다. 수많은 자들이 그 밑에서 죽어 쓰러진 무화과나무를 휙 지나가고 스카만드로스강의 수원인 두 샘물도 지나친다. 샘물 한 곳에서는 찬물이 흘러나오고 다른 한 곳에서는 뜨거운 물이 샘솟는다. 지금처럼 따뜻한 날에도 샘에서 김이 모락모락 피어오르는 게 보인다. 헥토르가 그 연기 속에 잠시 자취를 감추지만 아킬레우스가 곧장 뚫고 달려가 바로 코앞에 있는 그를 발견한다.

그들은 계속 달려서 물웅덩이 근처 평평한 바위 너머까지 간다. 예전에 트로이 아낙네들이 빨랫감을 들고 이 바위까지 오곤 했다. 바윗돌에다 빨래를 두드려 깨끗이 빨며 흥겹게 노래도 불렀다. 사람들이 그런 노래를 부르던 시절이 까마득하다.

아킬레우스가 성벽을 길게 두 바퀴나 돌며 헥토르를 추격하는 동안 프리아모스와 헤카베는 비명을 지르고 머리를 쥐어뜯으며 헥토르에게 제발 성 안으로 들어오라고 빌고 또 빈다. 이미 때가 늦었다. 그들도 알지만 가만있을 수가 없다.

아킬레우스는 이 놀이를 즐기고 있다. 서두르지 않는다.

둘이 세 바퀴째 돌기 시작하는데 아킬레우스는 땀도 거의 흘리지 않고 씨익 웃는다. 반면에 입을 벌리고 숨을 몰아쉬는 헥토르는 다리도 겨우겨우 뗀다. 이제 얼마 안 남았다.

제우스가 고개를 절레절레 내저으며 투덜댄다. "이런 건 진짜 보고 싶지 않군. 헥토르는 나한테든 우리 중 누구한테든 착실하게 제물을 바쳤어. 인간이 해야 할 바를 전부 다 수행했단 말이다. 지금 저렇게 혼자서 아킬레우스랑 맞서는 걸 우리가 보고만 있어야 돼? 정당한 싸움도 아니잖아."

헤라와 아테나의 표정이 험악해진다. 제우스가 이렇게 약한 모습을 보이리라는 건 이미 예상했던 바다.

제우스가 말한다. "있잖아, 나는 헥토르를 살려볼까 싶어! 안 될 게 뭐야?"

그가 지지를 구하며 둘러보지만 다른 신들은 입을 꾹 닫고 있다. 헤라와 그 딸내미의 성질을 건드리고 싶은 자는 아무도 없다.

제우스가 제안한다. "저울이 뭐라고 하는지 보는 게 어때? 어디로 기우는지 알아볼까?"

아테나가 씩씩대며 제우스에게 쏘아붙인다. "아빠, 헥토르의 죽음은 이미 옛날에 결정된 거 잘 알잖아. 이 문제는 벌써 백만 번쯤 논의했다고. 그치만 정 그러면 마음대로 해! 단, 결과를 감당할 준비가 되어 있다면 말이지."

제우스가 한숨을 쉰다. "그래, 네 말이 맞긴 한데, 난 그냥 혹시나 해서…… 그래, 네가 옳아. 너한테 전권을 줄 테니 내려가서 마음대로 해라."

아테나가 헥토르와 아킬레우스 있는 곳으로 단숨에 내려온다. 아킬레우스는 헥토르가 이리저리 방향을 꺾으며 달려가는 그대로 그를 뒤쫓고 있다. 마치 비둘기가 도망치는 방향을 그대로 쫓아 추격하는 매와 같다.

그가 헥토르를 트로이에서 먼 곳으로 몰아 들판으로 데려온 셈이다. 나머지 그리스군도 다가온 상황이라 헥토르는 수많은 그리스 전사들의 창 공격 사정거리에 들어와 있다. 몇몇이 창을 들어올리자 아킬레우스가 고함친다. "아무도 놈을 건드리지 마라! 저놈 목숨은 내가 끊는다!"

아폴론이 헥토르에게 기운을 조금 빌려주고는 있지만 운이 다한 인간에게 힘을 낭비하는 일에 이제 진력이 난다. 두 전사가 뜨거운 샘과 차가운 샘을 네번째로 지나칠 무렵 아폴론은 언제쯤 이 짓을 중단하고 헥토르 혼자 알아서 하도록 내버려둘지 슬슬 마음을 정한다.

제우스는 아테나가 내려간 틈을 타서 다른 신들을 부추겨 헥토르의 죽음을 막을 수 있는지 알아보려고 저울을 가져온다. 크게 희망을 걸진 않지만 밑져야 본전이다.

그가 황금 저울판 두 개를 들어 균형이 맞는다는 것을 모든 신들에게 확인시켜준다. 그런 다음 모래 알갱이 한 알을 들어 한쪽 저울판에 놓고 중얼댄다. "이건 헥토르." 다른 쪽 저울판에도 한 알을 놓는다. "이건 아킬레우스."

제우스는 헥토르의 저울판이 올라가길 바라며 저울에서 손을 뗀다. 만약 그렇게 되면 그가 개입할 수 있다.

헥토르의 저울판이 하데스까지 쭉 내려가 지하의 소름 끼치는 농양 속으로 쑥 들어간다.

아폴론이 어깨를 으쓱하고는 자리를 뜬다. 헥토르는 이제껏 살았던 중 가장 고단한 몸이 되어 비틀거린다.

제우스는 한숨 쉬고 저울을 치워버린다. 이제 그가 할 일은 저 딱한 인간이 죽는 꼴을 지켜보는 것뿐이다.

헥토르 죽이는 것을 돕고 싶어 몸이 근질근질한 아테나는 아킬레우스의 귓가에서 이리저리 날아다닌다. 이 사냥놀이가 전하는 전율에 잔뜩 들뜬 그녀가 아킬레우스의 팔을 쓰다듬으며 쉰 목소리로 속삭인다. "용감한 아킬레우스, 너의 승리가 바로 코앞이다. 잠깐 숨을 돌려라, 나의 전사여! 네가 숨을 고르는 동안 내가 헥토르를 현혹해 너와 싸우게 하겠다."

그러더니 그녀가 헥토르의 가장 용감한 형제 데이포보스의 모습으로 나타난다. 아테나는 이런 놀이라면 사족을 못 쓴다. 역할에 몰입해 헥토르에게 성큼성큼 다가가 데이포보스의 목소리로 말한다. "형님,

정말 고생하시네. 내가 형님 옆에 서 있을게. 우리 둘이 딱 붙어 있으면 아킬레우스를 죽일 수 있어."

헥토르는 안도한 나머지 울음을 터뜨린다. "데이포보스, 넌 언제나 내가 제일 아끼는 동생이었어! 이제 내가 널 위해 뭐든 할게. 아무도 여기까지 와서 날 도와줄 용기를 못 냈잖아. 그냥 내버려둔 채 성벽에서 내려다보기만 했지!"

아테나가 가까스로 웃음을 억누르고 데이포보스의 목소리로 말한다. "아, 안 그래도 형님을 도우러 나가면 큰일난다고 다들 뜯어말렸어. 그래도 형님 혼자서 이 그리스 놈을 상대하는 걸 보고만 있을 순 없잖아. 형님, 우리가 함께하면 무적이야. 형님과 나 둘만으로도!"

헥토르가 동생의 어깨를 움켜쥐고 안도의 눈물을 흘리며 아킬레우스에게 소리친다. "이 그리스 놈아, 내가 더는 도망가지 않겠다! 내 동생과 함께 너와 대결하마!"

아킬레우스가 능글맞게 웃는다. 그는 저 동생이 누구인지 안다.

헥토르가 한 손을 든다. "우선 조건에 합의하자. 내가 이기면 너의 시신을 정중히 다루겠다. 절대 토막 내지 않겠다. 네가 이기면 나의 시신을 정중히 다뤄라."

아킬레우스가 냉정하게 대꾸한다. "헥토르, 어찌 그리 멍청하냐. 너는 죽을 때까지 아테나의 놀림감 신세다."

헥토르는 어깨를 으쓱한다. "까짓것 죽으면 죽는 거지. 하지만 패자의 시신을 정중하게 다루겠다는 협의는 하자."

"넌 이미 죽은목숨이야, 헥토르. 그냥 바보로 죽는 거지. 협의는 없다."

헥토르가 다시 설득한다. "우리 중 누가 죽을지 어떻게 아나? 너도 나처럼 시신이 제대로 수습되길 바랄 거다."

아킬레우스가 소리친다. "네놈은 지금 내 갑옷을 입고 있다. 그걸 네가 파트로클로스의 시신에서 벗겨냈지. 협의는 없다! 난 네 시체를 먼지 더미에서 질질 끌고 다닐 거야. 그런 약속은 얼마든지 하지." 그가 창을 어깨에 받치고 달려가며 외친다. "하지만 그러려면 우선 가볍게 네놈 죽이는 일부터 해야겠군!"

아킬레우스가 창을 던진다. 헥토르가 날아오는 창을 보고 몸을 피한다. 창은 땅에 박히고 헥토르는 일말의 희망을 느낀다.

그가 빙빙 돌며 아킬레우스를 조롱한다. "어이쿠, 빗나갔네! 위대한 영웅께서 어쩐 일이실까? 혹시 그냥 평범한 인간인 거 아니야? 우리끼리 합의를 보고 전쟁을 끝낼 수도 있겠어. 일단 네놈부터 죽으면!"

그가 "죽으면!"이라는 마지막 말과 함께 창을 던진다. 잘 던졌다! 아킬레우스의 방패 정중앙을 맞힌다. 그러나 충격으로 뒤틀리면서도 방패 면이 타격을 전부 흡수한다. 창은 아무 해도 입히지 못하고 툭 떨어진다. 마치 헤파이스토스의 경이로운 선물이 퉤하고 뱉어낸 듯하다.

아킬레우스가 자기 창을 다시 들고 있다. 헥토르는 보면서도 믿을 수가 없다. 저 창이 머리 위로 훌쩍 날아간 걸 봤는데 지금 저 그리스 놈 손에 다시 쥐여 있다고? 말도 안 된다!

그가 아테나의 농간을 알 리 없다. 생사가 걸린 이 놀이판에서 마냥 즐거워하며 한몫하고 싶어 안달인 아테나가 아킬레우스의 창을 땅에서 뽑아 그에게 다시 가져다주었다.

헥토르는 창이 없다. 그래서 데이포보스에게 창을 달라 하려고 돌아선다. 그가 없다. 헥토르 곁에는 아무도 없다. 순간 그는 두 가지를 깨닫는다. 아테나가 장난질을 쳤구나. 그리고 나는 이제 죽었구나.

그가 유일한 무기인 검을 빼들고 말한다. "그럼 이게 마지막이군. 하지만 난 비굴하게 죽지도 않을 거고 도망가지도 않을 거야. 저놈의 창은 내 등이 아니라 가슴을 맞히게 될 거다."

그러고는 검을 높이 든 채 훌쩍 뛰어오른다.

아킬레우스도 동시에 뛰어오른다. 그의 투구가 혜성처럼 불타오른다. 그가 헥토르를 겨냥하자 창이 번쩍인다. 그는 헥토르가 입은 저 갑옷에 대해 잘 안다. 원래 그의 것이다. 갑옷의 유일한 약점은 바로 투구와 가슴받이 사이의 목이다.

그가 창으로 찌르자 헥토르가 쓰러진다. 깊은 상처를 입은 목이 쭉 째진다. 큰 혈관이 잘린 곳에서 피가 심장박동에 맞춰 울컥울컥 쏟아져나온다.

아킬레우스가 만족스러운 표정으로 그를 내려다보며 서 있다. "그 갑옷이 파트로클로스를 지키지 못했지. 네놈도 살리지 못했군. 하지만 파트로클로스에게는 복수해줄 친구가 있는데 네놈 복수는 누가 해주지? 네 사람들은 너를 여기서 혼자 죽게 내버려두는구나."

아킬레우스는 맥이 뛸 때마다 서서히 죽어가는 헥토르의 모습을 지켜본다. 죽음을 목전에 둔 자에게 재빨리 말을 쏟아낸다. 할말이 많다. "나는 함선 옆에서 파트로클로스의 장례식을 성대하게 치를 것이다. 너는 들개와 대머리수리의 먹이가 되겠지. 벌레들도 반기겠어!"

헥토르가 힘없이 대꾸한다. "아킬레우스, 내가 이렇게 부탁한다. 일어날 수만 있으면 자네 무릎이라도 움켜쥘 거야. 제발 내 시신을 돌려보내줘. 몸값을 받아. 그래야 불쌍한 우리 부모님이 나를 제대로 화장할 테니까."

아킬레우스는 그를 걷어차고 싱글벙글한다. "부탁? 몸값? 내가 그것보다 더 좋은 걸 주지. 들개하고 대머리수리하고 벌레를 한 상 차려주마!"

헥토르는 드러누운 채 하늘을 응시하며 조용히 말한다. "네놈한테 관대함을 바란 내가 바보지."

그러더니 그의 목소리가 돌연 분명하고 커진다. "파리스와 아폴론이 널 죽일 거다. 바로 저기, 성문 옆에서."

헥토르는 숨을 거둔다. 이 순간 벌어지는 일을 보면 누구든 한 인간의 죽음을 감지하리라. 살아 있는 한 그의 육신은 영혼을 자기 안에 간직한다. 그리고 죽는 순간 영혼은 물처럼 쏟아져나와 기나긴 추락의 여정에 돌입해 풀밭과 흙을 지나 바위와 동굴 속으로 빠져들어간다. 영혼은 하데스에 닿을 때까지 오랫동안 추락한다. 자신이 잃어버린 모든 것, 햇볕과 여인들과 기력, 그리고 육신을 지녔기에 누린 모든 기쁨 때문에 한탄하고 신음하면서.

아킬레우스는 하늘을 응시하는 헥토르의 죽은 눈동자를 바라본다. 그가 시체의 몸통에 한 발을 대고 창을 확 잡아 뽑으며 중얼거린다. "신들이 날 어디서 죽이든 어떻게 죽이든 무슨 상관이지. 최소한 내가 먼저 널 죽였다."

그가 갑옷을 벗겨낸다. "그들이 작정한 게 뭐든 받아들여주마! 상관 안 해."

그리스군이 주변에 모여들어 죽은 자를 조롱한다. 처음에는 조심스러워하더니 이내 점점 대담하게 떠든다. "생각보다 별로 크지도 않네!" 마침내 그들 중 하나가 용기를 끌어모아 헥토르의 배에 정통으

356

로 창을 쑤셔넣는다.

다른 군사들도 개떼처럼 달려든다. 수많은 창이 마치 탈곡기가 작동하듯 헥토르의 시체 위로 오르락내리락한다.

시체를 충분히 난도질했다 싶은지 이젠 발로 차고 시체에 오줌을 싸고 침을 뱉고 모욕적인 농담을 쏟아낸다. "헥토르, 나의 왕자님. 일어나세요. 고운 얼굴에 지지가 묻었네요!" "어머나, 왕자님, 누가 왕자님 상처에다 오줌을 싸고 있어요!"

몇몇 군사가 아킬레우스에게 묻는다. "이제 저놈들 도성에 쳐들어가야 하는 거 아닙니까? 죽은 왕자를 위해 통곡하는 저 소리 좀 들어보세요! 저들을 해치우는 건 식은 죽 먹기라고요!"

아킬레우스가 그 군사를 노려보며 말한다. "파트로클로스가 아직 묻히지도 못한 채 누워 있는데? 내가 살아 있는 동안엔 안 된다. 정 공격하고 싶으면 내 시체를 넘어가라."

말을 꺼낸 군사는 말을 더듬는다. "어, 저기, 저는 그저—"

아킬레우스가 씁쓸하게 고개를 젓는다. "인간은 죽은 자의 시신이 채 식기도 전에 그 존재를 잊어버리는구나. 내가 죽어도 그러겠지. 너희 인간을 내가 모르는 게 아니다. 하지만 내가 살아 있는 한 우리는 조금이라도 존중하는 태도를 보여줄 것이다. 이 시체를 파트로클로스에게 가져가겠다. 그래야 자신의 복수를 했다는 걸 그 친구도 알겠지."

그가 칼을 꺼내 헥토르의 양쪽 뒤꿈치를 푹 찌른 뒤 가죽끈을 가져와 구멍에 밀어넣고 전차 뒤쪽에 묶는다.

그런 다음 파트로클로스와 헥토르가 죽을 때 입고 있던 갑옷을 전차에 던져 넣고는 고삐를 탁 흔든다. 신마들이 느린 구보로 나아간다.

아킬레우스도 서두르지 않는다. 그는 만신창이가 된 헥토르의 벌거벗은 시체가 흙먼지 속에서 퉁퉁 튀는 꼴을 성벽에 있는 트로이인들에게 오래도록 똑똑히 보여주고 싶다. 성벽을 따라 전차를 천천히 몰며 공포에 질린 자들의 비명소리를 즐긴다.

그들의 통곡과 비명을 충분히 들은 뒤에야 그리스 진지를 향해 전차를 몰아간다. 헥토르의 시체가 풀숲에 부딪칠 때마다 붕붕 날아다닌다.

아들의 시신이 학대받는 광경을 보며 헤카베가 신음한다. 면사포를 떼어내고 손톱으로 양볼을 긁고 머리카락을 한 움큼씩 쥐어뜯는다.

프리아모스는 성문으로 달려내려가 아들의 시신을 그리스군에게서 되찾아오기 위해 직접 문을 열려 한다. 성문의 병사들은 그를 저지할 수밖에 없다. 그가 병사들의 어깨를 힘없이 치며 애원한다. "날 보내줘! 아킬레우스가 원하는 걸 뭐든 주겠어. 그자가 나를 불쌍히 여길 거야!"

병사들은 분별력을 잃지 않았다. 늙은 왕을 성문에서 떼어낸다.

프리아모스가 무릎으로 쓰러져 진흙과 오물 속에 뒹굴며 한탄한다. "내 아들들이 너무 많이 죽었어. 그런데 이 녀석의 죽음이 제일 가슴 찢어지는구나!"

병사들도 그와 함께 울면서 진창에서 그를 일으켜세운다.

그가 신음한다. "헥토르의 죽음은 우리 모두의 죽음을 뜻한다. 아니, 죽음보다 더 나쁜 일이지! 내 딸들은 팔려가고 손자들은 들판의 노예가 되고 말 테니. 죽거나 팔려갈 거야. 팔려가거나 죽을 거라고!"

병사들이 그와 함께 눈물을 흘린다. 그들도 그의 말이 사실임을 잘 안다.

헤카베는 성벽 너머 아들의 시신이 더럽혀진 평원을 향해 애가를 부른다. "헥토르, 네가 바로 이 도성 그 자체였구나! 너의 죽음이 곧 우리의 죽음이지만 네가 죽은 것이 우리가 죽는 것보다 훨씬 더 아프기만 하다. 너는 거리 곳곳을 신처럼 걸어다녔건만, 신이라면 죽지 않았겠지. 너의 죽음이 우리의 죽음이구나!"

헥토르의 훌륭한 아내이자 정숙한 여인 안드로마케는 자기 방에서 옷감을 짜며 천에 꽃무늬를 넣고 있었다. 그녀가 방에 들어온 하녀에게 할일을 알려준다. "헥토르 님이 쓰실 목욕물을 데우거라. 그리스군과 싸우고 집에 돌아오시면 온몸에 열이 올라 땀에 절어 있을 거야!"

하녀가 고개 숙여 절하고 가마솥을 준비하러 간다.

그 순간 슬픔에 사무친 울부짖음이 안드로마케의 귓전에 들려온다. 그녀는 그게 무슨 의미인지 곧바로 깨닫고 베틀에 걸려 넘어지며 하녀들을 부른다. "나도 같이 가, 어서!"

안드로마케와 하녀들이 면사포로 얼굴을 가리고 의복을 갖추어 거리로 달려간다. 성벽으로 달려가는 안드로마케의 입에서 탄식이 터진다. "사람들을 저렇게 울부짖게 만드는 건 딱 한 사람뿐이야! 아, 그이는 늘 너무 용감해서 탈이었어. 이번에 너무 오랫동안 전장에 나가 있다 싶었는데!"

비틀거리는 그녀를 하녀들이 일으켜세운다. 그녀가 휘청휘청 계속 걸음을 옮기며 탄식을 쏟아낸다. "신들이시여, 내가 그 소식을 듣기 전에 제발 저를 죽여주세요. 내 아들이 죽임 당하는 걸 보기 전에, 놈들이 나를 침상의 노예로 팔아버리기 전에 먼저 날 죽여달라고요!"

비명을 지르는 안드로마케의 두 팔을 붙든 하녀들도 앞으로 걸어가며 함께 운다. "당신은 항상 용기가 과했다고, 헥토르! 성벽에서 싸우라고 내가 그렇게 일렀는데!"

그들이 성벽에 다다른다. 안드로마케가 여자들의 팔을 뿌리치고 달려올라가 평원을 내다본다. 바로 그 순간 아킬레우스의 전차 뒤에 매달려 흙먼지 사이로 끌려가는 벌거벗은 시신이 보인다.

실신해버린 그녀를 여자들이 일으켜 벽에 기대어 세운다. 그녀가 다시 숨을 고르고 몸을 가눈다. 그녀에겐 할일이 있다. 지금 심정이 어떻든 간에 남편 잃은 여인에게 주어지는 의무다. 그녀는 심호흡을 하고 애가를 부른다. "우리 둘에겐 이제 영영 슬픔뿐이에요! 당신은 이 성벽 안에서 태어났지요, 불행하게도! 나는 테베에서 태어났고요, 안타깝게도! 에에티온에게 아들 일곱이 있었는데 모두 복도 없어라! 나는 어둑한 산그늘에서 자랐지요. 당신은 지금 검은 바윗돌 사이로 한없이 추락하고 있네요. 암흑의 정점 하데스에 이르기까지 하염없이 떨어지고 떨어지겠지요. 그래도 당신은 여전히 복 있는 사람이에요. 당신이 남기고 간 내가 살아 있고, 사랑하는 아들이 내 곁에 있잖아요. 이 사랑이 저주스럽네요! 그 사랑 때문에 나는 괴로워하겠지요. 아이가 아버지 친구들 집을 전전하며 구걸하는 모습을 지켜볼 테니까요! 식탁에서 썩 떨어지라고 찰싹 언어맞고 남은 음식을 두고 개들과 싸우겠지요. 그나마도 아이가 살아 있다면, 불행히도 그렇다면 말이지요. 포도주에 거나하게 취한 아버지 친구들은 잠깐 동정심이 일어 아이에게 포도주 한 모금을 줄 수도 있겠지만, 혹시 입천장이라도 충분히 적실 만큼 마시기라도 했다간 주먹세례가 떨어지겠지요. '썩 꺼져, 거지새끼야. 개새끼들하고 놀아, 아비 없는 놈! 넌 우리 친척도 아니잖아!' 이러겠지요."

그녀가 숨을 들이쉬고 다시 아들에 관한 노래를 시작한다. 그들의 앞날을 이야기하는 곡조다. "빵 부스러기를 먹고 이리저리 헤매다 외양간에서 잠을 청하겠지. 당신들 전부 '소공자'라 부르던 그 아이가! 당신들이 사랑을 쏟아 응석받이로 키운 아이가! 매일 밤 유모의 품안에서 잠들던 아이가! 지칠 때까지 놀아주고 매일 밤 품고 자는 게 유모의 일상이었는데!"

안드로마케가 고개를 돌려 이제 그리스 함선이 정박해 있는 해변 쪽을 보며 울부짖는다. "헥토르, 당신은 트로이의 성벽이었어요. 이제 이 도성은 당신과 함께 죽고 마네요. 개들이 당신의 뼈에서 살을 뜯어내고, 남은 건 꿈틀대는 구더기떼 차지겠지요. 궁선에는 멋진 옷들로 가득한 방이 있는데, 아무것도 걸치지 못한 당신의 알몸을 그리스인들이 구경하겠지요. 여보, 내가 당신의 옷을 전부 불태울래요! 지금 당장 가서 태워버리겠어요. 우린 결코 당신 몸을 고이 태워 보낼 수 없을 테니까요! 당신을 묻어줄 수도 없겠지요. 남녀노소 할 것 없이 당신을 사랑했던 우리 모두가 당신을 제대로 보내주지도 못하겠지요!"

그녀가 슬픈 가락을 쏟아내는 동안 여인들도 조용히 탄식한다. 노래가 끝나자 여인들의 탄식은 점점 커지고 통곡이 되어 밤새도록 이어진다.

23
장례 경기

아킬레우스가 전차 뒤에 헥토르의 시신을 매달고 진지로 돌아온다. 오는 내내 시신은 여기저기 부딪히며 끌려왔다. 아킬레우스는 전차를 몰아 파트로클로스의 시신 주변을 몇 시간 동안 내리 돈다. 다들 지쳐 있지만 그는 자기 뒤를 따라 부하들도 계속 행군하게 한다. 다른 그리스인들은 자기 막사에서 포도주를 마시고 있는데 아킬레우스의 부하들만 오후 내내 흙먼지를 일으키며 시신 주변을 맴돈다.

이윽고 그가 부하들에게 멈추라고 손짓하더니 헥토르의 시체를 풀어서 관대 쪽으로 끌고 간다. 그러고는 파트로클로스의 가슴에 큼지막한 손을 얹고 말한다. "친구야, 나 약속 지켰다. 자, 여기 헥토르야, 보이지? 내가 놈을 쓰러뜨리고 이리 데려와 먼지 더미에 얼굴을 처박아뒀어. 진지의 개들이 이놈의 살을 꿀꺽 삼킬 동안 너의 장례식을 성대하게 치를 거야. 명문가 트로이인 열둘도 있어. 너를 화장하는 장작더미에다 제물로 바칠 놈들이야."

부하들이 장례 연회에 앞서 깨끗이 씻으러 각자 막사로 간다. 장례 연회에는 말 그대로 진수성찬이 나온다. 아킬레우스가 전력을 다해 준비했다. 파트로클로스의 시신 앞에서 황소, 양, 커다란 수퇘지의 목을 딴다. 그런 뒤에는 하인들이 발버둥치며 죽어가는 짐승들을 파트로클로스의 시신 주변으로 끌고 다니며 피를 다 쏟게 한다.

짐승들은 조각조각 잘려 꼬챙이에 꿰인다. 수퇘지와 황소 굽는 냄새를 맡은 부하들이 자기도 모르게 침을 줄줄 흘린다. 파트로클로스를 애도하지 않는 게 아니다. 아킬레우스의 슬픔에 비견할 수 없을 뿐.

부하들로서는 아킬레우스가 피를 싹 씻어내고 연회에 참석하게 만들 길이 없다. 그는 고개를 가로저으며 같은 말만 한다. "파트로클로스가 제대로 묻히기 전까지는 물 한 방울 입에 대지 않겠다. 너희는 가서 먹고 마셔라. 나는 장작에 불을 붙일 새벽까지 기다리겠다."

다들 배를 채우러 간다. 온갖 공짜 고기를 마다할 수는 없다. 포도주도 있겠지. 군주들만을 위한 게 아니다.

아킬레우스는 물 한 모금 마시지 않고 해변을 따라 이리저리 걸어다니다가 결국 모래밭에 드러눕고 만다.

깨어보니 파트로클로스가 그의 옆에 서 있다. 죽은 자가 한숨을 쉰다. "날 벌써 잊었어? 어서 화장해줘. 그래야 내가 강을 건너지. 육신이 화장되기 전까지는 망자들이 나를 나룻배에 들이지 않으려고 해. 하데스의 나라에 들어가는 게 이렇게 힘들 줄은 생각도 못했어."

아킬레우스가 똑바로 앉아 파트로클로스의 손을 향해 손을 뻗지만 혼백이 말한다. "아직은 안 돼. 우린 곧 함께하게 될 거야. 망자들도 전부 그러더라. 널 기다리고 있어."

아킬레우스가 소리친다. "왜 그런 얘기를 해? 왜 다들 나한테 그 소리만 계속해대는 거지?"

파트로클로스가 말한다. "너의 때가 오면 부하들에게 나하고 너를 같이 묻어달라고 말해."

아킬레우스가 혼백을 껴안으려 하지만 그의 팔에 아무것도 닿지 않는다. 파트로클로스의 형체가 바르르 떨리다 사라진다.

아킬레우스는 동트기 전에 비틀거리며 돌아가 보초병에게 말한다. "파트로클로스가 나를 찾아왔었다! 혼백인데 혼백이 아니야. 하데스의 땅으로 들어가지도 못하고 있더군."

그가 다시 비틀거리며 자리를 떠 화장용 장작이 준비될 때까지 해변을 걸어다닌다.

드디어 새벽이 오고 시신을 태울 수 있게 된다.

전쟁이 아홉 해나 이어지다보니 장작이 귀하다. 좋은 화장용 장작으로 쓸 큰 통나무를 찾으려면 나무꾼들이 먼길을 다녀와야 한다. 노새들이 나무 몸통을 해변으로 끌고 오고 하인들이 널따란 단을 쌓아 올린다.

아킬레우스는 금발 한 타래만 빼고 머리를 다 밀어버린 모습이다.

그가 모든 부하들에게 갑옷을 입고 함께 장작더미까지 행군하도록 지시한다.

부하들은 불안하다. 오늘 아침 아킬레우스가 좀 이상하다. 남은 머리털 한 타래를 붙잡고 칼날로 자르기 시작한다. 그 머리털을 파트로클로스의 손에 놓아주더니, 진지 근처에 흐르는 스페르케이오스강을 가리키며 그가 입을 연다. "작은 강이여, 이 마지막 머리털은 원래 너에게 바치기로 되어 있었다. 나의 아버지가 말씀하시길, 내가 진지에서 제일 가까운 강에다 큰 희생 제물을 바치기로 서약해야 한다고 하셨다. 전쟁이 끝나면 나를 안전하게 바다로 보내달라고 말이야. 하지만 너는 날 돕지 않겠지. 아무도 날 도울 수 없다. 그러니 난 이 머리털을 파트로클로스에게 주련다."

그가 관대에서 물러나와 소리친다. "아가멤논왕, 이제 의식을 시작하시오. 우리 부하들도 뭘 좀 먹고 싶을 거요. 나는 시신 곁에 있겠소. 파트로클로스의 친구들도 원하면 같이 있어도 좋다."

아가멤논이 졸병들을 해산시키고, 여러 왕이 파트로클로스의 시신을 들어 장작더미 한가운데 조심스레 내려놓는다.

도살자들이 아까 잡은 짐승들에서 큼직한 기름 덩어리를 따로 떼어놓았다. 아킬레우스는 불이 잘 붙도록 그것들을 시신 주변에 고이 놔둔다.

이제 망자가 마지막 여정에서 원할 만한 모든 것을 가져온다. 꿀과 기름이 든 큰 항아리 두 개는 하데스의 나라가 춥고 건조해서 준비한 것이다. 말도 네 마리 준비한다. 아킬레우스가 직접 말들을 죽이고 하나씩 들어 장작더미 위, 파트로클로스의 사방으로 던진다. 파트로클로스가 좋아하던 개도 두 마리 잡는다. 한 마리씩 붙잡고 칼끝으로 두 개골을 찌른 뒤 장작더미에 던져 시신의 양옆에 한 마리씩 둔다.

다음으로 인간 제물인 트로이인들이 있다. 사람들 중엔 이 부분을 거북해하는 이들도 있다. 다소 구식인데다 극단적인 방식이라서 그렇다. 하지만 누구 하나 지금 상황에서 아킬레우스와 언쟁을 벌이고 싶은 마음은 없다. 그가 산 채로 잡아온 트로이인 열두 명은 잘생긴 남자아이들, 아직 소년티를 벗지 못한 아이들이다. 병력이 달리는 트로이군이 아이들로 사병수를 채운 탓이다. 아이들은 자기들 목을 밧줄로 묶어 장작더미까지 끌고 가는 거인을 겁에 질린 눈으로 쳐다본다. 그가 한 명씩 심장을 찌른 뒤 한 줄로 엮어두었던 밧줄을 자르고 장작더미 가장자리에 시체를 던진다. 소년들은 미처 소리도 못 내고 죽어간다.

그 과정이 다 끝나자 트로이인 시체 열두 구가 장작더미 가장자리를 빙 둘러 누워 있다. 한가운데에 누운 파트로클로스는 양옆에 개를 한 마리씩, 사방으로는 말 네 마리를 두고 있다. 화장 준비가 모두 끝났다.

아킬레우스가 피에 젖은 손을 들어올리고 외친다. "보이지, 파트로클로스? 널 위해 할 수 있는 건 다했어! 너를 기념하며 트로이인 열둘을 태울 거고 헥토르는 개들에게 먹일 거야."

그가 흙먼지 속에 누워 있는 헥토르의 시체를 가리킨다. 하인에게 굶주린 개 두 마리를 데려와 먹이라고 일러두었다. 하지만 하인이 개들의 주둥이를 시체 쪽으로 아무리 밀어도 개들은 건드리려 하지도 않는다. 멀찍이서 웅크린 채 낑낑거릴 뿐이다. 어제 온종일 온갖 일을 당했는데 헥토르에게서는 악취도 나지 않는다. 여전히 그를 도와주는 신들이 있는 모양이다.

이 사실이 아킬레우스의 심기를 건드린다. 그는 개들이 헥토르의 살점을 꿀꺽 삼키는 광경을 모두에게 보여주고 싶었다. 그런데 웬걸, 설상가상으로 장작에 불도 붙지 않는다. 아주 나쁜 징조다. 부하들 몇 명이 트로이인을 제물로 바친 건 도를 넘은 처사였다고 불평한다.

오디세우스가 어슬렁어슬렁 걸어와 넌지시 말한다. "바람의 신들에게 기도하는 게 어떨지……"

아킬레우스가 고개를 끄덕이고 하인들에게 소리친다. "포도주를 가져와라! 저 황금잔도!"

포도주가 준비되자 그는 바람의 신들이 맛볼 수 있도록 얼른 끼얹으며 도움을 간청한다. 장작에 불이 붙게 도와주시면 더 많은 포도주를 바치겠다고 약속한다. 이리스가 바람의 신 둘—차가운 북풍 보레아스와 감미로운 산들바람 제피로스—을 연회에서 끌어내 작업에 투입한다.

이제 두 바람의 신이 바다에서 다가온다. 보레아스는 세차게 내리덮어 물결을 후려치고, 제피로스는 물마루를 흔들어 포말이 이는 깃발처럼 만든다. 둘은 해안 근처에서 합쳐져 굉음을 쏟아내며 뭍으로 올라와 마치 헤파이스토스의 모든 풀무가 한꺼번에 작동하듯 장작더미를 강타한다.

낮은 데서 불길이 피어오른다. 불길은 격자 모양으로 쌓은 나무줄기 아래를 타고 흐르며 횃불에서 장작더미 중앙으로 잽싸게 나아가 화르르 퍼진다. 이내 고기 타는 냄새가 대기를 가득 채운다. 말과 개, 사내 열세 명의 살점이 한꺼번에 타고 있다. 두번째 성찬이라도 벌어지나 싶다. 물론 아무도 먹지 않겠지만.

아킬레우스가 낮부터 밤까지 종일 불을 지키며 포도주를 불길에 끼얹어 신들에게 바친다. 왔다갔다 거닐며 끊임없이 파트로클로스의 용서를 구한다. 신음소리와 중얼거리는 소리가 끝없이 이어진다.

다시 새벽이 올 무렵 장작불이 파트로클로스의 뼈에 붙은 살점과 골수를 전부 태우면서 그가 하데스선에 오를 채비가 다 끝난다. 태양이 떠오르고 불길이 잦아든다. 바람의 신들은 할일을 완수하고 집으로 돌아간다.

비로소 아킬레우스가 잠을 청한다. 장작더미 근처 뜨거운 모래밭에 누워 까무룩 잠들었다가 아가멤논의 측근들이 저벅저벅 걷는 소리에 잠이 깬다. 아킬레우스가 일어서서 말한다. "아트레우스의 아들과 자네들 모두 파트로클로스의 유골이 충분히 식으면 꺼내 오게. 저기 한복판에서 찾을 수 있을 거야."

그들이 고개 숙여 절하고 끄덕인다. 아킬레우스의 지시가 이어진다. "큼지막한 항아리에다 유골을 넣고 기름으로 잘 싸둬. 물론 공간을 남겨두고. 나도 곧 그와 함께 거기 들어가야 하니까. 아직 파트로클로스의 무덤을 크게 만들 건 없겠지. 당장은 작게 만들어두었다가 우리 둘을 함께 묻을 때 크게 만들어주게. 곧 그리될 거야."

그가 장작더미 근처에 쌓아둔 포도주 단지 수십 통을 가리킨다. "이제 포도주로 불을 꺼라."

하인들이 삽과 막대기를 들고 달려와 장작더미 근처에 무덤 자리를 표시한다. 다른 하인들은 재에다 포도주를 붓는다. 젖은 재, 불탄 살점, 끓는 포도주 냄새가 뒤섞여 진지 전체로 퍼진다.

아가멤논의 전령이 장작더미 한복판에서 파트로클로스의 하얀 유골을 수거한다. 여자들은 유골을 담을 항아리와 황소 기름, 아마포 끈을 들고 기다렸다가 아직 온기가 남아 있는 유골에 기름을 문질러 바른다. 기름칠이 끝난 유골을 항아리에 조심조심 옮겨 담고 두개골은 맨 나중에 담는다. 그런 다음 아마포로 정성스레 항아리를 싼다.

아킬레우스는 전 과정에서 혹시 실수는 없는지, 불경한 태도는 없는지 꼼꼼히 살핀다.

이제 다 마무리되었다. 다들 자리를 떠나려는데 아킬레우스가 불러 세운다. "이제 장례 경기를 치르자."

그의 하인들이 상품을 나른다. 무쇠 가마솥, 향로, 여종, 황소, 양이 상품으로 나온다.

누구도 이런 상황은 예상하지 못했지만 순식간에 다들 애곡하는 분위기에서 벗어난다. 금세 잔뜩 흥분해 티격태격하며 경기에 내기를 걸고 서로 목소리를 높인다.

아킬레우스가 일등 상품을 붙잡고 모두에게 보여준다. 각종 화려한 수공예에 능한 여종이다. 가장 빠른 전차 경주자가 그 여자를 차지하고, 덤으로 황소 한 마리 끓일 만큼 큼지막한 가마솥도 얻을 것이다. 이등 상품은 아직 망아지인 암말 한 마리, 삼등 상품은 일등의 것보다 작은 가마솥이다.

아킬레우스가 말한다. "다들 알겠지만 만약 내가 경기에 출전하면 우승은 따놓은 당상이지. 내 말들은 불사의 짐승이니까. 허나 말들도 지금은 파트로클로스를 애도하고 있으니……"

그가 가리키는 곳을 보니 신마 두 마리가 장작더미를 물끄러미 바라보며 구슬 같은 눈물을 뚝뚝 흘리고 있다.

"강에서 자기들 목욕시켜주길 좋아하던 마부를 잃었으니 어쩌겠나. 저들은 인간처럼 금세 툭툭 털고 괜찮아지진 못해서."

그가 다시 상품을 가리킨다. "하지만 한 사람이 죽임을 당하면 그의 민족은 자신들이 여전히 건재함을 보여줘야 하는 법. 그러니 여러분, 나가서 열심히 달려보시게!"

전차 경주가 곧바로 진행된다. 경기 방식은 전형적이다. 차축을 부수고 속임수를 쓰고 위협과 역습이 난무한다.

아테나와 아폴론이 전차의 진행을 방해하려고 서로 다툰다. 신들은 인간들 데리고 놀기를 좋아한다. 그들에게 전차 경주는 전쟁과 크게 다르지 않다. 아테나가 에우멜로스의 전차를 후려갈겨 아폴론을 약올리는 사이, 경주를 보며 포도주를 마시던 아이아스와 이도메네우스는 누가 선두인지를 두고 주먹다짐하기 일보 직전이다. 둘이서 어떤 먼지구름이 앞서는지 아옹다옹하는 소리를 들으며 나머지 전사들은 배가 아프도록 웃는다.

안틸로코스가 장난기 많은 아버지 네스토르에게 배운 방식대로 돌아 메넬라오스를 이긴다. 메넬라오스가 여차하면 싸울 기세로 소리를 지르며 달려오지만 말발 좋은 안틸로코스가 그를 진정시킨다. 둘은 정중하게 몇 마디 주고받으며 좀전 일은 다 잊어버린다.

아킬레우스가 늙은 네스토르에게 특별상을 수여한다. 왕년에 자신의 전차 모는 솜씨가 얼마나 훌륭했는지 쉴새없이 떠벌린 터이다. 권투도, 레슬링도, 다른 모든 것도 기가 막히게 잘했단다. 특별상에 감동받은 그가 또다시 일장연설을 시작한다. 모두들 포도주를 홀짝이며 즐거운 마음으로 경청한다. 지금 이렇게 살아 있고, 젊고, 강인하다는 사실만으로도 기쁠 뿐이다.

이제 권투 시합이 벌어진다. 지휘관들은 이 거친 종목에 참여하지 않고 낮은 계급 군사들끼리 치고받으며 이빨이 날아가는 광경을 구경하면서 즐긴다. 이 종목의 상품은 노새 한 마리뿐이다. 군사 두 명이 가죽으로 감싼 주먹으로 몇 분 동안 서로의 얼굴을 강타한다. 노새를 따내겠노라 큰소리친 허풍선이 에우리알로스가 몸이 붕 날아갈 정도로 크게 한 방 먹는다. 노새는 그의 상대에게로 가고 에우리알로스는 피투성이 곤죽이 되어 질질 끌려간다.

이제 레슬링 시합이다. 이건 지휘관들도 해볼 만한 종목이다. 실제 전투에서 권투보다 훨씬 유용한데다 얼굴이 망가질 위험은 크지 않다. 그래서 대장 두 명이 겨루기 위해 일어선다. 아킬레우스를 제외하면 군대에서 가장 덩치 크고 힘이 센 아이아스, 그리고 그보다 머리 두 개는 작지만 황소처럼 힘이 장사고 누구보다도 지략이 뛰어난 오디세우스가 나선다.

굉장한 시합이다. 둘이 엎치락뒤치락 들어올리고 끙끙대고 땀을 쏟는 동안 모두 경기를 지켜보며 포도주를 마시고 응원의 함성을 보낸다. 결국 아이아스가 자신의 덩치를 이용해 오디세우스를 번쩍 들어 땅에 메치려고 한다. 하지만 언제나 교묘한 수법을 준비하고 있는 오디세우스는 들린 상태로 아이아스의 오금을 찬다. 덩치 큰 사내의 다리가 푹 꺾이더니 넘어지면서 오디세우스의 밑에 깔린다.

지금 오디세우스가 할 일은 아이아스를 땅에서 들어올려 전세를 역전하는 것이다. 하지만 어림도 없다. 아이아스는 너무 크고 황소처럼 무겁다. 그래서 아킬레우스가 둘을 밀어서 떨어뜨려놓고 공표한다. "자네 둘 다 승자야. 여기서 그만해. 이러다 누가 정말 다치기라도 하겠어. 상은 둘 다 받도록." 모두가 환호한다. 두 사람 모두 부하들에게 인기 있는 지휘관이다.

다음은 달리기경주다. 레슬링 시합을 마치고 아직도 힘겹게 숨을 몰아쉬는 오디세우스가 이번에도 출발선에 발끝을 댄다. 이번에는 다른 아이아스와 맞붙는다. 오일레우스의 아들인 작은 아이아스다. 안틸로코스도 이 경기에 참여한다. 그는 젊고 깡마르고 날렵하다. 그의 아버지뻘은 되고도 남을 나이에 작고 두툼한 몸의 오디세우스와, 오일레우스의 아들 아이아스 옆에 나란히 두고 보면 안틸로코스는 이미 승자처럼 보인다.

하지만 아테나가 지켜보고 있다. 그녀가 오디세우스에게 관대하다는 건 비밀도 아니다. 오디세우스가 경주 도중에 숨을 헐떡이며 기도한다. "친애하는 여신 아테나 님, 제 발에 힘을 주십시오!" 그녀가 오디세우스의 노쇠한 다리에다 새로이 힘을 불어넣자 그가 큰 격차로 승자가 된다.

그런데 아직 아테나의 장난질이 끝나지 않았다. 자기가 아끼는 오디세우스와 감히 경주를 벌이겠다고 덤빈 맹랑한 아이아스 때문에 기분이 상한 그녀가 결승선 근처에서 그의 다리를 걸어 넘어뜨린다. 아이아스는 제물을 바치고 남은 소 내장이 쌓인 곳에 얼굴을 처박고 만다. 반쯤 소화된 풀에 쭉 미끄러지질 않나, 내장을 터뜨리질 않나, 급기야 입에서 소똥을 퉤퉤 뱉어내며 겨우 일어서는 그의 꼬락서니를 보고 부하들은 우스워서 데굴데굴 구른다.

포도주로 겨우 입을 헹궈낸 뒤에는 아이아스 본인도 같이 웃으며 소리친다. "여기 있는 어떤 음식보다 차라리 이게 낫네!" 그러고는 오디세우스의 등짝을 찰싹 때린다. "아테나였지. 그 여신은 당신을 제 새끼처럼 보살핀다니까!"

안틸로코스는 삼등으로 들어오지만 번드르르한 말솜씨로 모두의 마음을 사로잡는다. "보다시피 신들이 연장자를 너무 배려하네요. 아이아스도 나보다 연배가 위고, 오디세우스야 아예 세대가 다른 분이죠. 그런데도 상을 따내시다니. 오디세우스를 월등히 앞서려면 아킬레우스쯤 되어야겠군요."

아킬레우스가 안틸로코스의 등을 툭 치며 말한다. "언변이 아주 청산유수야, 이 친구. 옜다, 금 한 덩이 더 얹어주지!"

다들 알딸딸하게 취한 터라 일부 경기는 금세 접을 수밖에 없다. 창과 방패를 들고 벌이는 전투 경기는 늘 위험한 종목이라 일찌감치 종료시킨다. 디오메데스가 줄기차게 큰 아이아스의 목을 겨냥한 탓이다. 상대방에게 중상을 입히지 않고 피만 살짝 내는 게 목적인데 디오메데스는 지나치게 열심히 경기를 진행한다. 그래서 아킬레우스가 둘을 밀어 떨어뜨리고 무승부를 선언한 뒤 상을 나눈다.

다음은 원반던지기다. 모두가 한시름 놓는다. 원반으로는 누굴 죽일 수 없으니까. 사실 이젠 참가자 절반이 만취해서 정확한 방향으로 뭘 던지지도 못한다. 에페이오스는 정확히 관중을 향해 던지는 바람에 다들 납작 엎드렸다가 곧 웃음을 터뜨린다. 원반을 들고 뱅뱅 돌던 그가 땅에 곧장 처박혀 야심찬 이 승부의 대미를 장식한 까닭이다.

그리스 군사 가운데 이 종목의 진짜 달인이 딱 한 사람 있다. 키가 껑충하고 말이 없는 폴리포이테스다. 원반이 풀숲으로 사라져 찾을 수 없을 정도로 너무 멀리 날려버린다. 모두의 환호 속에 그가 상을 차지한다. 한 사람이 오 년은 쓸 만큼 넉넉한 무쇠다.

이제 궁수들이 솜씨를 보여준다. 그리스인은 전투에서 궁수와 대결하는 걸 좋아하지 않는다. 진짜 사내의 전투 방식이 아니라고 생각한다. 더구나 그것은 아폴론의 무기이고, 그는 그리스인을 못 잡아먹어 안달인 신 아닌가. 하지만 표적이 비둘기인 경우라면 그들도 훌륭한 궁수를 인정한다. 아킬레우스가 얼룩덜룩한 새를 들어 모든 사람에게 보여준 다음 백 보 떨어진 기둥을 가리키며 말한다. "이 비둘기를 저 기둥에 묶어놓겠다. 새를 맞히는 자는 훌륭한 양날 도끼를 받게 된다. 끈을 맞히면 외날 도끼를 받는다."

테우크로스가 먼저 쏘는데 그만 아폴론에게 기도하는 것을 잊었다. 아폴론이 산들바람을 보내자 화살이 낮게 날아가 새가 아닌 끈을 맞힌다. 새는 날개를 퍼덕이며 훌쩍 날아간다. 다음 선수 메리오네스는 활을 잡고 아폴론에게 재빨리 서약한 뒤 화살을 날린다. 비둘기가 날개에 화살을 맞고 하늘에서 필사적으로 퍼덕거리다 떨어져 죽는다. 그리하여 메리오네스가 양날 도끼를 받고 테우크로스는 외날 도끼에 만족하는 수밖에 없다.

마지막 종목은 창던지기다. 뭔가 미묘한 경기다. 아가멤논이 우승할 가능성이 있는 유일한 종목이기 때문이다. 아가멤논은 여태까지 모든 경기 내내 부루퉁해 있었다. 혹시 그가 경기에 나섰다가 지기라도 하면, 그건 더더욱 골치 아프다.

그래서 아킬레우스가 얼른 그에게 상을 안기며 황당한 사탕발림까지 보탠다. "아가멤논왕이여, 당신의 투창 실력이 누구보다도 월등하다는 건 우리 모두가 압니다. 그러니 다들 하릴없이 이미 결과가 빤한 경기를 보는 수고를 덜게끔 얼른 내게서 일등상을 받으시오!"

아가멤논이 기뻐한다. 하루가 무사히 저물어간다.

24
세 여인의 애가

　모두가 단잠을 잔다. 아킬레우스만 빼고. 그는 바로 눕고 모로 눕고 엎드려 눕기도 하지만 곁을 떠난 잠이 다시는 돌아오지 않을 것을 안다. 뜬눈으로 누워 새벽이 오길 기다린다.

　이윽고 새벽이 오자 그는 헥토르의 발에 가죽끈을 밀어넣어 시신을 전차에 매달고 파트로클로스의 무덤 주위를 돌아다닌다. 하지만 그것으로도 위로가 안 된다.

　그가 헥토르의 시신을 또 모독하고 있는 모습을 본 부하들은 후환이 두렵다. 망자를 저렇게 대우하면 안 되는 법이다. 누군가 값을 치를 것이다. 하지만 누구도 면전에서 아킬레우스에게 고언할 마음이 없다.

　아폴론이 헥토르의 얼굴을 들어올려 덤불과 뾰족한 바윗돌에 닿지 않게 보호했기 때문에 아킬레우스가 전차를 멈추고 끈을 풀었을 때 헥토르의 얼굴은 아주 말짱하다.

하지만 아폴론은 이 짓거리에 진력이 난다. 체면에 안 맞는 일이다. 더구나 이건 전부 헤라의 잘못 아닌가! 멍청한 파리스가 눈 달린 남자라면 다들 아는 사실—아프로디테가 헤라와 아테나보다 더 아름답다는 사실—을 큰 소리로 떠들었다는 이유로 트로이인들을 쥐 잡듯 잡는 모녀 때문이다. 그따위 사소한 일에 원한을 품다니! 아테나가 제 아버지의 머리통을 갉으며 나왔을 때 헤라가 그 어린 신에게 어머니로서 가르쳐준 첫 교훈이 바로 '원한 품는 법'이었다지.

아폴론은 결판을 내고 싶다. 그는 신들이 언제나처럼 술을 마시고 있는 연회장으로 가서 말한다. "당신들, 말로는 인간을 사랑한다고 하면서 아킬레우스가 저렇게 헥토르의 시신을 욕보이게 내버려두는군. 부끄러운 줄들 아시지! 헥토르는 여느 그리스인 못지않게 여태 당신들을 기리며 대퇴골을 수없이 태웠고 포도주도 엄청 부었는데, 당신들은 아킬레우스가 헥토르의 시신을 끌고 덤불을 타넘게 내버려뒀어!"

헤라가 신주를 홀짝거리며 딸의 옆구리를 쿡 찌른다.

아테나의 눈이 이글이글 타오른다. 남자 핏줄과 벌이는 이런 대결은 언제든 환영이다.

아폴론이 계속 울분을 토하는 동안 그 어마어마한 음량에 벽이 흔들린다. "아킬레우스가 잃은 건 뭔데? 이 인간들은 살아가는 내내 죽음을 무릅쓰잖아! 어린 아기들 때문에 우는 인간들 안 보여? 바로 어제만 해도 내가 흑해 근처에 역병이 휩쓴 마을 위로 날아갔었어. 그 마을 사람들, 자식을 일렬로 눕히면서 숨이 넘어가게 울더군!"

헤라가 묻는다. "너도 그 조그만 인간들을 위해 울었니, 아폴론?"

그가 씩씩댄다. 화가 뻗쳐 얼굴이 쇳물처럼 녹아내릴 지경이다. "멍청한 질문이네! 나는 당신들처럼 이 미물을 사랑하는 척하지 않아. 새어머니! 내 말은, 아킬레우스가 기껏해야 부하 하나를 잃었다는 거야. 파트로클로스는 심지어 그자 친족도 아니었어! 지구상에서 뛰어다니는 다리 넷, 혹은 둘 달린 모든 짐승도 그것보다 많은 것을 잃고 살아. 매일 하늘을 가로질러 날아다니면서 보면 인간들이 아비와 어미와 아들과 딸을 수도 없이 땅에 묻는다고. 그런데 그들은 가장 사랑하던 핏줄을 잃었을 때도 우리의 규칙을 따른단 말이야. 아킬레우스가 저러는 것처럼 시신을 모독하진 않아!"

헤라가 말한다. "우리 의붓아드님, 아무래도 뭔가를 잊은 모양인데 아킬레우스는 반신 그 이상이야. 헥토르는 한낱 인간일 뿐이고. 한 네 대쯤 거슬러올라가면 신의 자취가 조금 있을까 말까 한 게 다지. 반면에 아킬레우스는 우리와 다를 바가 없어. 다만—"

"다만 곧 죽을 뿐이지. 하!" 연회장 테이블 끝에 있던 아레스가 끼어들어 소리친다.

헤라는 그 말을 못 들은 척하고 계속 이야기한다. "헥토르는 어미젖이나 빨던 짐승일 뿐이야. 하지만 아킬레우스는 우리 세계의 일원이잖아. 내가 그애 아버지 결혼식에도 갔다니까. 기억나, 우리 딸?"

아테나가 우쭐한 표정으로 고개를 끄덕인다.

헤라가 식탁 주변을 가리킨다. "당신들 전부 그 결혼식에 있었잖아! 심지어 아폴론 너도. 물론 내 기억에 너는 몰래 빠져나가 술 마시고 동네 잡것들이랑 수금이나 뜯으며 놀았지 아마."

헤라가 신주를 한 모금 더 마시고서 말을 질질 끈다. "그러니까아, 의붓아드님임, 결국 이렇게 되는 거야. 아킬레우스는 자기가 원하는 건 뭐든 해도 돼. 왜냐면, 우리 식구니까."

이미 취한 아레스가 또다시 소리친다. "다만 곧 뒈질 뿐이지. 우리 신들은 안 죽지만!"

아레스는 자기가 한 말에 웃더니 트림을 한차례 거하게 하고서 중얼거린다. "맞아, 아킬레우스는 개처럼 뒈질 거야! 하데스의 집으로 직행하는 거지. 내가 신이라서 진짜 다행이야. 무슨 일이 있어도 난 거긴 안 내려갈 거거든. 결혼 피로연을 거하게 한대도!"

이 상황에 정나미가 떨어진 제우스가 탁자 위로 몸을 기울이고 언성을 높인다. "헤라, 꼭 그렇게 못되게 말해야 돼? 누가 속물 아니랄까봐. 아주 딱이야!"

헤라는 어깨를 으쓱이고 아테나는 자기 아버지를 잔뜩 노려본다. 하지만 제우스도 더는 참을 수 없다. 그가 양손을 들어올리고 자신의 결단을 알린다. "헥토르가 아킬레우스 같은 반신과 동등한 명예를 누릴 자격이 있다는 얘긴 아무도 안 하는군. 내가 분명히 말하는데, 헥토르도 조금은 그럴 자격이 있어. 제물 가지고 장난치거나 쩨쩨하게 구는 법이 없던 훌륭한 인간이거든."

탁자 저쪽에서 끄덕거리고 중얼거리는 분위기다. 헥토르는 신들에게 아주 사랑받던 인간이다.

지원군을 얻었다는 기분에 제우스가 기세를 몰아 세게 나간다. "그래서 우린 당장 이렇게 하겠다. 이리스—"그가 손가락을 딱 튕긴다.

순식간에 그의 옆에 전령이 대령한다. 마치 계속 거기 있었던 것 같다.

"저기 바다로 내려가 테티스에게 전해라. 우리가 헤르메스에게 지시해 헥토르의 시신을 훔쳐서 프리아모스에게 보내겠다고."

도둑의 신이자 상업의 신, 가만히 앉아 있질 못하는 사람들의 신인 헤르메스가 길쭉하고 호리호리하니 제법 봐줄 만한 몸을 제우스 옆으로 쓱 들이민다. 늘 그렇듯 싱글벙글하는 얼굴이다. 그는 자기 일에 애정이 있다. "시신 훔치는 거야 식은 죽 먹기이긴 한데 아킬레우스가 다시 되찾겠다고 설칠까봐 걱정이네요. 그자한테는 신마가 있어서 따라잡을 거라고요. 그럼 싸움이 벌어질 텐데. 시끄럽고 골치 아픈 소동이 끝도 없겠죠."

제우스도 신경이 쓰인다. "그래, 네 말이 맞구나. 결말이 안 나겠네. 아킬레우스 저놈, 진짜 골칫덩이구먼!"

아테나가 슬쩍 한마디한다. "트로이인이 헥토르의 시신을 원한다면 대가를 치러야 해. 타협안이 필요하다고. 프리아모스가 몸값을 내야겠지. 값이 만만하진 않을 거야."

헤라가 화낸다. "아테나, 어쩜 이렇게 약해진 거야! 트로이를 완전히 박살내기로 합의 봤잖아. 어째서 그들에게 헥토르의 시신을 내주려는 거야?"

아테나가 엄마에게 눈치를 주며 이건 집안의 평화를 위한 정책상의 문제라고 알린다.

제우스가 아테나의 말에 수긍하며 고개를 끄덕인다. "역시 내 딸이야. 엄마보다 똑똑하다니까. 자, 그럼 정리된 거다. 이리스―"

헤르메스가 등장했을 때 사라졌던 전령이 다시 제우스의 곁에 서 있다.

"이리스, 가서 테티스에게 전해라. 아킬레우스는 프리아모스에게 헥토르의 시신값을 치를 기회를 줘야 한다고 말이다. 조건은 아킬레우스가 정할 수 있다고―"

"왜냐하면 개도 곧 죽을 테니까. 파리 새끼 같은 인간들처럼 죽는다고!" 또 아레스다. 그가 탁자 반대편 끝에서 구시렁댄다.

제우스가 한숨을 쉰다. 이 화상들이랑 뭔 일을 하나. 그냥 직접 처리하는 게 속 편하다. 그래서 다시 이리스에게 지시한다. "그냥 테티스에게 이리 오라고만 일러. 내가 직접 설명할게."

이리스가 고개 숙여 절하고 더 환하게 빛을 발하더니 곧장 창공을 뚫고 내려가 쉭 하고 떨어지는 혜성처럼 바다에 부딪친다. 차가운 바닷물을 가르는 인광체처럼 지글지글 소리 내며 나아가 해저에 있는 연로한 바다의 신의 궁 앞에 멈춘다.

테티스가 벌써부터 아들을 애도하며 우는 모습이 눈에 들어온다. 신들에게 앞으로 일어날 일이란 이미 일어난 일과 마찬가지다. 그녀는 이미 아들의 죽음을 겪었다. 벌써 가슴이 찢어진다. 그녀가 몸을 앞뒤로 흔들며 한탄하고 섧게 운다.

하지만 연민이라곤 없는 이리스는 건조하게 전달 사항을 읊는다. "일어나세요, 테티스, 펠레우스의 부인이요 아킬레우스의 어머니인 여신님. 제우스 님이 당장 올라오라고 명하셨습니다."

테티스가 괴로워한다. "나는 지금 상중인데 안 보이세요? 신들하고 언쟁할 기분이 아니라고요!" 하지만 이리스에게는 어떤 변명도 통하지 않을 것이다. 결국 테티스는 검은 숄로 몸을 감싸고 불타는 이리스의 자취를 따라 올림포스로 올라간다.

헤라와 그녀의 딸이 테티스를 굉장히 정중하게 맞이한다. 어쨌든 자기들의 용사 아킬레우스의 모친 아닌가. 아테나가 테티스에게 자기 자리를 내주고 헤라는 신주 잔을 건넨다.

테티스가 예의상 한 모금 마시자마자 제우스가 본론으로 들어간다. "잘 들어보라고, 부인. 아들의 죽음을 미리 애도하고 있는 건 안다만, 지금 그가 헥토르의 시신에다 하는 짓이 우린 상당히 언짢아. 사실은 우리가 헤르메스에게—"

그러면서 자기 뒤에 어렴풋이 보이는 신을 가리키자 그가 상냥하게 고개를 꾸벅 숙인다.

"당신 아들네 진지에서 시신을 빼내 오게 하기로 합의를 봤지. 그런데 평화적 차원에서—"

이번에는 헤라와 딸을 향해 손짓한다.

"일단 아킬레우스에게 옳은 일을 할 기회를 주기로 결정했어. 그냥 시신을 빼앗는 것보다는 나으니까. 가서 아들에게 전해. 그가 헥토르를 죽은 개처럼 전차 뒤에 매달아 끌고 다녀서 우리가 노여워한다고!"

하급 신들이 고개를 끄덕이며 성난 목소리로 구시렁댄다.

"그중에서도 내가 제일 화났다고 전해! 그다음 해결책을 하나 줘. 프리아모스에게 몸값을 받고 시신을 건네는 것이 잘못을 만회할 기회라고 하면 돼. 우리가 프리아모스에게 이리스를 보내 몸값을 조정해볼게. 당신 아들은 시신을 돌려주고 몸값을 받는 거야. 그러면 모든 것이 보기 좋게 해결되겠지. 자, 가서 아들이 정신 차리도록 잘 설득해보시게."

테티스가 고개 숙여 절한 후 다시 검은 숄을 걸치고 한달음에 아킬레우스의 막사로 내려간다.

그는 여전히 격하게 애통해하고 있다. 겨우 부하 한 명 잃은 것에 이토록 오랫동안 슬퍼하다니 뭔가 이상하지 않나! 테티스가 말한다. "아들, 이제 그만 슬퍼하고 좋은 포도주도 마시고 여자도 품고 그래야지. 너한테 시간이 많지 않은 거 알잖아."

그가 말한다. "나도 알아. 모두들 시시때때로 상기시켜주는데 내가 어떻게 잊겠어? 근데 무슨 일이야?"

"네가 헥토르 시체를 먼지 속에 끌고 다닌다고 신들이 화가 났어. 그럼 못써. 시체를 프리아모스에게 돌려주래. 몸값은 후히 쳐줄 거야."

그가 어깨를 으쓱한다. "좋아. 노인네가 몸값을 가져오면 죽은 아들을 돌려주지. 그런데 시체를 아무리 끌고 다녀봤자 소용이 없더라고. 뭔 시체가 썩지도 않고 개들도 얼씬을 안 한다니까."

한편 이리스는 대기를 뚫고 화염처럼 트로이로 날아가서 프리아모스의 안뜰에 당도한다. 그와 생존한 아들들이 오후의 열기 속에 앉아 헥토르를 애도하고 있다. 프리아모스는 말똥을 잔뜩 뒤집어쓴 모습이다. 마구간 오물 위를 뒹굴었던 까닭이다.

딸과 며느리 들은 이 방 저 방에서 통곡하고 아들과 사위 들은 프리아모스 근처에서 엉덩이를 깔고 앉아 목놓아 운다.

이리스가 늙은 프리아모스의 앞에 서서 나직이 말한다. "두려워하지 마라, 다르다노스의 아들 프리아모스! 제우스 님이 나를 보내셨다. 그분이 네 처지를 안타깝게 여기시어 돕고자 하신다. 몸값을 넉넉히 모아 짐수레에 싣고 그리스 진지로 가져가라. 너와 마부 외에는 아무도 동행하지 말도록 해라. 강도를 당할까 걱정할 필요는 없다. 제우스 님이 헤르메스를 보내 지켜주실 것이니. 아킬레우스에게도 너를 제대로 대우하라고 단단히 일러두었다."

프리아모스가 광채를 발하는 제우스의 사자에게 고개 숙여 절하는데, 이리스는 이미 사라지고 없다.

이제 아들들에게 불똥이 튄다. "이 쓰레기 같은 놈들. 전부 다 아무 짝에도 쓸모없어. 날 위해 노새 짐수레 준비는 해줄 수 있겠냐? 내가 너희 형 시신의 몸값을 치르러 갈 거다. 너희 다 합한 것보다 더 중한 너희 형 말이다. 그애 대신 차라리 네놈들이 전부 죽어버리지!"

헤카베가 다리를 절뚝이며 나타나 소리를 지른다. "뭐라고요? 기어이 노망난 거야, 당신?"

프리아모스가 음침한 미소를 띤다. "필요할 땐 귀가 멀쩡하신가 봐?"

헤카베가 그를 향해 절뚝절뚝 걸어가면서 고함친다. "그 괴물 같은 아킬레우스에게 혼자 간다고? 당신 연세에?"

그가 하늘을 가리킨다. "이리스가 직접 와서 약속했는데—"

"약속은 무슨 약속? 아킬레우스는 신이고 뭐고 안중에도 없어! 내가 그놈의 간을 씹어먹었으면 좋겠다고!"

그녀가 발을 끌며 프리아모스에게 다가간다. 프리아모스는 아내를 안고 그녀의 흥분이 가라앉기를 기다린다.

"당신이 가긴 어딜 가. 여기서 헥토르를 위해 슬퍼하면 되잖우. 내가 그애에게 젖을 물려주던 여기서 말야. 가지 말고 여기서 애를 애도하라고. 그래야 조금이라도 더 살 거 아냐!"

프리아모스의 입에서 한숨이 나온다. "진정해. 이리스가 와서 제우스 님이 나를 안전하게 지켜주신다는 약속을 전했다니까. 혹시나 아킬레우스가 날 죽인다 해도 마지막으로 한 번은 내 아들을 품에 안아보게 될 거잖아. 그러니 여보, 날 보내줘. 살날도 얼마 안 남았는데 날 겁쟁이로 만들지 마."

그는 저장고로 가 향나무 장식함 중에서 제일 좋은 것으로 열두 개를 꺼내라고 지시한다. 모든 것을 열두 개씩 준비한다. 긴 망토 열두 벌, 어깨 망토 열두 벌, 윗옷 열두 벌, 양탄자 열두 개. 거기에 더해서 금화 열 닢, 은화 열 닢도 준비한다. 금속 세공품도 있다. 가마솥 네 개, 향로 두 개, 한때 프리아모스가 잘나가던 시절 트라키아인이 주었던 술잔 하나. 전 세계 어디에도 이런 술잔은 없다. 어쨌거나 머지않아 그리스인이 트로이의 모든 것을 차지할 판국이니 곧 그들 손에 들어갈 것을 조금 일찍 주는 셈이다. 그 대가로 아들의 시신을 되찾아 한 번이라도 더 안아보고 혼백을 기릴 수 있다.

어느새 사람들이 모여들었다. 거기에 보물이 있다는 소릴 들은 적이 있는지라 다들 엿보려고 슬금슬금 주변을 얼쩡거리는데 프리아모스가 몸값을 챙겨 하인들을 데리고 나온다. 그가 구경꾼들을 향해 홀을 거칠게 휘두르며 고함친다. "너희는 아들을 잃어 슬퍼할 일이 없느냐? 곧 그럴 일이 많을 테니 걱정하지 마라! 우릴 지켜줄 헥토르가 없으니 이제 모두 원 없이 통곡하게 되겠지!" 무리가 흩어지자 그가 이번에는 아들들에게 소리친다. "야, 쓸모없는 자식들아! 너희 형 헥토르처럼 죽을 용기는 없어도 밥값은 해야지. 짐수레를 준비해! 너희 같은 겁쟁이들에게 좋은 연습이 될 거다. 전부 다 그리스 노예 신세가 될 날도 머지않았거든!"

그가 짐수레를 점검하는 사이 헤카베가 포도주 잔을 들고 돌아온다. "여보, 이거. 당신 가는 길 잘 지켜달라고 제우스 님께 바쳐야지. 그리고 마지막 부탁이야. 제우스 님께 징조를 보여달라고 간청해봐! 당신이 가는 동안 검은 수리를 당신 오른편에 놓아달라고. 그 징조를 보여주지 않으시면 그냥 돌아와요."

그가 고개를 끄덕인다. "그렇게 하지. 제우스 님께 부탁은 해볼게."

하인들이 그의 손에 깨끗한 물을 부어준다. 그가 포도주를 바치며 외친다. "신들의 아버지 제우스여, 제가 아비 된 자격으로 이 여정에 오릅니다. 제게 징조를 보여주십시오. 제가 가는 동안 검은 수리를 제 오른편에 놓아주십시오."

순식간에 수리 한 마리가 도성 위로 급강하해 프리아모스의 오른편에 나타난다. 날개가 부잣집 문짝만큼이나 넓다. 도성 지붕 위를 천천히 활공하는 수리를 모두가 지켜본다.

프리아모스가 전차에 올라 출발할 준비를 하고는 보물이 실린 짐수레를 모는 나이든 하인 이다이오스에게 신호를 보낸다. 해가 막 지려는 순간 그들이 빠른 걸음으로 성문을 통과하고 큰 무리가 뒤를 따른다. 짐수레와 전차가 들판에 들어서자마자 무리는 그리스군 급습부대가 들이닥칠세라 허둥지둥 성안으로 들어간다.

이제 프리아모스와 그의 늙은 집사만 들판에 남아 있다. 골골한 두 노인뿐이다. 제우스가 내려다보며 말한다. "헤르메스, 저 아래 늙은 프리아모스 보이지?"

헤르메스가 고개 숙여 답한다. "모든 여행자는 제가 잘 지켜보고 있습니다."

제우스가 쓴웃음을 짓는다. "지켜보는 줄 내가 모르나. 음, 이제 저 두 노인네를 잘 지켜야 해. 양치기 개처럼 충실하게."

헤르메스가 예의바르게 고개를 숙인다. "당연히 그래야죠! 그런데…… 그리스인이 방해하면…… 막아도 되겠습니까?"

"음, 절대 거친 방법은 쓰지 마. 헤라가 그건 용납하진 않을 테니까. 그냥 전차랑 짐수레를 숨기기만 해. 저들이 아킬레우스의 구역에 들어갈 때까지 아무도 저들을 보지 못하고 듣지도 못했으면 좋겠다."

헤르메스가 웃는다. "몸 불편한 노인 둘에다 끽끽대는 짐수레까지 있는데요? 뭐, 제가 도전을 즐기긴 합니다."

그가 자기 지팡이를 집어든다. 원하는 대로 누군가의 눈을 밝히기도 하고 어둡게도 하는 지팡이다. 그가 마치 급류를 타고 떠내려가는 사람처럼 쭉 미끄러지며 지상으로 내려간다. 프리아모스가 지나갈 길목의 강둑에 다다르자, 이제 막 턱수염이 나기 시작한 잘생긴 청년의 모습을 하고 기다린다.

곧 짐수레와 전차가 힘없이 다가오는 게 보인다. 헤르메스가 두 노인을 보고 큭큭댄다. 어두운 눈을 가늘게 뜨고 전방의 길을 살피며 가는 모습이 우습다. 불쌍한 인간들! 나이든다는 건 필시 악몽 같은 일이리라. 두 사람이 어찌나 느리고 골골한지 얼마 남지도 않은 살날이 이러다 다 끝날 판이다. 그리스 비정규병 부대가 노릴 만한 손쉬운 먹잇감이다. 이 들판을 어슬렁거리는 두 발 달린 자칼이 사방에 널렸다. 아홉 해 넘게 전쟁이 이어지면서 수많은 병사들이 탈영했다. 나그네를 약탈하고 죽이는 것이 전투보다 더 쉽고 안전하다. 게다가 돈벌이까지 되고.

프리아모스와 그의 집사는 그런 강도를 만날까봐 무섭다. 그래서 눈을 가늘게 뜨고 앞을 보던 이다이오스가 비명을 지르고 만다. "폐하, 강둑에 웬 남자가 서 있습니다! 도망가야 할까요?" 프리아모스는 자신의 노쇠한 심장이 목구멍 밖으로 튀어나올 듯 방망이질하는 걸 느낀다. 고삐를 찰싹 휘둘러 도망가기는커녕 대답조차 못한다.

두 노인이 와들와들 떠는 모습을 보며 헤르메스는 간신히 웃음을 감춘다. 얼른 그들 쪽으로 달려가 본데있게 자란 젊은이의 음성으로 묻는다. "어르신, 어쩐 일로 이렇게 전리품을 수레 가득 싣고 강도들이 어슬렁대는 황무지를 지나가십니까?"

프리아모스가 어둠 속에 선 채 말들이 움직이지 못하도록 고삐를 잡아당긴다. 말들은 물가에 가고 싶어서 주인의 제지에도 아랑곳 않고 이 허약한 노인을 물가로 끌어당긴다. 겁에 질린 그의 입이 벌어진다. 이다이오스는 수줍은 어린애처럼 프리아모스 뒤에 숨는다.

헤르메스는 웃음을 틀어막으며 선하게 가장한 말투로 계속 이야기를 건넨다. "아이고 어르신, 제가 딱 보니 두 분이 오랫동안 엄청나게 고생을 하셨네요. 정말 말도 못하게 힘드셨나봐요. 약탈하고 돌아다니는 그리스인들이 무섭지 않으세요? 놈들이 어르신의 물건을 빼앗고 저기, 어르신 뒤에 있는 따님을 해코지할 수도 있어요. 보니까 따님도, 음, 오랫동안 고생이 많으셨나봐요!"

프리아모스는 두려움에 끙끙거릴 뿐이다. 헤르메스가 늙은 왕의 등을 토닥이고는 한 손을 자기 칼 위에 얹더니 위엄 있고 당당한 자세를 취한다. "겁먹을 거 없습니다, 어르신! 제가 지켜드릴게요. 어르신을 보니 제 아버지가 생각나네요."

자신의 아버지, 제우스를 염두에 둔 말이다. 속임수의 신 헤르메스는 아버지가 듣고 있다는 걸 잘 안다. 오늘내일하는 이 늙고 불쌍한 인간과 비교되는 게 그리 달갑지 않을 것이다.

그제야 프리아모스는 이 젊은이가 자신들을 돕고 싶어할 뿐 다른 저의가 없음을 깨닫는다. 그가 헤르메스를 껴안고 소리친다. "아이고 젊은이, 신의 혈통이 있는 게 분명하구먼. 몸가짐이 아주 기품 있어!"

헤르메스가 근엄하게 고개를 끄덕인다. "저의 가문이 올림포스니 뭐니 그런 곳에 뿌리를 두었을 것이라는 소리를 숱하게 듣긴 했습니다."

프리아모스가 말한다. "오, 내 그럴 줄 알았지. 혈통이 예사롭지 않아 보였어!"

헤르메스가 그 잘난 머리를 치켜들고 중얼거린다. "사실 우리 집안이 탄탄하긴 하죠. 친가, 외가 양쪽 다."

프리아모스가 찔끔 나온 눈물을 닦아내고 숨을 크게 들이쉬며 마음을 가라앉힌다. 헤르메스는 노인네를 한번 더 놀라게 해주고 싶은 마음을 억누르지 못하고 순진한 얼굴로 말한다. "제일 용감한 아드님인 헥토르가 죽어서 상심이 크시겠어요."

프리아모스가 노인의 다리로는 최대치인 높이만큼 펄쩍 뛴다. 아직까지 그의 뒤에 숨어 있던 이다이오스도 소리 나게 헉하고 숨을 들이쉰다. 프리아모스가 말을 더듬는다. "젊은이, 대체 누구길래 우리 집안에 대해 그렇게 많이 아는가? 부모님이 뉘신가?"

헤르메스가 다소곳이 얼굴을 붉히며 답한다. "아, 어르신, 저야 훌륭한 헥토르 님이 그리스군을 죽이는 걸 아주 많이 봤죠! 제가 위대한 아킬레우스 님의 시종이니까요. 그분은 우리 부하들이 싸움에 개입하지 못하게 하셨어요. 아마 들으셨을 텐데, 아가멤논왕에게 화가 많이 나셨거든요."

프리아모스가 말을 더듬는다. "자네가…… 당신이 아킬레우스의 시종이라고?"

헤르메스가 공손하게 고개 숙여 절한다. "잘 부탁드립니다, 어르신!"

프리아모스가 흐느껴 운다. "그러면…… 뭐 하나 물어봐도 되겠나? 내 아들 시신을 개들에게 먹였나?"

헤르메스는 불현듯 노인이 불쌍해진다. 연극 같은 태도를 버리고 진심어린 목소리로 말한다. "프리아모스 님, 제가 분명히 말씀드리는데 개들은 아드님을 건들지도 않았습니다. 시신이 부패하지도 않았고요. 상처도 다 아물었습니다. 아드님은 신들의 사랑을 받는 분입니다."

프리아모스가 젊은이의 손목을 단단히 붙든다. "아이고, 젊은이, 제물을 바치는 게 정말 현명한 일이었군! 내가 신들을 기리며 제물로 바친 고깃값을 신들이 다 갚아주셨네!"

헤르메스가 고개를 끄덕인다. "그럼요. 신들이 지금도 어르신을 도와주고 계세요."

프리아모스가 자신의 늙은 하인을 부른다. "그 술잔, 얼른 가져와!"

이다이오스가 짐을 샅샅이 뒤져 트라키아의 고급 술잔을 들고 종종걸음으로 온다. 프리아모스가 술잔을 헤르메스에게 내밀며 간청한다. "젊은이, 부디 이걸 받아주게!"

헤르메스의 목소리가 거만해진다. "어르신, 내가 젊고 미숙하다고 매수라도 하는 겁니까?"

그러더니 금세 명랑하게 말투를 바꾼다. "하지만 받긴 할게요. 물론 어르신 기분 생각해서 그러는 겁니다. 대신 제가 어르신을 아킬레우스 님 거처로 바람처럼 순식간에 모셔다드리겠습니다."

그가 전차에 훌쩍 올라타더니 한 손으로 프리아모스를 번쩍 들어 자기 옆에 세운다. 이다이오스는 짐수레에 기어오르고 다 같이 그리스 진지를 향해 서둘러 간다.

방벽 출입구를 보초병들이 지키고 있는데 헤르메스가 그들을 향해 손을 흔들며 "잠들어라" 하고 속삭이자 다들 눈을 뜬 채 코를 골기 시작한다. 무거운 나무 빗장이 걸려 있지만 헤르메스가 또다시 손을 흔들자 거대한 통나무가 저절로 물러난다. 전차와 짐수레가 문을 지나는데 누구의 눈에도 띄지 않고 귀에도 들리지 않는다.

미로 같은 막사와 숙소 사이사이를 들키지 않고 지나가 드디어 목조 건물에 당도한다. 아킬레우스의 부하들이 그를 위해 지은 이 회관은 덤불로 지붕을 얹고 목조 벽으로 둘러싼 건물이다. 문을 가로막은 나무 빗장은 성인 남자 셋이 달려들어야 겨우 들어올릴 만큼 무겁다(물론 아킬레우스는 혼자서 너끈히 들어올린다). 헤르메스가 손짓으로 빗장을 벗긴다. 이 소규모 사절단이 뒷걸음질치며 저벅저벅 삐걱삐걱 소리를 수차례 내다가 안으로 들어간다. 헤르메스는 한 번에 뚝딱 짐수레의 짐을 부린 다음 놀란 눈으로 자신을 쳐다보는 프리아모스를 돌아본다.

헤르메스는 이제 자신의 진짜 모습과 얼추 비슷한 형상을 띤다. 너무 과하면 탈이 난다. 필요 이상으로 노인네를 겁주고 싶진 않다. "프리아모스왕, 나는 여행과 행운의 신 헤르메스다. 너를 여기까지 호위해주라는 제우스 님의 명을 받았다. 아킬레우스와 잘 만나길 바란다. 그의 무릎을 부여잡고 그의 아버지와 어머니 얘기로 마음을 움직여봐라. 아킬레우스는 감정 기복이 심하고 생각보다 아이 같은 구석이 있거든. 그럼 노인장, 안녕히 계시게."

헤르메스가 사라진다. 프리아모스는 눈을 끔뻑이며 여태 벌어진 일을 머릿속으로 정리한 다음 돌아서서 아킬레우스의 회관으로 걸어 들어간다.

아킬레우스의 군사들은 군주와 가능한 한 멀리 떨어진 출입문 근처에 앉아 있다. 아킬레우스는 회관의 상석에 앉아 있고 두 사람이 그의 저녁식사 시중을 든다.

프리아모스가 아킬레우스에게 다가가 무릎을 꿇고 이 그리스인의 거대한 무릎을 부여잡는다. 아킬레우스가 깜짝 놀란 눈으로 프리아모스를 빤히 쳐다본다. 프리아모스가 간청한다. "아킬레우스, 당신의 아버지를 생각해보시오. 아들이 살아 있어서 얼마나 기쁠지 상상해보시오! 인근 도성과 전쟁을 벌이거나 자기 백성이 반역을 일으키는 와중에도 사랑하는 아들 아킬레우스가 살아 있다는 소식을 들으면 세상만사 어떻든 간에 한없이 기쁠 거요. 내 아들들 덕분에 내가 기뻐했던 것처럼 말이오. 내게는 아들이 쉰 명이나 있었소. 대부분 죽었지. 당신 창에 목숨을 잃은 아들이 많다오. 하지만 그중에도 헥토르는 내가 가장 사랑한 아들이었소! 당신이 그애를 죽였지—"

프리아모스가 잠깐 감정을 주체하지 못하다가 다시 숨을 고르고 말을 이어나간다.

"헥토르의 시신값을 치르러 왔소."

아킬레우스는 자기 발치에 무릎 꿇고 있는 늙은이를 가만히 쳐다볼 뿐이다. 그가 괴로움이 아닌 다른 감정을 느낀 게 언제인지 아득하다.

프리아모스는 아킬레우스의 침묵을 거절 의사로 받아들인다. 그가 바닥에 쓰러져 울며불며 소리친다. "신들이 무섭지도 않소, 아킬레우스! 날 불쌍히 여길 줄은 몰라도 신들 무서운 줄은 알아야지. 지금 내가 뭘 하는지 위에서 다 보고 있다고!"

그리고는 아킬레우스의 무릎을 부여잡은 자기 손을 거두기 전에 그의 손을 덥석 잡아 끌어당기더니 바싹 마른 입술로 입을 맞춘다. "보시오! 왕인 내가 아들을 죽인 자의 손에 입을 맞추었소!"

아킬레우스는 정신이 멍하다. 순간적으로 움직일 수도, 무슨 말을 할 수도 없다. 그러더니 곧 프리아모스를 일으켜 껴안는다. 이제 두 사람 다 섧게 운다. 아킬레우스의 태산 같은 신음소리가 늙은 프리아모스의 마른 울음을 압도한다.

그가 프리아모스를 들어서 자리에 앉힌다. "노인장, 당신이야말로 제일 용감한 트로이인이오. 여길 혼자 오셨소? 대체 방벽 문은 어떻게 지나왔소? 말도 안 돼!"

그가 말없이 앉아 눈물을 닦으며 늙은 프리아모스의 어깨를 두드리다 입을 연다. "신들은 우리 둘한테 신경도 안 쓰지. 그들에겐 그냥 놀이일 텐데. 하지만 인간들에겐…… 정말 아들이 쉰 명이었소?"

프리아모스가 고개를 끄덕인다.

아킬레우스가 고개를 절레절레 흔들며 혼잣말한다. "쉰 명이라니! 나의 아버지 펠레우스는…… 운이 없으셨구나. 나 말고는, 나와 어머니 말고는 우리 아버지가 불운한 줄 모르니. '아, 펠레우스! 복도 많은 사람이지! 부유하지, 용감하지, 잘생겼지, 게다가 신들이 불사의 여신을 아내로 주기까지 했잖아!' 다른 사람들은 속도 모르고 이런 얘기나 하고. 하지만 그분에겐 아들이 하나밖에 없지. 쉰 명은 무슨. 더구나 난 오래 살지도 못할 텐데. 나중에 나이드신 아버지를 돌봐드릴 수도 없어. 지켜줄 사람 하나 없이 혼자 계시겠지. 어머니는……"

그의 얼굴이 찌푸려진다. "알다시피 여신이잖소. 요즘에는 아버지를 아예 쳐다보려고도 안 하더군. 늙고 추한 모습이 정떨어진다고. 어머니야 결혼할 때 모습에서 변한 게 하나도 없으니 말이오. 아버지가 왜 늙어가는지 이해를 못하시지."

그가 경외의 눈길로 프리아모스를 바라본다. "한데 당신은…… 아들이 쉰 명이라니! 게다가 그중 하나가 헥토르잖소. 내 분명히 말하는데, 그는 훌륭한 전사였소. 듣기로는 인간적으로도 훌륭한 사람이었다지. 좋은 아버지요, 좋은 아들이었다고."

프리아모스가 훌쩍훌쩍 울며 고개를 끄덕인다.

아킬레우스가 솥뚜껑만한 손으로 노인의 등을 토닥거리는데 까딱하다간 프리아모스의 이빨이 튀어나갈 지경이다. "노인장, 실컷 울고 슬퍼하시오. 다만 영원히 그러진 마시오. 죽은 자를 도로 살리진 못하잖소. 그러려고 해봐야 불행해질 뿐이오. 나도 이제야 알겠군."

프리아모스가 일어서면서 신음하듯 말한다. "아킬레우스왕이여, 내 아들이 먼지 속에 누워 있는데 나를 앉혀두지 마시오. 제발 내가 갖고 온 몸값을 받고 아들을 보게 해주시오. 그렇게 해주면 나는 곧 돌아가겠소."

아킬레우스가 일어서자 우뚝 선 모습이 노인을 뒤덮을 듯하다. "괜히 내 성질을 건드리지 마시오, 노인장. 내가 지금 예의를 차리려고 노력하는 중이니까."

프리아모스는 공포에 질려 입을 딱 벌린 채 그를 바라본다.

아킬레우스가 노인을 밀어서 다시 자리에 앉히고 으르댄다. "안 그래도 헥토르의 시신을 내줄 생각이었소. 이미 신들이 그렇게 하라고 시켰다고. 노인장, 난 바보가 아니오. 틀림없이 신들의 도움이 있었으니 당신이 여기까지 무탈하게 왔겠지. 쓸데없이 날 화나게 만들지 마시오. 잘못하면 모든 걸 망칠 수가 있소. 우리는 관례대로 같이 고기와 포도주를 들 거요. 당신은 나와 함께 여기 앉아 먹고 마실 거요. 노인장은 내 손님이오."

프리아모스는 겁에 질려 고개를 끄덕인다.

"그리고 관례대로 내 거처에서 하룻밤 지내시오."

프리아모스가 또다시 고개를 끄덕인다.

마음이 풀린 아킬레우스가 문으로 훌쩍 뛰어가 하인들에게 소리친다. "짐을 옮겨라! 말들의 멍에를 풀고 먹이를 줘라!"

그런 다음엔 쿵쿵대며 안마당으로 걸어가 외친다. "시신을 씻고 기름을 발라라! 여기서 제일 좋은 기름을 쓰도록 해라!"

이때 쿵 하는 소리가 들리자 아킬레우스의 호통이 떨어진다. "이 멍청한 것, 안으로 들이면 안 되지! 깨끗이 씻기기 전엔 노인네가 안 봤으면 좋겠다고." 하인 하나가 질질 짜고 아킬레우스는 안마당이 떠나가라 호통치며 헥토르의 시신에 입힐 의복에 이르기까지 모든 것을 감독한다.

잠시 후, 그가 안으로 들어오려다 우뚝 멈춰 서서 괴로워하며 입을 연다. "파트로클로스, 화내지 마. 혼백들이 뒤에서 쑥덕대는 거 좋아하잖아. 헥토르가 자넬 죽였는데도 내가 그의 시신을 아비에게 돌려줬다고 자네한테 떠들어대겠지. 그자가 자넬 죽인 건 맞지만 불쌍한 아비가 날 찾아왔어. 혼자서 말이야. 노인네가 용감하기도 하지! 참 안됐더라고. 더군다나 몸값도 가져왔어. 상당해. 할 수만 있다면 그걸 자네와 나눌 텐데!"

그러고는 몸을 숙여 문안으로 들어가 프리아모스 옆에 앉는다.

가만 보니 하인들이 둘의 자리를 잘못 배치했다. 아킬레우스는 프리아모스를 의자째 번쩍 들어 상석인 오른쪽에 내려놓고는 자리에 앉아 근엄하게 말한다. "프리아모스왕, 당신은 나의 손님이오. 아드님은 관대에 눕혀두었으니 아침에 데려가실 수 있소."

프리아모스가 더듬거리며 말한다. "저, 저기, 지금 가면 안 되겠소? 제발, 나는 지금 바로 가고 싶은데—"

아킬레우스가 그를 밀어 자리에 편히 앉힌다. "식사를 하셔야지. 아드님 애도는 트로이로 돌아가는 길에 하시고, 지금은 식사나 합시다."

그가 묵직한 외날 검을 꺼내더니 밖으로 나가며 중얼거린다. "가만있자, 고기! 그걸 깜빡했네." 이윽고 쿵 하는 큰 소리가 프리아모스 귀에 들려온다. 아킬레우스의 고함소리가 뒤를 잇는다. "껍질을 벗겨야지, 멍청한 것. 얼른 구워, 어서! 지금 다들 기다리잖아!"

다시 안으로 들어오는 그의 팔뚝에 양의 피가 묻어 있다. 그가 헛기침을 하고 퉁명스럽게 말한다. "그래, 옛날이야기를 들어보니 니오베도 자식 열둘을 잃었지만 어쨌든 밥을 먹긴 먹었다더라고."

아킬레우스는 이제 약간 누그러져 있다. "니오베가 레토의 자식 아폴론과 아르테미스의 심기를 건드렸거든. 그 둘 잘 알겠지? 척지면 아주 골치 아픈 한 쌍이잖소! 헤라만큼 최악은 아니지만 충분히 무시무시하지. 그들이 니오베의 자식을 도륙한 거요. 듣기로는 니오베가 아흐레 동안 울었다더군. 그래도 결국엔 뭘 먹을 수밖에 없었지."

프리아모스는 별 대꾸 없이 쳐다보고 있을 뿐이다. 오랜 침묵이 흐른 뒤 집사가 김이 모락모락 나는 새끼 양 고기에 주변에는 빵을 둘러서 들여온다. 아킬레우스가 딱딱거린다. "서둘렀어야지! 여기 둬. 우리가 알아서 할게." 그가 프리아모스에게 빵 접시를 건네고 김이 나는 양고기 몸통에서 크게 한 덩어리 뜯어서 먹기 시작한다.

프리아모스는 잇몸으로 빵을 씹고 고기를 몇 점 먹는 척하다가 자리에서 일어나 경직된 목소리로 말한다. "잘 먹었소. 나는 이제 실컷 잠이나 잘까 하오. 아들을 잃은 슬픔에 며칠 동안 똥밭에서 뒹구느라 통 못 자서. 이제 아들의 시신을 돌려받기로 했으니 잠을 잘 수 있을 것 같소."

아킬레우스도 이 어색한 저녁식사를 끝낼 수 있게 되어 안도한다. "그러시오!" 그가 손뼉을 치자 하녀들이 두툼한 붉은 양탄자를 가져와 프리아모스가 누울 자리를 만들어준다. 그가 바닥에 자리를 잡으려는데 아킬레우스가 이마를 탁 치며 말한다. "아이고, 내가 뭔 생각을 하는 거야? 여기다 재울 순 없지. 금 냄새는 기가 막히게 맡는 아가멤논의 코가 씰룩거릴 거요. 그 인간, 아주 개코가 따로 없다니까. 노인장을 찾아내서 인질로 삼을 거요!"

그가 프리아모스를 작은 파수막으로 데려간다. 하인들이 양탄자를 까는 동안 아킬레우스가 묻는다. "자, 헥토르의 장례를 제대로 치르려면 며칠이나 휴전하는 게 좋겠소?"

프리아모스가 더듬거리며 에둘러 말한다. "음, 그게…… 장작 구하기가 힘든데다 백성들은 무서워서 나무를 하러 도성 밖으로 나오지도 못하고…… 좋은 화장용 장작을 준비하려면, 제대로 된 걸 구하려면…… 아흐레는 걸릴 것 같소. 그러니까 장작더미를 쌓는 데까지 아흐레 걸리고, 열흘째 되는 날 장례를 치르고, 열하루째 날에 유골을 묻어 무덤을 만들까 하는데, 그러면 열이틀째 날에 전투가 가능할 것 같군."

"내 약속드리지. 열하루 동안은 싸우지 않을 거요." 그가 왼손을 내밀어 프리아모스의 거칠고 바싹 마른 손목을 들어올리고는 그 위에 자신의 큼지막한 오른손을 툭 얹는데 마치 어린 가지 더미에 나무 몸통이 쿵 하고 내려앉는 것 같다.

프리아모스와 그의 종이 기진맥진해서 자리에 눕는다. 둘 다 금세 코를 골고, 아킬레우스는 브리세이스와 잠자리에 들러 간다. 파트로클로스가 죽은 후 처음으로 여자 곁에 눕는다.

신계도 인간계도 모두 잠들어 있다. 헤르메스만 빼고. 늙은 프리아모스가 코고는 사이 헤르메스가 공중에 떠서 그를 내려다보며 말한다. "아이고, 프리아모스왕!"

잠에서 깬 노인이 겁에 질려 신음한다. 헤르메스는 푹 터지는 웃음을 누르고 한 손으로 프리아모스의 입을 막은 채 속삭인다. "미안하군, 노인장. 아무래도 우리가 일찍 떠나는 게 좋을 것 같아. 당신이 여기 있는 걸 아가멤논이 알기라도 했다간…… 음, 아트레우스의 아들들이 얼마나 사기꾼 같은 놈들인지 잘 알잖아! 그 불한당들이 당신을 모조리 벗겨 먹을 거야!"

프리아모스는 서늘하고 커다란 신의 손에 입이 틀어막힌 채 고개를 끄덕인다. 그와 늙은 종이 조용히 옷을 챙겨 입는 사이 헤르메스는 말과 노새의 멍에를 전차와 짐수레에 잇는다. 그들은 눈에 띄지 않게 소리 없이 진지를 빠져나간다.

그들은 새벽녘에 크산토스강 여울에 다다른다. 거기서 헤르메스는 프리아모스가 장황한 감사의 말을 늘어놓기 전에 고개 숙여 인사하고 사라진다.

프리아모스는 새벽 여명 속에서 헥토르의 얼굴을 확인한다. 트로이로 돌아가는 내내 눈물이 그치질 않는다. 아들의 시신이 잘 있는지 자꾸만 뒤돌아보며 더 서럽게 운다. 그의 딸 카산드라는 성벽에 서서 혹시 나쁜 소식이 전해지지는 않을까 둘러보고 있다가 저멀리 들판을 가로질러 오는 전차와 수레를 발견하고 도성 안으로 달려가 소리친다. "다들 나와봐요! 나와서 헥토르를 위해 슬퍼해주세요. 다시는 이 도성을 지켜주지 못할 그를 위해 울어주세요!"

남녀노소, 빈부 여하를 막론하고 트로이의 모든 백성들이 수레로 모여들어 슬픔을 토해내는 가운데, 연분홍 새벽빛을 받아 거의 살아 있는 듯한 헥토르의 시신이 골목길을 지나 프리아모스의 궁전을 향해 간다.

프리아모스는 이 야단스럽고 가식적인 겉치레를 더이상 참아줄 수 없다. 그는 자기 백성을 잘 안다. 그들은 슬픔을 보여주는 데 능할 뿐, 누구 하나 시신을 되찾으러 가는 길에 동행하겠다고 용기 내지 않았다. 프리아모스가 채찍을 휘두르며 소리를 지른다. "집으로 옮겨다놓으면 통곡을 하든 말든 해라! 길에서 썩 비켜!"

궁에 도착한 그가 헥토르의 시신을 침상에 누이고 그 주변에 악공들을 세운다. 애곡할 여인들도 불러들인다.

안드로마케가 두 손으로 헥토르의 머리를 붙들고 만가를 부른다. "여보, 날 두고 떠났군요! 당신이 남기고 간 나는 그리스인들이 도성 성문을 부수는 동안 과부로 살게 되었네요. 멀쩡히 살아서 우리 어린 아들이 저멀리 농장주에게 팔려가 두들겨맞고 굶주리는 꼴을 보게 될 거예요! 설령 그애가 목숨을 부지한다 한들 무슨 소용이에요. 당신의 창에 형제를 잃은 그리스인이 그애를 사서 재미삼아 성벽에서 내던지고 그 어린 몸뚱이가 모래밭에 부딪쳐 부서지는 끔찍한 일은 없다 한들, 그래봐야 노예 신세는 면할 수 없을 텐데 다 무슨 소용이냐고요!"

일렬로 늘어선 여인들이 좌우로 몸을 흔들자 산발한 머리카락이 수천 개의 채찍처럼 요동친다.

안드로마케의 만가가 이어진다. "우리 아들이 팔려가는 모습도, 죽어가는 모습도, 나는 경매대에 서서 보게 되겠죠. 내 값을 치르기 전이빨 상태를 살펴볼 그리스인에게 팔려가는 그 자리에서요!"

여인들이 이제는 새벽에 우짖는 제비떼 같은 소리를 낸다.

안드로마케가 만가를 마무리한다. "당신은 나를 안아주지도 않고 떠나버렸지요. 이 눈물을 달랠 다정한 말도 해주지 않고 들판에서 세상을 떠났지요!"

두 여인이 그녀를 시신에서 떼어낸다. 이제 그의 어머니 차례다. 헤카베가 아들의 관자놀이를 붙잡고 더 낮고 느릿한 목소리로 노래한다. "헥토르, 헥토르, 다른 누구보다도 사랑하고 아끼던 내 아들아! 아킬레우스가 전장에서 다른 이들을 사로잡았으면 노예로 팔아버렸겠지만 너를 잡았기에 가차없이 죽여버렸구나. 너무 용감해서 살아남지 못한 내 아들! 살아서는 신들의 사랑을 받았고, 죽어서는 신들의 보호를 받는구나. 떠나던 그날처럼 여전히 잘생긴 모습으로 누워 있구나. 아킬레우스가 너를 더럽히려 했다만 내 손 아래 있는 너는 아침 이슬처럼 생기가 넘치는구나!"

여인들이 헤카베를 떼어놓고, 이번엔 헬레네가 그의 관자놀이를 붙잡고 노래한다. "헥토르 님, 제가 여기 왔을 때 모두가 거리에서 저를 욕했지만 당신은 제 편을 들고 저를 지켜주셨어요! 전사자의 시신들이 집으로 돌아왔을 때 여인들은 침을 뱉으며 저 때문에 아들과 남편이 죽었다고 얘기했지만 당신은 결코 저를 비난한 적도, 어딜 가든 제게 쏟아지는 그런 시선으로 저를 보신 적도 없어요. 당신만 저를 보호해주셨어요. 이 눈물은 당신을 위한 것이고 비참한 제 자신을 위한 것이기도 해요."

프리아모스가 다가와 소리친다. "그만하면 됐다!" 그가 손짓으로 여자들을 물리고 하인들에게 명령한다. "가서 화장용 장작으로 쓸 나

무를 구해 와라. 산까지 먼길을 다녀와야 할 것이다. 아킬레우스의 약
속을 받았으니 아무도 우릴 건드리지 않을 것이다."

아흐레 동안 황소들이 모래흙에 깊은 바큇자국을 남기며 나무 몸
통을 실어나른다. 열흘째 되는 날 새벽에 장작더미에 불을 붙이고, 프
리아모스는 아들들에게 하루종일 그 주위를 걸어다니며 나뭇가지와
뼈가 잘 타는지 지켜보게 한다. 다음날 아침에는 커다란 포도주 항아
리를 들고 와서 타다 남은 장작에 붓는다. 포도주와 나무와 살이 타는
냄새가 안개에 실려 도시 전체에 퍼진다. 이제 헥토르의 형제들이 그
의 희고 깨끗한 유골을 수습해 시돈산産 자줏빛 천에 잘 싸서 항아리
에 넣는다. 납작한 큰 바위로 안을 받친 무덤에 유골 항아리를 넣고
그 위에 무덤을 세운다.

그런 다음 다들 성벽 안으로 돌아가 운명이 다한 도성에서 마지막
연회를 연다.

이것이, 최고의 사내 헥토르의 장례를 치른 트로이인들의 이야
기다.

옮긴이의 말

　많이들 아는, 그러나 정독해본 사람은 많지 않을 고전을 모체로 하는 책이라니. 저자 손에 과감히 가공된 제품이라 해도 원전이 갖는 무게감이 큰 터라 선뜻 손대기가 곤란하겠구나 싶으면서도 까짓것 저자가 재기발랄하게 저지른 일에 숟가락 얹는 게 뭐 대수랴 싶은 용기도 슬몃 솟았다. 먼 옛날의 묵직한 전쟁 대서사시를 재치와 상상력을 동원해 막장 무협활극 내지 가족희비극으로 버무려낸 저자를 거들어주기로 했다.

　소설가이자 전쟁 덕후인 저자 존 돌런이 원전을 충실히 따르되 압축과 가공의 묘를 발휘하여 현대 독자들을 위해 작정하고 각색한 버전을 따라가다보면, 이야기의 돌파력과 너비, 세밀한 묘사와 기상천외한 상상력에 놀라게 된다. 아킬레우스의 분노를 중심축으로 하는 전체 구성도 놀랍지만, 장기판의 졸처럼 반짝 등장하고 사라지는 수

많은 인물에게도 짤막하게나마 사연을 부여하는 솜씨를 보면 원저자 호메로스의 머릿속이 퍽 궁금해진다. 기원전 8세기경에 탄생한 이야기라지만 오늘날까지 다양한 콘텐츠에서 차용한 장면이 불쑥불쑥 등장한다.

다종다양한 방법으로 죽고 죽이는 살육전은 숱한 전쟁영화에서 독하게 재현된 전투 장면과 겹쳐지고, 양편에서 캐릭터를 하나씩 앞세워 싸우다 죽으면 다음 캐릭터가 끝도 없이 등장하는 광경은 게임 속 세계와 다를 바 없다. 신들이 선보이는 SF영화 같은 공격 기술은 액션영화 히어로들에게서 익히 본 재주다. 바람 잘 날 없는 제우스 집안의 부부, 부녀, 모녀, 부자, 모자 관계에서 빚어지는 아옹다옹 에피소드에는 아침드라마나 주말가족극에 등장할 법한 장면이 심심찮게 연출된다. 숱한 사건을 겪는 아킬레우스의 모습에서는 한 인간의 성장담이 보인다. 그 밖에도 브로맨스를 떠올리게 하는 진한 우정, 남녀의 사랑과 치정, 정치판의 암투와 계략 등 별의별 이야기가 씨줄 날줄 엮여 있다.

저자도 언급했다시피 이 책은 온갖 장르가 범벅된 스펙터클이다. 신들의 손에서 펼쳐지는 웅장한 꼭두각시극이랄까. 저자 존 돌런이 이 꼭두각시극을 자신의 화풍으로 새로 그려 보여준다. 인간의 모습이 그대로 투영된 신이 신계와 인간계를 넘나들며 일을 저지르고 수습하는 과정을 보자니 결국 모든 등장인물의 굴곡진 사연이 사람 사는 이야기로 읽힌다. 특히 서문에서 언급한 '분노의 서'라는 별칭에 걸맞게 여러 인물이 분노할 수밖에 없는 갖가지 사정이 펼쳐지고 인간성의 면면이 날것 그대로 드러나는 다채로운 화첩 같은 이야기다.

아들과 어머니가 만나 하소연하고 달래주는 장면에서 괜히 찡해지고, 명색이 사령관이네 명장이네 하는 사내들의 철없는 알량한 자존심 대결에 피식 웃음이 나고, 군데군데 조율과 협상과 의리와 조언과 지혜와 리더십이 빛나는 순간에 오호라 하고, 끝도 없이 죽고 죽이는 집요한 전투 장면에 혀를 내두르고, 소중한 이의 죽음에 온몸으로 오열하는 사람들과 아들을 위해 무릎 꿇는 아비의 모습에 먹먹해하고, 신이고 인간이고 서로 지지고 볶는 복잡다단한 집안싸움에 절레절레 고개를 흔들다보면, 거참 동서고금을 막론하고 사는 게 다 거기서 거기구나 싶다. 분장을 덜어낸 등장인물들이 우리 눈앞에서 민낯으로 희로애락을 시연하는 광경을 보는 듯하다. 흥미진진하게 몰입해 구경하게 되는 건 각색 덕분이다. 원전의 뼈대를 놓치지 않고 그려내되 명성에 주눅들지 않도록 솜씨를 부려 생생한 이야기로 빚어낸 저자의 공이다.

두둥실 손에 잡히지 않는 곳에 떠 있던 고전을 저자가 과감히 곁으로 데려와 앉혔고 나는 슬그머니 일조한 공범이 된 기분이다. 저자의 말마따나 이번에는 이런 버전으로 포장해서 새로 배달하는 또하나의 일리아스다. 왠지 팝콘이 당기는 이야기가 된 터라 부디 재미있게 즐겨주었으면 한다. 저자가 배달꾼을 자처했으니 나는 국내 배송기사쯤 되려나. 모쪼록 배달이 무사히 완료되길 바란다.

정미현

옮긴이 **정미현**
연세대학교에서 신학을, 한양대학교에서 연극영화학을 공부했고, 뉴질랜드 이든즈칼리지에서
TESOL 과정을 마쳤다. 펍헙번역그룹/펍헙에이전시에서 해외의 좋은 책을 찾아 소개하고 우리
말로 옮기는 일을 하고 있다. 옮긴 책으로『소주 클럽』『소로의 나무 일기』『작가의 어머니』『어
느 정신과 의사의 명상 일기』『WHY: 세 편의 에세이와 일곱 편의 단편소설』『코리안 쿨』『결혼
해도 괜찮을까?』『사회주의 100년』(공역) 등이 있다.

신과 인간의 전쟁, 일리아스
서양 인문학의 뿌리를 다시 읽다

초판 인쇄 2020년 4월 1일
초판 발행 2020년 4월 10일

지은이 존 돌런
옮긴이 정미현
펴낸이 염현숙

책임편집 황지연 | 편집 홍상희 황은주
디자인 김현우 최미영 | 저작권 한문숙 김지영 이영은
마케팅 정민호 이숙재 양서연 박지영
홍보 김희숙 김상만 오혜림 지문희 우상희 김현지
제작 강신은 김동욱 임현식 | 제작처 영신사

펴낸곳 (주)문학동네
출판등록 1993년 10월 22일 제406-2003-000045호
주소 10881 경기도 파주시 회동길 210
전자우편 editor@munhak.com | 대표전화 031) 955-8888 | 팩스 031) 955-8855
문의전화 031) 955-3578(마케팅) 031) 955-1913(편집)
문학동네카페 http://cafe.naver.com/mhdn | 트위터 @munhakdongne
북클럽문학동네 http://bookclubmunhak.com

ISBN 978-89-546-7120-0 03800

www.munhak.com